Eva-Maria Bast

Vanilletage – Die Frauen der Backmanufaktur

atb aufbau taschenbuch

Eva-Maria Bast ist Journalistin, Leiterin der Bast Medien GmbH und Autorin mehrerer Sachbücher, Krimis und zeitgeschichtlicher Romane. Sie erhielt diverse Auszeichnungen, darunter den Deutschen Lokaljournalistenpreis der Konrad-Adenauer-Stiftung in der Kategorie Geschichte. Als eine Hälfte des Autorenduos Charlotte Jacobi schrieb sie u. a. den Spiegel-Bestseller »Die Douglas-Schwestern«. Die Autorin lebt am Bodensee.

Josephine und Carl wollen sich zusammen etwas aufbauen: Sie arbeiten an der Herstellung eines besonderen Pulvers, das das Backen erleichtern soll. Nach zahlreichen misslungenen Experimenten ist es endlich geschafft: Ihr Backpulver wird ein Erfolg, und schon bald stehen Josephine und Carl vor der Herausforderung, ihr Unternehmen zu vergrößern. Während Josephine sich um den Aufbau ihrer Marke kümmert, Plakate zeichnet und Werbesprüche verfasst, stürzt Carl sich bereits in die Herstellung des nächsten Produkts: Vanillepudding. Die beiden bemerken zu spät, dass nicht alle wohlwollend auf ihre Leistung blicken, sondern ihnen immer mehr Missgunst entgegenschlägt – und dass auch ihre Liebe bedroht ist.

Eva-Maria Bast

Vanilletage

Die Frauen der Backmanufaktur

aufbau taschenbuch

FSC
www.fsc.org
MIX
Papier | Fördert
gute Waldnutzung
FSC® C083411

ISBN 978-3-7466-3846-1

Aufbau Taschenbuch ist eine Marke der Aufbau Verlage GmbH & Co. KG

1. Auflage 2022

Umschlaggestaltung www.buerosued.de, München
unter Verwendung von Motiven von
© akg-images und © Joanna Czogala/Arcangel
Satz Greiner & Reichel, Köln
Druck und Binden CPI books GmbH, Leck, Germany
Printed in Germany

www.aufbau-verlage.de

Prolog
·· Hamburg, November 1876 ··

»Und jetzt schau her, Carl, gleich geht es los«, verkündete Louis Meister und wies den Vorarbeiter an, die beiden Dampfmaschinen im Kesselhaus anzuheizen. Während der Mann die Kohle in den Brennraum schaufelte, bewegten sich die Zeiger an der Druckanzeige kontinuierlich nach oben. Louis deutete auf das Uhrwerk. »Siehst du, nun hat der Zeiger den roten Strich erreicht, und wir haben damit genug Druck, um die Maschine in Gang zu setzen.«

Carl nickte und verfolgte gebannt, wie sich die Kolben auf und ab bewegten und die Maschine fauchend Dampf ausstieß.

»Das ist unglaublich«, flüsterte der Junge fasziniert.

»Gleich wirst du noch mehr staunen«, prophezeite sein Onkel. »Komm mit.«

Er ging seinem Neffen voran durch das Kesselhaus und blieb vor den grauen Granitwalzen stehen. Mit großen Augen beobachtete Carl, wie ein Arbeiter einen Sack voller Mandeln einfüllte.

»Und nun zieh mal an dem Hebel«, sagte Louis und deutete auf den Metallgriff, der seitlich der Walzen angebracht war.

Carl tat, wie ihm geheißen, griff nach dem Hebel und bewegte ihn nach rechts. Dabei sah er, wie ein großer Riemen auf das Zahnrad übersprang und sich nach der Dampfmaschine nun auch die Mühlsteine langsam in Bewegung setzten.

Carl strahlte. »Das macht Spaß.«

Sein Onkel nickte.

»Ich nehme dich in die Lehre, wenn du mit der Schule fertig bist«, bot er Carl an. »Ich hätte dich gern bei mir, klug, wissbegierig und ehrgeizig, wie du bist.«

Carl freute sich über das Kompliment. Zumal es aus dem Munde seines Onkels kam. Wie wohl die ganze Familie, bewunderte auch er Louis Meister aus ganzem Herzen. Er war erst fünfundzwanzig Jahre alt gewesen, als er sich 1870 selbstständig gemacht, in Altona eine Konditorei eröffnet und sie schnell zu der größten der Stadt gemacht hatte. Jede Menge Leckereien hatte es dort gegeben, und Carl, selbst Bäckerssohn, hatte gestaunt, was sich aus Zucker, Mehl und Eiern alles zaubern ließ. Denn sein Vater buk immer nur Brot für die Arbeiter, die in den Kohlegruben, Steinbrüchen und in den Glasmanufakturen ihr Tagwerk verrichteten. Als der Onkel sich eines Tages auf herrliche Zuckerwaren aus Mandeln spezialisiert hatte, war Carl hingerissen gewesen. Marzipan hieß die wunderbare Süßigkeit. Schon als Achtjähriger hatte er dabei zugesehen, wie der Onkel die Mandeln an einem Stein fein rieb, sie dann in einem Topf, über dem Feuer röstete und nach und nach den Zucker zugab. Herrlich hatte das geduftet! Bei seinem nächsten Besuch in der väterlichen Mühle hatte Louis Meister bunte Früchte und Tiere aus Marzipan mitgebracht, die er mit Anilinfarben selbst eingefärbt hatte. Carl hatte gespannt gelauscht, als sein Onkel erzählte, dass die Leute sogar aus Hamburg kämen, um in seinem Laden zu kaufen. So erfolgreich, hatte er gedacht, wollte er auch mal sein. Eines Tages würde er ein großer Fabrikant werden, wie sein Onkel einer war.

Jetzt steckte Louis mitten in den Vorbereitungen für die feierliche Eröffnung seiner Dampf-Marzipan-Fabrikation, die in drei Wochen stattfinden sollte. Dass er sich trotzdem Zeit für seinen Neffen nahm und ihm sogar die neue Maschine bereits vorführte, bevor diese irgendjemand anderes außerhalb der Fabrik bestaunen konnte, rührte Carl zutiefst. Und weil der Onkel nun sagte, er wolle ihn zu sich nehmen, platzte Carl beinahe vor Stolz. Doch er würde Louis enttäuschen müssen. So wie er seinen Vater enttäuschen musste. Nach seinem Schulabschluss am Gymnasium hätte er eigentlich Bäcker werden sollen wie sein Vater. Doch er würde weder in dessen Fußstapfen noch in die seines Onkels treten. Sein Entschluss stand fest: Er musste eine Apothekerausbildung machen. Das war er seinen Geschwistern schuldig. Seinen *toten* Geschwistern. Denn er war überzeugt, sie würden noch leben, wenn nicht … Dann wäre das Glück noch in ihrem Leben, die Mutter nicht gramgebeugt und der Vater nicht so, als könne er nie wieder lachen.

An den Tod der kleinen Lina hatte Carl keine Erinnerung. Er war erst drei gewesen, als sie starb. Aber dass seine Schwester Maria nicht einmal ihren ersten Geburtstag erleben durfte, hatte ihn hart getroffen. Immerhin neun Jahre alt war er damals gewesen. Und nun war auch noch Georg tot, der seinen vierzehn Jahre älteren Bruder vergöttert hatte – und umgekehrt. Sobald er laufen konnte, war Georg Carl überallhin gefolgt, hatte ihm ständig seine kleinen Ärmchen entgegengestreckt und wollte auf den Arm genommen werden. Puppenhaft tauchte das kleine Gesicht vor Carls innerem Auge auf. Wie Georg, dahingerafft von der Schwindsucht in dem kleinen Sarg gelegen hatte. Der Schmerz drohte ihm den Atem zu rauben, hastig schnappte er nach Luft, verschluckte sich, hustete und brach dann in Tränen aus. Sein Onkel, der neben ihm stand, zog ihn an sich. »Schon gut«, murmelte er. »Schon gut.«

Carl fühlte sich geborgen in seinen Armen. Ein wenig war es, als ob sein *Vater* ihn umarmen würde. Für einen Moment gab er sich der Illusion hin, es sei wirklich der Vater, der ihn hielt. Carl konnte sich nicht erinnern, wann er das das letzte Mal getan hatte. Immer waren Schutzbedürftigere da gewesen, er, der große und vernünftige Sohn, brauchte keine Fürsorge, sondern sollte mithelfen, sich um seine kleineren Geschwister zu kümmern. Er hatte Verantwortung. Und aus dieser Verantwortung heraus stand sein Entschluss fest. Apotheker wollte er werden, um Medizin herzustellen, die Leben retten und auch die Schwindsucht besiegen konnte, gegen die es noch kein Heilmittel gab. Apotheker. Nicht Bäckermeister. Nur wusste das noch keiner.

• • • •

Drei Wochen später war Carl wieder bei seinem Onkel in Altona. Als Ältester musste er die Familie bei der offiziellen Eröffnung der Dampf-Marzipan-Fabrication vertreten. Seine Eltern waren noch zu sehr in Trauer, außerdem musste der Vater sich um die Bäckerei und die Mutter um die Kinder kümmern. Zwar hatten sie dank der guten Herkunft seiner Mutter Bertha – einer Rechtsanwaltstochter – durchaus Personal, aber seine Mutter überließ die Kleinsten nicht gerne anderen. Was Carl gut verstehen konnte.

Also fuhr er allein zur großen Eröffnung von Onkel Louis' Fabrik in Ottensen, deren Bau dank des hervorragend florierenden Geschäftes seines Onkels möglich gewesen war.

»Ich möchte dich jemandem vorstellen«, sagte Louis und deutete auf einen großgewachsenen Herren. »Das ist dein Onkel Louis Dohme aus Amerika. Er hat nicht nur denselben Vornamen wie ich, sondern sieht mir auch ziemlich ähnlich. Wir haben starke Gene«, erklärte der Onkel grinsend, und Carl musste ihm im Stillen recht geben. Beide Männer glichen einander – und damit auch seinem Vater – sehr.

»Guten Tag, Carl«, sagte der Amerikaner und schüttelte ihm die Hand. »Möchtest du mir ein bisschen Gesellschaft leisten? Ich kenne hier nämlich keinen.«

»Ich auch nicht«, gestand Carl.

»Na, dann passen wir ja gut zusammen«, sagte Louis Dohme erfreut und nahm Carl beim Arm. »Ich würde vorschlagen, wir gehen schon mal in Richtung des Marzipanbuffets, bevor sich nachher alle darauf stürzen«, schlug er vor, und der Junge nickte begeistert. Das riesige Buffet hatte er schon vorhin aus der Ferne erspäht, doch als sie sich jetzt näherten, blieb Carl die Spucke weg. »Das ist ja wunderschön«, flüsterte er andächtig. Zwar hatte er Onkel Louis' bunte Marzipantiere und -blumen schon verschiedentlich zu Gesicht bekommen und sich auch von deren köstlichem Geschmack überzeugen können, aber das hier war etwas vollkommen anderes. Eine ganze Landschaft aus Marzipan. Eigentlich viel zu schade zum Essen.

»Ja«, sagte der Amerikaner. »Mein Namensvetter ist ein echter Zauberkünstler.«

Dann sah er Carl fragend an. »Dein Onkel hat mir erzählt, dass er große Stücke auf dich hält. Er sieht in dir wohl fast so etwas wie einen Sohn und hätte dich gern als Nachfolger. Dann kannst du auch solche Welten schaffen.«

Er wies auf das Marzipanbuffet.

»Das will ich nicht«, gestand Carl leise. »Das *darf* ich nicht. Ich traue mich nur nicht, es dem Onkel zu sagen.«

Louis Dohme sah ihn aufmerksam an. »Was willst du dann, Carl?«

»Nun«, erwiderte der leise, »ich würde schon gern. Ich habe immer davon geträumt, einmal die Bäckerei von Vater zu übernehmen und dort die feinsten Torten und Kuchen zu backen. Es tut mir leid, dass es dort fast nur Brot gibt. Vater könnte so viel mehr.«

Es klang leidenschaftlich.

»Also ist es doch dein Traum«, stellte Louis fest. »Aber du sagst, du darfst nicht. Warum?«

»Ich möchte – ich *muss* Apotheker werden«, stieß der Junge hervor.

Louis sah ihn überrascht an. »Das ist eine gute Wahl«, sagte er. »Ich bin ebenfalls Apotheker. Aber warum musst du …«

Doch Carl unterbrach ihn überrascht. »Du bist auch Apotheker?«, rief er. »Das ist ja großartig! Du musst mir alles erzählen.«

Louis nickte. »Das will ich gerne«, versprach er. »Aber zuerst möchte ich von dir wissen, warum du glaubst, dass du Apotheker werden *musst*.«

Carl schlug die Augen nieder. »Drei meiner kleinen Geschwister sind gestorben«, sagte er. »Vielleicht wäre das nicht passiert, wenn sie die richtigen Medikamente gehabt hätten. Ich möchte nicht nur Medikamente verkaufen, ich möchte sie auch entwickeln und herstellen.«

Louis Dohmes Miene war ernst geworden. »Ich kann dich sehr gut verstehen«, sagte er. »Ich bin selbst der Älteste von sieben Geschwistern. Man fühlt sich immer verantwortlich.«

Carl nickte, froh, endlich mit jemandem über seine Träume und auch seine Sorgen sprechen zu können.

»Erzählst du mir nun deine Geschichte?«, bat er.

»Sehr gern«, begann Louis. »Mein Vater war Steinhauer in Obernkirchen, da, wo du auch herkommst.«

»Aber wie bist du nach Amerika gekommen?«, fragte Carl staunend.

»Man könnte sagen, mein Vater hat aus der Not eine Tugend gemacht«, erwiderte Louis achselzuckend. »Er hatte einen eigenen Steinbruch, aber irgendwann war der vollständig abgebaut. Da ist er mit uns nach Baltimore in Amerika ausgewandert, dort waren mit seinen Steinen einige Gebäude, darunter eine Kirche, errichtet worden. Ich war fünfzehn Jahre alt, als wir in Bremen an Bord gegangen sind. So alt wie du jetzt. Meine Welt war vollkommen durcheinander. Und nun schau, was aus mir geworden ist.«

»Ich bin vierzehn«, korrigierte Carl, freute sich aber darüber, dass er ihn für älter gehalten hatte.

Louis Dohme nickte. »Du wirkst älter. Ist wohl das Schicksal von uns Erstgeborenen.«

»Und in Amerika hast du dann deine Ausbildung als Apotheker gemacht?«, fragte Carl.

»Ja«, fuhr Louis Dohme fort. »Nach meiner Gehilfenprüfung war ich auf der pharmazeutischen Hochschule in Baltimore. Anschließend habe ich eine Weile als Apotheker gearbeitet. Aber nur sehr kurz.«

»Warum?«, fragte Carl, der vollkommen vergessen hatte, dass er sich gerade auf der Eröffnungsfeier der Fabrik seines Onkels befand. Auch Louis Dohme schien nichts so wichtig zu finden, wie seinem Neffen nun die Geschichte zu erzählen, und er fuhr fort: »Ich hatte das Glück, einen sehr wohlmeinenden Lehrer zu haben, Alpheus Phineas Sharp. Er hat mir zunächst eine Beteiligung angeboten, und seit 1860 produzieren wir als Sharp&Dohme Arzneimittel. Und wir sind damit sehr erfolgreich.« Ernst sah er seinen Neffen an. »Ich biete dir das gleiche an wie dein anderer Onkel Louis«, sagte er. »Komm mit mir nach Amerika. Ich bringe dir alles bei, was du wissen musst.«

Teil 1

1889–1893

1. Kapitel

·· Berlin, Oktober 1889 ··

Josephine Meister legte den Kopf in den Nacken und genoss die Sonnenstrahlen auf ihrem Gesicht. Nach den vielen Regentagen tat es gut, endlich wieder ein wenig Wärme zu verspüren. Ohnehin liebte sie den goldenen Herbst mit seinen leuchtenden Farben – und ja, sie mochte selbst die Regentage, wenn sie es sich zu Hause mit einer Tasse Tee gemütlich machen konnte.

Sie warf einen zärtlichen Blick in den Kinderwagen, in dem der kleine Julius friedlich schlummerte. Die Händchen lagen, zu Fäusten geballt, rechts und links neben seinem rosigen Gesicht, der winzige Mund machte im Schlaf leichte Nuckelbewegungen. Josephine hatte das Gefühl, ihr Herz müsse überquellen vor lauter Liebe zu diesem Menschlein.

Plötzlich schreckte sie auf. Lautes Klingeln riss sie aus ihren Gedanken. »Passen Sie doch auf«, fluchte eine Männerstimme, und Josephine trat erschrocken einen Schritt zur Seite. Ohne es zu bemerken, war sie mit ihrem Kinderwagen mitten auf der Spur der Pferdebahn zum Stehen gekommen. Hastig schob sie den kleinen Wagen zur Seite, nickte dem Fahrer entschuldigend zu und sah der Pferdebahn seufzend nach. So sehr sie Veränderungen auch liebte: Dass die Pferdebahn nun vermutlich bald nicht mehr durch Berlin fahren würde, erfüllte sie mit großer Wehmut. Eine Fahrt mit der Pferdebahn zählte zu ihren schönsten Kindheitserinnerungen. Einmal in der Woche hatte ihre Tante Berthe sie ausgeführt. Dann waren sie Pferdebahn gefahren, und in der Konditorei des ersten Wiener Cafés in der Kaisergalerie hatte es immer eine heiße Schokolade und ein Stück Kuchen gegeben.

Doch diese Zeiten schienen endgültig vorbei zu sein. Josephine war erwachsen und lebte inzwischen im benachbarten Charlottenburg, Tante Berthe war nach Amerika ausgewandert, die Geschäfte in der Kaisergalerie wechselten immer wieder, und wenn sie ihrem Mann Glauben schenken durfte, dann waren eben auch die Tage der Pferdebahn gezählt. Und so ungern sie es sich eingestand: Es war zu befürchten, dass Carl recht hatte mit seiner Prognose. Schon vor acht Jahren hatte ein Mann namens Werner Siemens in Groß-Lichterfelde die erste elektrische Straßenbahnlinie der Welt eröffnet, seitdem hatte die »Elektrische« die Pferdebahn schon auf zahlreichen Strecken ersetzt. Und seit drei Jahren fuhr am Ku'damm obendrein die Dampfstraßenbahn.

Nachdenklich lenkte Josephine ihre Schritte in Richtung Sophie-Charlotten-Straße. Vor eineinhalb Jahren, kurz nach ihrer Hochzeit, war sie mit Carl in die elegante Neubauwohnung gezogen. Seit einiger Zeit galt es als todschick, hier in Charlottenburg zu leben, das inzwischen von vielen Berlinern gerne zur Sommerfrische besucht wurde. Zu Josephines Leidwesen ging dafür allerdings der ländliche Charme des Städtchens verloren, und immer mehr Häuser wurden gebaut. Andererseits fand sie den Wandel ausgesprochen aufregend und war ihrer Mutter dankbar, dass sie ihnen die großzügige Wohnung in der Beletage zur Hochzeit geschenkt hatte. Carl war ebenso dankbar, aber auch peinlich berührt gewesen. Denn anders als Josephine kam er keineswegs aus einem reichen Elternhaus, und wenn er auch glücklich darüber war, dass ihre Mutter in ihre Liebesheirat, die alles andere als standesgemäß war, eingewilligt hatte, so schämte er sich seiner Schwiegermutter gegenüber doch für seine Herkunft als Bäckerssohn. Da konnte Josephine noch so oft sagen, dass es ihrer Mutter darauf ankam, dass ihre Tochter glücklich war.

Ein Mann habe für seine Familie Sorge zu tragen, erwiderte Carl dann. Es könne nicht angehen, dass sie wieder und wieder Unterstützung von ihrer verwitweten Mutter erhielten.

»Ich werde dir ein Leben bieten, das mindestens dem entspricht, das du von zu Hause gewohnt bist, Liebling«, hatte er ihr versprochen und jeden Widerspruch im Keim erstickt. Und er meinte es durchaus ernst mit seinem Versprechen. »Du wirst schon sehen, Phinchen«, sagte er ein ums andere Mal. »Bis zu meinem dreißigsten Geburtstag bin ich ein gemachter Mann. Meine Onkel sind schließlich auch sehr erfolgreich.«

Josephine ahnte, dass die Tatsache, dass Carls Familie nicht nur seinen Vater, den einfachen Bäckermeister, sondern auch sehr erfolgreiche Unternehmer hervorgebracht hatte, ihn ein wenig unter Druck setzte – als hätte er die Verpflichtung, ebenso erfolgreich zu sein. Sie allerdings fand das Vorbild der Onkel eher beunruhigend. Schließlich war der eine, ein Seidenfabrikant, nicht gerade freundlich zu seinen Arbeitern, und ein weiterer, der

Marzipan-Fabrikant Louis Meister war vor fünf Jahren mit nur neununddreißig gestorben. Er sei schwer krank gewesen, hatte Carl ihr erzählt, und dass ihn der Tod des Onkels, der in ihm immer einen Sohn gesehen habe, sehr getroffen habe. Doch Josephine wurde den Gedanken nicht los, dass Louis Meister einfach zu viel gearbeitet hatte. Und dass er letztendlich daran gestorben war. Da Carl es damals abgelehnt hatte, in die Firma seines Onkels einzutreten, hatte dieser Carls jüngeren Bruder Franz zu sich geholt, und der hatte nun von Louis Meisters Witwe Prokura erhalten. Josephine wusste, dass Carl sich für seinen Bruder sehr freute, hatte aber das Gefühl, dass es ihren Mann umtrieb, dass der Jüngere schon mehr erreicht hatte als er selbst. Doch Carl hatte eben Apotheker werden wollen und seinen Weg zielstrebig verfolgt: Nach seiner Lehre war er auf Wanderschaft gegangen, zum Glück, denn sonst hätten sie sich nie kennengelernt. Seine Wanderjahre hatten ihn auch nach Berlin geführt. Der junge Apotheker hatte bei ihrer Mutter Charlotte ein günstiges Zimmer genommen, und Josephine hatte sich sofort in ihn verliebt. Nach seiner Promotion in Botanik – er hatte noch ein Studium an die Apothekerlehre angehängt – hatten sie geheiratet und sich hier niedergelassen, wo sich Carl, getrieben von Ehrgeiz, gleich an einem Unternehmen beteiligte, das die Einrichtungen für Apotheken und chemische Firmen vertrieb. Aber insgemein träumte er davon, eine Apotheke sein Eigen zu nennen, denn die könne zur Goldgrube werden. Und zwar dann, wenn es in ebenjener Apotheke etwas zu kaufen gab, was man sonst nirgendwo erwerben konnte. Eine Erfindung, nach der die Leute buchstäblich verrückt waren.

»Weißt du, Phinchen«, sagte er stets, »die Praline ist auch in einer Apotheke erfunden worden und heute ein Verkaufsschlager. Den brauchen wir auch.«

Nur um was für einen Verkaufsschlager es sich handeln könnte, darüber war sich Carl noch nicht im Klaren. »Es muss irgendetwas sein, das das Leben schöner macht. Wie die Praline. Und wenn es das Leben nicht schöner macht, dann sollte es das Leben doch zumindest leichter machen.«

2. Kapitel

·· Berlin, Oktober 1889 ··

Inzwischen war Josephine vor dem prachtvollen Belle-Epoque-Haus angekommen, das sie bewohnten. Sie zog den Schlüssel aus ihrer Handtasche und öffnete die Haustür. Es kostete sie einige Anstrengung, den Kinderwagen über die beiden steinernen Eingangsstufen ins Innere zu wuchten. Ihn in den ersten Stock zu tragen, brauchte sie gar nicht erst versuchen. Zum Glück pflegte sie ein ausgesprochen freundliches Verhältnis mit den Nachbarn, die den kleinen Julius allesamt vergötterten und sich deshalb nicht im Mindesten an dem Kinderwagen störten, der nun immer neben der Haustür stand. Trotzdem dachte Josephine voller Sehnsucht an die Paternoster, die der letzte Schrei waren und in einem Kontorhaus nach dem anderen Einzug hielten. Bis es so weit war, sich diesen Luxus auch in Privatwohnhäusern zu leisten, würde es wohl noch eine ganze Weile dauern, wenn es überhaupt jemals so weit kommen würde, fürchtete Josephine, während sie, ihr kleines, warmes Bündel im Arm, die Treppen nach oben stieg.

»Da sind wir wieder!«, rief sie kurz darauf, als sie die Wohnungstür aufschloss.

»Wir sind im Wohnzimmer!«, hörte sie die Stimme ihres Gatten. Überrascht runzelte sie die Stirn. Carl war meist entweder in seinem Arbeitszimmer anzutreffen, wo er über seinen Büchern brütete, oder in der Küche beim Experimentieren. Sie konnte sich nicht daran erinnern, wann sie ihren Mann das letzte Mal im Wohnzimmer gesehen hatte – und schon gar nicht mit Besuch.

Eilig ging sie, den kleinen Julius auf dem Arm, zur Wohnzimmertür. Ihr Mann erhob sich bei ihrem Anblick, ebenso der Gast, der ihr strahlend entgegenblickte.

Er war groß, schlank, hatte dunkles, gewelltes Haar und sah Carl erstaunlich ähnlich.

»Guten Tag?«, sagte Josephine fragend.

»Liebling!« Carl eilte ihr entgegen, küsste sie überschwänglich auf den Mund und nahm dann den kleinen Julius auf den Arm. »Wir haben Besuch.«

»Das sehe ich«, erwiderte sie und lächelte den Fremden an. Der machte einen Schritt auf sie zu und küsste ihre Hand. »Angenehm«, sagte er. »Ich bin Louis Dohme. Carls Onkel.«

»Natürlich!«, rief Josephine erfreut. »Der Onkel aus Amerika. Carl hat mir schon so viel von dir erzählt.«

Sie wusste, dass Louis ihren Gatten seinerzeit eingeladen hatte, zu ihm nach Amerika zu kommen. Carl hatte sich nichts sehnlicher gewünscht, als der Einladung zu folgen, am Ende aber aus Rücksicht auf seine Mutter abgelehnt. »Sie hätte mich niemals darum gebeten, nicht zu gehen«, hatte er Josephine berichtet. »Aber als ich davon anfing, ist sie richtig in sich zusammengefallen. Sie hatte ja schon drei Kinder verloren.«

Diese Rücksichtnahme hatte Josephine zutiefst gerührt.

Nun sah sie ihren Mann vorwurfsvoll an. »Warum hast du denn nicht erzählt, dass Louis uns besucht? Ich hätte doch etwas vorbereitet.«

»Weil ich es selbst nicht wusste«, erklärte Carl und klopfte seinem Onkel lachend auf die Schulter. »Das ist typisch für meinen lieben Louis. Immer für eine Überraschung gut. So war er schon immer.«

Der andere erwiderte das Lachen. »So ist das Leben doch viel spannender«, fand er. »Du hättest mal das Gesicht deines Mannes sehen sollen, als ich plötzlich vor ihm stand.«

»Das kann ich mir vorstellen«, sagte Josephine und schmunzelte, der Verwandte aus Amerika war ihr sogleich sympathisch. Zumal Louis seine Aufmerksamkeit inzwischen dem kleinen Julius zugewandt hatte und ihm ganz sacht über die rosige Wange strich.

»Er ist bezaubernd«, flüsterte er.

»Ja, das ist er«, bestätigte Josephine. »Er ist unser ganz großes Glück.«

»Eines Tages werde ich selbst Vater sein«, sagte Louis sehnsüchtig. »Darauf freue ich mich schon heute.«

Josephine sah den Onkel ihres Mannes zweifelnd an. Dem Aussehen nach war er sicherlich schon über fünfzig, und sie fragte sich, ob sein Wunsch noch in Erfüllung gehen würde. Doch sie sagte nichts.

»Darf ich euch denn wenigstens jetzt etwas anbieten?«, fragte sie stattdessen.

»Gleich, Liebling«, sagte Carl mit einem Funkeln in den Augen. »Zuallererst muss ich dir etwas zeigen. Louis hat mir nämlich etwas aus Amerika mitgebracht. Im Grunde ist es das, wonach ich immer gesucht habe. Ärgerlich ist nur, dass ich es nicht selbst erfunden habe. Immerhin: Hier in Deutschland kennt es kaum einer, und ich werde die Zusammensetzung herausfinden.«

»Nun sag doch endlich, um was es geht?«, unterbrach Josephine lachend seinen Redeschwall. Ihr Mann war ein widersprüchlicher Charakter. Die meisten kannten nur den ernsthaften, sehr strebsamen, manchmal etwas brummigen Carl Meister. Sie aber wusste, dass er auch voller Elan und Leidenschaft sein konnte, und sie liebte ihn dafür, wie sehr er sich für seine Arbeit begeisterte und mit welchem Engagement er seinen Traum verfolgte, eine bahnbrechende Erfindung zu machen. Sie war überzeugt, dass ihrem Mann eines Tages der große Durchbruch gelingen würde. Und sie war erleichtert, dass es nun nicht mehr unbedingt Arzneimittel sein mussten. Sie hatte das Gefühl, je länger der Tod seiner Geschwister zurücklag, desto freier werde er von diesem Zwang und desto offener könne er für alles sein, was das Leben ihm schenkte.

»Setz dich«, sagte er nun und zog den Stuhl zurück. Erst jetzt bemerkte Josephine die schöne und schwere Glasflasche auf dem Esstisch. Sie war geöffnet, ein wenig weißes Pulver lag verstreut darum herum.

»Was ist das?«, fragte sie neugierig.

»Das«, sagte Carl feierlich, »ist Backtriebmittel.«

»Backtriebmittel«, wiederholte Josephine nüchtern.

»Ja!«, rief Carl. »Dass ich darauf nicht eher gekommen bin! Ich kenne es von meinem Vater. Er hat es in seiner Bäckerei benutzt.«

»Und was macht man damit?«

»Mit Backtriebmittel«, erklärte Carl feierlich, »wird das Gebäck doppelt so groß. Und schön leicht und locker. Der Brotteig braucht etwas, um aufgelockert zu werden, sonst ist es nur ein harter Klumpen. Dazu kann man zwar Hefe oder Sauerteig nehmen, aber das ist furchtbar umständlich. Im Grunde geht es darum, dass beim Backen Gase entstehen. Und das funktioniert mit Backtriebmittel viel einfacher.« Er hob den Finger und zitierte scherzhaft: »Mit Backtriebmittel schmeckt der Kuchen wie vom Bäcker.«

»Das klingt toll«, sagte Josephine vorsichtig. »Aber was ist so aufregend daran, wenn es das Backtriebmittel doch schon gibt?«

Carl beugte sich vor und sah seiner Frau in die Augen. »Backtriebmittel gibt es bisher *nur* in Bäckereien oder sehr teuer in den Kolonialwarenläden«, erklärte er. »Die meisten Menschen kennen es nicht.«

»Und das heißt?«

»Mensch, Phinchen, du bist doch sonst auch nicht so schwer von Begriff«, rief Carl. »Ich werde selbst ein Backtriebmittel herstellen. Und das werden wir dann in unserer Apotheke verkaufen. Wir werden die Ersten sein, bei denen man Backtriebmittel für zu Hause günstig bekommt. Und zwar in einer Variante, die einfach anzuwenden ist.«

Josephine nickte. »Das könnte funktionieren.« Dann sah sie den Onkel ihres Mannes fragend an. »Und seit wann gibt es dieses wundersame Backtriebmittel?«

Louis, der sich während Carls Erläuterungen im Hintergrund gehalten und nach dem Händchen des kleinen Julius gegriffen hatte, zuckte die Achseln. »In England ist man schon Mitte des 19. Jahrhunderts auf die Idee gekommen, in den Teig Substanzen zu geben, die Kohlendioxyd bilden. Und auch in Deutschland gab es einen Mann, der sich intensiv mit dem Backtriebmittel befasst hat. Ihr habt vielleicht schon einmal von ihm gehört. Sein Name ist Justus von Liebig.«

Josephine zuckte nur die Achseln, doch Carl nickte.

»Ein ziemlich bekannter Wissenschaftler.«

»Aber wenn sich so ein bekannter deutscher Wissenschaftler schon damit auseinandergesetzt hat – wird es dann keinen Ärger geben, wenn du das nun verfolgst?«

Carl schüttelte ungeduldig den Kopf. »Bei seinem Mittel gab es Probleme mit der Haltbarkeit, und daher eignet es sich nicht«, sagte er.

»Sein Schüler ist allerdings schon erfolgreich damit, aber in Amerika«, wusste Louis Dohme. »Er heißt Eben Norton Horsford, und nach seiner Rückkehr in die Staaten stellte er ein Backtriebmittel aus Natron und Weinsäure her.« Louis grinste. »Und inzwischen ist er Millionär.«

»Na, siehst du!« Carl warf Josephine einen triumphierenden Blick zu.

»Dann werde ich uns jetzt wohl mal Kaffee kochen«, sagte

sie und lächelte Carls Onkel an. »Und wenn du das nächste Mal kommst, dann wird Carl sein Backtriebmittel schon erfunden haben, und ich werde dir ganz mühelos einen Kuchen zaubern können.«

»Das ist es!« Carl hieb mit der flachen Hand begeistert, aber so heftig auf den Tisch, dass das Pulver durch die Luft schwirrte und der kleine Julius erschrocken sein Gesicht verzog.

»Mensch, Phinchen, du bist genial.«

»Warum?«, fragte sie lachend. »Was habe ich denn so Geniales gemacht?«

»Na, das ist die Geschichte, die wir den Leuten erzählen müssen, damit sie es kaufen«, rief er. »Diese Situation kennt doch jede Hausfrau, zumindest dann, wenn sie keine Dienstboten hat.«

Josephine musste lächeln. In dem großbürgerlichen Haushalt, in dem sie aufgewachsen waren, hatten sie ganze Heerscharen von Dienstboten beschäftigt, und sie war wie selbstverständlich davon ausgegangen, dass sie auch als Carls Frau über Dienstboten verfügen würde. Doch da hatte ihr Gatte nicht mitgemacht. »Ich habe sowieso schon ein schlechtes Gewissen, dass wir uns von meiner Schwiegermutter aushalten lassen«, hatte er gesagt. »Sie stellt uns doch schon die Wohnung. Und nun soll sie auch noch das Personal übernehmen? Ich würde mir schändlich vorkommen.«

»Aber ...«, hatte Josephine erwidert, »aber wer soll denn sonst den Haushalt übernehmen? Ich kann doch gar nicht kochen.«

»Phinchen«, hatte er zärtlich gesagt, ihr über die Wange gestreichelt und sie mit diesem liebevollen Blick angesehen, dem sie so schlecht widerstehen konnte. »Phinchen, ich weiß, dass ich dir viel abverlange. Und ich verspreche dir, wenn ich selbst für uns sorgen kann – und das wird nicht mehr allzu lange dauern –, kannst du so viele Dienstboten bekommen, wie du nur möchtest. Aber bis dahin … könntest du es vielleicht versuchen, mit dem Haushalt?«

Josephine hatte seinem treuherzigen Blick nicht widerstehen können. Und sie musste sich eingestehen, dass sie sich auf die Herausforderung freute. Es gefiel ihr, dass ihr Mann so stolz und so ehrgeizig war. Außerdem wollte sie ihn auf dem Weg, den er gewählt hatte, und den sie gut fand, so gut sie nur konnte, unterstützen.

Schließlich hatten sie sich auf einen Kompromiss geeinigt. Josephines Mutter war besorgt um das Wohl ihrer Tochter, wenn diese nun all die Aufgaben im Haushalt übernehmen müsse, und sie hatte gedroht, ihre Zustimmung zur Hochzeit zu verweigern, und das, obwohl Josephine bereits in anderen Umständen war. In der Folge hatten sie ein Mädchen eingestellt, das reinemachte und sich um die Wäsche kümmerte, und Josephine hatte in der Küche die Herrschaft übernommen – und große Freude daran gefunden, ihren Mann zu versorgen. Für den Anfang hatte sie mit der Köchin ihrer Mutter, Frau Rentlein, in deren Küche sie als Kind so manche Leckerei verspeist und so manche heiße Schokolade getrunken hatte, die heimliche Verabredung getroffen, dass diese immer etwas zu essen bereithalten und rasch vorbeibringen würde, sollte es einmal schiefgehen. Josephine wollte sich vor ihrem Carl nicht blamieren. Aber es ging nie schief. Und inzwischen hatte sie sich an ihre neue Rolle gewöhnt und viel Selbstsicherheit gewonnen.

»Dann gehe ich jetzt mal Kaffee kochen«, verkündete sie nun und entschwand nach nebenan in die Küche.

Auch wenn Carl sein Backtriebmittel noch nicht erfunden hatte, konnte Josephine eine gute Gastgeberin sein. Erst gestern hatte ihr Frau Rentlein, als Josephine mit dem kleinen Julius ihrem Elternhaus einen Besuch abgestattet hatte, eine Dose mit dem herrlichen Buttergebäck zugesteckt, das sie nun zusammen mit dem frisch aufgebrühten Kaffee servierte.

»Warum bist du denn eigentlich hier?«, fragte sie Louis, als sie wenig später beim Kaffee saßen. »Du bist doch sicher nicht nur gekommen, um deinem Neffen eine Flasche Backtriebmittel zu bringen?«

»Nein, das bin ich in der Tat nicht«, bestätigte er lachend. »Ich war schon so lange nicht mehr in meiner alten Heimat – da hatte ich Sehnsucht. Außerdem wird mein bester Freund, der hier in Berlin lebt, in Kürze fünfzig Jahre alt, und wenn er auch nur im kleinen Kreis feiert, wollte ich doch dabei sein.«

»Heinrich Braunbarth wird schon ein halbes Jahrhundert alt?«, fragte Carl erstaunt. »Unglaublich, wie schnell die Zeit vergeht. Bitte richte ihm meine herzlichsten Glückwünsche aus.«

»Das werde ich«, versprach Louis. »Dass ich gerade jetzt in Berlin bin, hat aber noch einen anderen Grund«, gestand er dann. »Ich hatte gelesen, dass der russische Zar kommen wird. Und da dachte ich, vielleicht habe ich ja Glück und bekomme ihn zu Gesicht.«

Lachend schüttelte Carl den Kopf. »Mein Onkel hat schon von jeher eine mir unerklärliche Faszination für die Romanows«, sagte er.

»Ich kann ihn da gut verstehen«, sprang Josephine ihm bei. »Ich finde es ebenfalls sehr aufregend, dass der Zar nach Berlin kommen wird. Im Hause meiner Mutter herrscht deshalb auch große Aufregung. Sie hat angewiesen, dass wir an dem Tag flaggen, denn der Festzug kommt durch die Straße, in der sie jetzt lebt.«

»Tatsächlich?«, rief Louis mit leuchtenden Augen aus. »Ob es möglich wäre, dass ich …«

»Aber natürlich«, antwortete Josephine auf die unausgesprochene Frage. »Du gehörst doch zur Familie.«

»Danke.« Louis wirkte beinahe gerührt.

»Allerdings weiß man immer noch nicht, wann er denn nun genau kommt. Aber auf jeden Fall in Begleitung seiner Frau, wenn ich es richtig weiß. Ich werde dich sofort informieren, wenn ich Näheres erfahre.«

Dann fiel ihr Blick wieder auf die Glasflasche mit dem Backtriebmittel, das immer noch auf dem Tisch stand. *Rumford yeast powder,* las sie. »Was bedeutet denn *yeast*?«

»Hefe«, übersetzte Louis.

»Aber es ist doch gar keine Hefe?«, fragte Josephine.

»Das stimmt«, bestätigte Carl. »Es dürfte Kaliumhydrogencarbonat oder Natriumhydrogencarbonat sein. Aber es hat eben eine ähnliche Wirkung. Durch Wärme entwickelt sich Gas, und dieses sorgt dafür, dass das Gebäck aufgeht, genau wie bei Hefe, und die kennen und verstehen die Leute. Deshalb haben sie es vermutlich so genannt.«

Josephine nickte. Das leuchtete ihr ein. »Und dieser Rumford hat also eine Fabrik für dieses *yeast powder*?«, fragte sie interessiert.

»In der Tat«, bestätigte Louis und biss genussvoll in einen von Frau Rentleins Keksen. »Eine ziemlich große und erfolgreiche sogar. Er selber heißt aber nicht Rumford, sondern es handelt sich um jenen Eben Norton Horsford, der das Backtriebmittel auch erfunden hat und der inzwischen Millionär ist. Er hat einen Partner namens George Francis Wilson«, lüftete er grinsend das Geheimnis des Namens.

»Ach so!«, rief Josephine. »Jetzt verstehe ich das alles.«

»Er produziert allerdings vor allem für Bäckereien«, ließ sich Carl vernehmen. »Nicht für die Hausfrau, so wie ich das vorhabe.«

»In Amerika waren es aber nicht die Bäckereien, sondern der Sezessionskrieg, der der Fabrik zum Durchbruch verholfen hat«, fuhr Louis fort.

»Ein Krieg verhilft einer Backzutat zu einem Durchbruch?«, fragte Josephine erstaunt. »Warum denn das?«

»Damit ist es wesentlich leichter«, mischte sich nun Carl ins Gespräch, »Backwaren industriell herzustellen braucht weniger Leute. Und die Kapazitäten der Bäcker wurden im Krieg woanders gebraucht als an den Backöfen …«

3. Kapitel

·· Berlin, Oktober 1889 ··

»Und du bist sicher, dass du uns nicht begleiten möchtest?«, fragte Josephine ihren Mann, als sie am Mittag des 12. Oktober ihre Tasche packte. Am kommenden Morgen war es endlich so weit: Der Zar würde in Berlin eintreffen, und da die Straßen abgesperrt wären, hatte Josephine beschlossen, schon am Vortag zu ihrer Mutter in die Wilhelmstraße zu fahren. Gleich würde die Kutsche kommen und sie und den kleinen Julius abholen. Dann würden sie Louis in seinem Domizil einsammeln. Im Gegensatz zu ihrem Mann besaß Louis' Familie offenbar viel Geld, zumindest übernachtete er in einer gerade frischgebauten Villa im angesagten Viertel Lichterfelde. Hier genoss seine Familie die Wochenenden in dem großen parkartig angelegten Garten, wenn sie in Deutschland weilte.

»Ich bin ganz sicher«, versicherte Carl und küsste seine Frau zum Abschied. »Zum einen muss ich dringend die Bücher meiner Firma durchsehen, zum anderen will ich die Gelegenheit nutzen, ein wenig zu experimentieren. Ich habe mir nun alle Materialien besorgt, die ich benötige, um Backtriebmittel herzustellen.«

»Aber bis du den ersten Kuchen damit backst, wartest du auf mich, ja?«, bat sie ihn.

»Sagst du das nun aus Sorge um deine Küche?«, neckte er sie.

»Wenn schon, dann aus Sorge um dich«, stellte sie richtig. »Aber das ist es nicht mal.«

»Was ist es dann?«

Liebevoll sah sie ihn an. »Du bist ein großartiger Mann, Carl«, sagte sie. »Ich glaube an dich und an deine Ideen. Und ich glaube, dass du Erfolg haben wirst. Deshalb ist die Sache mit dem ersten Kuchen ein großer Moment. Und den würde ich gern mit dir teilen.«

Er zog sie in seine Arme, um sie zu küssen. »Was habe ich doch für ein Glück mit dir«, sagte er. »Ich glaube, nicht viele Ehemänner haben derart verständnisvolle Ehefrauen, die auch noch freiwillig auf so viel Komfort verzichten.«

»Komfort ist mir nicht wichtig«, versicherte sie und hob Julius aus seiner Wiege. Während Carl seinen Sohn küsste, wiederholte sie ihre Frage: »Möchtest du nicht doch mitkommen? Es ist sicherlich das einzige Mal in deinem Leben, dass du Gelegenheit hast, den Zaren aus nächster Nähe zu sehen.«

Doch Carl blieb bei seiner Meinung. »Das würde mich nur interessieren, wenn der Zar Kuchen essen würde«, erklärte er grinsend. »Gebacken mit meinem Backtriebmittel.«

• • • •

Josephines Elternhaus erhob sich als prachtvoller Bau direkt an der Wilhelmstraße. Wie jedes Mal verspürte Josephine ein leichtes Herzklopfen, als sie die vertrauten Steinstufen emporstieg. Sosehr sie Carl und ihr Leben an seiner Seite auch liebte: Nach Hause zu kommen – und als Zuhause bezeichnete sie das Haus ihrer Mutter immer noch – war und blieb einfach wunderbar. Umsorgt zu sein. Sich um nichts kümmern zu müssen. Hier hätte sie sich nie Gedanken machen müssen, wie sie den Kinderwagen nach oben bekäme, die Diener hätten sich nur zu gern darum gekümmert. Einen Kinderwagen hatte sie heute zwar nicht dabei, aber Nanette, ihr altes Kindermädchen, durch deren brünette Haare sich immer mehr graue Strähnen zogen, kam ihr schon in der Eingangshalle entgegengeeilt.

»Da ist er ja, unser Prinz!«, rief sie, nachdem sie Josephine und Louis begrüßt hatte. »Darf ich?«

Sehnsuchtsvoll streckte sie die Arme nach dem Kleinen aus, und Josephine legte ihn in die erfahrenen Hände der Amme. Sie wusste, wie traurig Nanette über ihren Auszug gewesen war – und vor allem über die Tatsache, dass Josephine und Carl nach der Hochzeit nicht in der Berliner Villa wohnen geblieben waren. Zu gern hätte sie sich um den kleinen Julius gekümmert. Zumal Josephines jüngerer Bruder Fritz nun auch schon fast erwachsen war und Nanette nicht mehr gebraucht wurde. Josephine wusste, dass ihre Mutter ihre treue Angestellte niemals entlassen würde, aber sie wusste ebenso gut, dass Nanette sich bei dem Gedanken, Almosen zu bekommen, furchtbar fühlte. Wer weiß, wenn Carl mit seiner neuen Idee erfolgreich wäre, könnten sie vielleicht Nanette zu sich holen, dachte Josephine, während sie Louis voraus weiter in den Salon eilte, wo sie ihre Mutter vorzufinden hoffte. Sie pflegte die späte Vormittagsstunde dort meistens mit einem Buch oder einer Stickerei zu verbringen oder ihre Korrespondenz zu erledigen.

Tatsächlich saß Charlotte Behn mit einem Buch am Fenster. Sie trug ein zartgrünes Nachmittagskleid, das am Kragen mit Spitzen besetzt war und das ihr, wie Josephine fand, ausnehmend gut stand. Charlotte bemerkte sie nicht sofort, als sie eintraten, und wie so oft dachte Josephine auch jetzt wieder, wie wunderschön ihre Mutter war. Mit ihren gut vierzig Jahren hatte Charlotte Behn nichts von ihrer mädchenhaften Grazie eingebüßt, das blonde Haar trug sie stets aufgesteckt, die Locken, die sich aus der Frisur lösten und ihr Gesicht umspielten, ließen sie verträumt wirken.

Mit einem Blick auf Louis bemerkte Josephine, dass dieser von ihrer Mutter ebenso hingerissen war wie die meisten Menschen, ein Gefühl, das sich bei jenen, die Charlotte Behn besser kennenlernten, noch zu verstärken pflegte. Charlotte war nicht nur eine Schönheit, sondern hatte auch ein zwar stilles, aber dennoch sehr einnehmendes Wesen und eine ausgesprochen warmherzige Ausstrahlung. Josephine hatte oft den Eindruck, dass ihre Mutter, obgleich sie furchtbar unter dem Tod ihres Mannes gelitten hatte, ganz und gar in sich selbst ruhte.

»Mama?«, machte Josephine nun auf sich aufmerksam, und Charlotte schrak leicht zusammen, um sich dann rasch zu erheben und ihr entgegenzueilen.

»Liebes!«, rief sie, während sie ihre Tochter rechts und links auf die Wange küsste. »Da bist du ja schon. Ich habe über dieser spannenden Lektüre vollkommen die Zeit vergessen.«

Mit einem Blick auf den Buchrücken sah Josephine, dass ihre Mutter das Werk des Vorlesers der Deutschen Kaiserin Augusta, Jules Laforgue, las, *Berlin. Der Hof und die Stadt* 1887.

Charlotte Behn richtete ihren Blick auf ihren Gast.

»Willkommen, werter Herr Dohme«, begrüßte sie ihn. »Ich muss gestehen, dass ich ob Ihres Besuchs ein wenig aufgeregt bin.«

»Oh«, machte Louis hilflos, und Josephine musste ein Schmunzeln unterdrücken. Wie die meisten Männer, die ihre Mutter zum ersten Mal sahen, schien sich Louis Hals über Kopf in sie verliebt zu haben. Und wie bei den meisten Begegnungen hatte Charlotte keine Ahnung von ihrer Wirkung auf ihr Gegenüber. Einen neuen Mann gab es nicht in ihrer Welt, aber Charlotte hatte ein großes Interesse für Menschen, und das zeigte sie auch.

»Wir hatten nämlich noch nie Besuch aus Amerika«, plauderte sie jetzt weiter und nahm Louis beim Arm, um ihn zu dem zierlichen Tisch zu führen, auf dem Tee und Gebäck bereitstanden. »Diese Tage sind also doppelt aufregend für uns. Ein Amerikaner im Haus, und draußen fährt der russische Zar vorbei. Darf ich Ihnen etwas anbieten?«

»Gern«, sagte Louis und wirkte überfordert, da fragte Charlotte ihre Tochter: »Wo hast du denn eigentlich meinen süßen Enkel gelassen?« Gleich darauf wandte sie sich wieder an Louis. »Können Sie das glauben, dass ich schon Großmutter bin?«

»Sie … eh … Sie sehen wirklich nicht aus wie eine Großmutter«, erwiderte der arme Louis verlegen, während Josephine ihm zu Hilfe eilte und hastig ergänzte: »Nanette hat ihn mir schon in der Eingangshalle abgenommen.«

»Unsere gute Nanette«, sagte Charlotte liebevoll. »Wir haben wirklich Glück mit unserem Personal.«

Nachdem sie wenig später ihren Tee ausgetrunken hatten, stellte Charlotte ihre Tasse ab.

»Ich werde Agathe nun bitten, unserem Gast sein Zimmer zu zeigen.«

»Das ist sehr freundlich, vielen Dank«, erwiderte Louis und erhob sich höflich.

»Wir sehen uns dann um sieben Uhr zum Abendessen im Speisesaal«, ergänzte Josephine. »Ich zeige ihn dir gleich mal, damit du dich nachher nicht verläufst.«

4. Kapitel

·· Berlin, Oktober 1889 ··

Das heißt es also, Blut und Wasser zu schwitzen, dachte Carl, während er fassungslos eine Seite nach der anderen prüfte und verzweifelt feststellen musste, dass das, was anfangs nur leicht bedrohlich ausgesehen hatte, sich zu einer ausgemachten Katastrophe auszuwachsen schien. Dass Josephine die Nacht mit dem Kleinen bei ihrer Mutter verbrachte, war ihm, sosehr er seine Frau auch liebte und so gern er sie um sich hatte, sehr recht gewesen, denn er wusste, dass er nicht länger die Augen vor dem Problem verschließen konnte. Er musste sich der unangenehmen Tatsache stellen, dass es schlecht um seine Firma stand. Und er hatte keine andere Wahl, als sich endlich, endlich, mit den Büchern zu beschäftigen. Die offenbarten ihm nun aber eine Wahrheit, die schlimmer war als seine Befürchtungen. Das kleine Unternehmen, an dem er beteiligt war und das Apotheken und Laboratorien ausstattete, war schlicht nicht mehr zu retten.

Carl stöhnte auf und vergrub die Hände in den Haaren. Seine Gedanken rasten, suchten verzweifelt einen Ausweg – und fanden keinen. Das Ende der Hoffnung traf ihn wie eine Keule. Und dann sah er *ihr* Gesicht vor sich, ihr leuchtendes Gesicht, die grünen, seelenvollen Augen unter dem kastanienbraunen Haar, das, wenn die Sonne darauf fiel, rötlich leuchtete. Wie sie voller Vertrauen zu ihm aufblickte. Sie hatte ihr Leben in seine Hände gegeben. Und er musste sie nun so bitter enttäuschen. Die Scham kroch in ihm empor, ergriff von ihm Besitz, lähmte ihn. Wie würde sie reagieren, wenn er ihr sagte, dass es keine Hoffnung mehr gab? Dass sie einen Versager geheiratet hatte?

Mit einem wütenden Aufschrei fegte er die Papiere vom Tisch, Bogen für Bogen segelte dem Boden entgegen. Carl starrte die verstreuten Papiere an. Dann fiel sein Blick wieder auf die Glasflasche und ihren Erfolg versprechenden Inhalt.

Nachdenklich nahm er sie, ruhiger nun, in die Hand. Ob hierin die Zukunft läge? Er spürte, dass sich ganz leise und zaghaft der Hauch von Hoffnung und Zuversicht in ihm auszubreiten begann. Er war ein Versager, das stand ganz außer Frage. Aber das musste Josephine ja nicht wissen. Wenn es ihm gelänge, die Mischung herauszufinden und im großen Stil an den Mann – oder an die Frau – zu bringen, dann hätte die Tatsache, dass er seine Firma aufgeben musste, einen ganz anderen Charakter. Dann würde er das tun, weil er etwas anderes entdeckt hatte, etwas, das noch erfolgsversprechender war. Dann stünde er vielleicht nicht da wie ein Versager.

Carl Meister hatte seinen Vater immer geliebt, den rechtschaffenen und ein wenig einfachen Brotbäcker aus Obernkirchen. Aber er gestand sich in diesem Moment ein, dass er sich auch immer ein wenig für ihn geschämt hatte, selbst wenn er sich für diesen Umstand wiederum sich selbst gegenüber schämte. Denn im

Gegensatz zu seinen beiden Brüdern, dem stolzen Marzipanhersteller und dem erfolgreichen Seidentuchfabrikanten, hatte es der Bäckermeister nie weit gebracht, und dass sie ein einigermaßen komfortables Leben führen konnten, war nur dem Erbe der Mutter zu verdanken gewesen. Wieder und wieder hatte Carl gedacht, dass er es einmal weiter bringen würde als der Vater. Und dass er auf keinen Fall vom Geld seiner Frau leben wollte.

Dass er sich dann ausgerechnet in die Tochter einer reichen Frau verliebt hatte – und sie sich in ihn – war zwar schön, setzte ihn aber auch unter einen gewissen Druck, es noch weiterzubringen. Während seine Gedanken auf die Reise gegangen waren, hatte er die ganze Zeit über die kleine Flasche angestarrt. Nun stand er kurz entschlossen auf, brachte sie in die Küche und stellte sie auf den Tisch. Dann ging er nach nebenan in die Abstellkammer, in der sich in einer Holzkiste seine kleine Laborausstattung mit einem Mörser, einer Feinwaage und diversen Chemikalien sowie Reagenzgläsern befand.

Mit einem Mal verspürte Carl ein heftiges Herzklopfen. Er schluckte, rieb sich kurz und heftig die Hände, dann nahm er seine Werkzeuge und baute sie fein säuberlich auf dem Küchentisch auf.

Er gab etwas von dem Yeastpulver in ein Reagenzglas und löste es in ein wenig Wasser auf, um zunächst den Säuregrad zu bestimmen. Vorsichtig träufelte er etwas Indikatorlösung in das Reagenzglas und begann jetzt tropfenweise, Natronlauge zuzugeben. Sobald sich die Lösung verfärbte, konnte er den Säuregehalt bestimmen. Auf diese Art würde es ihm hoffentlich gelingen, die

Zusammensetzung des Pulvers zu entschlüsseln. Mit vor Konzentration gerunzelter Stirn übertrug er den ermittelten Wert in seine Kladde. Als nächstes wollte er prüfen, ob es sich um Natriumhydrogencarbonat oder um Kaliumhydrogencarbonat handelte. Dazu füllte er etwas von dem weißen Yeastpulver in den Mörser und rieb es mit Hilfe des Pistills noch feiner. Zufrieden stellte er den Mörser zunächst zur Seite und verband die Gaskartusche mit dem Bunsenbrenner. Sobald dieser gezündet hatte, nahm er eine Spatelspitze des feinen Pulvers und hielt es in die Flamme, die sich daraufhin schlagartig gelb verfärbte.

»Na also«, entfuhr es Carl. Voller Genugtuung unterstrich er das Wort *Natriumhydrogencarbonat* in seiner Kladde. Da sich die Flamme gelb verfärbt hatte, konnte er ausschließen, dass es sich um Kaliumhydrogencarbonat handelte, denn in diesem Fall wäre sie lila geworden. Nun hatte er eine ungefähre Ahnung, wie die Mischung in dem Fläschchen vor ihm zusammengesetzt war, und er machte sich daran, zwei der Bestandteile – Natriumhydrogencarbonat und Weinsäure – zu vermengen. Er war ein wenig nervös, als er die Mischung in das Reagenzglas gab. Dann tropfte er Indikatorlösung hinein und schüttete Natronlauge dazu. Die Mischung in dem Glasfläschchen verfärbte sich sofort rotblau. Verärgert runzelte er die Stirn. Das bedeutete, dass der Säuregrad noch nicht stimmte, sonst hätte die Mischung erst viel später ihre Farbe geändert. Geduld, ermahnte er sich, du musst geduldig sein. Irgendwann wird es stimmen. Er probierte eine Zusammensetzung nach der anderen, doch er fand die richtige Mischung einfach nicht.

Verzweifelt gab er schließlich auf, kämpfte die aufsteigende Wut nieder, vergrub den Kopf in den Händen und schlief, völlig erschöpft, beinahe sofort ein.

• • • •

»Hast du gut geschlafen, Liebes?«, begrüßte Charlotte Behn Josephine am nächsten Morgen im Frühstückszimmer.

»Himmlisch«, seufzte ihre Tochter. »Ich habe zum ersten Mal seit Julius' Geburt durchgeschlafen.«

»Eine Amme hat eben doch ihre Vorteile«, bemerkte ihre Mutter schmunzelnd und strich sich eine blonde Strähne hinter das Ohr, an dem heute ein hellblauer, tropfenförmiger Topas funkelte.

Nachdem Josephine den Kleinen am späten Abend noch einmal gestillt hatte, hatte Nanette sich nur zu gern bereit erklärt, Julius in der Nacht das Fläschchen zu geben, und Josephine hatte nur sehr kurz gezögert und dann zugestimmt. Wenn es jemanden gab, dem sie ihren kleinen Sohn anvertrauen konnte, dann war es Nanette.

»Ja, eine Amme hat ihre Vorteile, wie so vieles andere in diesem Haus auch«, seufzte Josephine erneut. »So sehr ich meinen kleinen Goldschatz liebe – ich komme zu Hause gar nicht mehr dazu, zu zeichnen, und das habe ich doch früher so gerne getan.

Ihre Mutter sah sie prüfend an. »Bereust du es, dich für ein einfacheres Leben entschieden zu haben?«, fragte sie und legte besorgt ihre Hand auf die ihrer Tochter. »Du kannst jederzeit zurückkehren, das weißt du hoffentlich.«

Josephine schüttelte lächelnd den Kopf. »Nein, Mutter, ich bereue es nicht«, erwiderte sie. »Ich muss zwar gestehen, dass es hier komfortabler ist und ich das auch durchaus genieße, aber ganz so einfach ist unser Leben auch nicht, die meisten Menschen verfügen in unserem Alter nicht über so eine große Wohnung wie wir.«

»Wenn sie aus unseren Kreisen stammen, schon«, korrigierte ihre Mutter. »Aber ich verstehe dich. Du tust das für deinen Mann, und es nötigt mir Respekt ab, dass er selbst für seine Familie sorgen möchte. Außerdem finde ich es schön, dass du das aus Liebe zu ihm respektierst.«

»Und ich finde es schön, dass du dieser nicht standesgemäßen Hochzeit zugestimmt hast«, entgegnete Josephine. »Mir ist bewusst, dass das alles andere als selbstverständlich ist.«

»Weißt du«, sagte Charlotte und rührte nachdenklich in ihrer Tasse, »dein Vater und ich waren sehr glücklich miteinander. Bei uns hat beides gestimmt: Wir waren standesgemäß, aber wir waren auch verliebt, in all den Jahren bis zu seinem Tod. Aber wie viele unglückliche Freundinnen habe ich im Lauf der Jahre getröstet, weil sie einen Mann heiraten mussten, der standesgemäß war, sie aber einen anderen liebten. Das wollte ich dir unbedingt ersparen.«

In diesem Moment öffnete sich die Tür, und Louis kam in Begleitung von Josephines Bruder Fritz herein. Wie schon am Vorabend beim gemeinsamen Abendessen waren sie in ein angeregtes Gespräch vertieft.

»Guten Morgen, die Damen«, strahlte Fritz, der seiner Mutter wie aus dem Gesicht geschnitten war, und ließ sich auf seinen Stuhl fallen, während Louis offenbar nicht so recht wusste, wie er sich verhalten sollte und etwas verloren herumstand. Josephine hatte den Eindruck, dass ihre Mutter den sonst so selbstbewussten Fabrikanten offenbar nachhaltig verunsichert hatte.

»Fritz«, rügte ihn seine Mutter liebevoll. »Möchtest du Herrn Dohme nicht einen Stuhl anbieten, bevor du dich selbst setzt?«

»Pardon.« Der Zwanzigjährige sprang wieder auf, grinste seinen Besucher an und sagte mit einer leichten Verbeugung: »Bitte sehr, werter Herr Dohme. Nehmen Sie doch Platz.«

Louis musste lachen, was ihn von seiner Verlegenheit befreite.

»Danke sehr«, sagte er und setzte sich.

Auch Fritz nahm wieder Platz und griff hungrig nach einem Brötchen, während Agathe herbeikam, um dem Gast Kaffee einzuschenken.

»Wir sollten uns beeilen«, sagte Fritz kauend. »Gleich geht es los. Habt ihr schon einmal hinausgesehen?«

Josephine schüttelte den Kopf.

»Draußen herrscht das reinste Chaos«, berichtete ihr Bruder und schluckte sein Brötchenstück herunter. »Tausende Schaulustige drängen sich hinter den Absperrungen.«

»Und wir müssen einfach nur aus dem Fenster sehen«, rief Josephine begeistert aus.

Fritz bedachte seine Schwester mit einem spitzbübischen Blick, während Louis etwas gestelzt sagte: »Ich möchte nochmals meinen Dank dafür zum Ausdruck bringen, dass ich diesem bedeutenden Ereignis in Ihrem Hause beiwohnen darf.«

»Aber ich bitte Sie«, ließ Charlotte sich vernehmen. »Das ist doch selbstverständlich.«

Kurz darauf hatten sie das Frühstück beendet und an den großzügigen Fenstern in der im Hochparterre gelegenen Bibliothek Position bezogen. Josephines Mutter gestattete dem Personal, die Arbeit für die Zeit des Ehrenmarschs ruhen zu lassen, um ebenfalls Zeugen dieses historischen Ereignisses werden zu können. Einzig Nanette hatte abgewinkt. »Was interessiert mich der Zar, wenn ich doch diesen kleinen entzückenden Jungen habe?«, hatte sie gesagt und Julius auf sein Näschen geküsst. »Lassen Sie mich nur nach ihm sehen, dann können Sie sich auf den Zaren konzentrieren.« Josephine hatte nur zu gern zugestimmt. Sosehr sie ihren Kleinen liebte – es war auch einmal angenehm, tun und lassen zu können, was sie wollte.

»Es geht los«, verkündete ihre Mutter in diesem Moment und drückte Josephines Hand.

Von der Straße her ertönten Fanfaren, und die Menge, die sich hinter den Absperrungen drängte, brach in lauten Jubel aus.

»Da kommen sie.« Aufgeregt deutete Josephine auf die erste der drei Kutschen, die zwischen unzähligen Kürassieren und Ulanen durch das Spalier aus Truppen und Zuschauern fuhren.

»Sie wollen zur russischen Botschaft. Dort empfängt der Botschafter den Zaren und den Kaiser zu einem feierlichen Frühstück«, ließ sich Fritz Behn vernehmen.

»Und das Wetter ist auch hervorragend«, freute sich seine Mutter, als sei das allein ihr Verdienst. »Berlin zeigt sich seinem hohen Besuch heute wahrlich von der allerbesten Seite und im allerschönsten Kleide.«

»Wer sitzt denn nun in welcher Kutsche?«, wollte Josephine wissen.

Darüber konnte Louis aufklären, der im Vorfeld alles über den Zarenbesuch gelesen hatte, was er in die Finger bekommen konnte. »Der Kaiser fährt mit dem Zaren im vorderen Wagen«, erklärte er. Und dann hatten sie das Glück, dass das Gefährt unmittelbar vor ihrem Fenster zum Stehen kam. Dass die Bibliothek im Hochparterre lag, bedeutete, dass sie über die Köpfe der Schaulustigen einen guten Blick in die Kutsche hatten.

»Der Zar ist zum Greifen nah. Das hätte ich mir nicht träumen lassen«, flüsterte Louis ergriffen.

»Er hat sich seit dem letzten Mal kaum verändert«, murmelte Charlotte. »Man sieht ihm gar nicht an, was er alles durchgemacht hat.«

»Sie haben den Zaren schon einmal gesehen?«, fragte Louis beeindruckt.

»Ja«, bestätigte sie. »Ich hatte bei seinem letzten Berlinbesuch im November 1887 das Vergnügen.

»Und was ist ihm Schreckliches geschehen?«, fragte Josephine, die sich bisher nie sonderlich für den Zaren interessiert hatte. Nun musterte sie den mächtigen Mann, der neben dem Kaiser saß, verstohlen.

»Vor zwei Jahren ist er nur knapp einem Attentat entkommen«, wusste Louis. »Und letztes Jahr gab es bei der Rückkehr von einer Reise in den Kaukasus einen schweren Eisenbahnunfall.«

»Aber ihm ist nichts passiert?«

»Wie man es nimmt«, fuhr Louis fort. »Seine Familie war mit im Zug, als dieser einen steilen Abhang hinunterstürzte. Das Dach des Speisewagens, in dem sich die Familie aufhielt, wäre beinahe eingestürzt. Der Zar hat es mit seinen Schultern angehoben, bis sich alle in Sicherheit gebracht hatten.«

»Du lieber Himmel«, flüsterte Josephine ergriffen. »Er hat ihnen das Leben gerettet.«

Louis nickte. »Ja, er ist ein Held. Man sagt aber, dass die schwere Last womöglich Folgeschäden verursacht hat, die man nicht absehen kann. Er ist seither nicht mehr ganz so vital, wie man es von ihm kennt.«

Nachdenklich sah Josephine Louis von der Seite an. »Warum weißt du eigentlich so viel über den Zaren?«, fragte sie. »Woher kommt deine Faszination?«

Louis lächelte. »Ich kann es nicht mal so genau sagen«, erklärte er. »Vielleicht, weil meine Großmutter mir früher immer russische Märchen vorgelesen hat? Ich habe schon als kleiner Junge von russischen Wintern und schneeweißen Palästen mit eigenartig geformten Dächern geträumt.«

»Aber du warst noch nie in Russland?«

»Nein«, sagte er. »Leider nicht.«

In diesem Moment kam Bewegung in die Szenerie vor dem Fenster, mit einem Ruck fuhren die Kutschen ein Stück weiter nach vorne. Josephine konnte sehen, dass Prinz Albrecht und der junge Großfürst Georg im mittleren Wagen Platz genommen hatten. In der letzten Kutsche saßen der Reichskanzler Fürst von Bismarck, sein Sohn Graf Herbert von Bismarck-Schönhausen und der russische Botschafter am Berliner Hof.

»Schade, dass es schon vorbei ist«, seufzte Louis, als die Kutschen aus ihrem Blickfeld verschwunden waren. »Aber wie wunderbar, dass ich es erleben durfte. Nochmals meinen herzlichen Dank.«

»Es war uns wirklich eine Freude«, betonte Charlotte. »Bitte besuchen Sie uns noch einmal, bevor Sie die Stadt verlassen.« Schelmisch fügte sie hinzu: »Und bringen Sie meine Tochter und meinen Enkelsohn mit.«

5. Kapitel

·· Berlin, Oktober 1889 ··

Nachdem Louis sich verabschiedet hatte, hatte Josephine den Tag noch in ihrem Elternhaus verbracht, so dass sie erst zum Abendessen heimkehrte – einen großen Topf bei sich, den Frau Rentlein ihr mitgegeben hatte. Dann müsse die Gnädige Frau sich nach ihrer Heimkehr nicht noch an den Herd stellen, hatte die Köchin argumentiert. »Nur aufwärmen müssen Sie's noch.«

Bei einem Blick in den Topf hatte Josephine erfreut festgestellt, dass Frau Rentlein Königsberger Klopse für sie vorbereitet hatte. Ihr Leibgericht, das zuzubereiten sie mangels Kochkünsten allerdings noch nicht in der Lage war.

Als sie die Wohnungstür aufschloss, verriet ihr der Geruch aus der Küche, dass es in der Tat ausgesprochen praktisch war, bereits ein fertiges Gericht im Korb zu haben. Es stank in der ganzen Wohnung entsetzlich angebrannt.

»O je«, murmelte Josephine und eilte, den kleinen Julius auf dem Arm, ins Wohnzimmer, um sogleich alle Fenster aufzureißen. »Ich glaube, dein Vater hat das optimale Backtriebmittel noch nicht gefunden.«

Das bestätigte sich, als sie die Küchentür öffnete. Sie fand Carl auf allen Vieren fluchend vor dem Backofen vor, den er von den Teigresten zu befreien versuchte, die wirklich überall zu kleben schienen: in der Backröhre, aber auch auf dem Boden, an den Wänden – und an ihrem Mann.

Bei seinem Anblick musste sie unversehens lachen. Carl sah einfach hinreißend aus. Der Teig klebte ihm in seinem wirren, dunklen Haar, an der Stirn und an seinem Pullover.

»Ja, lach mich nur aus«, brummte er und erwiderte den Kuss, den sie ihm auf den Mund gab. Stunde um Stunde hatte er die verschiedenen Mischungen ausprobiert, nachdem er am Küchentisch aufgewacht war. Selbst den Termin mit seinem Geschäftspartner, bei dem sie über die Zukunft der Firma hatten sprechen wollen, hatte er verpasst, so sehr war er auf seine Idee fixiert gewesen.

»Aber nein«, sagte sie erschrocken und gab ihm noch einen Kuss. »Ich habe dich doch nicht ausgelacht. Du siehst nur einfach zu hinreißend aus mit deinen Teigresten ihm Haar.«

Carl ging zu dem kleinen Spiegel, der über dem Waschbecken hing, und sah hinein. »Oh«, sagte er und musste nun ebenfalls grinsen. »Nun gut, ich kann dich verstehen.«

Dann drehte er sich wieder zu seiner Gattin um. »Und einmal mehr kann ich gar nicht fassen, was für ein Glück ich mit dir habe. Jede andere Frau hätte nicht gelacht, wenn sie ihre Küche nach ihrer Rückkehr derart verwüstet vorfände, sondern ihrem Mann eine gehörige Standpauke gehalten.«

Er sah sie so schuldbewusst an, dass sie sich sofort noch einmal in ihn verliebte.

»Keine Sorge, mein Schatz«, sagte sie. »Julius und ich helfen dir beim Aufräumen. Und die Tatsache, dass die Küche so aussieht, wie sie aussieht, zeigt doch, dass dein Backtriebmittel funktioniert. Nur an der Dosierung musst du vielleicht noch arbeiten.«

Einträchtig machten sie sich daran, die Küche zu säubern, anschließend wärmte Josephine die Königsberger Klopse auf, und dann saßen sie nebeneinander am Küchentisch und ließen es sich schmecken, während der kleine Julius in seiner Wiege schlummerte.

»Und, wie war er so, der Zar?«, fragte Carl zwischen zwei Bissen.

Sie zuckte die Achseln. »Groß«, sagte sie. »Stattlich. Der Kaiser hat neben ihm ganz schmächtig ausgesehen.«

Carl grinste. »Wilhelm I. wäre das nicht passiert.«

Sie nickte. »Aber Wilhelm I. ist nicht mehr.«

»Mal schauen, wie lange Wilhelm II. bleibt«, sagte Carl lakonisch.

»Ach, ich glaube, der bleibt uns eine Weile erhalten«, vermutete Josephine. »Und wir hatten ja nun genug Kaiser für ein ganzes Leben.«

Im Vorjahr hatte es im Deutschen Reich um den Kaiser – oder besser: *die* Kaiser – in der Tat einigen Wirbel gegeben. Nachdem Kaiser Wilhelm I. nach siebenundzwanzig Jahren Regentschaft als König von Preußen und später als Deutscher Kaiser das Zeitliche gesegnet hatte, hatte sein Sohn als Kaiser Friedrich III. den Thron bestiegen. Doch er war schwer an Kehlkopfkrebs erkrankt und verstarb nach exakt neunundneunzig Tagen Regentschaft im nahegelegenen Potsdam. Noch am selben Tag bestieg sein Sohn als Kaiser Wilhelm II. den Thron als Deutscher Kaiser und König von Preußen. Innerhalb von vier Monaten hatten somit drei Herrscher das Deutsche Reich regiert.

»Phinchen«, sagte Carl und riss seine Frau aus ihren Gedanken.

»Ja, Liebling?«

»Du konntest dich ja nun vorhin davon überzeugen, dass mein Backtriebmittel funktioniert. Nur die richtige Dosierung muss ich noch finden. Ich habe auf ein Pfund Mehl zwei Esslöffel zugegeben.«

»Es muss also auf jeden Fall weniger sein«, stellte Josephine fest.

»Genau«, bestätigte er. »Aber ich bin kurz vor dem Durchbruch. Und ich finde meine Idee, das Backtriebmittel für den Hausgebrauch zu verkaufen, nach wie vor gut.«

»Das finde ich auch«, bestätigte sie.

Carl fasste sich ein Herz. In seinem nächtlichen Elend hatte er sich geschworen, ihr die Wahrheit zu sagen, ihr nicht länger etwas vorzumachen. Sie verdiente es zu erfahren, wie es um sie stand. Er wollte allerdings nicht nur sein Versagen kundtun, sondern ihr gleichermaßen eine Erfolgsmeldung geben, eine Zukunftsperspektive bieten. »Aber um das zu erreichen, brauche ich eine Apotheke«, platzte er nun heraus. »Und das muss jetzt sein, Phinchen. Die Firma läuft sehr schlecht, sie wirft keinen Gewinn ab. Und ich weiß nicht, wie lange wir noch ohne Einkommen weitermachen können.«

»Oh«, sagte Josephine hilflos. »Nun, ich will dich natürlich gern in allem, was du tust, unterstützen. Es tut mir leid, wenn deine Firma nicht so gut funktioniert, wie du dir das vorstellst. Aber ich bin überzeugt, dass du mit dem Backtriebmittel großen Erfolg haben wirst.«

Er nickte. »Das glaube ich auch. Ich muss noch ein bisschen an den Details feilen. Aber das ist nur eine Frage der Zeit.«

»Aber was machst du mit der Firma, willst du die Anteile verkaufen, oder steht es so schlimm, dass der Konkurs droht?«, fragte Josephine ängstlich.

Er winkte ab. »Das kläre ich mit meinem Geschäftspartner. Da musst du dir keine Gedanken machen. Unabhängig davon: Mit einer Apotheke haben wir sofort ein Einkommen, und ich kann für uns sorgen. Auch bevor ich die richtige Mischung für das Backtriebmittel gefunden habe.«

Er erhob sich halb von seinem Stuhl, beugte sich über den Tisch und küsste seine Frau mitten auf den Mund.

Sie nickte. »Gut«, sagte sie. »Dann lass uns auf die Suche gehen.«

Zu ihrer Erleichterung war Carl, wenn er sich auch ansonsten standhaft weigerte, etwas von ihrer Mutter anzunehmen, einverstanden gewesen, für den Kauf einer Apotheke Unterstützung anzunehmen. Allerdings nur in Form eines Darlehens und nicht als Hochzeitsgeschenk, als das Charlotte Behn das Geld gedacht hatte. Dass Carl akzeptiert hatte, dafür keine Zinsen zu bezahlen, war das Höchste der Gefühle gewesen.

Die folgenden Tage verbrachten sie damit, die Zeitungen nach

Anzeigen zu durchsuchen, doch es war wie verhext. »Offenbar will kein Mensch eine Apotheke verkaufen«, murmelte Carl schließlich frustriert.

»Wir geben nicht auf«, tröstete Josephine. »Wir werden unsere Apotheke finden. Bald.«

6. Kapitel

·· Berlin und Bielefeld, Februar bis April 1890 ··

So hatte Josephine Carl noch nie gesehen. Ihr Mann saß mit finsterer Miene am Küchentisch, und um ihn herum herrschte das reinste Chaos. Fassungslos sah Josephine sich um. Offenbar hatte er wieder einmal mit seinem Backtriebmittel experimentiert und die falsche Mischung erwischt. Aber warum? Er hatte die richtige Mischung doch schon gefunden! Um ihn herum lagen unzählige zusammengeknüllte Papiere. Dabei hatte sie ihm doch eigentlich eine frohe Botschaft überbringen wollen: Ihre Mutter, bei der sie gerade zu Besuch gewesen war, hatte ihr in der *Berliner Morgenzeitung* eine Anzeige gezeigt: In Charlottenburg wurde eine Apotheke zum Verkauf angeboten! Endlich hatte ihre monatelange Suche ein Ende. Und ausgerechnet Charlottenburg!

»Liebling!«, sagte sie und eilte zu ihm. »Was ist denn nur passiert?

Carl schnaubte. »Ich bin kein bisschen besser als Liebig!«, rief er und machte eine ausholende Bewegung. »Ich war der Ansicht, ein Backtriebmittel gefunden zu haben, das sich lange hält. Aber sieh selbst – vier Monate nachdem ich es angerührt habe, funktioniert es überhaupt nicht mehr.«

Nun galt es, ihn aufzubauen und ihm Mut zu machen, und dazu hatte Josephine nun ja dank ihrer Mutter das beste Mittel. Aufmunternd schob sie ihrem Mann die Zeitung über den Tisch. »Dafür haben wir eine Apotheke gefunden«, sagte sie und zeigte auf die Anzeige, die ihre Mutter rot eingekringelt hatte. »In Charlottenburg. Ist das nicht wunderbar?«

Doch er würdigte die Zeitung keines Blickes, schüttelte nur den Kopf. »Das ist nicht der richtige Zeitpunkt«, sagte er. »Ich bin noch nicht so weit.«

Josephine verspürte einen Stich im Magen. Da hatte sie sich so gefreut, ihrem Mann die guten Nachrichten überbringen zu können, und nun das! Sie zwang sich, ruhig zu bleiben, und legte ihre Hand auf die seine.

»Liebling«, sagte sie. »Das ist eine einmalige Chance. Du weißt, wie selten Apotheken verkauft werden. Und dann noch in Charlottenburg. Wir müssen nur zugreifen.«

»Und was soll ich dort verkaufen?«

Überrascht sah sie ihn an. »Medizin. Dafür ist doch eine Apotheke gemeinhin da.«

»Das schon«, sagte er. »Aber ich wollte doch in einer Apotheke gleich das Backtriebmittel verkaufen.«

»Das kannst du doch auch später noch«, sprach sie ihm Mut zu. »Keiner erwartet, in einer Apotheke Backtriebmittel vorzufinden.« Flehend sah sie in an. »Lass uns in Ruhe die Apotheke eröffnen. Deshalb kannst du ja trotzdem noch experimentieren.«

Doch Carl zögerte. »Ich weiß es nicht«, sagte er. »Eine Apotheke führt sich nicht nebenbei. Was, wenn ich danach keine Zeit mehr für meine Experimente habe und es nie was wird, mit dem Backtriebmittel?« Bittend sah er sie an: »Lass uns erst mal zu Abend essen. Und gib mir ein oder zwei Tage, um darüber nachzudenken.«

»Aber …«, setzte sie an, doch er unterbrach sie. »Bitte« sagte er. Sie seufzte. »Also gut.«

Carl stellte Josephines Geduld nicht auf eine allzu große Probe. Bereits am nächsten Morgen weckte er sie strahlend mit der frohen Botschaft, es tue ihm leid, so gezögert zu haben. Er sei bereit für den Kauf der Apotheke.

Doch in Charlottenburg erwartete sie eine traurige Überraschung: Hinter der Theke stand ein sehr alter Mann, der ihnen mitteilte, vor einer Stunde die Apotheke an ein junges Ehepaar verkauft zu haben. Josephine und Carl wechselten einen betroffenen Blick. Dass der Verkauf so schnell gehen würde, hätten sie nicht gedacht!

• • • •

»Da«, sagte Carl Wochen später und hieb mit dem Finger auf die Zeitung ein. »Eine Apotheke wird zum Kauf angeboten.«

»Endlich«, seufzte Josephine und trat neben ihren Mann. »Ich dachte schon, es kommt nie wieder ein Angebot.«

Nach dem herben Schlag hinsichtlich der Apotheke in Charlottenburg waren sie an der Suche regelrecht verzweifelt. Es wurde in Berlin einfach keine Apotheke veräußert. Carl hatte die Zeit genutzt, um weitere Experimente zu machen und neben dem Backtriebmittel auch Produkte wie Warzentinktur und Gesundheitskakao entwickelt, die er dann in seiner Apotheke verkaufen wollte. Wenn sie denn irgendwann mal eine fänden.

Inzwischen war es Frühling geworden, der kleine Julius war schon über ein Jahr alt, und die Meisters hatten in ihrer Verzweiflung schließlich beschlossen: Die nächste Apotheke würden sie kaufen. Und zwar unabhängig davon, wo diese stand.

»Und wo ist diese Apotheke?«, fragte Josephine.

Beinah entschuldigend sah Carl sie an. »In Bielefeld.«

»In Bielefeld?«, fragte sie entsetzt.

»Ich kenne Bielefeld«, sagte er. »Ich bin ganz in der Nähe aufgewachsen. Meine Familie wohnt nur sechzig Kilometer entfernt, und meine Mutter wäre sicher sehr glücklich, uns näher bei sich zu haben. Jetzt, wo Vater tot ist …«

Josephine nickte. Carls Vater war im Vorjahr völlig überraschend gestorben, was ihren Mann schwer getroffen hatte. Und ihre Schwiegermutter hatte sich bei der Beerdigung an seinem Grab kaum auf den Beinen halten können. Es wäre gut, wenn sie in der Nähe wären.

Doch daran, was ihre eigene Mutter sagen würde, wenn sie von ihren Plänen hörte, mochte Josephine lieber gar nicht denken.

Carl nahm ihre Hand. »Wir müssen das nicht machen.«

Doch sie sah ihm entschlossen in die Augen und schüttelte den Kopf. »Wir haben uns gemeinsam dafür entschieden, zuzugreifen, sobald sich uns eine Gelegenheit bietet. Und das machen wir jetzt auch.«

»Aber …«

»Nein, ich war noch nicht fertig«, unterbrach sie ihren Mann. »Eigentlich ist es egal, wo wir hingehen, wenn es nicht Berlin ist. Mit Berlin kann keine Stadt mithalten und meine Familie werde ich überall vermissen. Geben wir Bielefeld eine Chance. Lass uns sofort aufbrechen. Nicht, dass uns wieder jemand zuvorkommt.«

»Gut«, sagte er und küsste sie auf den Mund. »Diesmal höre ich auf meine Frau. Lass uns direkt aufbrechen.«

····

Die Engel-Apotheke war zweigeschossig und recht schlicht, wirkte aber ausgesprochen heimelig. *APOTHEKE* stand in großen Lettern zwischen dem ersten und dem zweiten Stock, im Erdgeschoss befand sich zwischen zwei Schaufenstern die reich geschmückte Eingangstür und darüber eine große Uhr.

»Schau mal«, sagte Josephine und deutete auf das Gotteshaus direkt gegenüber. »Unser Nachbar ist eine Kirche.«

»Ich werte das als gutes Zeichen«, erwiderte Carl. »Und ich mag Kirchplätze.«

»Ich auch.«

Carl stieg als Erster aus der Droschke, die sie vom Bahnhof zur Engel-Apotheke gebracht hatte, und reichte Josephine die Hand, um ihr beim Aussteigen behilflich zu sein.

Als sie die Ladentür öffneten, ertönte ein leises Klingeln. Drinnen war es düster und ein wenig staubig. Carl rümpfte die Nase.

Auf den ersten Blick war die Apotheke ziemlich enttäuschend. Er spürte, dass es Josephine ähnlich ging.

Im nächsten Moment kam ein greiser Mann aus dem Hinterzimmer.

»Sie wünschen?«

»Guten Tag«, sagte Carl. »Mein Name ist Dr. Carl Meister. Wir kommen wegen Ihrer Anzeige. Ich habe Interesse, die Apotheke zu übernehmen.«

Das Gesicht des Mannes hellte sich auf. »Wie wunderbar.«

Carl wusste nicht, ob er sich freuen sollte. Einerseits war er froh, dass ihm nicht schon wieder jemand die Apotheke vor der Nase weggeschnappt hatte. Andererseits fragte er sich, ob er dieses Geschäft wirklich wollte.

Doch der Mann ließ ihm keine Zeit für Überlegungen. »Kommen Sie!«, sagte er. »Ich zeige Ihnen alles.«

Er ging zur Ladentür und sperrte zu.

Die Führung bestätigte Carls Befürchtung. Er seufzte. Hier würde er noch viel investieren müssen.

»Sieh es positiv«, flüsterte Josephine, die seine Gedanken zu erahnen schien. »So kannst du alles nach deinen Wünschen gestalten.«

Er nickte und dachte, wie sehr er sie liebte und welches Glück er doch mit dieser Frau hatte, die immer bereit war, das Positive zu sehen. Denn sie hatte ja recht. Sein Plan war, in seiner Apotheke das modernste Labor Deutschlands einzurichten. Selbst wenn die Engel-Apotheke besser ausgestattet gewesen wäre, hätte er also vermutlich noch einmal umbauen lassen.

In der Wohnung über der Apotheke sah es nicht viel besser aus. Grau und trist und auch ein wenig muffelig wirkten die Räume. Er wechselte einen Blick mit Josephine, und sie nickte leicht.

Das bekommen wir hin, teilte sie ihm stumm mit.

Carl wandte sich an den Apotheker, der sich inzwischen als Herr Zimmer vorgestellt hatte.

»Wir sind interessiert«, sagte er.

Als Herr Zimmer ihm dann allerdings den Preis nannte, schnappte Carl erschrocken nach Luft.

• • • •

Sie hatten lange verhandelt, doch Herr Zimmer hatte sich nicht erweichen lassen. Das sei der Preis, den er sich vorstelle, und er sei entschlossen, die Apotheke so lange selbst zu führen, bis er genau diesen Preis erziele, hatte er erklärt.

Zähneknirschend hatte Carl schließlich eingewilligt – die Kaufsumme wurde zur Hälfte von Josephines Mutter und zur anderen Hälfte durch einen Kredit finanziert, und eine Woche, nachdem sie die Apotheke das erste Mal betreten hatten, händigte der Vorbesitzer Carl feierlich den Schlüssel aus.

»Herzlichen Glückwunsch«, sagte Josephine strahlend und umarmte ihren Mann.

»Danke«, erwiderte er und küsste sie leicht abwesend auf den Mund. Josephine erkannte, dass ihn Sorgen plagten.

»Freust du dich denn gar nicht?«, fragte sie, obwohl sie es besser wusste.

»Doch«, erwiderte er. »Ich bin nur in Gedanken schon beim nächsten und übernächsten Schritt. Es gibt noch so viel zu tun.«

Sie nickte. »Ja, ich weiß.«

»Ich möchte keine Zeit verlieren, Josephine«, sagte er ernst. »Wir fahren nun zurück nach Berlin, suchen uns einen Architekten, beginnen mit den Umbaumaßnahmen und bereiten den Umzug vor. Ich möchte so schnell wie möglich eröffnen.«

Josephine nickte. »Ich auch«, sagte sie und gestand dann: »Aber der Gedanke, mich von Mutter verabschieden zu müssen, fällt mir schwer.«

7. Kapitel

·· Bielefeld, Mai 1890 ··

Kurze Zeit später hatten sie den Umzug und auch die Umbaumaßnahmen hinter sich gebracht. Über der Ladentür stand nun in kunstvoller Schrift *Dr. C. Meister,* und Carl hatte jeden einzelnen Schritt der Umbaumaßnahmen überwacht und sowohl bei den Materialien als auch bei den Arbeiten allerhöchsten Wert auf Qualität gelegt. Er wollte die modernste Apotheke im ganzen Land. Und wenn es ihm auch etwas unangenehm war, dafür auf die Unterstützung seiner Schwiegermutter zurückgreifen zu müssen, so beflügelte das andererseits seinen Ehrgeiz. Auf Heller und Pfennig würde er ihr alles zurückzahlen – und das so schnell wie möglich. Er war überzeugt, dass ihm mit dem Backtriebmittel der große Durchbruch gelingen würde, und es wurmte ihn ein wenig, dass er wegen des Umbaus nicht zum Experimentieren kam. Andererseits: Alles hatte seine Zeit. Er wollte keinen Schnellschuss, sondern bestens ausgerüstet ein hochqualitatives Backtriebmittel entwickeln.

Zufrieden sah er sich in seiner Apotheke um. Doch, es war schön geworden, fand er. Der Raum strahlte nun das aus, was er auch zum Ausdruck bringen wollte: hohe Qualität und eine gediegene Atmosphäre. Die Wand hinter der großzügigen Ladentheke füllte ein mächtiges Regal aus Mahagoniholz, das bis zur Decke reichte und mit kunstvollen Schnitzereien und Intarsien verziert war. Nun musste nur noch der Glaser kommen und die Regalböden einpassen – Carl war nervös, weil das immer noch nicht geschehen war, eigentlich hatte er den Mann bereits letzte Woche erwartet –, und dann würden Josephine und Charlotte, die am Vorabend mit Nanette angereist war, um ihnen zur Seite zu stehen, die bereits vorbereiteten und mit verschiedensten Substanzen gefüllten, ordentlich beschrifteten Gläser noch einmal polieren und einräumen.

Wieder sah Carl sich zufrieden um und ging dann in den kleinen Nebenraum, in dem seine Utensilien für kommende Experimente bereitstanden. Auch hier war alles zu seiner Zufriedenheit, und mit einem Mal überflutete ihn eine regelrechte Woge des Glücks und die Ahnung, dass hier in diesem Labor etwas ganz Großes beginnen würde.

Beinah demütig legte er seine Hand auf die Tischplatte und schloss für einen Moment die Augen. Ja, es würde gut, es würde groß werden. Daran hatte er in diesem Moment nicht den leisesten Zweifel.

Eine Stunde später saß er mit Josephine und Charlotte beim Frühstück, während sich Nanette um den kleinen Julius kümmerte.

»Ich wollte euch etwas zeigen«, sagte Carl. Er erhob sich, ging zu dem kleinen Sekretär, der an der Wand stand, und zog ein Blatt heraus. Dann legte er es so auf den Tisch, dass seine Frau und seine Schwiegermutter es gut lesen konnten.

»Wie findet ihr das? Ich möchte im *Bielefelder Tageblatt* inserieren.«

Josephine und Charlotte beugten sich über das Blatt und lasen aufmerksam. Carl stellte sich den Bielefeldern vor, erklärte, dass er für höchste Qualität stehe, und schloss mit den Worten: »Nach Kräften will ich mich bemühen, jeden, der meine Apotheke betritt, auf das Vorzüglichste und Fachkundigste zu bedienen.«

»Das ist gut, mein Lieber«, befand Charlotte und sah ihren Schwiegersohn an. »Die Leute werden in Scharen kommen.«

»Das glaube ich auch«, sagte Josephine. »Es ist eine hervorragende Anzeige.«

Carl nickte, setzte sich, nahm hastig einen Bissen von seinem Marmeladenbrot, spülte alles mit einem Schluck Kaffee herunter und erhob sich dann wieder. »Ihr entschuldigt mich?«, bat er. »Ich will wieder hinunter und nachsehen, wo der Glaser bleibt. Es macht mich ganz nervös, dass er immer noch nicht da ist.«

Josephine nickte, während sie Julius sein verschmiertes Mündchen putzte. »Sicher. Wir sind gleich bei dir. Ich habe ja auch keine Ruhe.«

»Ich auch nicht«, bestätigte Charlotte. »Und außerdem bin ich ja nicht zum Frühstücken gekommen, sondern um mit Hand anzulegen.«

• • • •

Josephine und Carl standen einträchtig nebeneinander in der Apotheke und polierten Gläser. Der Glaser war inzwischen auch vor Ort und passte gerade die letzten Böden in den Schrank ein.

»Es ist wunderschön geworden«, sagte Josephine leise zu Carl.

Er legte den Arm um sie. »Ja, das ist es. Ich bin jedoch auch froh, wenn die Umbauphase vorbei ist. Ich kann es kaum erwarten, endlich wieder zu experimentieren.«

»Das verstehe ich. Aber es ist gut, dass du dir damit Zeit lässt. Gut Ding will Weile haben.«

»Ich weiß«, sagte Carl. »Aber dennoch bin ich etwas ungeduldig. Und ich muss gestehen, dass ich es bedauere, das Backtriebmittel nicht schon zur Eröffnung anbieten zu können.«

»Ach«, sagte sie. »Ich glaube, das spielt keine Rolle. Wichtig ist, dass die Qualität am Ende stimmt.«

»Wie klug du bist.«

• • • •

Der kleine, inzwischen fast eineinhalb Jahre alte Julius liebte sein neues Zuhause ebenfalls. Ganz besonders galt das für die Treppen, die er nicht müde wurde, hinauf- und hinunterzusteigen, selbstverständlich immer in Begleitung eines Erwachsenen, der hinter dem kleinen Menschlein ging, um Unfälle zu vermeiden. Normalerweise tat das Josephine mit Hingabe, nun war es Nanette, die ihm Schritt für Schritt folgte.

»Wir wollten nur mal Guten Tag sagen«, ertönte ihre Stimme von der Tür her.

Josephine wandte sich um, ging in die Hocke und breitete die Arme aus. »Ja wer kommt mich denn da besuchen?«, fragte sie. »Komm her, mein kleiner Schatz.«

Julius wackelte ihr entgegen und schmiegte sich glücklich in die vertraute Umarmung.

»Das sieht wundervoll aus«, sagte Nanette und sah sich beeindruckt um.

»Nicht wahr?«, fragte Josephine zufrieden, während Carl seinen Sohn hochhob und ihn in die Luft warf, was dieser sich begeistert quietschend gefallen ließ. »Jetzt fehlt nur noch das Schaufenster.«

»Dann lassen wir die Mutti und den Vati mal weiterarbeiten und gehen wieder nach oben, nicht wahr, Julius?«

Der Kleine nahm die Hand des Kindermädchens, um sich der wichtigen Aufgabe des Treppensteigens zu widmen.

»Was willst du denn ins Schaufenster stellen?«, fragte Carl seine Frau.

»Ach«, erwiderte sie. »Ich habe keine wirklich gute Idee. Vielleicht einen Mörser und ein paar Apothekerflaschen?

Carl blickte sie nachdenklich an. »Ja, das ist zwar nicht gerade originell, aber wohl das, was die Leute von einem Apothekenschaufenster erwarten.

Als Josephine sich daran machte, das Schaufenster zu dekorieren, fühlte sie sich mit einem Mal beobachtet. Sie hob den Blick und sah auf der anderen Straßenseite die Gestalt eines Mannes, der zu ihr herübersah. Erschrocken zuckte sie zusammen. Instinktiv spürte sie, dass dieser Herr dort nicht stand, weil ihm die Schaufensterdekoration so gut gefiel. Eine unbestimmte Gefahr ging von ihm aus.

»Carl«, rief sie. »Dort draußen steht ein Mann und starrt in unser Schaufenster.«

»Na, dann wirkt die Werbung ja schon«, antwortete der gut gelaunt. »Und dazu ist ein Schaufenster ja auch da – dass man hineinschaut, oder nicht?«

»Bitte Carl«, beharrte sie, und leiser Ärger über ihren Gatten und dass er sie offenbar nicht ernst nahm, stieg in ihr empor. »Das ist kein Scherz. Der Mann macht mir Angst.«

»Ich sehe nach«, sagte Carl, ging zur Ladentür und öffnete sie.

Doch als Josephine den Blick hob, um ihren Beobachter erneut in Augenschein zu nehmen, war der Mann verschwunden.

»Da ist keiner«, sagte Carl da auch schon, als er wieder hereinkam. »Das hast du dir alles eingebildet, Liebes. Das ist sicher nur die Aufregung vor der Eröffnung. Aber wir werden hier schnell Erfolg haben. Du wirst sehen.«

»Sicher hast du recht«, sagte sie, während er sie in seine Arme zog.

Doch ein mulmiges Gefühl blieb.

8. Kapitel
·· Bielefeld, Dezember 1892 ··

Die Bäckerei Müller war ein spätgotisches Fachwerkhaus, dessen untere Hälfte mit hellem Sandstein verkleidet war. Carl lächelte voller Vorfreude, als er darauf zueilte. Mit Bäckermeister Müller, einem freundlichen, bebrillten Mann Mitte fünfzig, verstand er sich hervorragend, vielleicht auch, weil dieser ihn an seinen verstorbenen Vater erinnerte, und in der Backstube fühlte er sich in seine Kindheit zurückversetzt. Außerdem war der Bäckermeister ein Mann, der sich aufs Wesentliche konzentrierte und nicht allzu viel redete, was Carl in seiner – zumindest Fremden gegenüber – preußischen Zurückhaltung sehr entgegenkam.

»Herr Doktor«, begrüßte der Bäcker ihn freundlich, und Carl stellte einmal wieder schmunzelnd fest, dass er recht gehabt hatte in seiner Vermutung, sein Titel sei vertrauenserweckend. Die Leute mussten ja nicht wissen, dass er ein Doktor der Botanik und kein Doktor der Pharmazie war. Seine Apotheke lief gut zwei Jahre nach der Eröffnung hervorragend, auch dank des »Ratgebers für Kranke«, den er noch im Jahr der Eröffnung herausgegeben hatte. Seinen Hausleim, die Warzentinktur und seine Salbe gegen Sommersprossen verkaufte er immerhin leidlich, und inzwischen konnte er sich auch zwei Angestellte leisten, die ihn an den Nachmittagen vertraten. Dann eilte er nach dem Mittagessen wahlweise in sein Labor oder in die Bäckerei Müller. Der freundliche Bäckermeister, ein treuer Kunde ihrer Apotheke, hatte ihm angeboten, seine Experimente in seiner Backstube durchzuführen. »Dann wird die Küche der Frau Gemahlin etwas geschont«, hatte er schmunzelnd hinzugefügt, und Carl hatte dankbar zugestimmt. In der Tat hatte er das Gefühl, in der heimischen Küche zu stören.

»Kommen Sie. Wir haben schon alles vorbereitet«, sagte Bäckermeister Müller nun. Carl holte die Tütchen mit verschiedenen Mischungen aus der Tasche. Sie alle hatten nun sechs Monate gelagert, und er hoffte inständig, dass eine der drei Mischungen die richtige wäre.

Kurz darauf stand er neben Herrn Müller in der Backstube. Der Bäcker hatte schon drei Schüsseln bereitgestellt, in denen sich je ein Pfund Mehl befand. Carl schüttete nun in jede der Schüsseln ein Tütchen mit Backtriebmittel und notierte genau, welche Mischung er in welchen Teig gegeben hatte, während Herr Müller alles mit den restlichen Zutaten verrührte. Anschließend formte der Bäckermeister, wie schon die letzten Male, dünne, quadratische Teigstücke und schob sie in den Ofen. Gebannt warteten die beiden Männer, bis die Plätzchen fertig waren, und Carl dachte bei sich, was für ein Glück er doch hatte, in Bäcker Müller einen Gefährten gefunden zu haben, der sich für seine Experimente ebenso begeisterte wie er selbst und der es als Ehrensache betrachtete, das perfekte Ergebnis zu erreichen.

»Jetzt«, sagte Müller und zog das Blech aus dem Ofen.

Beinah gleichzeitig deuteten sie auf das Teigstück in der Mitte.

»Das!«, sagte Carl Meister zufrieden. »Das ist es.«

»Ja«, freute sich Müller. »Es scheint mir perfekt zu sein.«

Nachdem das Plätzchen etwas ausgekühlt war, probierten sie beide davon und nickten einander begeistert zu.

»Wir haben es geschafft.«

Der Bäcker strahlte. »Ich schlage allerdings vor, dieses Pulver nun in einem Kuchen auszuprobieren. Haben Sie ein weiteres Tütchen dabei?«

Carl nickte.

»Dann lassen Sie uns beginnen.«

• • • •

Ungeduldig trommelte Josephine mit den Fingern auf den Küchentisch. »Wo bleibt denn dein Papa?«, fragte sie den mit Bauklötzen spielenden Julius. Doch der antwortete nur gelassen: »Papa nicht da.«

Josephine stand auf und ging zum Fenster. Nun hatte sie sich so sehr mit der Zubereitung des Abendessens beeilt, damit sie gleich, wenn Carl wie immer um kurz nach fünf nach Hause kam, essen konnten. Doch mittlerweile war es schon fast sieben Uhr abends, und Julius musste dringend ins Bett. »Dann essen wir jetzt eben ohne Papa zu Abend, mein Schatz«, seufzte Josephine und setzte Julius in sein Stühlchen. Der Junge begann sofort, die kleingeschnittenen Brotstückchen zu verputzen.

Eine Stunde später stand sie wieder am Fenster und sah hinaus. Julius schlief inzwischen selig mit seinem braunen Teddybären im Arm. So langsam machte sich Josephine Sorgen, und sie dachte nicht zum ersten Mal, dass sie sich dringend ein Dienstmädchen suchen mussten. Beate, ihr bisheriges Mädchen, war nicht mit ihnen aus Berlin nach Bielefeld gezogen. Wenn sie ein Dienstmädchen gehabt hätten, könnte Josephine nun rasch zur Bäckerei Müller gehen und nach Carl sehen. Aber so ... sie konnte den kleinen Julius ja nicht allein lassen. Mit einem Seufzen räumte sie die schmutzigen Teller in die Spüle und ging dann ins Wohnzimmer. Dort setzte sie sich an den Schreibtisch und griff nach Block und Stift. Dann würde sie die Zeit eben nutzen, um endlich einmal wieder zu zeichnen.

Sie war derart in ihre Arbeit vertieft, dass sie gar nicht bemerkte, dass Carl leise die Wohnung betreten hatte. Vorsichtig wickelte er den großen Strauß roter Rosen aus dem Einschlagpapier, griff nach der Champagnerflasche, die er zuvor noch besorgt hatte, und schlich leise Richtung Wohnzimmer. Beinah lautlos öffnete er die Tür und hielt seiner Gattin die Rosen unter die Nase.

Josephine schrak zusammen und sprang auf. »Liebling«, sagte sie. »Da bist du ja.«

Er legte ihr die Blumen in den Arm.

»Sie sind wunderschön«, sagte Josephine, wurde dann aber wieder ernst. »Wo warst du denn? Ich habe mir Sorgen gemacht!«

»Ich wollte dich nicht beunruhigen«, versicherte Carl. »Aber ich hatte einen guten Grund.«

Mit einem geheimnisvollen Lächeln entkorkte er die Champagnerflasche.

»Hast du etwa …«, fragte sie, während er die perlende Flüssigkeit in die Gläser schenkte.

Er nickte. »Ja«, rief er aus und reichte ihr eine der Flöten. »Endlich habe ich die perfekte Mischung gefunden.«

Er hob sein Glas. »Auf das Backtriebmittel.«

• • • •

Sie hatten seinen Erfolg mit einer leidenschaftlichen Liebesnacht gefeiert und lagen nun glücklich eng aneinandergeschmiegt Seite an Seite im Bett. »Hast du dir schon einmal überlegt, wie du deine Backtriebmittel verpacken willst?«, fragte Josephine, während sie gedankenverloren mit seinem Brusthaar spielte.

»Ja«, murmelte er und küsste sie auf den Kopf. »Ich dachte an Blechdosen.«

»Gut. Dann müssen wir uns darum kümmern, woher wir diese Dosen bekommen. Und was draufstehen soll. Wir brauchen einen Namen, Carl. Backtriebmittel klingt furchtbar.«

Sie setzte sich auf und sah ihn beinah empört an.

»Das stimmt«, gab er ihr lachend recht, während er sie wieder an sich zog. »Aber wie könnten wir es sonst nennen?«

»Das Wort Backen sollte schon im Namen erhalten bleiben«, sagte sie.

»Aber Triebmittel ist zu sperrig«, ergänzte er.

»Genau. Das klingt so nach … Maschinenöl«, stieß sie hervor.

Er verzog das Gesicht. »Eine Backzutat, die an Maschinenöl erinnert. Na wunderbar.«

Nachdenklich sah Josephine zum Fenster hinaus und ging im Kopf verschiedene Namen durch. Sie kniff die Augen zusammen und richtete sich auf. War das etwa …

»Schau mal, es schneit!«, rief sie dann aus. Wenn wir Glück haben, bleibt der Schnee liegen und ist nicht nur Pulverschnee, dann kann ich morgen mit Julius einen Schneemann bauen.«

Diesmal war Carl es, der sich ruckartig aufsetzte. Er starrte sie an.

»Au«, protestierte sie lachend. »Sei doch nicht so ungemütlich.«

Doch ihr Mann ging gar nicht darauf ein.

»Wie hast du das da draußen …«, er deutete zum Fenster, »wie hast du das da draußen gerade genannt?«

Verwundert sah sie hinaus. »Schnee?«, sagte sie und blickte dann von ihrem Mann auf die Backtriebmittelmischung auf dem Tisch. »Willst du das Backtriebmittel Backschnee nennen?«

Er schüttelte den Kopf. »Nein«, sagte er. »Das klingt zu sehr nach Eischnee. Aber du hast von Pulverschnee gesprochen. Wir nennen unsere Erfindung Backpulver.«

»Backpulver!«, sagte Josephine und gab ihrem Mann einen Kuss. »Backpulver. Das ist so einfach und genial.«

Dr. Meisters Backpulver. Das war phantastisch!

9. Kapitel

·· Berlin und Obernkirchen, Januar 1893 ··

Nervös blickte Josephine an diesem kalten Januartag aus dem Fenster, als die Kutsche durch die altvertrauten Straßen von Berlin fuhr. Von der Wilhelmstraße bog der Kutscher auf die Straße Unter den Linden ein und fuhr dann auf den Pariser Platz mit seinem prachtvollen Brunnen zu. Es tat so gut, wieder hier zu sein. Zwar hatte sie sich in Bielefeld inzwischen eingelebt, aber Berlin, das war doch noch mal etwas anderes, dachte Josephine, als sie die Fontänen bewunderte, die aus den bronzenen Akanthusblätterkronen aufstiegen. Nachdem Carl der Durchbruch gelungen war, hatten sie hin und her überlegt, wie sie es bewerkstelligen sollten, an gute Blechdosen für die Verpackung zu kommen. Doch Carl konnte nicht aus Bielefeld weg. Er musste Medikamente herstellen und wollte auch unbedingt weiter experimentieren. Also war Josephine mit dem kleinen Julius nach Berlin gefahren, um die Verhandlungen zu führen, während sich Nanette liebevoll um den Kleinen kümmerte. Nur zu gern hatte sie die Gelegenheit ergriffen, ihr Elternhaus zu besuchen – und sie freute sich, dass Carl ihr eine solch wichtige Aufgabe überließ. Auf der Rückreise wollte sie noch bei Carls Familie vorbeischauen. Sie hatten ein furchtbar schlechtes Gewissen, dass sie sich so wenig um Carls Mutter und um seine jüngeren Geschwister kümmerten – aber sie hatten bisher einfach keine Zeit gefunden.

Inzwischen hatten sie die Potsdamer Straße erreicht. Die Hufe der Pferde klapperten über die Brücke, und Josephine betrachtete die Synagoge am Schöneberger Ufer und freute sich schon auf den Königlich Botanischen Garten. Auch wenn die Koniferen nicht mehr so prachtvoll waren wie in den Jahren zuvor, was, wie ihre Mutter verärgert bemerkt hatte, an der zunehmenden Luftverschmutzung lag, genoss sie doch immer noch den Anblick. Sie seufzte tief auf, als sie in die Grunewaldstraße einbogen. Kurz darauf kam die Kutsche auch schon vor der Blechdosenfabrik zum Stehen.

Josephine bat den Kutscher Jacob zu warten und betrat das Fabrikationsgebäude, das sich um einen handtuchförmigen Innenhof erstreckte.

Ein junger Mann, der im Eingangsbereich an einem Schreibtisch saß, erhob sich, als er sie sah, und eilte ihr verwundert entgegen.

»Womit kann ich dienen, Gnädige Frau?«

»Guten Tag«, sagte sie. »Mein Name ist Josephine Meister, und ich wollte Sie bitten, sich einige Entwürfe anzusehen. Ich möchte Blechdosen mit eben jenen Motiven als Aufdrucken fertigen lassen.«

»Blechdosen«, wiederholte der Mann verständnislos. »Fertigen lassen.«

»Ganz genau«, erwiderte Josephine kühl. Sie wusste sehr wohl, woher das merkwürdige Verhalten des Mannes rührte. Sie war eine Frau und hatte in der Geschäftswelt nichts zu suchen. Dass sie es überhaupt wagte, seine Fabrikation zu betreten, war vermutlich in seinen Augen eine ungehörige Dreistigkeit.

Es machte sie immer wieder wütend, von Männern herablassend behandelt zu werden.

»Ich dachte, ich bin hier bei einem Blechdosenhersteller«, sagte sie nun und sah ihn mit vor Wut blitzenden Augen an. »Wenn dem allerdings nicht so ist, muss ich mich wohl nach einem anderen Hersteller umsehen.« Sie wandte sich zum Gehen.

»Warten Sie!« Der Mann hatte sich inzwischen zusammengerissen. »Verzeihen Sie mir mein ungehöriges Benehmen. Bitte zeigen Sie mir Ihre Entwürfe.«

• • • •

Nachdem der Blechdosenhersteller, der sich als Hansjürgen Karolei vorgestellt hatte, sich einmal entschlossen hatte, höflich zu sein, überschlug er sich beinahe vor Diensteifrigkeit, als wolle er sein anfängliches Verhalten wieder wettmachen. Er hatte sich genau erklären lassen, was Josephine benötigte, und war offensichtlich erleichtert gewesen, als er erfuhr, dass sie sozusagen im Dienste ihres Mannes unterwegs war. Er hatte ihr verschiedenste Verpackungs- und Druckmöglichkeiten vorgestellt, und am Ende schwirrte Josephine der Kopf, aber sie fühlte sich auch inspiriert und beschwingt, als sie sich, einige Muster in der Tasche, auf den

Weg nach draußen machte. Erst jetzt warf sie einen Blick auf die Uhr und stellte erschrocken fest, wie lange sie gebraucht hatte. Hoffentlich war Jacob nicht inzwischen außer sich vor Sorge.

In der Tat stand er auch schon vor der Kutsche und sah ihr besorgt entgegen, als sie die Fabrik am frühen Abend wieder verließ.

»Frau Meister«, rief er aufgeregt. »Ich habe schon mehrfach am Empfang nach Ihnen gefragt, und es hieß, Sie seien immer noch beschäftigt. Ich fing schon an, mir Sorgen zu machen.«

»Bitte entschuldigen Sie!«, entgegnete Josephine mit leuchtenden Augen. »Es hat viel länger gedauert, als ich gedacht hatte. Aber dafür war ich sehr erfolgreich.«

»Das freut mich«, sagte der Kutscher höflich, aber auch ein wenig vorwurfsvoll. Wie Nanette und die meisten anderen Angestellten ihrer Mutter stand er schon lange in ihren Diensten, sie kannte ihn von Kindesbeinen an und merkte sehr wohl, dass er verärgert darüber war, dass sie ihn so lange hatte warten lassen, ohne ihm Bescheid zu geben. Und sie wusste, dass es dem Kutscher dabei nicht um sich selbst ging. Er hatte sich Sorgen um sie gemacht, wie er das immer getan hatte.

»Es tut mir wirklich leid, Jacob«, sagte sie, bevor sie in die Kabine stieg. »Sie kennen mich, wenn ich mich für etwas begeistere, dann vergesse ich die Zeit, und …«

Nun flog ein Lächeln über sein Gesicht. »Ja, ich kenne Sie«, sagte er. »Es ist schon alles gut.«

»Hoffentlich ist Mama nicht auch in Sorge«, murmelte Josephine, als sie auf der Bank Platz nahm.

Doch um Charlotte Behn hätte sie sich keine Gedanken machen müssen. Sie fand ihre Mutter und das Kindermädchen im Wohnzimmer vor. Charlotte hielt den kleinen Julius auf den Armen und sagte, als sie ihre Tochter erblickte, enttäuscht: »Oh, du bist schon zurück!«

»Na, das ist aber eine herzliche Begrüßung«, erwiderte Josephine spöttisch.

»Entschuldige, Liebes«, rief Charlotte. »Du musst ja denken …«

Doch Josephine schüttelte beruhigend den Kopf. »Ich weiß ja, dass du dich nur nicht von meinem kleinen Süßen trennen willst.« Sie küsste den Jungen auf sein weiches Köpfchen.

»Warst du denn erfolgreich?«, fragte ihre Mutter.

Josephine strich Julius über die Haare. »Sehr. Ich bin gespannt, was Carl sagen wird. Stell dir vor, sie haben mir die Muster sogar schon angefertigt.«

Sie wollte gerade ihre Tasche öffnen, in der sich neben den Entwürfen nun auch die Blechdosen befanden, als ein sanftes Klopfen ertönte.

»Herein!«, rief Charlotte. Langsam wurde die Tür zum Salon geöffnet, und Frau Rentlein trat ein, nicht ohne um Entschuldigung für die Störung zu bitten.

»Frau Meister, haben Sie Blechdosen bekommen? Ich bin so neugierig, dürfte ich sie mal sehen?« Josephine wusste, dass die Frage Frau Rentlein viel Mut gekostet haben musste, die Köchin legte großen Wert auf Etikette und hatte, wie sie fand, in den Räumen der Herrschaften nichts zu suchen. Ihr Reich war die Küche.

»Frau Rentlein!«, rief Josephine daher besonders herzlich,

eilte der Köchin entgegen und legte ihr eine der Dosen, die sie zur Auswahl bekommen hatte, in die Hand. »Das ist meine Lieblingsvariante, denn die Dose kann mehr, als nur das Backpulver zu verpacken. Und nun raten Sie mal, was?«

»Hmm«, machte Frau Rentlein. Sie drehte und wendete das Stück, betrachtete es von allen Seiten, schraubte den Deckel auf und wieder zu und sah Caroline schließlich unsicher an.

»Ich glaube, der Deckel ist gleichzeitig ein Maß, nicht wahr?«

Josephine nickte zufrieden. »Eine Deckelfüllung ergibt genau die Menge Backpulver, die man für ein Pfund Mehl benötigt«, sagte sie triumphierend.

»Das ist wirklich pfiffig«, ließ sich ihre Mutter vom Sofa her vernehmen. »Eine ganz und gar wunderbare Idee.«

»Das finde ich auch«, befand Frau Rentlein und fügte dann verlegen hinzu: »Ich muss mich nun dringend um das Abendessen kümmern.«

....

Die Zugfahrt nach Obernkirchen war anstrengend, aber abwechslungsreich mit dem kleinen dreijährigen Julius, der einfach nicht sitzen bleiben wollte, sondern unermüdlich durch das Abteil wackelte und immer wieder auf den Sitz kletterte, um sich die Nase an der Scheibe plattzudrücken, und aufgeregt die Welt kommentierte, die da draußen vorüberflog.

Und dann tauchten vor den Zugfenstern endlich die hohen Türme der Glashütten der Heye-Glasfabrik auf. Am Bahnsteig sah Josephine schon Carl stehen, der von Bielefeld angereist war, um das Wochenende mit seiner Frau und seinem Sohn in seiner Heimat zu verbringen.

Sie flog in seine Arme, und auch Julius schien sich zu freuen. »Vati!«, rief er, nachdem Carl ihn hochgehoben hatte. »Vati ich bin mit der Eisenbahn gefahren.«

»Ja, mein Schatz, das sehe ich!«, erwiderte Carl. »Und jetzt gehen wir Oma besuchen.«

Fragend sah er Josephine an. »Sag mir nur ein Wort: Hat alles geklappt?«

Sie schmunzelte und lehnte kurz den Kopf an seine Schulter. »Ich habe Muster dabei, und wenn dir eine Variante davon gefällt, müssen wir nur ein Telegramm schicken.«

»Phantastisch«, freute sich Carl. »Ich würde sie gern gleich sehen.«

»Ich fürchte, das muss warten«, sagte Josephine und deutete auf den jungen Mann, der ihnen entgegenkam.

»Emil!«, rief Carl, setzte Julius vorsichtig ab und ging seinem jüngsten Bruder entgegen. »Das ist ja unverschämt, wie groß du geworden bist.«

Emil kommentierte den Spruch seines Bruders mit einem Grinsen. »Ich glaube, in meinem Alter wächst man nicht mehr«, sagte er, während er Carl zur Begrüßung umarmte. Aber in seinem schon.«

Er deutete auf den kleinen Julius, der sich verschämt hinter Josephines Rock versteckte.

»Guten Tag, Schwägerin.«

Emil küsste sie rechts und links auf die Wange, dann kramte er in einer Tragetasche, die er in der Hand hielt, holte einen kleinen Kuchen heraus, beugte sich zu seinen Neffen herab und reichte ihm das Gebäck. »Schau mal, den hat dein Onkel Anton für dich gebacken. Weil wir uns alle so freuen, dass du da bist. Magst du den?«

Julius nickte schüchtern und streckte sein kleines Händchen aus, um das Gebäck entgegenzunehmen.

»Dann woll'n wir mal«, sagte Emil gut gelaunt und winkte einen jungen Burschen herbei, der sich sogleich des Gepäcks annahm.

»Ach«, seufzte Carl, als sie den kurzen Weg vom Bahnhof zur Bäckerei der Familie gingen. »Ist das schön hier.«

Josephine warf ihm einen verwunderten Blick zu. Als *schön* hätte sie die Landschaft und die Gebäude eher nicht bezeichnet.

»Nun sieh mich nicht so an«, sagte Carl. »Das fällt mir auch erst auf, seit ich nicht mehr hier lebe. Man weiß die Schönheit eines Ortes erst zu schätzen, wenn man nicht mehr ständig dort ist.«

»Ich glaube, das ist nicht nur mit Orten so«, sagte Josephine nachdenklich und blickte auf die rauchenden Türme.

»Das ist auch mit Menschen so. Und es geht nicht um die äußere Schönheit, über die sich trefflich streiten lässt, sondern um das Gefühl, das ein Ort oder ein Mensch in einem hervorruft«, ergänzte Emil.

Josephine sah ihn überrascht an. Nicht nur äußerlich war ihr junger Schwager erwachsen geworden.

10. Kapitel

·· Obernkirchen, Januar 1893 ··

Drei Stunden später saßen sie nach einem herzlichen Willkommen durch Carls Mutter in der guten Stube über der Bäckerei. Carls Bruder Anton, der nach dem Tod des Vaters das Geschäft übernommen hatte, ließ sich nicht lumpen und servierte alles, was die Backstube an Köstlichkeiten hergab.

»Du hast meinen Kindheitstraum wahrgemacht«, sagte Carl anerkennend. »Ich habe mir immer gewünscht, dass Vater etwas anderes als nur Brote backt.«

»Ich bin auch sehr stolz auf ihn«, ließ sich Frau Meister vernehmen. »Wobei ich anfangs skeptisch war. Ich wollte nicht einsehen, warum Anton Vaters Bäckerei nicht einfach weitergeführt hat.«

»Und was hat dich schließlich überzeugt?«, fragte Josephine.

Ihre Schwiegermutter lächelte fein. »Ganz einfach«, sagte sie. »Der Geschmack.«

»Es schmeckt wirklich himmlisch«, bestätigte Josephine und biss genussvoll in ihr drittes Stück Kuchen.

»Das freut uns, dass du gut zulangst«, sagte Bertha und lächelte ihre Schwiegertochter schüchtern an. Sie hatte ihre Befangenheit Josephine gegenüber noch immer nicht ganz abgelegt. Vor allem am Anfang ihrer Beziehung war die Bäckersfrau, wenngleich sie selbst als Tochter eines Rechtsanwalts aus guter Familie stammte, ihr gegenüber sehr verunsichert gewesen und hatte es gar nicht glauben können, dass ihr Carl eine derart gute Partie gemacht hatte. Und als sich die Familien in Berlin im Haus von Josephines Mutter kennengelernt hatten, war Bertha eingeschüchtert gewesen. Doch durch ihre herzliche Art war es Charlotte Behn schließlich gelungen, Bertha etwas von ihrer Unsicherheit zu nehmen, und auch ihr Verhältnis zu Josephine war inzwischen viel lockerer geworden. Und mit ihrem Enkel ging sie ohnehin vollkommen unbefangen und liebevoll um.

»Der Marmorkuchen von Onkel Anton ist gut, nicht wahr, mein Spatz?«, fragte sie freundlich und wischte dem mampfenden Julius einen Krümel vom Mund.

Der grinste sie mit vollen Backen an.

»Wir haben noch etwas Feines«, sagte Anton geheimnisvoll. Er stand auf und kam gleich darauf mit einer Flasche und vier Gläsern mit hohem Stil wieder.

»Sekt«, erkannte Carl. »Und das mitten am Tag! Das habe ich in diesem Hause ja noch nie erlebt.«

»Na, Brüderchen, da du so hoch geheiratet hast, müssen wir uns den Gepflogenheiten doch anpassen«, sagte Anton augenzwinkernd.

»Oh, ich kann euch versichern, wir trinken nicht jeden Tag Sekt. Und schon gar nicht so früh am Tag«, winkte Josephine verlegen ab.

»Das ist auch nicht der wahre Grund dafür, dass wir uns jetzt ein Gläschen gönnen«, verkündete Anton und öffnete die Flasche mit einem lauten Knall, um die perlende Flüssigkeit hernach in die bereitstehenden Gläser zu füllen. »Wir wollen einfach darauf anstoßen, dass ihr da seid. Und hoffen, dass ihr künftig etwas öfter kommt, schließlich seid ihr nur sechzig Kilometer weg und habt uns in den zwei Jahren, die ihr nun schon in Bielefeld wohnt, nicht öfter besucht als zu Berliner Zeiten.«

»Ja«, sagte Josephine, von einem schlechten Gewissen geplagt. »Bielefeld fanden wir eigentlich auch deshalb interessant, weil es viel näher ist als Berlin. Und nun kommen wir genauso selten wie zuvor. Es tut mir wirklich leid.«

Sie beugte sich vor und legte die Hand auf die ihrer Schwiegermutter. »Du kommst uns einfach ganz oft besuchen«, sagte sie.

»Ich muss mich doch hier um den Verkauf kümmern«, erwiderte Bertha nun doch betrübt, »vor allem seit mein lieber Wilhelm Adolph gestorben ist.«

»Nun lasst uns kein Trübsal blasen, dafür habe ich die teure Flasche nicht geöffnet«, sagte Anton rasch. »Sondern auf das Wiedersehen anstoßen. Und auf die Zukunft.«

Er reichte jedem ein Glas und Julius einen Apfelsaft. »Auf das Wiedersehen«, wiederholten sie einträchtig. »Und auf die Zukunft.«

»Ich bin ja froh, dass ihr eure Apotheke nicht in Obernkirchen eröffnet habt«, sagte Anton, nachdem sie alle einen Schluck genommen hatten, und drohte ihnen scherzhaft mit dem Finger.

»Ja?«, fragte Carl, ehrlich überrascht. »Und warum? Kannst du uns nicht leiden?«

»Oh doch«, sagte Anton und lachte. »Ich kann euch sogar sehr gut leiden. Und deine Idee, Backpulver an Hausfrauen zu verkaufen, ist brillant. Aber der Bäcker vor Ort wird sicher nicht euer bester Freund werden. Schließlich haben die Hausfrauen jetzt ein Zaubermittel. Warum sollen sie noch Kuchen beim Bäcker kaufen, wenn das nun auch so einfach zu Hause gelingen kann?«, fuhr Anton fort.

»Na ja«, wandte Josephine ein. »Es gibt ja noch keine Rezepte mit Backpulver für den Hausgebrauch.«

Und in dem Moment, in dem sie diese Worte aussprach, wusste sie, was sie zu tun hatte. Das war es, das Mosaiksteinchen, das ihr noch gefehlt hatte!

• • • •

»Das ist ja großartig!«, sagte Carl, als er später neben Josephine im Bett saß und sie endlich Gelegenheit hatte, ihm die Muster zu zeigen. Auch er hatte gleich einen klaren Favoriten. »Die Idee mit dem Deckel ist brillant. Gleich morgen früh senden wir eine Depesche mit dem Auftrag. Das hast du sehr gut gemacht.«

Er zog sie in seine Arme, um sie zu küssen, doch sie befreite sich. »Hoffentlich gefällt dir auch meine nächste Idee«, setzte sie an.

»Bestimmt«, erwiderte er zärtlich. »Deine Ideen sind ganz wunderbar.«

»Also«, begann sie und stützte den Kopf auf eine Hand. »Erinnerst du dich daran, dass ich vorhin zu deinem Bruder sagte, es gäbe doch noch gar keine Rezepte?«

Er nickte. »Damit konntest du ihn allerdings nicht beruhigen. Die Mischung ist ja so zusammengesetzt, dass eine Verschlusskappe genau für ein Pfund Mehl reicht. Und das schreiben wir ja auch drauf.«

»Trotzdem.«

»Trotzdem was?«

»Was hältst du davon, wenn wir jedem Kunden, der eine Dose kauft, noch einige Rezepte dazugeben? Speziell auf das Backpulver abgestimmt? Dann hätten die Frauen einen doppelten Anreiz, diese zu kaufen. Wegen des Inhalts, aber auch wegen des Rezepts. Es wird immer neue Rezepte zum Sammeln geben.«

»Und irgendwann könnten wir dann noch Backbücher anbieten«, griff Carl ihren Gedanken auf und spann ihn weiter. »Mein Ratgeber hat sich ja auch hervorragend verkauft.«

Er beugte sich vor, um sie zu küssen. »Du bist wirklich großartig, Schatz«, sagte er. »Du bist ein richtiges Genie. Das machen wir.«

Seine Berührung ließ die vertraute Erregung in ihr aufsteigen. »Aber erst morgen«, flüsterte sie. »Für jetzt gleich habe ich eine viel bessere Idee.«

11. Kapitel

·· Bielefeld, Februar 1893 ··

Das ist wunderbar, meine Liebste!«, sagte Carl eine Woche später und schlang von hinten die Arme um seine Frau, die an ihrem Lieblingsplatz im Wohnzimmer saß und in eine Zeichnung vertieft war. »Ich wusste gar nicht, dass du über derartige künstlerische Talente verfügst.«

»Du übertreibst«, sagte sie, musste aber zugeben, dass sie selbst mit der Gestaltung des Plakats, das sie für das Schaufenster gefertigt hatte, ausgesprochen zufrieden war. Sie hatte eine hübsche junge Frau gemalt, die einen perfekt gelungenen Topfkuchen aus dem Ofen zog. Neben ihr standen zwei Kinder, ein Junge und ein Mädchen, und sahen ihr erwartungsvoll dabei zu. Darüber hatte sie in geschwungener Schrift geschrieben: *Mit Dr. Carl Meisters Backpulver wird jede Hausfrau zum Konditor.*

»Ich weiß gar nicht, was ich sagen soll.«, Carl griff nach der Zeichnung und betrachtete die Details.

»Dann freut es mich.« Josephine gab ihrem Mann einen Kuss, etwas verlegen ob all der Komplimente.

»Würdest du noch etwas für mich draufschreiben?«, bat er sie.

»Natürlich.« Sie nahm den Stift in die Hand und sah ihn fragend an.

»›Gelingt garantiert‹«, diktierte er.

»Bist du sicher?«

»Vollkommen sicher. Wenn sich die Kundin an die Rezepte hält, die wir dank deiner großartigen Idee ja jeder Käuferin mitgeben, wird der Kuchen gelingen.«

Wenig später gingen sie gemeinsam nach unten in die Apotheke und hängten das Plakat im Schaufenster auf. Seit ihrer Rückkehr waren sie unermüdlich gewesen. Carl hatte Backpulver gemischt, und Josephine hatte es in die Dosen gefüllt, die überraschend schnell geliefert worden waren.

Plötzlich musste Carl an seinen Onkel Louis denken. Nicht den Amerikaner, sondern den Marzipanfabrikanten. Und an die große Eröffnungsfeier, an der er, damals noch ein Junge, hatte teilnehmen dürfen. Er würde seinem Onkel in Amerika schreiben, dass er nun die perfekte Mischung gefunden hatte und ihm eine Dose in die Staaten schicken, nahm er sich vor. Und wäre es nicht schön, es zu halten wie der inzwischen verstorbene Marzipanfabrikant Louis? Das große Ereignis mit einer Feier zu begehen? Damals hatten die Marzipanfiguren den jungen Carl sehr beeindruckt, dieses Mal könnte er selbst der Gastgeber sein.

Langsam wandte er sich zu seiner Frau um. »Josephine«, begann er, »was hältst du davon, wenn wir den Erstverkaufstag unseres Backpulvers etwas größer begehen und unsere Gäste bewirten? Bäcker Müller wird sich sicherlich über einen Großauftrag freuen.«

Sie blickte ihn nachdenklich an. »Das ist eine gute Idee. Und Müller scheint die Vorbehalte deines Bruders ja zum Glück nicht zu teilen.«

»Dann ist es also abgemacht.« Er sah sie bittend an. »Könntest du dich darum kümmern? Ich möchte hier gerne überprüfen, dass wir auch sicher nichts vergessen haben.«

Sie nickte. »Natürlich. Ich freue mich sogar, ihn einmal wiederzusehen.«

....

Beschwingt machte sich Josephine am nächsten Morgen auf den Weg zur Bäckerei. Lächelnd stieß sie die Ladentür auf. Schon lange hatte sie den Müllers wieder einmal einen Besuch abstatten wollen, aber sie war einfach noch nicht dazu gekommen, zu viel gab es in Haus und Geschäft zu tun.

Zu ihrer Freude stand Margarethe, die Frau des Bäckermeisters, hinter der Theke.

»Frau Müller, wie schön«, begrüßte Josephine sie.

Doch Margarethe starrte sie nur an, als hätte sie sie noch nie gesehen.

»Frau Müller?«, fragte Josephine irritiert. »Kennen Sie mich denn nicht mehr? Ich bin Josephine Meister. Mein Mann hat immer zusammen mit Ihrem Mann experimentiert, und ich wollte gern eine größere Bestellung aufgeben. Und Sie zu unserer kleinen Feier morgen einladen. Vielleicht haben Sie schon in der Zeitung davon gelesen.«

Natürlich hatte Carl es sich nicht nehmen lassen, den Verkaufsstart von Dr. Meisters Backpulver groß zu inserieren.

Zu ihrem Entsetzen brach Margarethe in Tränen aus.

Erschrocken eilte Josephine um die Theke herum und legte der Bäckersfrau mitfühlend die Hand auf den Arm. »Ist etwas geschehen?«, fragte sie. »Kann ich Ihnen helfen?«

»Mein Mann …«, stammelte Margarethe Müller. »Mein Mann ist heute Morgen in der Backstube gestürzt und mit dem Kopf gegen den Ofen gestoßen. Er hat das Bewusstsein verloren. Dabei ist auch noch ein Scheit aus dem Ofen gefallen. Beinah wäre das ganze Haus abgebrannt.«

»Aber Frau Müller, das ist ja entsetzlich!«, rief Josephine. »Wie geht es Ihrem Mann jetzt?«

»Viel besser«, sagte Frau Müller. »Ich bin zum Glück durch den Lärm aufgewacht, es war ja ganz früh morgens, da schlafe ich normalerweise noch, aber wegen der Kinder habe ich so einen leichten Schlaf.«

Josephine kannte dieses Phänomen, seit sie Julius hatte. Sie erwachte, wenn nur eine Fliege durchs Zimmer flog.

»Ich bin also runter in die Backstube, und da habe ich ihn gefunden, den brennenden Scheit neben sich.« Sichtlich unter Schock stehend, begann sie wieder zu schluchzen.

»Und Ihr Mann?«, erkundigte sich Josephine und strich ihr tröstend über den Arm. »Wo ist er jetzt?«

»Er liegt im Bett«, sagte Frau Müller. »Und ich verkaufe hier, was er schon gebacken hat. Ich hoffe nur, dass er nicht zu lange ausfällt. Wir sind doch auf die Einnahmen angewiesen.«

»Haben Sie keinen Gesellen?«, fragte Josephine mitfühlend.

»Doch«, sagte die Bäckersfrau. »Aber der schafft das nicht allein. Jedenfalls«, sie sah Josephine entschuldigend an, »jedenfalls werden wir Ihnen morgen mit der Lieferung nicht helfen können. Es tut mir so leid.«

»Aber es muss Ihnen doch nicht leidtun, liebe Frau Müller!«, rief Josephine und sah sie dann entschlossen an. »Sie waren immer für uns da. Jetzt sind wir an der Reihe.« Im Stillen dachte sie, dass sie auf diese Weise vielleicht auch den möglicherweise durch das Backpulver entstehenden Umsatzverlust, mit dem die Bäckersfamilie noch gar nicht rechnete, wieder wett machen konnten.

Überrascht erwiderte Margarethe ihren Blick. Hoffnung glomm in ihren Augen.

»Sie wollen uns helfen? Wie?«

»Ich würde Ihnen ja anbieten, mich in die Backstube zu stellen«, begann Josephine, »aber bei meinen Backkünsten würde ich die Kunden eher verjagen. Nein, ich habe etwas anderes im Sinn.«

»Und was?«

»Wenn ich richtig informiert bin, hat mein Mann dem Ihren nie etwas dafür bezahlt, dass er seine Backstube und seine Zeit in Anspruch nehmen durfte. Er hat es wohl angeboten, aber Ihr Mann hat es abgelehnt und gesagt, er wolle eine so gute Sache gern unterstützen.«

»Und Sie meinen …«

»Ich meine, dass sich die Situation geändert hat und dass es nun sehr wohl an der Zeit ist, Ihre Mühen zu vergüten«, sagte Josephine. »Das sollte Ihren Verdienstausfall ausgleichen.«

Vor Erleichterung glitt ein Lächeln über das Gesicht der Bäckersfrau. »Das wäre unsere Rettung«, gestand sie. Dann jedoch umwölkte sich ihre Stirn wieder. »Ich fürchte nur, mein Mann wäre damit gar nicht einverstanden. Wenn er es doch mit Ihrem Herrn Gemahl anders besprochen hat.«

»Das kann unter uns bleiben«, sagte Josephine und musste zugeben, dass dieser Gedanke sie sogar erleichterte. Sie wusste ja nicht, was Carl zu ihrer spontan hervorgebrachten Idee sagen würde.

Die Bäckersfrau machte große Augen. »Verfügen Sie denn über eigenes Geld?«, fragte sie und setzte dann hastig hinzu: »Entschuldigen Sie, ich wollte nicht indiskret sein.«

»Ich verfüge über eigenes Geld, ja«, erwiderte Josephine knapp. »Dann ist es also abgemacht?«

»Ja«, antwortete Frau Müller und wirkte gerührt. »Ich danke Ihnen. Von ganzem Herzen.«

• • • •

Fieberhaft suchte Josephine auf dem Nachhauseweg nach einer Lösung. Sosehr sie Frau Müller auch bedauerte und so groß deren Schwierigkeiten ohne Frage waren: Sie hatte nun ein erhebliches Problem. Wo sollte sie Backwaren herbekommen? Hilfe von Carls Bruder war so schnell nicht zu erwarten, der konnte ja schlecht seine Konditorei im Stich lassen. Oder ob Emil einige Kuchen aus Obernkirchen bringen könnte? Nein, das wäre zu kurzfristig und zu weit weg. Und sie hatten – außer über ein Telegramm – ja auch keine Möglichkeit, ihre Familie so schnell zu erreichen. Spontan überlegte sie, ihr Glück in einer der anderen Konditoreien zu versuchen. Etwas südlich ihrer Apotheke gab es, wie sie wusste, eine weitere Bäckerei. Sie war noch nie dort gewesen, weil ihr Weg sie immer zu den treuen Müllers geführt hatte. Es wäre eine gute Gelegenheit, die Bäckerei einmal aufzusuchen.

Kurz darauf öffnete sie die Ladentür. Die Frau hinter der Theke sah ihr unfreundlich entgegen.

»Sie wünschen?«

Sie könnte auch gleich sagen: Bitte gehen Sie wieder, dachte Josephine, beschloss dann aber, sich nicht aus der Ruhe bringen zu lassen.

»Guten Tag«, sagte sie. »Ich bin Josephine Meister von der Engel Apotheke. Wir feiern morgen ein großes Fest und benötigen noch etwas, womit wir unsere Gäste verköstigen können.«

Wenn das überhaupt möglich war, wurde die andere noch unfreundlicher und blickte noch böser drein, als sie nun die Hände in die Hüften stemmte und fauchte: »Und Sie bilden sich ernsthaft ein, dass wir Ihnen dabei helfen? Wo Sie uns doch unser Geschäft kaputt machen werden mit Ihrem ominösen Pulver?«

Wie immer, wenn jemand sie heftig anging oder kritisierte, krampfte sich Josephines Magen zusammen. Bleib ruhig, sagte sie sich. Carls Bruder hat dir diese Reaktion doch vorausgesagt.

»Ich wollte nur …«, setzte sie an, doch die erboste Bäckersfrau ließ sie gar nicht zu Wort kommen.

»Sie wollten nur, Sie wollten nur«, höhnte sie. »Verlassen Sie sofort meinen Laden.«

Josephine kam der Aufforderung eilig nach. Draußen stieß sie verstört die Luft aus. Mit einer derartigen Reaktion hätte sie nie gerechnet.

Mit einem mulmigen Gefühl machte sie sich auf den Weg nach Hause und beschloss, Carl nichts von der unliebsamen Begegnung zu erzählen. Auf keinen Fall sollte ein Schatten auf diesen Augenblick fallen, dem er doch so sehr entgegengefiebert hatte.

Als Josephine vor der Apotheke angekommen war und ihr eigenes Schaufenster betrachtete, kam ihr plötzlich eine Idee. *Dr. Carl Meisters Backpulver macht jede Hausfrau zum Konditor,* las sie in ihrer eigenen Schrift.

»Natürlich!«, rief sie so laut, dass sich einige Passanten verwundert nach ihr umdrehten.

»Entschuldigung«, sagte sie hastig und stürmte nach drinnen. Sie berichtete Carl vom Unfall des Bäckermeisters, den dieser besorgt zur Kenntnis nahm, aber er war zu sehr mit der Eröffnung beschäftigt, um näher darauf einzugehen. »Was sollen wir unseren Gästen nun anbieten?«, fragte er verunsichert.

»Das ist ganz einfach«, verkündete Josephine. »Wir zeigen unseren Kunden, wie gut mit unserem Backpulver hergestellter Kuchen tatsächlich schmecken kann, indem wir den Kunden genau das anbieten: Kuchen, der mit unserem Backpulver gebacken wurde. Und zwar nach den Rezepten, die wir zu den Dosen dazugeben. Dann haben die Leute noch einen Grund mehr, das Backpulver zu kaufen. Wenn ihnen die Kuchen schmecken.«

Carl klatschte in die Hände. »Mensch, Phinchen!«, sagte er, umfasste ihr Gesicht und gab ihr einen Kuss auf den Mund, wie er das immer tat, wenn er besonders begeistert war. »Mensch, Phinchen, das ist genial.« Dann sah er sie stirnrunzelnd an. »Aber bist du dir sicher, dass du das schaffst? Du bist mir wichtiger als jede Feier, und wenn es dir zu viel wird ...«

»Ach, Unsinn«, sagte sie und winkte gerührt ab. »Es wird mir nicht zu viel. Du kennst mich: Wenn ich von etwas aus tiefstem Herzen überzeugt bin, sind meine Kräfte unbegrenzt.«

»Ja, ich kenne dich«, sagte er zärtlich. »Und ich liebe dich.«

»Und ich liebe dich«, erwiderte sie. »Außerdem bin ich ja nicht allein. Mutter und Nanette werden mir sicher helfen.« Charlotte war angereist, um ihnen an dem großen Tag zur Seite zu stehen. Josephine ahnte, dass ihr dieser Anlass sehr gelegen kam und ihre Mutter insgeheim gegen eine schwere Einsamkeit zu kämpfen hatte. Und bald würde es noch schlimmer werden, denn dann würde auch ihr Bruder Fritz ausziehen, um im badischen Freiburg sein Studium aufzunehmen – an derselben Universität, an die es auch Carl einst verschlagen hatte. Ihr Herz krampfte sich stets etwas zusammen, wenn sie sich vorstellte, wie ihre Mutter einsam und verlassen in ihrem großen Haus lebte.

Carl musste bei der Erwähnung seiner Schwiegermutter lachen. »Entschuldige, Liebes, aber deine Mutter in der Küche, das ist ein Bild, das ich mir nun ganz und gar nicht vorstellen kann.«

Im Stillen musste Josephine ihm recht geben. Charlotte Behn hatte ihr ganzes Leben lang jede Menge Dienerschaft um sich gehabt und wusste vermutlich nicht mal, wie man einen Tee zubereitete.

»Aber Mama wird nur allzu gerne auf Julius aufpassen«, ließ Josephine sich nicht beirren. »Und dann können Nanette und ich backen. Außerdem weiß bestimmt auch das Dienstmädchen, das Mutter mitgebracht hat, wie man einen Rührkuchen macht.«

»Und immerhin hast du einen Ehemann, der die Backkunst ebenfalls bestens beherrscht und dir zur Seite stehen kann«, sagte Carl stolz.

Sie gab ihm einen Kuss. »In der Tat. Den habe ich. Als Bäckerssohn verstehst du was vom Kuchenbacken.«

»Und auf der Suche nach dem perfekten Backtriebmittel habe ich meine Backkünste in den letzten Monaten perfektioniert«, ergänzte Carl. »Die Rezepte backe ich dir mit geschlossenen Augen.«

12. Kapitel

·· Bielefeld, Februar 1893 ··

Und dann war der Tag endlich gekommen, an dem sie ihr Backpulver in den Markt einführten.

»Du lieber Himmel, Carl, sieh dir das an!«, rief Josephine und deutete nach draußen. Ihr Mann folgte ihrem Blick und sog überrascht die Luft ein. »Das sind ja Hunderte!«

»Scheint so, als wolle die ganze Stadt diesen großen Moment mit uns teilen«, sagte er nervös, räusperte sich und zog sich seine Krawatte zurecht. »Die passen nur niemals alle hier rein«, fürchtete er.

»Natürlich tun sie das nicht«, bestätigte Josephine. »Aber was gibt es Besseres als Schlangestehen! So ist der Mensch nun mal gestrickt: Wenn viele etwas wollen, wollen es die anderen auch.«

»Und alle wollen offenbar zu uns«, murmelte Carl.

Josephine nickte. Im Gegensatz zu dem eher besorgt wirkenden Carl war sie von dieser Tatsache ausgesprochen angetan. Doch dann runzelte sie ihre Stirn. »Wir haben nur ein Problem. Die Kuchen werden niemals reichen.«

»Da hast du allerdings recht«, sagte er.

Sie hatten sechs Kuchen gebacken und dabei noch gescherzt, dass sie nun wohl in den nächsten Tagen jede Menge Reste essen müssten.

»Ich könnte hinaufgehen und weiterbacken«, schlug Josephine halbherzig vor. »Wenn dann noch der Kuchenduft durchs Treppenhaus und vielleicht sogar nach draußen dringt, dann werden bestimmt noch mehr Leute angelockt.«

»Nein«, sagte er und griff nach ihrer Hand. »Du gehörst an meine Seite. Und ich werde dem Ansturm niemals alleine Herr werden.«

»*Wir* können doch backen«, sagte in diesem Moment eine Stimme hinter ihnen. Josephine fuhr herum. »Mutter!«

»Ich kann es nicht, aber ich kann mich um Julius kümmern und Nanette und Agathe die Küche überlassen«, sagte Charlotte pragmatisch. »Für den Anfang reichen die Kuchen ja aus. Und inzwischen kümmern wir uns um Nachschub.«

»Aber du bist doch gekommen, um bei der feierlichen Markteinführung dabei zu sein«, widersprach Josephine.

»Liebes«, sagte ihre Mutter und nahm sie bei den Schultern. »Weißt du, was die wichtigste Lektion im Erwachsenenleben ist?«

Josephine schüttelte den Kopf und sah ihre Mutter mit großen Augen an.

»Dass nichts so kommt, wie man es erwartet hat. Und dass man den Mut haben muss, sich Veränderungen zu stellen und auf Unvorhergesehenes zu reagieren.« Sie lächelte ihre Tochter liebevoll an. »Familie ist auch dafür da, zu helfen, wenn es klemmt. Vor allem dafür. Viel mehr als für Kür und Zier.«

In diesem Moment begannen die ersten Kunden, ungeduldig an die Ladentür zu klopfen.

»Nun macht ihnen schon auf«, ermutigte Charlotte Behn ihre Tochter und ihren Schwiegersohn. »Wir kümmern uns um den Rest.«

Es war wie ein Rausch. Kaum hatten Carl und Josephine die Ladentür geöffnet, wurde das Geschäft regelrecht von den Bielefeldern geflutet. Es herrschte ein solcher Trubel, dass Josephine gar nicht wusste, wo ihr der Kopf stand. Sie schüttelte unzählige Hände, schnitt Kuchenstücke ab, irgendwann nahm sie einen Blumenstrauß vom Bürgermeister entgegen, der ihr versicherte, wie froh die Stadt darüber sei, einen solch genialen Erfinder in ihren Reihen zu haben. Aus dem Augenwinkel sah sie, dass die Kuchentheke wie von Zauberhand immer wieder neu aufgefüllt wurde und dass Agathe und Nanette abwechselnd bereitstanden, um Stücke abzuschneiden. Offenbar hatten sie sich darauf verständigt, dass es reichte, wenn eine sich in der Küche um die nächsten Kuchen kümmerte, schließlich hatten sie nur einen Ofen.

Und dann war plötzlich Carl neben ihr. »Josephine«, zischte er ihr ins Ohr. »Wir haben ein Problem.«

Erschrocken sah sie ihn an. »Ein Problem?«

Er nickte finster. »Das Backpulver ist ausverkauft, und die Kunden sind sehr verärgert.«

»Das kann doch nicht sein!«, ächzte sie. »Wir hatten doch so viel auf Lager.«

»Alles weg.« Er machte eine bedauernde Handbewegung.

Josephine überlegte fieberhaft. »Wie schnell kannst du Nachschub herstellen?«

»Eine kleine Menge bis morgen, dann muss ich erst wieder die Materialien nachbestellen.«

»Und wie lange dauert das?«

»Eine bis zwei Wochen.«

»Das ist zu lang.« Sie runzelte nachdenklich die Stirn und sah ihn dann bittend an.

»Jetzt kommt gleich dein Lieblingssatz«, sagte sie.

»Dass du mich liebst?«

»Nein«, erwiderte sie lachend. »Dass ich eine Idee habe.«

Fragend sah er sie an, doch in diesem Moment wünschte ein wichtig aussehender Herr mit Dr. Carl Meister zu sprechen.

»Vertraust du mir und lässt mir freie Hand?«

»Vollkommen.« Er lächelte ihr liebevoll zu.

»Gut.« Kurz entschlossen holte Josephine einen Hocker aus den Produktionsräumen, stellte ihn hinter der Verkaufstheke ab und kletterte hinauf.

»Dürfte ich um Ihre Aufmerksamkeit bitten?«

Die Menge verstummte und sah sie neugierig, aber auch ein wenig irritiert an. Auch Carl starrte verwundert zu ihr herauf. Sie schluckte.

»Mein Mann und ich sind zutiefst ergriffen und erfreut über Ihren Besuch«, sagte sie. »Und ich kann Ihnen versichern: Ich bin sehr stolz auf meinen Mann, diesen großartigen Erfinder.« Sie deutete auf Carl, alle Köpfe wandten sich ihm zu, und die Menschen begannen zu applaudieren. Carl blickte verlegen drein und verneigte sich schließlich etwas ungeschickt. Josephine bemerkte, dass er sich alles andere als wohl in seiner Haut fühlte, schob es aber darauf, dass er lieber im Hintergrund blieb und das Rampenlicht mied. Er hatte in ihrer Zeit in Bielefeld außer zu Bäcker Müller auch noch keine weiteren Kontakte geknüpft.

»Eine seiner Erfindungen ist, wie Sie wissen, das Backpulver für den Hausgebrauch«, fuhr sie fort. »Und hier in Bielefeld wird es das erste Mal in einer Apotheke verkauft.«

»Oder auch nicht«, rief eine erboste Frau. »Es gibt ja keines mehr.«

Josephine hob die Hand. »Bitte«, sagte sie. »Ich will ehrlich zu Ihnen sein. Wir hätten nie mit Ihrem riesigen Interesse an unserem Backpulver gerechnet. Das freut und ehrt uns sehr, und dafür wollen wir uns herzlich bedanken.«

»Davon können wir uns auch nichts kaufen«, murrte die Frau weiter. »Ich hatte schon fest damit gerechnet, am Sonntag für meine Familie backen zu können.«

»Kaufen können Sie sich davon nichts«, gab Josephine ihr recht. »Aber Sie können sich etwas aussuchen.«

Sie warf Carl einen kurzen Blick zu, sah das Erstaunen in seinen Augen. Doch sie hatte nun keine Gelegenheit mehr, sich mit ihm abzustimmen. »Unser Backpulver ist zwar ausverkauft«, sagte sie, »aber für alle, die keines bekommen haben, habe ich eine gute Nachricht: Sie erhalten die anderen Erfindungen meines Mannes heute mit fünfzig Prozent Rabatt.«

In dem Moment, in dem sie die Worte aussprach, fürchtete sie, einen riesigen Fehler gemacht zu haben. Sie wagte nicht, ihren

Mann anzusehen, und ließ ihren Blick für einen Moment hilflos durch die Menge schweifen, die zu applaudieren begann.

Da fiel ihr Blick auf einen Herrn, der ganz hinten an der Wand stand und sie finster anstarrte. Sie zuckte erschrocken zusammen. Sie hatte ihn seit Langem nicht gesehen und beinah vergessen. Aber sie war sich ganz sicher, dass er es war. Sein Gesicht hatte sich ihr eingebrannt.

Der Mann starrte sie immer noch an. Sie erwiderte seinen Blick. Ohne ihn aus den Augen zu lassen, stieg sie vom Hocker und ging ihm entgegen.

• • • •

Dr. Carl Meister starrte seine Frau fassungslos an. Wie konnte sie ihn nur vor allen Leuten derart blamieren! Er liebte Josephine für ihre Spontanität, ihren Ideenreichtum und ihre Selbstständigkeit, aber das ging zu weit. Er war Dr. Carl Meister, der Inhaber der Apotheke. *Er* hätte das Wort an die Leute richten sollen, es wäre an *ihm* gewesen, dort zu stehen und die Rede zu halten. Und dann sorgte sie auch noch dafür, dass man ihm applaudierte wie einem kleinen Jungen, der erst nach Aufforderung durch eine Autoritätsperson Lob erhält. Im Boden hätte er versinken wollen, als die Leute sich ihm zuwandten. Sie hatten ihm Beifall gespendet, das ja, aber waren ihre Blicke nicht eher erstaunt gewesen statt bewundernd? Und man konnte sie ja verstehen! Wer würde sich nicht über die Situation wundern.

Seine Verlegenheit war in Wut umgeschlagen, als sie auch noch anfing, seine Produkte zu verschleudern. Dr. Carl Meister stand für Qualität, da gab es keinen Nachlass. Herabgesetzte Waren wurden von den Kunden schnell als minderwertig wahrgenommen und nicht mehr so sehr wertgeschätzt. Was hatte sie sich nur dabei gedacht, gerade jetzt, wo er sich seinen Namen erst noch verdienen musste!

Fieberhaft überlegte er, was er tun könnte, doch ihm fiel beim besten Willen nichts ein.

In diesem Moment schob sich eine der beiden Verkäuferinnen neben ihn, die er eingestellt hatte. Helene. Ein hübsches junges Ding mit blondem Haar.

»Verzeihen Sie, Herr Dr. Meister, aber sollten nicht Sie dort oben stehen?«, fragte sie und deutete mit dem Kinn auf seine Frau.

Carl nickte grimmig. »Da sagen Sie was, Helene.«

Helene berührte vertraulich seinen Arm, eigentlich eine Ungeheuerlichkeit gegenüber ihm als Arbeitgeber, aber in diesem Augenblick tat sie ihm gut.

Im nächsten Moment war Helene auch schon wieder hinter der Ladentheke verschwunden.

• • • •

Als Josephine an der Stelle ankam, an der der rätselhafte Mann gerade noch gestanden hatte, war er nicht mehr da. Auf ihrem Weg durch die Menge hatte sie ihn aus den Augen verloren, und sie war von den zahlreichen Besuchern derart bestürmt worden, dass es eine Weile gedauert hatte, zu ihm durchzukommen. Seufzend und beunruhigt bahnte sie sich ihren Weg zurück hinter die Ladentheke, um Carl zu helfen, der dort inzwischen neben Verkäuferin Helene stand. Sie wusste, dass er verärgert war. Schließlich kannte sie seine Haltung zu Rabatten. In der Tat ignorierte er sie vollkommen und unterhielt sich stattdessen freundlich mit der hübschen Helene.

Verstohlen musterte sie Carl von der Seite. Sie hatten bisher nur ein einziges Mal gestritten, aber da hatte er genau so ausgesehen wie jetzt. Die Lippen waren aufeinandergepresst, sein Gesicht gerötet, seine Augen, die sie sonst so voller Liebe ansahen, wirkten kalt.

»Es tut mir leid«, flüsterte sie.

Doch ihr Mann antwortete nicht.

13. Kapitel

·· Bielefeld, Februar 1893 ··

Erst am frühen Abend hatte der letzte Kunde die Apotheke verlassen, und Carl schloss seufzend die Ladentür ab. Zaghaft lächelte Josephine ihm zu. »Na, das war doch ein voller Erfolg.«

Wütend drehte er sich zu ihr um. »Es wäre ein voller Erfolg geworden, wenn du nicht alles verschenkt hättest«, sagte er scharf.

Josephine zuckte zusammen. So hatte er noch nie mit ihr geredet.

»Carl …«, setzte sie an.

»Ja?« Es klang wie ein Peitschenhieb.

»Carl, ich habe nicht alles verschenkt, nur einen Preisnachlass …«

Josephine war den Tränen nah. Sie hasste Streit und Missstimmungen und konnte nicht gut mit ihnen umgehen. Und eigentlich hatte sie Carl ja auch von dem Mann erzählen wollen, der sie so merkwürdig angestarrt hatte. Doch wo er nun so böse auf sie war, traute sie sich nicht.

»Ich wollte die Kunden einfach nicht gegen uns, beziehungsweise gegen das Backpulver aufbringen«, setzte sie zu ihrer Erklärung an. »Außerdem habe ich mir doch etwas dabei gedacht!«

»Und was?«, stieß Carl hervor. »Das würde ich jetzt wirklich gerne mal wissen.«

»Die anderen Produkte waren überhaupt nicht gut nachgefragt, und sie haben ein eingeschränktes Mindesthaltbarkeitsdatum«, begründete sie. »Wir hätten niemals alle verkauft und sie wegschmeißen müssen. So aber war unser Umsatz wahrscheinlich sogar höher.«

Carl schnaubte und wandte sich langsam zu ihr um. »Klar«, sagte er. »Du hast ja leider einen Versager geheiratet, der nur durch Zufall eine gute Idee hatte und dessen andere Erfindungen nichts wert sind.«

»Aber so ist es doch gar nicht gemeint!«, rief sie verzweifelt.

»Es ist doch aber so«, sagte er. »Alles, was ich erfunden habe, interessiert die Leute im Grunde überhaupt nicht. Nur mit einem dicken Rabatt haben sie es genommen.«

»Aber das Backpulver …«

»… war strenggenommen nicht meine Erfindung. Ich habe die Idee geklaut, wenn wir ehrlich sind.«

Sie starrte ihn an. So hatte sie ihren Mann noch nie erlebt. So voller Selbstzweifel und voller Selbstverachtung. »Das stimmt doch nicht, das …«

Doch er ließ sie nicht zu Wort kommen. Inzwischen stand er dicht vor ihr und sagte sehr leise: »Weißt du, mein Schatz, das ist der Unterschied zwischen dir und mir. Vielleicht hätten wir heute doch noch etwas von meinen Erfindungen zum normalen Preis verkauft. Aber dadurch, dass du sie verschleudert hast, hast du den Leuten signalisiert, dass sie nichts wert sind.«

»Aber …«, setzte sie an, doch wieder hatte sie keine Chance. »Du bist und bleibst ein reiches, verwöhntes Töchterlein, für das Geld keine Rolle spielt. Ich aber stehe im echten Leben. Ich bin ein Mann, der für seine Familie sorgen und für sie Verantwortung übernehmen will. Diese Möglichkeit hast du mir nun genommen.«

Fassungslos starrte sie ihn an. Ihre Verzweiflung schlug in Wut um. Wie konnte er sie nur so behandeln und sie als verwöhntes Töchterlein bezeichnen? Zumal sie so viel für ihn aufgegeben hatte!

Plötzlich hatte Josephine das Gefühl, keine Luft mehr zu bekommen. Sie musste hier weg. Sofort!

Aufschluchzend drehte sie sich um und öffnete mit zitternden Fingern die Ladentür. Dann stürzte sie hinaus in den kalten Februarabend.

• • • •

Josephine wusste nicht, wie lange sie gelaufen war, und sie wusste auch nicht, wo sie sich befand. In dieser Gegend Bielefelds war sie noch nie gewesen. Und schon gar nicht bei Nacht. Solange sie sich innerhalb der Innenstadt befunden hatte, hatte sie ihre Tränen gewaltsam zurückgedrängt. Sie wollte unbedingt vermeiden, am nächsten Tag Stadtgespräch zu sein. Nicht auszudenken, wenn sich die Leute erzählen würden, man habe die Frau des Besitzers der Engel-Apotheke schluchzend durch die Stadt rennen sehen.

Irgendwann kam sie zu einer kleinen Wiese, an deren Rand sich ein Baumstumpf befand, auf den sie sich atemlos sinken ließ. Und dann kamen auch schon die Tränen. Sie schlug die Hände vor das Gesicht und weinte und weinte, konnte sich gar nicht mehr beruhigen. Was, wenn es zwischen Carl und ihr nie wieder gut werden würde? Was, wenn ihre Ehe so früh gescheitert wäre? Unsinn, redete sie sich gut zu, nur weil man sich einmal streitet, ist eine Ehe noch lange nicht am Ende.

Aber das war es eigentlich gar nicht, was ihr so zu schaffen machte, wie sie sich nun eingestand. Carl hatte sie zutiefst verletzt. Wie konnte er nur derart gemeine Dinge zu ihr sagen? Glaubte er wirklich, dass sie nichts weiter war als ein verwöhntes Töchterlein, lebensunfähig und die Realität verkennend?

Plötzlich hörte sie hinter sich ein Geräusch und fuhr herum.

Und dann erblickte sie den Mann, den sie während der Feier in der Apotheke gesehen hatte. Er stand mit verschränkten Armen an einen Baum gelehnt und starrte sie unverwandt an.

• • • •

»Verdammt, verdammt, verdammt!«

Fluchend blickte Carl auf die Ladentür. Seine Wut war in dem Moment verraucht, in dem Josephine aus dem Geschäft gestürzt war. Ein paar Minuten hatte er wie erstarrt dagestanden, und als er dann realisierte, was er getan, was er zu ihr gesagt und wie sehr er sie verletzt hatte, war er zur Tür gerannt, um sie zurückzuholen, doch sie war nirgends mehr zu sehen gewesen. Also war er losgegangen, um sie zu suchen – ohne Erfolg.

Er war zurück in die Apotheke geeilt in der Hoffnung, sie dort vorzufinden, doch auch hier war sie nicht.

Wie hatte er nur derart die Contenance verlieren können! Sie so scharf angehen, sie, die immer zu ihm hielt und der Liebe wegen alle Wege mit ihm ging, auch die unbequemen. Aber er war sich so dumm vorgekommen, als sie auf den Hocker gestiegen war, um vor ihren Kunden das Wort zu ergreifen. Es wäre an ihm gewesen, das zu tun. Und er hatte an den Gesichtern der anderen gesehen, dass sie das ebenfalls befremdlich fanden. Jetzt, mit etwas Abstand, konnte er sich eingestehen, dass er immer schon unter Erfolgsdruck gestanden und sich im Vergleich zu seinen erfolgreichen Onkeln ein wenig wie ein Versager gefühlt hatte. Und irgendwie – auch, wenn er wusste, dass es völliger Unsinn war – fühlte er sich nach wie vor schuldig, weil er seine kleinen Geschwister damals nicht hatte retten können. Hier hatte er als großer Bruder versagt. Denn große Brüder mussten die kleinen beschützen.

Verzweifelt sah er hinaus in die finstere Nacht. Seine Hülle des Selbstbewusstseins war dünn, auch, wenn er immer so tat, als sei sie undurchdringlich. Josephine hatte die Hülle zerbrochen, aber sie hatte es unwissentlich und nicht in böser Absicht getan. Nun war sie da draußen ganz allein. Was, wenn ihr etwas zustieße? Wenn sie in ihrer Verzweiflung eine Dummheit machte? Oder wenn man sie belästigen würde – oder Schlimmeres? Dann hätte er auch ihr gegenüber versagt. Dann hätte er auch seine Frau nicht beschützt, wie es seine Pflicht war.

Da fiel ihm etwas ein, und Hoffnung keimte in ihm auf. Wahrscheinlich war sie längst wieder zu Hause angekommen und nach oben gegangen, um sich von Charlotte trösten zu lassen. Das würde es sein. Erleichtert riss er die Verbindungstür zum Treppenhaus auf und eilte, zwei Stufen auf einmal nehmend, nach oben.

Er fand Charlotte im Wohnzimmer vor. Wie so oft war seine Schwiegermutter in ihre Lektüre vertieft. Sie sah auf, als er hereinstürmte, und lächelte.

»Carl! Wie schön!«

»Ist Josephine hier?«, keuchte er.

Augenblicklich verflog das Lächeln auf Charlottes Gesicht und machte einem besorgten Ausdruck Platz. »Hier?«, fragte sie erstaunt. »Aber wie kommst du denn darauf?«

»Oh nein …«, stöhnte Carl und verbarg das Gesicht in den Händen.

• • • •

Erschrocken sprang Josephine auf. »Was machen Sie hier?«, keuchte sie, während sie sich hastig die Tränen aus dem Gesicht wischte.

Doch der Mann antwortete nicht, sondern starrte sie nur weiter wortlos an.

»Warum verfolgen Sie mich? Was habe ich Ihnen getan?«, rief sie verunsichert.

Wieder reagierte er nicht.

Verzweiflung und Wut kochten in ihr hoch, als sie drei Schritte auf den Mann zumachte und ihn anschrie: »Nun reden Sie doch endlich mit mir!«

Doch der Schwarzhaarige zuckte nur die Achseln, drehte sich um und ging davon.

Erst Stunden später kehrte Josephine heim. Ihr war vollkommen klar, dass, wenn schon nicht Carl, so doch auf jeden Fall ihre Mutter und Nanette außer sich vor Sorge sein mussten.

In der Tat wurde, kaum dass sie um die Ecke gebogen war, die Ladentür aufgerissen. »Da ist sie!«, rief Charlotte und eilte ihr, gefolgt von Nanette mit dem kleinen Julius, aufgeregt entgegen.

»Mama!« Er streckte seine Ärmchen nach ihr aus, und im nächsten Moment fiel Charlotte ihr um den Hals.

»Wir haben uns solche Sorgen um dich gemacht! Wo warst du denn nur? Was ist geschehen?«

»Ich erzähle euch gleich alles in Ruhe«, sagte Josephine müde und nahm ihren kleinen Jungen auf den Arm, um sein Gesicht mit Küssen zu bedecken. Wie gut er roch! Und wie weich seine Haut war. Er war das Wichtigste im Leben, alles andere zählte nicht.

»Warum ist er denn noch nicht im Bett?«, fragte sie Nanette, die sie ebenfalls liebevoll und erleichtert ansah.

»Er hat auch gemerkt, dass seine Mama weg ist und war ganz aufgelöst«, erklärte Nanette.

»Entschuldige, mein kleiner Schatz«, flüsterte sie. »Mama würde dich niemals verlassen. Mama hat nur einen kleinen Spaziergang gemacht.«

Er nickte und schlang seine Ärmchen enger um ihren Hals.

»Wo ist Carl?«

»Er ist losgegangen, um dich zu suchen. Auch er ist sehr in Sorge um dich.«

Charlotte nahm ihre Tochter beim Arm und führte sie ins Haus.

»Was hat er denn gesagt?«

»Nanette, bitte bringen Sie Julius schon einmal ins Bett«, sagte Charlotte statt einer Antwort. Josephine wusste, was das bedeutete. Unangenehme Familienangelegenheiten wurden niemals vor dem Personal besprochen, auch wenn dieses noch so lange bei der Familie war und am Ende ohnehin alles mitbekam. So hatte es Charlotte Behn schon immer gehalten, und das würde sie wohl auch nicht mehr ändern. Doch sie hatten die Rechnung ohne den kleinen Julius gemacht. Jetzt, wo er seine Mutter wieder hatte, wollte er sie nicht so schnell hergeben. Er begann bitterlich zu weinen, als Nanette ihn auf den Arm nehmen wollte.

»Schon gut«, sagte Josephine hastig. »Ich bringe ihn selbst ins Bett und bleibe bei ihm, bis er eingeschlafen ist. Das war zu viel Aufregung für den kleinen Kerl.«

Liebevoll strich sie ihm die Haare aus der Stirn und sah ihre Mutter um Verständnis bittend an. »Wir reden später, in Ordnung?«

»Aber natürlich, Liebes«, erwiderte Charlotte. »Bring Julius nur in aller Ruhe ins Bett. Ich halte in der Zwischenzeit Ausschau nach Carl.

14. Kapitel
·· Bielefeld, Februar 1893 ··

Eine halbe Stunde später schlief Julius friedlich in seinem Bettchen, und Josephine ging leise nach nebenan ins Wohnzimmer. Dort saß Carl auf dem Sofa und blickte ihr entgegen. Von ihrer Mutter war nichts zu sehen.

»Carl«, sagte sie kühl und wollte an ihm vorbei in die Küche gehen. Ihr war ganz schwindelig vor Hunger, sie hatte seit dem Frühstück nichts zu sich genommen. Vor allem aber war sie nicht bereit für ein Gespräch mit ihrem Mann, nachdem er sie so verletzt hatte, und sie hatte auch keine Lust, sich weiteren Vorwürfen auszusetzen.

Doch er sprang auf und hielt sie am Arm fest.

»Josephine«, sagte er, und es klang bittend. »Wo warst du?«

»Ich bin herumgelaufen«, erwiderte sie abweisend. »Ich wollte allein sein.«

Er drehte sie zu sich herum. »Bitte, hör mir zu. Es tut mir leid, was ich zu dir gesagt habe. Das war ungerecht, und es stimmt auch nicht. Du bist weder verwöhnt noch lebensuntauglich. Im Gegenteil. Es war klug, was du gemacht hast. Sehr klug sogar.« Er nahm sie bei der Hand und sah sie eindringlich an. »Ich will ganz ehrlich zu dir sein, Liebling, und das fällt mir schwer«, begann er. »Aber es ist gar nicht so leicht, dein Mann zu sein.«

Irritiert blickte sie auf. »Wie meinst du das?«

Sie sah ihm an, dass er seine Wortwahl schon bedauerte, als er hastig hinzufügte: »Das klingt furchtbar, aber eigentlich ist es ein Kompliment. Du bist eine ganz besondere Frau. Klug, voller Einfälle und Ideen, wunderschön und obendrein noch wohlhabend. Und ständig gelingt dir alles. Das ist zwar wunderbar, aber ich fühle mich neben dir oft … wie ein Versager«, stieß er hervor.

»Aber was für ein Unsinn, Carl«, rief sie.

»Bitte«, er nahm nun auch ihre zweite Hand in die seine, »bitte hör mir einfach zu.«

Sie nickte.

»Ich liebe dich dafür, dass du so bist, wie du bist. Ich liebe dich für all deine Einfälle und deinen Ideenreichtum, ich liebe dich für deine Schönheit, für alles, was du mitbringst. Nur für dein Geld liebe ich dich nicht, das ist mir nicht wichtig.«

Sie musste lachen. »Das ist auch gut.«

»Aber ich kenne das nicht so«, fuhr er fort. »Meine Mutter ist zwar eine herzensgute Frau, aber sie handelte immer nur nach dem, was mein Vater ihr vorgab. Sie würde nie Eigeninitiative zeigen. Und so ist es eigentlich in allen Familien, die ich kenne.«

Er hatte recht.

»Du passt nicht in mein Rollenbild, Phinchen«, sagte er, sah das Erschrecken in ihren Augen und fuhr hastig fort: »Das heißt nicht, dass *du* nicht passt, du bist genau richtig, wie du bist, und genau dafür liebe ich dich. Es heißt nur, dass ich umdenken muss. Das, woran ich mein Leben lang glaubte, was für mich die Normalität war, das muss ich überdenken. Und das will ich auch überdenken. Das wird mir vielleicht nicht immer gleich gelingen. Aber ich arbeite an mir – und ich glaube, ich habe mich seit wir uns kennen auch schon sehr gebessert.«

Gerührt von seinen Worten sah sie ihn an, nickte nur leicht als Zeichen, dass sie ihm zuhörte und ihn verstand.

»Du bist eine ungewöhnliche Frau, Phinchen«, sagte er wieder. »Und du passt nicht nur nicht in mein Rollenbild, sondern auch nicht in das allgemeine. Ich finde das großartig und bin stolz auf dich. Ich glaube, dass die Frauen sich in den nächsten Jahren aus den Schatten ihrer Männer lösen werden und ins Licht hervortreten, so, wie du das jetzt schon getan hast. Aber als du da vorhin auf deinem Stuhl standest und deine großartige Rede hieltest, da habe ich mich geschämt.«

»War es so schlimm?«, fragte sie zerknirscht. »Ich wollte dich nicht blamieren.«

»Nein.« Er schüttelte lächelnd den Kopf. »Im Gegenteil. Es war ganz und gar großartig. Ich habe mich für mich selbst geschämt.«

Sie dachte, dass das Gefühl, das sie zu Beginn ihrer Rede gehabt hatte, ganz richtig gewesen war. »Ich verstehe«, sagte sie leise. »Du bist es, der dort oben hätte stehen und die Rede hätte halten müssen.«

»Zumindest in den Augen der anderen, ja«, bestätigte er. »Was bin ich für ein Mann, der das seiner Frau überlässt und sich selbst in der Menge versteckt? Was bin ich für ein Mann, der die Aufforderung seiner Frau braucht, damit die anderen ihm applaudieren?«

»Es tut mir so leid«, flüsterte Josephine. »Ich habe einfach nicht nachgedacht. Wieder einmal. Wie so oft.«

Er senkte den Kopf. »Ich habe mich gefühlt wie ein …«, er schluckte und stieß dann hervor: »Wie ein Versager. Deshalb mein Ausbruch nach der Eröffnung.«

»Du bist kein Versager, Carl Meister«, sagte sie und strich ihm zärtlich über das Gesicht. »Du bist der fleißigste und mutigste Mann, den ich kenne. Und der Mut zeigt sich nicht nur darin, dass du auf eigenen Beinen stehen willst, dass du ständig etwas Neues erfindest, dass du mit mir in eine fremde Stadt gehst, um eine Apotheke zu eröffnen. Nein, der Mut zeigt sich auch darin, dass du mich sein lässt, wie ich bin.«

Sie hob seine Hand an die Lippen und küsste sie. »Nur ein wirklich starker Mann kann eine Frau wie mich ertragen. Eine Frau, die ihren eigenen Weg gehen will, ihren eigenen Kopf hat, sich aber ab und an durchaus auch mal nach dem Schutz ihres Mannes sehnt.«

»Nur ab und an?«, fragte er zärtlich und fügte dann hoffnungsvoll hinzu: »Dann verzeihst du mir?«

Sie nickte zärtlich. »Ich habe dir schon längst verziehen.«

In diesem Moment begann ihr Magen laut zu knurren. Sie sahen sich an und lachten.

»Ich habe seit heute Morgen nichts mehr gegessen«, gestand sie ihm.

»Ich auch nicht«, erwiderte er. »Dann lass uns mal in die Küche gehen.«

»Und danach ins Schlafzimmer«, schlug sie vor und küsste ihn verführerisch.

Erst als sie später neben ihrem schlafenden Mann lag fiel ihr auf, dass sie ihm gar nichts von dem bedrohlichen Fremden erzählt hatte, der sie verfolgt hatte. Aber das war vielleicht auch besser so. Carl sollte sich nicht unnötig Sorgen machen. Für heute hatten sie genug Aufregung gehabt.

....

»Wir brauchen mehr Personal«, sagte Carl am nächsten Tag stirnrunzelnd. »Anders wird es nicht gehen.«

Josephine stimmte ihm zu. Sie waren schon seit den frühen Morgenstunden auf den Beinen, um zu überlegen, wie sie hinsichtlich des Backpulvers schnellstmöglich für Nachschub sorgen konnten.

»Es ist wie bei den Blechdosen«, bilanzierte Josephine. »Das Beste wäre, wenn du nach Berlin fahren würdest, um mit den Lieferanten zu sprechen. Aber dann wäre die Apotheke verwaist.«

»Das geht nicht. Du solltest wieder fahren. Das hast du ja auch beim ersten Mal ganz hervorragend hinbekommen. Allerdings musst du dich auf einiges gefasst machen. Unser Chemikalienlieferant ist … nun ja … ich glaube nicht, dass er allzu viel von Frauen in der Geschäftswelt hält.«

Sie lachte. »Das schaffe ich.«

»Davon bin ich überzeugt.« Er zog sie in seine Arme.

»Der alte Knochen wird sich an Frauen in der Geschäftswelt gewöhnen müssen, ihm wird nichts anderes übrigbleiben. Und mit der entsprechenden Unterschrift und Vollmacht darfst du alles.«

Sie würde nach Berlin fahren! Josephine konnte ihre Freude nur schwer verbergen, denn auch, wenn sie sich in Bielefeld inzwischen eingelebt hatten, vermisste sie die Hauptstadt doch sehr – und wenn sie ehrlich war auch den Luxus im Palais ihrer Mutter.

»Der Zeitpunkt ist ebenfalls gut«, fuhr Carl fort. Du könntest mit deiner Mutter und Nanette reisen, dann hättest du sogar etwas Unterstützung in der Bahn. Was sagst du?«

»Ich habe etwas Bedenken, ob Julius die erneute Reise gut verträgt, aber du hast schon recht. Ich habe zumindest auf der Hinreise Unterstützung. Und bei meiner Mutter fühlt er sich wohl.«

»Auf der Rückreise könntest du vielleicht auch Unterstützung haben.«

»Wie meinst du das?«

»Nun«, erwiderte er lächelnd. »Ich würde mir wünschen, dass meine geschäftstüchtige Frau mich weiterhin unterstützt. Aber dann brauchen wir jemanden für Julius. Und wo wäre er besser aufgehoben als bei Nanette?«

Sie sah ihn mit leuchtenden Augen an. »Du meinst …«

Er nickte. »Was hältst du davon?«

Jubelnd fiel sie ihm um den Hals. »Eine ganze Menge. Ich werde sie gleich fragen.«

15. Kapitel
·· Berlin, März 1893 ··

Berlin! Josephine fühlte ihr Herz hart gegen ihre Brust schlagen. Berlin war und blieb eine Welt für sich. Eine ganz eigene, in gewisser Weise auch rasante Welt voller Fortschritt und Bewegung.

»Ach, wie ich unsere Stadt liebe«, seufzte sie. Da spürte sie den prüfenden Blick ihrer Mutter auf sich ruhen.

»Aber du bereust es nicht etwa, nach Bielefeld gezogen zu sein?«, fragte Charlotte da auch schon.

Josephine schüttelte den Kopf. »Nein«, sagte sie. »Mein Platz ist an Carls Seite, und ich würde schon sagen, dass ich in Bielefeld in gewisser Weise angekommen bin. Aber Berlin ist einfach meine Heimat.«

Der Zug fuhr in die Halle des Lehrter Bahnhofs ein und hielt quietschend an. Josephine stieg aus und bewunderte die prunkvolle Architektur des Gebäudes. Sie konnte nur der allgemeinen Auffassung zustimmen, die den Lehrter Bahnhof als Schloss ansah. Während sich Nanette mit Agathes Hilfe daranmachte, das Gepäck auszuladen, hob Josephine den kleinen Julius auf die Hüfte.

»Das geht mir auch so«, sagte Charlotte leise, fast hatte Josephine schon vergessen, worauf ihre Mutter sich bezog. »Und es wird immer mehr Heimat, je mehr Wandel ich in Berlin erlebe. Ich habe das Gefühl, die Stadt schon gekannt zu haben, als sie noch ein Kind war. Und nun darf ich zusehen, wie sie erwachsen wird.«

»Du hast zugesehen, wie Berlin erwachsen wurde?«, fragte Josephine und warf ihrer Mutter über die Schulter einen belustigten Blick zu.

Charlotte lachte verlegen. »Es klingt ein wenig albern, ich weiß«, sagte sie. »Aber irgendwie kommt es mir tatsächlich so vor.«

»Das musst du mir gleich genauer erläutern«, bat Josephine.

Ihre Mutter nickte. »Bei einer schönen Tasse Tee, wenn wir zu Hause sind.«

Jacob wartete mit einem weiteren Diener, den Josephine noch nie gesehen hatte, am Bahnsteig. Die beiden kümmerten sich um das Gepäck, und Josephine und die anderen Frauen folgten ihnen nach draußen, wo schon die Kutsche bereitstand. Die Fahrt vom Bahnhof bis zu der Villa der Familie Behn in der Wilhelmstraße dauerte nicht lang, und Josephine sah hinaus auf die altvertrauten Straßen, auf denen sich Droschke an Droschke reihte. Ja, ihre Mutter hatte schon recht. Berlin veränderte sich, wurde immer größer und immer voller.

Mit einem kurzen Ruck kam die Kutsche vor der Villa der Behns zum Stehen, und Josephine stieg mit Julius auf dem Arm als Erste aus.

Die Dienerschaft stand in der Eingangshalle Spalier, um sie willkommen zu heißen, und Josephine und Charlotte begrüßten sie mit der ihnen eigenen Herzlichkeit.

»Frau Rentlein«, sagte Charlotte, »wir möchten uns nach der anstrengenden Reise etwas stärken. Bitte servieren Sie uns Tee und Gebäck.«

»Aber sicher«, strahlte die Köchin, die ihren Blick kaum von dem kleinen Julius wenden konnte. »Es ist schon alles vorbereitet.«

»Das habe ich gehofft«, seufzte Charlotte und legte ihrer Köchin kurz die Hand auf den Arm. »Ach, Frau Rentlein. Sie sind die Beste.«

Eine halbe Stunde später saßen Josephine und ihre Mutter einander gegenüber im Salon und nahmen ihren Tee ein, wie sie das schon unzählige Male zuvor getan hatten.

»Ich verstehe nun, was du meintest, als du sagtest, Berlin sei erwachsen geworden«, knüpfte Josephine wieder an ihr Gespräch an.

Charlotte nickte. »Weißt du«, sagte sie, »ich kann mich schemenhaft noch an die deutsche Reichsgründung im Jahr 1871 erinnern«, setzte sie an. »Ich war etwa so alt wie du jetzt und musste mich vom Berlin meiner Kindheit verabschieden.«

»Und wie sah es aus, das Berlin deiner Kindheit?«, fragte Josephine neugierig.

»Nun«, begann Charlotte, »es war eine etwas angestaubte Residenz- und Garnisonsstadt. Und in den gut zwanzig Jahren, die seither vergangen sind, hat sie sich, wie ich finde, zu einer hochmodernen Metropole entwickelt.«

»Spree-Athen ist tot, und Spree-Chicago wächst heran«, ertönte eine Stimme von der Tür her.

»Liebling!« Charlotte erhob sich, um ihren Sohn zur Begrüßung zu küssen. Auch Josephine ging ihrem Bruder Fritz entgegen und ließ sich von ihm auf die Wangen küssen.

»Wie schön, dass ihr wieder da seid. Und vor allem: dass du wieder da bist«, sagte Fritz zu seiner Schwester.

Sie drückte ihn kurz an sich. »Stell dir vor, Carls Backpulver haben sie uns regelrecht aus den Händen gerissen. Es war wenige Stunden nach der Eröffnung ausverkauft.«

»Das freut mich für euch, sehr sogar«, sagte Fritz. »Ich halte große Stücke auf meinen Schwager und seinen Ehrgeiz. Nur verstehe ich nicht, warum du dann hier in Berlin bist?«, fragte ihr Bruder. »Hat Carl keine Zeit mehr, sich um dich zu kümmern?«

Sie ließ sich wieder auf ihren Sessel fallen. »Nein, Fritz. Das ist es nicht. Carl ist in unserer Apotheke unabkömmlich. Deshalb bin ich nach Berlin gefahren, um mit den Lieferanten zu verhandeln.«

»Du?«, rief Fritz erstaunt. »Aber du bist doch eine Frau.«

Deswegen kann ich trotzdem denken und handeln, lag es Josephine auf der Zunge, aber sie schluckte die Worte herunter und sagte nur friedfertig: »Carl hat alles so weit vorbereitet. Aber er ist einfach nicht abkömmlich.«

Fritz Behn schürzte missbilligend die Lippen. »So viel ich von deinem Mann halte«, sagte er. »Ich finde es nicht in Ordnung, dass er dir solch eine Bürde auflastet. Er hätte sich doch an mich wenden können. Ich werde das übernehmen. Du musst dich darum nicht kümmern, Josephine.«

Josephine wollte schon protestieren, da erhielt sie wider Erwarten Hilfe von ihrer Mutter.

»Fritz«, sagte sie und goss ihm eine Tasse Tee ein, »wie lange habe ich, nachdem euer Vater gestorben war, mein Textilgeschäft, alleine geführt? Erinnere dich doch bitte daran. Ganz so ungewöhnlich, wie du das nun darstellst, ist es nicht, dass wir Frauen eine Rolle in der Geschäftswelt spielen.«

»Das stimmt«, gestand er ein. »Aber ich darf dir ins Gedächtnis rufen: Mein Vater hat nicht solcherlei Dinge von dir verlangt.«

»Damals war das auch noch etwas anderes«, sagte Charlotte und wechselte dann geschickt das Thema. »Wir sprachen gerade davon, dass alles sich verändert. Auch unsere Stadt. Dein Spruch, den du sagtest, als du hereinkamst, war sehr passend.«

Nun lächelte Fritz.

»Das Zitat stammt von Walter Rathenau.«

»Wer ist denn das?«

Fritz winkte ab. »Er leitet die Elektrochemischen Werke in Bitterfeld und Rheinfelden.«

»Ich habe Angst, dass ich mich irgendwann gar nicht mehr in Berlin zurecht finde«, sagte Charlotte leise. »Ich habe das Gefühl, dass inzwischen jeder zweite gar kein Berliner ist.«

»Ach Mama«, sagte Josephine und nahm tröstend ihre Hand. »Carl und ich sind auch keine Bielefelder. Aber wir haben viel

Gutes dorthin gebracht. Dank uns hat die Stadt bald jede Menge Backpulver. So ist es auch mit Berlin. Vieles, was neu ist, ist gut und spannend. Man sollte nur seine eigenen Wurzeln niemals vergessen.«

»Ja«, seufzte Charlotte und drückte ihre Hand. »Es ist immer wichtig zu wissen, wo man herkommt.«

16. Kapitel

·· Berlin, März 1893 ··

Bevor Josephine sich in ihr Zimmer begab, um sich für das Abendessen umzukleiden und sich etwas frisch zu machen, wollte sie unbedingt noch bei Frau Rentlein in der Küche vorbeischauen, um sie zu begrüßen. Auf dem Weg nach unten musste sie lächeln. Die Küche lag im Souterrain, und für sie war das als Kind immer der Weg der köstlichen Düfte gewesen. Auch jetzt roch es wieder verlockend nach Frischgebackenem. Erwartungsvoll beschleunigte Josephine ihre Schritte – denn obwohl sie gerade mit ihrer Mutter jede Menge Gebäck genossen hatte, lief ihr bei diesem Duft das Wasser im Mund zusammen. Vielleicht auch aus purer Gewohnheit, wie sie dachte. Denn schließlich war es schon immer so gewesen, dass sie unten in der Küche bei Frau Rentlein etwas Leckeres zu essen bekam.

»Ich wollte noch mal nach Ihnen sehen, Frau Rentlein«, rief sie, während sie mit einem Schwung die Tür öffnete. Und dann erstarrte sie mitten in der Bewegung. Ihre Köchin saß an dem blankpolierten Küchentisch, der in der Mitte des Raumes stand und an dem das Personal seine Mahlzeiten einzunehmen pflegte, und weinte herzzerreißend.

»Aber Frau Rentlein!«, rief Josephine erschrocken, eilte zum Tisch, setzte sich neben die Köchin und legte ihr besorgt den Arm um die Schulter. »Was ist denn geschehen?«

Die Ältere versuchte, tapfer zu sein, tupfte sich mit ihrem Geschirrtuch die Tränen aus den Augenwinkeln und zwang sich zu einem Lächeln.

»Es ist nichts, Frau Meister«, sagte sie. »Das wäre ja noch schöner, wenn die Herrschaft nun auch noch ihre Bediensteten trösten muss.«

»Frau Rentlein«, erwiderte Josephine streng und nahm ihre Hände in die ihren. »So geht das nicht. Das Leben ist keine Einbahnstraße. Wie oft saß ich hier bei Ihnen am Küchentisch und habe bittere Tränen vergossen? Sie haben mir immer zugehört, wussten immer einen Rat, waren immer für mich da. Jetzt sind Sie es, die bittere Tränen weinen, und jetzt bin ich für Sie da. Und vielleicht weiß ich auch einen Rat.«

»Das ist doch etwas anderes«, murmelte die verzweifelte Frau Rentlein.

»Und warum ist das etwas anderes?«

»Nun, Sie sind die die Jüngere und vor allem die Herrschaft.«

»Unsinn, Frau Rentlein«, sagte Josephine energisch. »Und ich bin auch kein Kind mehr. Wir sind zwei erwachsene Frauen.«

Sie ließ die Hände der Köchin los und erhob sich.

»Wir machen es jetzt so, wie Sie es immer gemacht haben«, fuhr sie fort. »Ich koche uns einen Kakao – das kann ich inzwischen –, lege uns Kekse zurecht, und dann wird erzählt.«

»Aber das kann ich doch machen.« Frau Rentlein wollte schon

aufspringen, doch Josephine bedeutete ihr mit einer Handbewegung, sitzen zu bleiben.

»Gar nichts werden Sie tun.« Sie goss Milch in einen Topf und erwärmte sie, gab zwei Löffel Kakao in zwei Tassen, etwas Zucker dazu, fertig. Minuten später stellte sie der Köchin eine Tasse vor die Nase und schob ihr einen Teller mit Keksen hin. »Und nun erzählen Sie«, sagte sie streng. »Was ist passiert?«

»Es ist wegen meiner Nichte«, stieß Frau Rentlein hervor und musste schon wieder weinen.

»Martha? Was ist mit ihr?«

Sie kannte Frau Rentleins Nichte noch aus Kindertagen, sie hatten früher viel zusammen gespielt.

»Sie ist im Scheunenviertel gelandet! Als ... nun ja ...«

Josephine wusste, worauf Frau Rentlein hinauswollte: Martha verkaufte ihren Körper. In Berlins Norden und im Osten, wo sich die Arbeiterviertel befanden, sah es ganz anders aus als hier im privilegierten Westen. Ihre Eltern hatten ihr stets strengstens untersagt, dort hinzugehen. Den Wedding, die Luisenstadt, Neukölln, den Friedrichshain und besonders das Scheunenviertel, nördlich des Alexanderplatzes gelegen, gelte es zu meiden. Aber nach ihrem Auszug und vor Julius' Geburt hatte Josephine, von Neugierde getrieben, einmal heimlich einen Ausflug dorthin unternommen – und es sofort bereut. In ihren feinen Kleidern war sie natürlich aufgefallen. Männer hatten höhnisch und anzüglich hinter ihr hergerufen, Frauen vor ihr ausgespuckt, und Kinder hatten ihr die dürren Ärmchen entgegengestreckt in der Hoffnung, sie möge ihnen etwas zu essen geben. Wie in einer anderen Welt war es ihr vorgekommen in den dunklen Sträßchen zwischen den hohen Mietskasernen. Und in ebenjenem Scheuenviertel war die Nichte von Frau Rentlein nun gelandet. Das war noch schlimmer, als wenn sie eine Prostituierte in der Friedrichstadt mit ihren Nachtlokalen und Tanzbars geworden wäre. Dort warteten die Huren in Federboas und mit aufwändigen Hüten und verführerischen Kleidern auf ihre Kunden. Solchen Putz konnten sich die Frauen im Scheuenviertel nicht leisten. Die ließen sich von ihrem Freier einfach in eine dunkle Ecke ziehen, um dessen Bedürfnisse in aller Öffentlichkeit zu befriedigen. Dort blühte die Kriminalität, dort lebten die Ärmsten der Armen, und dort verkauften sich Frauen für ein Stück Brot. Sie standen zwischen Müllbergen, die ebenso furchtbar stanken wie die überquellenden Aborte. Josephine mochte sich das Leid dieser Frauen gar nicht ausmalen. Jetzt verstand sie, warum Frau Rentlein derart verzweifelt war.

»Aber das ist ja ganz entsetzlich!«, rief sie. »Wie konnte das denn passieren? Martha hatte doch eine gute Anstellung und sogar einen Freund!«

Erst bei ihrem letzten Besuch hatte Frau Rentlein ihr diese guten Neuigkeiten strahlend erzählt.

Es erschütterte Josephine zutiefst, nun zu hören, dass ihre Spielkameradin aus früheren Zeiten derart auf die schiefe Bahn geraten war.

Wieder schluchzte Frau Rentlein auf. »Ja«, sagte sie dann unter Tränen. »Und auf den ersten Blick erschien der Verehrer auch wirklich als Galan. Hat sich meiner Schwester vorgestellt und Blumen mitgebracht. Einen Anzug hatte er an und sagte, dass er aus gutem Hause komme. Manieren hatte er auch, und er hat meine Martha so zum Strahlen gebracht.«

Nur mühsam gelang es Frau Rentlein, sich so weit zu fassen, dass sie weitersprechen konnte.

»Und dann hat er Martha gesagt, dass er unbedingt mal sehen wolle, wo sie arbeitet. Martha hat sich geweigert. Das gehe nicht ohne die Erlaubnis ihrer Herrschaft. Aber er hat nicht nachgegeben. Und da ... als die Herrschaften eines Abends ins Theater gingen, da hat sie ihn hereingelassen.«

»Oh«, sagte Josephine. Das war zwar in der Tat nicht recht von Martha gewesen, aber auch noch kein Grund für den tiefen Fall.

»Er wollte unbedingt in die Räume der Herrschaft«, fuhr Frau Rentlein fort, »und muss sich unmöglich benommen haben. Hat sich an den Schreibtisch des Gnädigen Herrn gesetzt und ins Bett der Gnädigen Frau gelegt. Und das Schlimmste ist: Er hat buchstäblich das ganze Haus ausgeräumt. Schmuck, wertvolle Erinnerungsstücke ...«

»Aber das ist ja schrecklich!«, rief Josephine.

»Meine Nichte wollte ihn davon abhalten, aber er ist natürlich viel stärker als sie.«

»Aber wo war denn die restliche Dienerschaft?«, fragte Josephine. »Haben die nichts gemerkt? Haben sie Martha nicht geholfen?«

»Erst nach einer Weile«, sagte Frau Rentlein. »Martha hat von sich aus nicht um Hilfe gerufen. Sie hat sich so sehr geschämt, und dann hat sie das Dümmste gemacht, was sie tun konnte. Sie ist einfach abgehauen.«

Nun war es um die mühsam aufrecht erhaltene Fassung der Köchin geschehen. Sie legte den Kopf auf die Tischplatte und weinte und weinte und weinte, als gäbe es kein Morgen.

Hilflos legte Josephine ihr eine Hand auf den Rücken, während sich die Gedanken in ihrem Kopf überschlugen. In was für eine Lage hatte Martha sich da nur gebracht! Sie hatte wirklich alles falsch gemacht, was sie nur falsch machen konnte.

»Und nun wird sie von der Polizei gesucht und kann deshalb auch nicht mehr zu Hause wohnen?«

»Das vermuten wir«, brachte die Köchin unter Schluchzen hervor. »Dagewesen ist bisher noch niemand. Aber Martha schämt sich auch vor meiner Schwester viel zu sehr, als dass sie Anzeige erstatten würde.«

Josephine konnte Martha gut verstehen. Vermutlich hätte sie an ihrer Stelle nicht anders gehandelt.

»Passen Sie auf, liebe Frau Rentlein«, sagte sie. »Ich werde Ihnen helfen.«

»Und wie?«, fragte die Köchin und hob den Kopf, einen Hoffnungsschimmer in den Augen.

»Ich kenne Martha. Ich würde meine Hand für sie ins Feuer legen. Natürlich war es nicht recht, was sie getan hat. Aber es war einfach Pech, dass sie an so einen Hallodri geraten ist. Sie konnte doch nicht ahnen, dass er gleich das Haus ausrauben würde.«

Die Tränen in Frau Rentleins Augen versiegten, sie wischte sich über das nasse Gesicht. »Sie verurteilen sie nicht? Oh, Kind, das bedeutet mir so viel! Martha ist doch ein gutes Mädchen.«

»Natürlich verurteile ich sie nicht«, erwiderte Josephine vehement. »Und wir dürfen sie jetzt nicht im Stich lassen.«

Sie überlegte. »Ich hatte kurz daran gedacht, mit Marthas Herrschaft zu sprechen und sie zu bitten, von einer Anzeige abzusehen. Aber wenn die Polizei bisher noch nicht da war, heißt das vermutlich, dass sie auch nicht mehr kommen wird. Vielleicht hat die restliche Dienerschaft auch die Wahrheit gesagt: dass der Mann der Dieb war.«

»Selbst dann träfe sie eine Schuld. Sie ist verschwunden, nachdem sie ihn ins Haus gelassen hatte.«

»Ja, aber vielleicht haben die Diener es genau so erzählt wie es war. Und die Herrschaft weiß, dass Martha ein gutes Mädchen ist, und will ihr nicht zusätzlich Ärger machen.«

»Vielleicht«, hoffte Frau Rentlein. »Aber was soll dann aus Martha werden?« Ihre Augen füllten sich wieder mit Tränen.

»Keine Sorge«, sagte Josephine. »Ich habe da schon so eine Idee.«

17. Kapitel

·· Berlin, März 1893 ··

Früh am nächsten Morgen bat Josephine Jacob darum, sie zu der Chemiefabrik zu bringen, von der Carl seine Rohstoffe bezog und die zentral in der Chausseestraße gelegen war. Carl hatte ihr erzählt, dass es die Fabrik nun schon seit einem halben Jahrhundert gab und dass sie ebenfalls von einem Apotheker gegründet worden war. An Carls leuchtenden Augen hatte Josephine genau erkennen können, dass dieser insgeheim davon träumte, es einmal ebenso weit zu bringen. Immerhin hatte die Firma, die inzwischen *Chemische Fabrik auf Actien* hieß, mittlerweile über tausend Mitarbeiter, und es gab noch weitere Werke in Russland und England.

Während Jacob die Kutsche durch die Friedrichstraße lenkte, ertappte sich Josephine dabei, wie sie Carls Träume ein Stück weiterträumte. Was, wenn sie eines Tages wirklich dahin kommen würden? Wenn Carls Backpulver ein solcher Erfolg werden würde, dass sie über tausend Mitarbeiter hätten und Fabriken in der ganzen Welt? Vielleicht würden sie ja noch weitere bahnbrechende Dinge erfinden? Sie musste gestehen, dass sie diese Vorstellung ziemlich aufregend und verlockend fand.

Josephine schrak zusammen, als die Kutsche mit einem Ruck zum Stehen kam. Sie waren bei der Fabrik angekommen.

Jacob öffnete die Wagentür, Josephine stieg aus und sah eingeschüchtert an dem großen Gebäude empor. Hier den richtigen Ansprechpartner zu finden, würde sich schwierig gestalten.

Doch zu ihrer Überraschung fand sich Josephine schnell zurecht. Gleich in der Eingangshalle begrüßte sie ein wichtig aussehender Sekretär und fragte sie höflich, was er für sie tun könne. Aus seiner Verwunderung darüber, dass eine Frau diese heiligen Hallen betreten hatte, machte er natürlich keinen Hehl.

»Ich möchte zu Gustav Hintgens«, ließ sie ihn so selbstbewusst wie möglich wissen.

Der Sekretär sah sie streng an, als wäre sie in unlauterer Absicht gekommen.

»Herr Hintgens ist ein vielbeschäftigter Mann«, sagte er.

»Und ich bin eine vielbeschäftigte Frau. Mit einem Großauftrag und der Option auf weitere Großaufträge«, ließ sie ihn verärgert wissen. »Hier sehen Sie die Bevollmächtigung, die mir mein Mann ausgestellt hat.« Sie schob ihm das Papier über die Empfangstheke zu. »Und nun bitte ich Sie, mich durchzulassen. Es eilt wirklich.« Entschlossen griff sie zu demselben Mittel, das sie auch schon in der Verpackungsfabrik erfolgreich angewendet hatte, und sagte: »Ansonsten werde ich mich an die Konkurrenz wenden. Ich weiß aber nicht, wie Ihr Vorgesetzter das finden würde. Er und mein Mann kennen sich von früher, und …«

Der Sekretär geriet merklich ins Schwitzen. »Ich werde nachsehen, ob Herr Hintgens für Sie Zeit hat«, erklärte er und erhob sich hastig.

»Tun Sie das«, erwiderte sie kühl.

Minuten später war der Mann wieder da. »Herr Hintgens lässt bitten«, teilte er mit.

»Gut.« Sie folgte dem nervös wirkenden Angestellten durch den langen, schmalen Flur.

Gustav Hintgens erwies sich als fülliger Mann um die fünfzig mit dicker Hornbrille und zurückweichendem Haaransatz. Er war Josephine auf Anhieb unsympathisch. Aber das tat jetzt nichts zur Sache.

»Frau Meister«, sagte er schmierig und ließ sich zu einem Handkuss herab. »Was für eine gutaussehende Gemahlin unser Carl doch abbekommen hat. Glück muss der Mensch haben.« Er stieß ein meckerndes Lachen aus und setzte sich dann wieder hinter seinen billig wirkenden Schreibtisch, bevor Josephine Gelegenheit hatte, auf dem Besucherstuhl Platz zu nehmen. Manieren hatte Gustav Hintgens schon mal keine.

»Werter Herr Hintgens«, sagte sie nun. »Mein Mann wäre nur zu gern selbst gekommen. Aber er ist in unserer Apotheke unabkömmlich. Da wir nur wenige Angestellte haben, blieb mir keine andere Wahl, als die Strapazen dieser Reise auf mich zu nehmen und Ihnen diese Order zu übermitteln. Bitte sehr.«

Sie zeigte ihm die Bestellung mit Carls Unterschrift. »Ich verstehe ja nichts von diesen Dingen«, log sie. Sie hatte sich die

Strategie zurechtgelegt, nicht zu selbstbewusst aufzutreten, in der Hoffnung, so bei dieser Sorte Mann am meisten zu erreichen. Auch wenn es ihr anfangs schwerfiel, begann dieses Spiel ihr zunehmend Spaß zu machen. »Aber ich habe ein gutes Gespür für Menschen, und ich wusste sofort: Wenn jemand den außerordentlichen Wünschen meines Mannes nachkommen kann, dann sind Sie es, lieber Herr Hintgens.«

Sie rang mit sich, ob sie sich ihm entgegenbeugen, eine Hand auf die seine legen und ihm einen vertrauensvollen Augenaufschlag schenken sollte, entschied sich dann aber mit Blick auf seine schwitzig wirkenden, dicklichen Hände dagegen. Alles hatte seine Grenzen.

Es war Herrn Hintgens anzusehen, wie sehr ihm ihre Worte schmeichelten. »Nun«, sagte er und setzte sich zurecht. »Ich werde sehen, was ich tun kann.« Er vertiefte sich in das Papier, dann weiteten sich seine Augen. »Das …«, stammelte er, »das ist eine …«

»Eine beträchtliche Menge, wollten Sie sagen? Da kann ich Ihnen nur zustimmen«, half Josephine ihm freundlich. »Mein Mann hat sicherheitshalber auch bei einem Ihrer Konkurrenten angefragt, wollte aber aus alter Verbundenheit zu Ihrem Hause zuerst Ihnen die Gelegenheit einräumen. ›Josephine‹, hat er zu mir gesagt, ›Josephine, das ist Ehrensache. Gustav wird mich ganz sicher nicht enttäuschen. Und wenn er diesen riesigen Auftrag nicht alleine schafft, dann müssen wir die Menge eben auf mehrere Häuser verteilen.‹«

Treuherzig sah sie ihn an.

»Das müssen Sie nicht«, versicherte er hastig. »Das wäre ja gelacht.«

»Ach, wie großartig, lieber Herr Hintgens!«, rief Josephine. »Es ist doch wunderbar, wenn es Menschen gibt, auf die man sich verlassen kann. Ich reise morgen wieder zurück und würde dann einen Teil der Rohstoffe gleich mitnehmen.«

»Das … das wird leider nicht möglich sein«, stammelte Hintgens, der nun feuerrot angelaufen war ob all der Anstrengung, der sie ihn aussetzte.

»Oh«, tat Josephine überrascht, »aber warum denn nicht?«

»Nun, wir müssen erst produzieren.«

»Das ist mir klar, werter Herr Hintgens«, sagte sie. »Besser gesagt: Das hat mir mein Mann schon erklärt. Aber er hat auch gesagt, einen Teil der Rohstoffe hätten Sie sicher da, und ich könnte sie gleich mitnehmen. Er will sofort mit der Herstellung beginnen, müssen Sie wissen.« Bekümmert sah sie ihn an. »Was machen wir denn da? Carl wird gar nicht begeistert sein, wenn ich ohne die Rohstoffe nach Hause komme.« Plötzlich strahlte sie. »Oh, nun weiß ich es! Ich werde dann die Rohstoffe, die wir schnell benötigen, doch bei Ihrer Konkurrenz einkaufen. Und den Rest lassen Sie uns schicken.«

Bevor er etwas erwidern konnte, hatte sie sich schon erhoben und machte Anstalten, zur Tür zu gehen. »Das ist doch eine gute Lösung für uns alle, finden Sie nicht?«

»Warten Sie!« Hastig war Gustav Hintgens ebenfalls aufgestanden. »Zehn Prozent der Lieferung können Sie morgen direkt mitnehmen.«

»Aber das ist ja wunderbar, lieber Herr Hintgens.«

War sie so gut, oder war er so naiv? Oder beides?

»Ich danke Ihnen von ganzem Herzen«, sagte Josephine zum Abschied. »Dann sehen wir uns morgen.«

18. Kapitel

·· Berlin, März 1893 ··

Besser und erfolgreicher hätte der Tag gar nicht verlaufen können, dachte Josephine und zog ihre Taschenuhr heraus. Inzwischen war es fünf Uhr nachmittags. Sie hoffte, dass die Zeit noch ausreichen würde, Martha zu finden, schließlich wusste sie nur, dass diese sich im Scheunenviertel als Prostituierte verdingte, aber nicht, wo genau sie anzutreffen sein würde.

Jacob machte große Augen, als sie ihn anwies, in die verrufene Gegend nördlich des Alexanderplatzes zu fahren. »Das kann ich nicht zulassen«, widersprach er. »Das ist viel zu gefährlich.«

»Es ist aber wichtig«, beharrte Josephine. »Und wenn Sie mich nicht fahren, werde ich zu Fuß gehen. Dann bin ich noch ungeschützter.«

»Aber was wollen Sie denn dort?«, fragte er aufgelöst.

Josephine seufzte. Sie war auf seine Hilfe angewiesen und auch darauf, dass er ihrer Mutter gegenüber Stillschweigen bewahrte. Denn selbst wenn sie inzwischen erwachsen war, würde ein Besuch im Scheunenviertel sicher zu heftigen Diskussionen mit ihrer Familie führen, denen sich zu stellen sie so gar keine Lust hatte.

»Also gut«, sagte sie. »Ich erzähle Ihnen alles. Unter der Bedingung, dass Sie mir dann helfen.« Die Chancen standen gut, dass er das tun würde, denn Josephine war sich sicher, dass Jacob schon lange heimlich in die Köchin verliebt war.

»Meine Güte!«, rief Jacob betroffen aus, als sie ihm zehn Minuten später alles erzählt hatte. »Das ist ja entsetzlich. Das arme Mädchen. Und die arme Frau Rentlein! Da muss man doch etwas tun.«

Josephine schmunzelte. »Ganz Ihrer Ansicht. Und wir tun ja etwas.«

»Was haben Sie vor?«

»Wir holen Martha da raus«, verkündete Josephine entschlossen.

Der Kutscher sah sie mit großen Augen an. »Gut«, sagte er. »Und dann?«

Josephine holte tief Luft. »Mein Mann und ich, wir brauchen dringend Personal. Ich habe auch Nanette gebeten, uns zu begleiten.«

»Nanette verlässt uns? Oh, wie schade!«, sagte Jacob, um dann hinzuzufügen: »Aber für sie ist es das Richtige. Sie liebt den kleinen Julius sehr. Nanette braucht Kinder um sich.«

»Und ich weiß ihn in den allerbesten Händen«, sagte Josephine. »Aber wir benötigen noch mehr Hausangestellte. Und da …«

»Und da haben Sie an Martha gedacht«, kombinierte der Kutscher. »Was für eine wunderbare Idee.«

»Dann kann sie noch einmal neu anfangen.«

»Sie sind ein guter Mensch, Frau Meister«, sagte Jacob gerührt. »Und natürlich helfe ich Ihnen. Wenn ich einen Vorschlag machen dürfte?«

»Jeden.«

»Wenn Sie derart gekleidet ins Scheunenviertel gehen, erregen Sie viel Aufmerksamkeit.«

Damit erzählte er ihr nichts Neues, wie Josephine von ihrem heimlichen Ausflug wenige Jahre zuvor wusste.

»Ich habe vorgesorgt«, ließ sie ihn wissen. Am Morgen hatte sie eigens ein schmal fallendes Kleid gewählt, das sich unter dem weiten, schwarzen Umhang, den sie nun hervorzog, gut verbergen ließ.

Der Kutscher zwinkerte ihr zu. »Sehr gut. Ich wollte Ihnen gerade anbieten, sich Garderobe von meiner Schwester zu leihen. Ich würde Sie allerdings gern begleiten. Für eine Frau allein ist es nicht ungefährlich, selbst wenn sie nicht durch ihre Kleidung auffällt.«

»Sehr gern«, sagte Josephine erleichtert. In der Tat war ihr vor ihrem Besuch im Scheunenviertel mehr als mulmig gewesen, schließlich wusste sie nun ja, was sie dort erwartete.

• • • •

Wenig später hatten sie die Kutsche nahe dem Alexanderplatz geparkt und gingen zu Fuß in Richtung Scheunenviertel weiter.

»Berlin ist wirklich die Stadt der zwei Gesichter«, murmelte Josephine angesichts des immer größeren Elends, das sie umgab.

Im neuen Westen und Unter den Linden war alles so prachtvoll, so sauber, so großzügig und strahlend. In den Schaufenstern, vor allem in der Leipziger Straße, lockte luxuriöses Allerlei, in den Kaffeehäusern wie dem Café Bauer konnte man sich mit den herrlichsten Köstlichkeiten verwöhnen lassen. Und dann und wann bekam man Unter den Linden sogar den Kaiser auf seinem Pferd zu Gesicht.

All das hatte wenig mit dieser Welt gemein, die sich ihnen hier nun offenbarte. Immer enger wurden die Gassen, der Gestank raubte Josephine beinah den Atem, der Lärm war ohrenbetäubend. Kinder brüllten, Frauen keiften, Männer grölten, und aus den Innenhöfen, in denen arme Handwerker ihrem Tagwerk nachgingen, hallten Hammerschläge wider und fanden ihr Echo an den Wänden der engstehenden Häuser. Es war ungemein dreckig, dreckiger noch, als Josephine es in Erinnerung hatte. Oder hatte sie diese Welt rückblickend verklärt, weil alles andere nicht zu ertragen gewesen wäre?

Sie hatte sich bei Jacob untergehakt und stellte erleichtert fest, dass seine Begleitung dazu führte, dass ihr kaum jemand einen zweiten Blick schenkte. Vielleicht lag es auch an dem dunklen Mantel, der ihre teuren Kleider verbarg? Vermutlich an beidem, dachte sie. Ansonsten war sie aber angesichts der vielen schmalen und verwinkelten Gässchen wenig zuversichtlich.

»Hier werden wir Martha doch niemals finden.«

Doch Jacob ließ sich nicht aus der Ruhe bringen. »Abwarten«, sagte er. »Wenn sie als … nun ja … arbeitet, muss sie an irgendeiner Stelle stehen, an der man sie sieht.«

»Und wenn sie gerade jemandem … zu Diensten ist?«, stieß sie hervor.

Jacob blieb stehen und sah Josephine eindringlich an. »Ich verspreche Ihnen, wenn wir sie heute nicht finden, werde ich sie weitersuchen«, sagte er. »Und zwar so lange, bis ich sie gefunden habe. Und dann werde ich sie höchstpersönlich zu Ihnen nach Bielefeld bringen.«

Josephine musste vor Erleichterung schlucken. Das nahm ihr den Druck. Wie gut, dass sie sich Jacob anvertraut hatte!

Doch sie hatten Glück. Josephine musste zwar zweimal hinsehen, aber dann gab es keinen Zweifel. Das dünne Mädchen mit den zerzausten braunen Haaren und Augen, die viel zu groß wirkten für das schmale, bleiche Gesicht, war eindeutig Martha. Sie war in Lumpen gekleidet, und die Pose, in der sie dastand, ließ keinen Zweifel daran, warum sie stand, wo sie stand.

»Ma…«, setzte Josephine an, doch Jacob, der das Mädchen ebenfalls erblickt hatte, hielt ihr rasch den Mund zu. »Verzeihen Sie meine Übergriffigkeit«, sagte er dann verlegen. »Aber mit ihrem Ruf hätten Sie Martha auf uns aufmerksam gemacht, und ich fürchte, dann wäre sie weggelaufen.«

Josephine nickte. »Wie gut, dass Sie dabei sind, Jacob«, sprach sie nun aus, was sie verschiedentlich bereits gedacht hatte. »Was sollen wir tun?«

»Erst wenn wir direkt vor ihr stehen und sie festhalten können, sprechen wir sie an.«

Josephine straffte die Schultern. »Also gut.«

Da Martha die meiste Zeit unbeteiligt zu Boden blickte, würde ihr Vorhaben wahrscheinlich gelingen.

Als sie nur noch wenige Meter von Frau Rentleins Nichte entfernt waren, näherte sich Jacob Martha von der anderen Seite, dann sprach Josephine sie an.

»Martha!«

Das Mädchen sah auf, wurde totenblass, machte auf dem Absatz kehrt, um zu fliehen, wie Jacob es vorausgesehen hatte, und landete direkt in seinen Armen.

»Langsam, langsam, junge Dame«, sagte der Kutscher bedächtig und hielt sie fest.

Martha wehrte sich heftig.

»Lassen Sie mich los! Sonst schreie ich.«

»Das schert hier niemanden«, erklärte Jacob gemütlich, und Josephine stellte fest, dass er recht hatte. Schreie und Gewalt waren hier an der Tagesordnung und weit weniger auffällig als ein elegantes Kleid.

»Wir wollen dir doch helfen, Martha«, sagte Josephine eindringlich.

»Ich brauche keine Hilfe«, erwiderte Martha und sah sie trotzig an.

Josephine seufzte innerlich auf. Das würde schwieriger werden, als sie es erwartet hatte. Aber sie konnte Marthas Abwehr auch verstehen. Ihr selbst wäre die Situation an deren Stelle auch furchtbar unangenehm gewesen.

»Hör zu«, sagte sie. »Du kommst jetzt mit zur Kutsche, und wir unterhalten uns in aller Ruhe. Ich möchte dir einen Vorschlag machen. Den kannst du annehmen oder ablehnen. Wenn du ihn ablehnst, lassen wir dich wieder gehen.«

»Ich brauche keine Almosen«, zischte sie. »Und von dir schon gar nicht, Fräulein Hochwohlgeboren.«

Josephine war entsetzt. Was war nur aus ihrer fröhlichen Freundin aus Kindertagen geworden? Hatte die kurze Zeit hier im Scheunenviertel das aus ihr gemacht?

Mit einem Mal fühlte Josephine Wut in sich aufwallen. »Jetzt pass mal auf«, sagte sie hart. »Deine Tante sitzt in unserer Küche und weint sich die Augen aus. Und wenn du auch nur einen Funken Anstand im Leib hast, dann kommst du jetzt mit und hörst dir an, was ich zu sagen habe.«

Bei der Erwähnung ihrer Tante hatten sich Marthas Gesichtszüge etwas verändert, waren weicher geworden. Gleich darauf verschloss sich ihr Gesicht aber wieder.

»Ansonsten bringen wir dich gleich zur Polizei. Das ist auch kein Problem. Dann wanderst du ein paar Jahre ins Gefängnis, und glaube mir, schöner als hier ist es dort auch nicht«, mischte sich Jacob nun ins Gespräch.

»Woher wollen Sie das denn wissen? Waren Sie schon mal dort?«, pampte Martha, ließ sich dann aber bereitwillig von ihm in Richtung Kutsche führen.

19. Kapitel

·· Berlin, März 1893 ··

»So«, sagte Josephine, als sie in die Kutsche gestiegen waren. »Und versuch bloß nicht abzuhauen. Jacob steht draußen vor der Tür, und wenn du versuchst zu fliehen, bringen wir dich sofort zur Polizei.«

Da brach Marthas mühevoll aufrechterhaltene Fassade in sich zusammen, und sie begann haltlos zu schluchzen. Die junge Frau konnte sich gar nicht mehr beruhigen.

Josephine widerstand dem Drang, sie in ihre Arme zu ziehen, sie spürte, dass das der anderen zu viel gewesen wäre. Stattdessen reichte sie ihr nur ein Taschentuch.

»Es tut mir leid«, schluchzte sie.

»Was?«, fragte Josephine. »Was tut dir leid?«

»Alles«, rief Martha unter Tränen. »Dass ich Willibald in das Haus der von Ecksteins gelassen habe. Dass ich alle so enttäuscht habe. Dass meine Tante wegen mir weinen muss. Und Mutti. Sie hat immer so viel für mich getan und alles für mich gegeben, und es war schwer für sie, weil Vati uns doch schon lange verlassen hatte. Und sie war so stolz, dass ich in Stellung kam. Und dann auch noch diesen schmucken Verehrer hatte. Und dann habe ich alle enttäuscht. Und es tut mir auch leid, dass ich so gemein zu dir war. Zu *Ihnen,* meine ich natürlich.«

»Das mit der Siezerei lässt du mal schön sein«, sagte Josephine und zog das nächste Taschentuch hervor. »Und enttäuscht hast du auch niemanden. Du hast eben Pech gehabt. Das hätte jedem passieren können. Mir auch.«

Martha schüttelte den Kopf und sah Josephine zum ersten Mal in die Augen. »Nein, Josephine, dir wäre das nicht passiert. Du wärst nicht so dumm wie ich.«

»Ich würde das nicht als dumm bezeichnen«, sagte Josephine nachdenklich. »Eher würde ich behaupten, es mangelt dir an Lebenserfahrung. An der mangelt es mir ebenfalls, und deshalb mache ich manchmal auch Dinge, die unüberlegt sind.«

»Du?«, rief Martha aus. »Das glaube ich nicht.«

»Oh doch«, versicherte Josephine. »Und ich erzähle dir gern mehr davon. Aber jetzt müssen wir uns erst mal um dich kümmern. Du hast gesagt, dass es dir leidtut, alle enttäuscht zu haben.«

Martha nickte.

»Nun«, setzte Josephine an. »Bisher hast du niemanden enttäuscht. Bisher bedauern dich alle sehr und haben Verständnis dafür, wie du in diese Situation geraten konntest. Jetzt ist aber der Augenblick gekommen, an dem du durchaus jemanden enttäuschen könntest.«

Martha, die inzwischen aufgehört hatte zu weinen, sah sie fragend an.

»Indem du die Chance nicht ergreifst, die sich dir bietet«, erklärte Josephine. »Schau, Martha. Ich bin mit meinem Mann nach Bielefeld gezogen. Wir haben eine Apotheke eröffnet und verkaufen dort eine seiner Erfindungen, die wirklich sehr nachgefragt ist. Wir brauchen dringend Personal. Leute, auf die wir uns verlassen können.«

Zaghafte Hoffnung schlich sich in Marthas Augen. Sie begann zu verstehen. »Leute, auf die ihr euch verlassen könnt?«, fragte sie nach. »Und du glaubst, dass du dich auf mich verlassen kannst? Nach allem, was ich getan habe?«

»Ja, Martha, das glaube ich«, sagte Josephine ernst. »Ich kenne dich schon fast mein ganzes Leben. Und das, was nun geschehen ist, das ist eigentlich noch ein Grund mehr, dir eine Chance zu geben. Du hast an Lebenserfahrung gewonnen, und das ist ganz wichtig. So was passiert dir nicht so leicht noch mal.«

Martha lachte bitter auf. »Oh nein, das kannst du mir glauben.«

»Hier ist sie also, deine Chance«, sagte Josephine. »Sie wird dir auf dem Silbertablett serviert, und wenn du fleißig bist und loyal und unser Geschäft floriert, dann hast du gute Möglichkeiten, weiter aufzusteigen. Was glaubst du, wie stolz dann alle auf dich sein werden?«

»Und ich habe auch niemanden enttäuscht, wenn ich nun diese Chance ergreife«, sagte Martha nachdenklich.

»Ganz genau«, erwiderte Josephine. »Du ersparst deiner Mutter und deiner Tante, die dir so viel gegeben haben, jede Menge Kummer. Würdest du hierbleiben«, sie deutete aus dem Fenster in Richtung Scheunenviertel, »müssten sie immer in Sorge und Angst an dich denken. Kommst du aber mit mir nach Bielefeld, werden sie stolz auf dich sein.«

»Können sie mich dort auch einmal besuchen kommen?«, fragte Martha zögerlich.

»Aber sicher«, versprach Josephine. »Und im Übrigen würdest du mir einen großen Gefallen tun, Martha«, sagte sie dann. »Ich habe da ganz schön was auf mich geladen, und ich brauche Menschen, die mich unterstützen. Nanette kommt auch mit.«

»Aber die hat nichts ausgefressen, oder?«, fragte Martha, während ein zaghaftes Lächeln über ihr Gesicht glitt.

Josephine musste lachen. »Nein, Martha. Nanette hat nichts ausgefressen.«

• • • •

Ursula Rentlein ließ scheppernd den Topf fallen, den sie gerade in den Händen gehalten hatte. Die Suppe ergoss sich über den Boden, der kurz darauf von Karotten, Lauch und Kartoffelstückchen bedeckt war. Die Köchin bemerkte ihr Missgeschick gar nicht. Sie hatte nur Augen für die abgerissene Gestalt, die in Begleitung von Josephine und Jacob durch die Hintertür hereintrat.

»Um Himmels Willen! Mädchen!«, rief sie, zog ihre Nichte in ihre kräftigen Arme und bedeckte ihr Gesicht mit Küssen. »Ich bin ja so froh! Wie geht es dir, Kleines? Aber wie du aussiehst! Ganz dürr bist du geworden. Und du brauchst dringend ein Bad.«

Sie rümpfte die Nase.

»Es tut mir so leid, Tante Ursula«, schluchzte Martha.

»Aber Kindchen!«, rief Frau Rentlein, deren runde Wangen vor Aufregung gerötet waren. »Die Hauptsache ist doch, dass du wieder da bist. Jetzt isst du erst mal was.«

Erst in diesem Moment wurde ihr das Dilemma mit der Suppe bewusst, die für die Belegschaft bestimmt gewesen war. Agathe war schon dabei, die Bescherung fortzuwischen.

»Deine Mutter muss ich noch informieren. Und das Abendessen für die Herrschaft ist auch noch nicht fertig.«

Frau Rentlein raufte sich, sichtlich überfordert mit der Situation, die karottenroten Haare.

»Wenn ich einen Vorschlag machen dürfte, Frau Rentlein«, brachte sich Josephine in Erinnerung. »Ich sorge jetzt erst mal dafür, dass Martha ein Bad nimmt. Und ein Kleid für sie finde ich sicherlich auch. Um Zeit zu sparen, gehen wir nicht in die öffentliche Badeanstalt, sondern in mein Badezimmer.«

»Aber das geht doch nicht, Ihre Frau Mama ...«

»Sie muss es ja nicht erfahren«, fiel Josephine ihr ins Wort. »Meine Mama ruht um diese Zeit, sie wird es nicht bemerken. Agathe, bitte bereiten Sie alles vor.«

»Sehr wohl.« Agathe huschte davon, um das Wasser aufzusetzen.

»Sie machen in aller Ruhe das Abendessen fertig«, fuhr Josephine, an Frau Rentlein gewandt, fort. »Dann machen Sie Feierabend und fahren mit Martha zu Ihrer Schwester. Und morgen«, sie lächelte dem Mädchen zu, »kommt Martha mit mir nach Bielefeld, ganz so, wie wir es uns überlegt hatten.«

»Oh, Frau Doktor Meister, Sie sind wunderbar.«

Frau Rentlein musste schon wieder weinen, aber diesmal vor lauter Glück.

»Das habe ich gern getan«, versicherte Josephine. »Aber alleine hätte ich es nicht geschafft.«

Sie sah sich nach Jacob um, der mit der Kappe in der Hand schüchtern in der Ecke stand.

»Wenn Jacob nicht gewesen wäre ...«

Der Kutscher lief feuerrot an und wusste gar nicht, wie ihm geschah, als Frau Rentlein auf ihn zuschoss und ihm einen dicken Kuss mitten auf den Mund gab.

Strahlend sagte sie: »Dass man sich auf den Jacob verlassen kann, das hab ich schon immer gewusst.«

20. Kapitel

·· Bielefeld, März 1893 ··

Als Carl am Abend die Apotheke abschloss, war er alles andere als zufrieden. Es war ein schlechter Tag gewesen. Viele Kunden, die noch nichts von den Lieferschwierigkeiten mitbekommen hatten, waren nur gekommen, um Backpulver zu kaufen, und dann enttäuscht und mit leeren Händen wieder gegangen.

Und dann war kurz vor Ladenschluss auch noch der Inhaber der Schwanen-Apotheke erschienen und hatte ihn erneut aufgefordert, doch endlich am monatlichen Stammtisch der Apothekervereinigung teilzunehmen. So langsam gingen Carl die Ausreden aus. Nächsten Monat müsste er sich endlich dazu aufraffen. Schließlich erwog die Stadt Bielefeld, noch eine weitere Apotheke zuzulassen – dann gäbe es schon fünf in der Stadt. Aber heute Abend war es ihm einfach zu viel. Zumal es ihn drängte, in sein Versuchslabor zu gehen. Denn Carl hatte eine Idee, die ihn schon den ganzen Tag umtrieb. Er hatte ständig an Bäckermeister Müller denken müssen, der nun im Krankenbett lag und dem er so viel zu verdanken hatte. Auch ein Gespräch mit dem freundlichen Bielefelder war ihm bei dieser Gelegenheit wieder eingefallen. Ganz beiläufig hatte der Bäckermeister ihm damals erzählt, dass nicht nur Backpulver den Teig auflockere, sondern auch Speisestärke, insbesondere Maisstärke. Je feiner die Stärke, desto feiner und zarter wirke das Gebäck. Und da war Carl der Einfall gekommen: Das wäre doch die perfekte Ergänzung zu seinem Backpulver! Wenn Josephine erst mit den Rohstoffen zurückkehrte, wäre dafür keine Zeit mehr. Dann würde er vollauf damit beschäftigt sein, Backpulver herzustellen. Also galt es jetzt, die Zeit zu nutzen. Er eilte in den Vorratsraum, um etwas Speisestärke zu holen und sie in seinen weißen großen Porzellanmörser zu geben. Je feiner, desto besser, hatte der Bäcker gesagt. Konzentriert bearbeitete er das Pulver mit dem schweren Pistill, bis es nicht mehr feiner wurde.

Durch das stille Treppenhaus stieg er nach oben in die Küche. Mit geübten Händen tat er das, was er während der Erprobungsphase seines Backpulvers schon so oft getan hatte: Er bereitete einen Rührteig zu, füllte den Teig in die Kuchenform und schob sie in den Ofen. Während sich in der Küche langsam der Duft nach Frischgebackenem ausbreitete, machte er es sich am Küchentisch gemütlich und blätterte durch die *Bielefelder Tageszeitung.*

Als der Küchenwecker nach einer knappen Stunde klingelte, um ihn daran zu erinnern, den Kuchen aus dem Ofen zu holen schreckte Carl hoch. Er war über der Lektüre eingedöst. Eilig nahm er die Backhandschuhe vom Regal und zog die Form mit dem dampfenden Kuchen aus dem Ofen. Optisch war er wirklich gut gelungen, fand er. Anschneiden wollte er ihn allerdings erst am kommenden Morgen. Damit würde er sich sein einsames

Frühstück versüßen. Er hoffte, dass er keine Enttäuschung erleben würde, wie das bei seinem Backpulver ja so oft der Fall gewesen war.

Sein Backwerk enttäuschte ihn nicht, im Gegenteil: So einen lockeren Kuchen hatte er noch nie zuvor gegessen. Carl hätte jubeln können vor Glück. Neben dem Backpulver könnte er nun auch noch besonders feine Speisestärke in Portionsbeuteln anbieten. Er konnte es kaum erwarten, bis Josephine aus Berlin zurück war. Zur Begrüßung würde er ihr einen weiteren Kuchen backen. Diesen hier würde er mit hinunternehmen und seinen beiden Mitarbeiterinnen anbieten, er konnte ihn ja schlecht ganz alleine essen.

Nachdem er fertig gefrühstückt hatte, trug er den Guglhupf in die Apotheke, die die stille Simone gerade aufschloss. Als er ihr ein Stück Kuchen anbot, griff sie dankbar und ein wenig scheu zu.

»Der riecht aber gut«, piepste die junge Frau, die Carl immer vorkam wie ein aus dem Nest gefallenes Vögelein und – leider – vor jedem Kunden Angst hatte, der die Apotheke betrat. Vielleicht gerade deshalb brachte die gutherzige Josephine es aber nicht übers Herz, sie zu entlassen.

Helene war da ganz anders. Während sie sich ein Stück nahm, schenkte sie ihm einen eindringlichen Augenaufschlag. Dann sagte sie: »Also Herr Dr. Meister, sie sind nicht nur ein genialer Erfinder, sondern auch ein ausgezeichneter Konditor.«

»Vielen Dank, Helene, aber mit dem richtigen Rezept kann das jede Hausfrau«, wehrte Carl etwas verlegen ab.

»Ganz und gar nicht, werter Dr. Meister«, umgarnte ihn Helene weiter, »außerdem haben Sie ja auch die Rezepte entwickelt. Und damit steht für mich fest: Sie sind ein wahres Genie!«

Als in diesem Moment die Ladentür aufging, war Carl fast ein wenig erleichtert. Helene schaffte es inzwischen immer häufiger, ihn gehörig durcheinander und vor allem: immer wieder in Verlegenheit zu bringen.

Als er die Kuchenplatte am Abend wieder nach oben trug, befanden sich nur noch Krümel darauf. Während er sie ins Spülbecken legte, dachte er darüber nach, ob man die Blechdosen nicht auch für die Speisestärke verwenden könnte. Perfekt wäre es ja, wenn auch hier der Deckel wieder als Portionierhilfe nutzbar wäre. Beschwingt ging er in sein Arbeitszimmer, um die Mappe mit den Rezepten für das Backpulver zu holen. Dann setzte er sich an den Küchentisch, ging Rezept für Rezept durch und machte am Rand Notizen, ob und wie viel Speisestärke nützlich sein könnte.

Ob er Josephine bitten könnte, die Rezepte nach und nach auszuprobieren? Plötzlich musste er wieder an die schöne Helene denken und die Bewunderung, die sie ihm entgegenbrachte. Wie gut ihr sein Kuchen geschmeckt und wie sie ihn angesehen hatte! Doch dann schob er das Bild entschlossen beiseite und schüttelte, verärgert über sich selbst, den Kopf. Er hatte die schönste und klügste Frau der Welt! Wieso stahl sich diese Helene immer wieder in seine Gedanken?

21. Kapitel
·· Bielefeld, März 1893 ··

Was für eine Nacht! Und was für ein Tag, dachte Josephine, als sie sich Bielefeld näherten. In wenigen Minuten würden sie am Bahnhof ankommen – im Gepäck so viele Rohstoffe, wie sie nur tragen konnten. In ihrer Begleitung befanden sich der neue Diener Herbert, den ihre Mutter gerade erst angestellt hatte – er sollte beim Tragen helfen und danach wieder zurückreisen. Außerdem Nanette, die sich die ganze Fahrt über rührend um den kleinen Julius gekümmert hatte, und eine vor Glück strahlende Martha, die allerdings zu Beginn der Reise noch in Tränen aufgelöst war wegen des Abschieds von ihrer Mutter und ihrer Tante, die sie doch gerade erst wiedergefunden hatte.

Beide Damen hatten sie noch mit zum Bahnhof gebracht und der Gruppe mit weißen Taschentüchern nachgewinkt.

Carl erwartete sie nicht am Bielefelder Bahnhof, natürlich nicht. Zum einen wusste er nichts von ihrem Kommen, zum anderen war er in der Apotheke unabkömmlich.

Sie traten den Weg zur Apotheke in der Droschke an, die kurz darauf vor ihrem Haus hielt.

»Nanette!« Josephine wandte sich vor der Haustür an das

Kindermädchen. »Bitte geh mit den anderen schon einmal hinauf und zeig ihnen alles. Ich möchte Carl erst mal allein begrüßen.«

Nanette nahm ihr Julius ab und ging durch die Haustür nach drinnen, ehe sie sich wieder zu Josephine umwandte. »Welche Zimmer sollen Martha und ich denn beziehen?«

»Ich würde vorschlagen, du bekommst dasselbe Zimmer wie beim letzten Mal, direkt neben dem Kinderzimmer.«

Nanette nickte begeistert.

»Und Martha?«

Darüber hatte sich Josephine bereits Gedanken gemacht. »Im Dachgeschoss.« Zum Glück war das Haus ausgesprochen groß, und über der Hauptwohnung, die sich über das erste und das zweite Obergeschoss erstreckte, gab es im Dachgeschoss noch zahlreiche Zimmer für die Dienstboten.

»Martha«, sagte Josephine und hielt die junge Frau am Arm zurück, als diese hinter Nanette das Haus betreten wollte.

»Ja?« Sie drehte sich um und sah sie fragend an.

»Ich freue mich wirklich sehr, dass du mitgekommen bist. Das wollte ich dir nur noch mal sagen. Und wenn du dich oben im Dienstbotentrakt einsam fühlst, dann sagst du uns das. Nanette zieht sonst bestimmt auch zu dir nach oben. Ich möchte nicht, dass du dich ausgeschlossen fühlst.«

Martha lächelte. »Ich sage Bescheid, falls ich mich unwohl fühle«, versprach sie. »Und Sie, Josephine, Sie sind so gut wie Ihre Mutter. Immer besorgt um das Wohlergehen anderer.« In gegenseitigem Einverständnis hatten sie sich darauf geeinigt, dass Martha Josephine nun, trotz der Freundschaft aus Kindertagen, ihren Rängen entsprechend siezen würde, wenn andere dabei waren.

»Danke«, sagte Josephine gerührt. »Bis später.«

Sie betrat die Apotheke durch den Haupteingang, als wäre sie einfach eine Kundin. Die Ladenglocke ertönte. Entgegen ihrer Befürchtung war das Geschäft vollkommen leer. Auch von den beiden Mitarbeiterinnen war nichts zu sehen, vielleicht hatte Carl sie schon in die Pause geschickt. Josephine freute sich, so konnte sie Carl in Ruhe begrüßen.

»Komme gleich«, rief er aus dem Hinterzimmer.

Lächelnd blieb sie vor der Theke stehen.

Keine Minute später kam ihr Mann herein und wischte sich seine Hände noch an der Schürze ab.

Er sah sie verblüfft an, dann glitt ein Strahlen über sein Gesicht. Er eilte um die Theke herum, zog sie in seine Arme und küsste sie sehnsüchtig.

»Liebling! Du bist schon zurück!«, freute er sich.

Sie strich ihm liebevoll über die Wange. »Es lief alles reibungslos ab. Und ich konnte einige Rohstoffe gleich mitbringen.«

Seine Augen weiteten sich. »Das hätte ich nicht zu hoffen gewagt. Wie hast du das denn angestellt?«

»Ich kann ziemlich überzeugend sein«, sagte sie geheimnisvoll. »Der Rest wird uns dann so schnell wie möglich geliefert.«

»Dass du das geschafft hast!«, sagte er staunend. »Und wie lief es mit Herrn Hintgens? Offen gestanden habe ich mir, als du abgereist warst, ziemliche Gedanken gemacht, ob das gut gehen wird.«

»Er war recht irritiert«, erzählte Josephine. »Aber ich habe ihn dennoch überzeugen können.«

»Josephine Meister«, sagte er und küsste sie wieder. »Du bist einfach die Beste.« Dann sah er sich suchend um. »Aber wo hast du denn meinen Sohn gelassen?«

»Nanette hat uns wieder begleitet, wie du vorgeschlagen hattest, und zusätzlich habe ich Martha mitgebracht, die uns tatkräftig unterstützen wird«, erklärte Josephine und hatte auf einmal ein mulmiges Gefühl. Immerhin hatte sie Martha ohne sein Wissen eingestellt. Und das, obwohl diese ja keine ganz einfache Geschichte hatte. Aber Carl brauchte schließlich nicht alles zu wissen. Da fiel ihr plötzlich ein, dass sie Carl immer noch nichts von dem geheimnisvollen Verfolger erzählt hatte. Noch mehr Geheimnisse wären nicht gut, deshalb musste sie ihm in Bezug auf Martha die Wahrheit sagen. Josephine versuchte, es als derart gute Nachricht zu tarnen, dass Carl gar nicht die Möglichkeit hatte, Einwände zu erheben. »Ist das nicht wunderbar?«, sagte sie und strahlte. »Ich wüsste niemand besseres als Nanette und Martha. Ihnen können wir vertrauen.«

Carls Miene hatte sich verfinstert. »Das mag sein«, sagte er ein wenig knapp. »Aber Josephine, du kannst nicht einfach jemanden einstellen, ohne mir gegenüber auch nur ein Wort darüber zu verlieren.«

Sie senkte schuldbewusst den Blick. Er reagierte genau so, wie sie es befürchtet hatte. Kleinlaut sagte sie: »Du hast recht, Liebling, und es tut mir leid.«

Seine Miene war weicher geworden. Josephine verzog das

Gesicht und fügte rasch hinzu: »Und nun wirst du vielleicht gleich erst recht böse mit mir sein.«

»Ja?« Alarmiert sah er sie an, und Josephine hoffte im Stillen, dass sich die Ladentür öffnen und ein Kunde hereinkommen würde, so dass sie noch etwas Aufschub hätte – doch die Tür blieb zu.

Sie holte tief Luft. »Martha hat im Scheunenviertel gearbeitet.«

»Das …«, begann er empört, doch sie legte ihm besänftigend die Hand auf den Unterarm.

»Bitte, lass es mich dir erst erklären.«

Und dann erzählte sie. Von der weinenden Frau Rentlein, von Martha und ihrem Schicksal und schließlich von ihrem Angebot. Nur, dass sie selbst ins Scheunenviertel gefahren war, um das Mädchen zu finden, verschwieg sie ihrem Mann. Dafür kam Jacob in ihrer Schilderung eine noch größere Rolle zu.

»Ich hatte keine Zeit, das mit dir zu besprechen«, sagte Josephine. »Ich musste blitzschnell eine Entscheidung treffen, dem verzweifelten Mädchen eine Perspektive bieten. Du hast recht, ich bin in vielem zu voreilig. Aber in diesem Fall hätte das bedeutet, dir erst zu schreiben und damit zu viel Zeit zu verlieren, und du hast doch so dringend auf das Material gewartet, dass ich ja schon hatte, und …«

Da nahm Carl ihr Gesicht zwischen seine Hände und unterbrach ihren Redefluss mit einem langen, innigen Kuss, den sie sehnsüchtig erwiderte.

»Ich bin dir nicht böse«, versicherte er, als er sie wieder losließ.

»Denn du hast ja recht, du hattest gar keine andere Wahl. Du wolltest für alle, einschließlich mich, eine gute Lösung. Und die hast du gefunden.«

»Danke, dass du es verstehst«, sagte sie erleichtert.

»Und ich bin so froh, dass du wieder da bist.« Dann fiel ihm etwas ein. »Wie habt ihr denn eigentlich all das Gepäck und die Materialien herbekommen? Hast du etwa noch mehr Leute eingestellt?«

Er drohte ihr scherzhaft mit dem Finger, doch sie sah die Sorge in seinen Augen.

Lachend winkte sie ab. »Nein, nein. Ein junger Diener meiner Mutter, Herbert, hat uns begleitet. Er fährt aber morgen wieder zurück. In Berlin hat uns Jacob noch mit dem Gepäck geholfen.«

»Wunderbar. Dann lass uns mal die Rohstoffe in die Apotheke bringen.« In der Tür drehte er sich noch mal zu ihr um und musterte sie einen Moment.

»Und du bist dir bei dieser Martha ganz sicher?«

Josephine sah ihn liebevoll an. »Vollkommen.«

»In Ordnung«, sagte er. »Wenn du einem Menschen vertraust, dann tue ich es auch.«

• • • •

»Ich denke, ich werde schon morgen so weit sein, dass wir wieder Backpulver verkaufen können«, verkündete Carl gut gelaunt, als sie beim Abendessen beisammensaßen. Josephine hatte darauf bestanden, gemeinsam mit dem Personal zu speisen, um Carl die

Gelegenheit zu geben, Martha kennenzulernen. Ab morgen würden Martha und Nanette ihre Mahlzeiten in der Küche einnehmen.

»Das ist ja wunderbar«, freute sich Josephine. »Dann werde ich mich nach dem Essen gleich um die Gestaltung der Schaufenster kümmern.«

Sie wandte sich an ihren kleinen Sohn. »Und Nanni bringt dich ins Bett, ist das gut?«

Der Kleine strahlte.

»Ich würde gerne helfen«, sagte Martha schüchtern. »Natürlich nur, wenn Sie meine Hilfe gebrauchen können.«

»Das wäre wunderbar, Martha«, ermutigte Josephine sie. »Wenn mein Mann die Mischung hergestellt hat, müssen wir das Pulver in die Blechdosen abfüllen. Das ist ganz schön viel Arbeit.«

»Das mache ich sehr gerne«, versicherte Martha und nahm schnell einen Löffel Suppe. Offenbar war es ihr peinlich, derart im Mittelpunkt zu stehen.

»Ich biete mich auch gerne an«, ließ der junge Herbert sich vernehmen. »Mein Zug fährt ja erst morgen Mittag.«

»Wunderbar, da sage ich nicht nein«, sagte Carl augenzwinkernd. »Ein bisschen männliche Verstärkung kann ich gut gebrauchen.«

• • • •

Zwei Stunden später standen sie einträchtig nebeneinander in der Apotheke um den großen Arbeitstisch herum. Sie hatten schnell einen Rhythmus gefunden: Josephine wog die Mengen ab, Carl mischte die Bestandteile miteinander, Herbert wog die Mischung erneut ab und portionierte sie, Martha füllte sie in die Dosen und klebte sie zu. Helene und die schüchterne Simone bedienten derweil vorne im Laden die Kundschaft.

Wie reibungslos das alles funktionierte, dachte Josephine bei sich. Als hätten sie nie etwas anderes getan. Sie sah auf und in die konzentrierten Gesichter ihres Mannes und der beiden jungen Leute.

Auf einmal hatte sie keinen Zweifel mehr: Alles würde gut und das Backpulver ein großer Erfolg werden.

Und in diesem Moment war sie einfach nur unbeschreiblich glücklich.

22. Kapitel

·· Bielefeld, Juli 1893 ··

Inzwischen war es Sommer geworden, und Nanette verbrachte viele Stunden mit dem kleinen Julius in Park auf dem Johannisberg, während Carl unermüdlich Backpulver herstellte. Martha hatte sich als hervorragende Mitarbeiterin erwiesen und füllte, gemeinsam mit Josephine, von morgens bis abends das Pulver in Blechdosen, und auch Simone und Helene halfen abwechselnd mit, wenn in der Apotheke wenig los war. Josephines Abneigung gegen Helene hatte sich noch verstärkt, denn sie war inzwischen überzeugt davon, dass die junge Frau ihrem Carl schöne Augen machte. Der schien das zwar nicht zu bemerken, aber Josephine fand es dennoch empörend, ungehörig – und beunruhigend. Auch deshalb nutzte sie jede Gelegenheit, um unten in der Apotheke zu sein. Aber sie wurde auch wirklich gebraucht, die Kunden rissen ihnen das Backpulver nach wie vor regelrecht aus den Händen, und auch die portionierte Speisestärke, die Carl, fein gemahlen, nun ebenfalls anbot, nachdem er sie an ihrem ersten Abend mit einem köstlichen Kuchen überrascht hatte, verkaufte sich gut. Ja, ihr Plan war voll aufgegangen, dachte Josephine, während sie ein neu gestaltetes Werbeplakat, das sie in den letzten Tagen gezeichnet hatte, ins Schaufenster hängte und die dort stehenden Blechdosen neu platzierte. Sie hatte ihre Arbeit gerade beendet und war nach draußen gegangen, um zufrieden ihr Werk zu betrachten, als ihr Blick auf eine Passantin fiel, die sehnsüchtig herübersah und dabei sehr bedrückt wirkte.

»Guten Tag, kann ich Ihnen helfen?«, sprach Josephine die junge Frau vor dem Schaufenster an.

Doch die schüttelte nur den Kopf, und zu ihrer Bestürzung bemerkte Josephine, dass sie mit den Tränen kämpfte.

»Ach, es ist nichts«, antwortete die junge Frau, bei der es sich, wie Josephine anhand der Kleidung vermutete, wohl um eine der Fabrikarbeiterinnen aus der Glashütte handelte.

»Bitte kommen Sie wenigstens kurz mit in die Apotheke, ich gebe Ihnen ein Glas Wasser, und dann können wir uns ein bisschen unterhalten«, versuchte Josephine, die Fremde zu überreden.

Zögernd nickte die Frau. »Also gut.«

Josephine hakte sie unter, und gemeinsam betraten sie die Apotheke. »Kommen Sie, wir gehen nach hinten durch, die Mitarbeiter sind gerade oben in der Küche beim Essen«, erzählte Josephine, während sie die junge Frau, die sich ihr als Hilda vorgestellt hatte, in Richtung des großen Arbeitsbereichs führte und ihr fürsorglich ein Glas Wasser eingoss.

»Erzählen Sie mir nun, was Sie so bedrückt?«

»Ach wissen Sie, meine Mutter hat morgen Geburtstag, und seit mein Vater tot ist, kommen wir nur schwer über die Runden«, begann Hilda stockend zu erzählen. »Deshalb muss ich mit dem Geld, das ich in der Glashütte verdiene, auch für die Miete und den Lebensunterhalt meiner Geschwister sorgen«, fuhr sie fort. »Meine Geschwister kamen auf die Idee, wir könnten ihr doch einen Kuchen backen. Aber ich kann das gar nicht, meine Mutter war es immer, die gebacken hat. Und weil Sie doch damit werben, dass mit Ihrem Backpulver jede Frau zum Konditor wird, dachte ich …«

»… dass Ihnen mithilfe unseres Backpulvers der Kuchen gelingen würde«, erriet Josephine.

Hilda nickte. »Genau. Und ich bin gekommen, um eines zu kaufen.«

»Und dann?«

»Dann habe ich …«, Hilda schluckte, und es fiel ihr offenbar sehr schwer, es auszusprechen. »Dann habe ich im Schaufenster die Preise gesehen. Jetzt muss ich meinen Geschwistern sagen, dass aus unserer Idee nichts wird. Das wird eine riesengroße Enttäuschung für die drei.«

Josephine schüttelte den Kopf. »Oh nein, das müssen Sie nicht. Für einen Kuchen brauchen Sie keine ganze Dose. Wir haben noch Probepäckchen von unserem Backpulver, ich gebe Ihnen gern eins mit, das reicht für den Kuchen.«

»Das kann ich doch nicht annehmen«, sagte Hilda überrumpelt.

»Doch, Sie können«, erwiderte Josephine. »Wie viele vor Ihnen auch. Die Proben sind ja dafür da, sie zu verschenken.« Das allerdings war eine Lüge, um die junge Frau nicht in Verlegenheit zu bringen. Es gab keine Proben. Carl würde nie etwas verschenken, ebenso wenig, wie er Rabatte gewährte.

»Ich weiß gar nicht, wie ich Ihnen danken soll«, sagte Hilda glücklich. »Jetzt bekommt Mutti doch noch ihren Kuchen.«

»Ihre Freude reicht mir als Dank«, versicherte Josephine und suchte bereits in den Schubladen nach den Papiertütchen, die Carl immer verwendet hatte, um damit die Mischungen bei Bäckermeister Müller zu testen. Sie entdeckte sie ganz hinten unter einem Stapel Umschläge. Jetzt musste sie nur noch Hilda in den Verkaufsraum lotsen, damit diese nicht mitbekam, wie sie das Backpulver in das Papiertütchen abfüllte. Denn sonst würde sie vielleicht bemerken, dass es die Pröbchen, von denen Josephine gesprochen hatte, gar nicht gab.

»Hilda«, sagte sie und überreichte ihr einen Block und einen Stift, »auf den Papiertütchen steht leider kein Rezept, gehen Sie doch schon mal in die Apotheke und schreiben Sie sich eines von den Blechdosen ab, das Ihnen gefällt.«

»Vielen Dank, Frau Dr. Meister«, sagte Hilda und eilte nach vorne.

Eine Viertelstunde später hatte Hilda zufrieden und mit einem Tütchen Backpulver und Rezept die Apotheke wieder verlassen. Doch die Begegnung mit der jungen Frau klang noch in Josephine nach, ließ ihr keine Ruhe, immerzu musste sie an die vielen Frauen denken, die sich vielleicht nicht einmal eine Blechdose des Backpulvers leisten konnten, geschweige denn einen Kuchen vom Bäcker. Je mehr sie darüber nachdachte, desto klarer wurde ihr, dass sie mit Carl sprechen musste. Die Gelegenheit ergab sich beim Abendessen, das sie, wie gewohnt, im Wohnzimmer einnahmen. Martha hatte das Kochen übernommen, und sie machte ihre Sache gut, hatte viel von ihrer Tante gelernt, doch Josephine wusste, dass die Doppelbelastung – das Kochen und die Arbeit in der Apotheke – auf Dauer zu viel für die junge Frau wäre und sie sich nach einer weiteren Kraft umsehen mussten, die Martha beim Verpacken ersetzen konnte.

Es gab gebackene Leber mit Apfel und Zwiebeln, dazu Kartoffelstampf und zum Nachtisch Berliner Luft – eine leckere schaumige Dessertcreme mit Himbeersaft.

»Ich habe immer gewusst, dass dein Backpulver Erfolg haben wird«, sagte Josephine, nachdem sie genüsslich eine Weile lang schweigend gegessen hatten.

Carl schluckte und sagte dann: »Ich im Grunde auch. Aber ich kann nicht verhehlen, dass ich zwischendurch immer mal wieder gezweifelt habe.«

»Ich wollte dir einen Vorschlag machen«, sagte sie. »Wie wir vielleicht noch mehr Backpulver verkaufen und obendrein noch etwas Gutes tun können.«

Aufmerksam sah Carl sie an. Er schätzte die Vorschläge seiner Frau, was er sie auch immer wieder wissen ließ.

Carl schenkte ihr noch etwas Rotwein nach. »Bitte. Ich bin gespannt.«

Josephine schilderte die Begegnung mit der jungen Frau, die gerne Backpulver gekauft hätte, es sich aber nicht leisten konnte.

»Ich habe ihr dann etwas Pulver in einem der Tütchen mitgegeben, mit dem du immer zu Bäcker Müller gegangen bist«, gestand sie und sah ihn zerknirscht an.

Er musste schmunzeln. »Ich bin dir nicht böse«, versicherte er. »Langsam gewöhne ich mich an deine Gutherzigkeit.« Worauf sie hinauswollte, wusste er allerdings immer noch nicht. Sie würde ihm doch nicht ernsthaft schon wieder vorschlagen wollen, das Pulver billiger zu verkaufen? Da würde sie bei ihm auf Granit beißen!

»Was hältst du davon, wenn wir auch kleinere Mengen anbieten, die zweihundertfünfzig Gramm reichen ja locker für zwölf Kuchen«, schlug Josephine dann vor.

Carl fühlte ein schon bekanntes Gefühl der Begeisterung in sich aufsteigen. Er hatte es bereits einige Male verspürt, wenn er eine richtig gute Idee gehabt oder vorgeschlagen bekommen hatte. Etwas, das großen Erfolg versprach.

»Allerdings bräuchten wir dann eine andere Verpackung«, fuhr Josephine fort. »Die Herstellung der Blechdosen ist ja recht teuer. Die kleineren Portionen könnte man …«

»… in Papiertütchen verkaufen«, vollendete Carl ihre Worte. »Phinchen, wieder einmal bist du genial.«

»Wenn man die Papiertütchen bedrucken würde …«, fuhr Josephine fort.

»Das ist eine hervorragende Idee!«, rief er. Und dann kam ihm ein Geistesblitz. »Man könnte die Rezepte hinten auf die Tütchen drucken.«

»Immer verschiedene, so dass der Sammelanreiz bleibt«, fiel Josephine ihm ins Wort.

Voller Euphorie sah er sie an. Er liebte es, mit ihr gemeinsam Ideen zu entwickeln. »Wir könnten zwanzig Gramm zu je zehn Pfennig verkaufen«, sagte er. Dann fiel ihm noch etwas ein: »Und wenn wir mal wieder Rohstoffengpässe haben, können wir so auch leichter überbrücken.«

»Stimmt, denn statt einem Kunden könnten wir dann immerhin ein Dutzend zufriedenstellen«, bestätigte Josephine und nahm hastig noch einen Bissen. Vor lauter Begeisterung hatten sie fast vergessen zu essen. Prüfend sah Carl seine Frau an. Er kannte sie inzwischen gut genug, um zu wissen, dass ihr noch etwas auf der Seele lag. Die Sache mit dem Backpulver war offenbar nicht alles gewesen.

»Was ist mit dir, Liebling?«, fragte er und legte seine Gabel beiseite, die er gerade hatte zum Mund führen wollen.

»Ach«, gestand sie seufzend. »Ich vermisse meine Mutter. Wie sehr, das habe ich erst in dem Gespräch mit Hilda gemerkt, die für ihre Mutter einen Kuchen backen wollte.«

Carl betrachtete seine Frau liebevoll. »Da es sich nun schon so eingespielt hat, dass du nach Berlin reist, wenn wir Lieferengpässe haben, kannst du ja bald wieder zu ihr. Schließlich benötigen wir dann wohl einen Hersteller für Papiertütchen.«

Sie lächelte. Er hatte recht, sie war unversehens zur Handelsreisenden geworden.

»Ich freue mich auf Berlin«, gestand sie. Allerdings fühlte sie auch eine leise Unruhe in sich aufsteigen: Der Gedanke, ihn schon wieder mit Helene allein zu lassen, gefiel ihr ganz und gar nicht.

23. Kapitel

·· Berlin, August 1893 ··

Zwei Wochen später war Josephine erneut in Berlin angekommen und von einer überglücklichen Charlotte in die Arme geschlossen worden. Gleich am nächsten Morgen machte sie sich auf den Weg zu der Papierfabrik, die ihr Bruder ihr empfohlen hatte – Fritz hatte sich inzwischen an die Geschäftstüchtigkeit seiner Schwester gewöhnt und nichts mehr dagegen einzuwenden.

Sie betrat das Gebäude – und wappnete sich im Geiste schon für die Diskussion mit einem widerborstigen Geschäftsmann. Doch zu ihrer Überraschung war es diesmal eine Frau, die sie empfing: Anna Eick war von zierlicher Gestalt, besaß eine beeindruckende, dunkle Lockenmähne, die sie zu einer eleganten Hochsteckfrisur aufgekämmt trug, und sie hatte blitzende blaue Augen, die ausgesprochen energisch funkelten.

»Wie wunderbar, dass ich es mal nicht mit einem Mann zu tun habe und mich dafür rechtfertigen muss, dass ich die Geschäftsführung dieser Firma innehabe«, sagte die junge Frau, Josephine schätzte sie auf Anfang zwanzig, zur Begrüßung. »Nehmen Sie doch Platz. Dann können Sie mir Ihr Anliegen genauer erläutern.«

»Gern.« Josephine setzte sich ihr gegenüber auf einen der bequemen Korbstühle.

»Es ist so«, begann sie dann. »Mein Mann hat eine Erfindung gemacht, die es Hausfrauen ermöglicht, ganz einfach und gelingsicher Kuchen zu backen, als kämen sie vom Konditor. Dieses Backpulver, wie wir es nennen, wollen wir nun auch in kleinen Portionen in Apotheken verkaufen.«

»Ich verstehe«, sagte Anna und fügte hinzu: »Das ist eine gute Idee.«

Josephine zog die Bögen, auf denen sie Entwürfe für die Tütchen angefertigt hatte, hervor und breitete sie vor Anna aus. Erstaunt sah die von den Papieren zu der Frau, die ihr gegenüber saß.

»Das ist phantastisch«, befand Anna Eick. »Verraten Sie mir, wer diese Entwürfe angefertigt hat? Wir sind immer auf der Suche nach Talenten, die unsere Verpackungen gestalten können. Denn unsere Philosophie ist, dass die Verpackungen Lust auf den Inhalt machen sollen. Und mit diesen hier wird das sicher gelingen.«

»Danke«, sagte Josephine errötend. »Das, nun ja, das war ich.«

»Dann sind Sie eine Künstlerin«, befand Anna. »Was haben Sie sich vorgestellt?«

»Nun, wir würden das Backpulver gerne in kleinen Papierkuverts verkaufen, etwa halb so groß wie eine Postkarte. Bedruckt mit meinen Entwürfen. Ist das möglich?«

Anna Eick nickte eifrig. »Sicher«, sagte sie. »Diese Art von Verpackung hätte ich Ihnen auch vorgeschlagen. Sie wird auch für Blumensamen verwendet und eignet sich daher wunderbar für sehr kleine Substanzen.«

Josephine freute sich über das Lob. »Wie schnell können Sie mir davon einige Muster fertigen? Ich würde sie meinem Mann gerne schnellstmöglich zeigen.«

Anna sah sie nachdenklich an. »Das geht sofort«, sagte sie dann.

»Sofort?« Nun war Josephine überrascht.

Anna nickte. »Wenn sich schon eine Frau in unsere männerdominierte Geschäftswelt wagt, dann soll sie sogleich bekommen, was sie wünscht. Ich werde dafür sorgen, dass Sie Ihre Kuverts in wenigen Stunden mit nach Hause nehmen können. Kommen Sie. Dann können Sie gleich dabei zusehen, wie wir die Tütchen herstellen.«

• • • •

Anna Eick hatte sie mit in die Produktionshallen genommen, und Josephine sah sich staunend zwischen all den Maschinen um. Die standen allerdings still, die Fabrik war menschenleer.

»Sie haben einen guten Zeitpunkt gewählt«, erklärte Anna. »Die Arbeiter sind in der Mittagspause, wir haben die ganze Fabrik für uns. Keine schrägen Blicke und Erklärungen.«

Sie machte vor einer der Maschinen Halt.

»So jetzt müssen wir Ihre schönen Entwürfe in Originalgröße auf eine Steinplatte übertragen.«

»Auf eine Steinplatte?«, fragte Josephine verwundert.

Anna wies auf die verschiedenen Instrumente. »Dazu werden Fettstifte verwendet. Und die restlichen Bereiche des Steins müssen mit Wasser benetzt werden. Möchten Sie es ausprobieren? Also das Zeichnen auf Stein?«

Josephine zögerte kurz. Dann nickte sie jedoch. So eine Gelegenheit würde sie so schnell nicht mehr bekommen.

»Kommt auf einen Versuch an«, sagte sie und streckte die Hand nach den Zeichenstiften aus.

»Langsam«, schmunzelte Anna. »Wenn Sie sich Ihr Kleid nicht ruinieren wollen, sollten Sie das hier überziehen.«

Sie griff nach einem grauen Mantel, der an einem Haken hing, und hielt ihn Josephine hin. »Bitte sehr. Alles andere als schön, aber es erfüllt seinen Zweck.«

Josephine zuckte nur die Achseln und schlüpfte in den Kittel.

»Das war leider noch nicht alles«, bedauerte Anna mit einem Lächeln und reichte ihr zwei schwarze, stulpenartige Ärmelschoner.

»Kein Problem«, erwiderte Josephine. »Schön sein kann ich wann anders, jetzt geht es um wichtigere Dinge.«

Anna breitete die Entwürfe, die Josephine mitgebracht hatte, auf einem der Zeichentische aus. »Wir entscheiden uns zunächst für einen Entwurf, und den übertragen wir dann auf den Stein.« Aufmerksam betrachtete sie ein Papier nach dem anderen. »Ich muss schon sagen, die Zeichnungen sind sehr fein. Es ist nicht leicht, sich zu entscheiden.«

»Mir fällt das gar nicht schwer«, sagte Josephine. »Mein Favorit ist klar.«

»Welcher ist es?«

Josephine deutete auf die Frau mit den beiden glücklichen Kindern.

Anna nahm ihn zur Hand und betrachtete ihn genauer. »Da haben Sie sich gleich den schwersten ausgesucht. Aber ich würde den Entwurf noch aus einem anderen Grund nicht wählen.«

Josephine sah sie fragend an.

»Ich finde, er unterstreicht eine Frauenrolle, die ich nicht unbedingt … nun, sagen wir, gerechtfertigt finde. Wir Frauen können mehr, als nur Kuchen backen und unsere Familie glücklich machen. Ich finde, wir sollten studieren dürfen«, platzte es aus ihr heraus. »Ich finde es ungeheuerlich, dass nur Männer in den Hörsälen zugelassen sind. Außerdem sollten auch wir Frauen das Wahlrecht bekommen«, ereiferte sich Anna Eick. »Überhaupt sollten wir in allen Bereichen mit den Männern gleichgestellt sein.«

Josephine sah sie nachdenklich an. Sie fand es faszinierend, dass Anna Eick ein Thema, das zwischen ihr und Carl schon so lange schwelte, so offen ansprach. Andererseits: War es nicht ein erstrebenswertes Ziel, eine glückliche Familie zu haben? Sie teilte ja Annas Ansichten zum Frauenstudium und zum Frauenwahlrecht. Aber das eine musste das andere nicht ausschließen. Oder doch?

Eine Stunde später hatte Josephine die Zeichnung auf den Stein übertragen – sie hatte sich doch für ihren Favoriten entschieden –, und die ungewohnte Arbeit war ihr leichter von der Hand gegangen, als gedacht. Beschwingt von Annas Lob sah Josephine ihr dabei zu, wie diese den Stein vorsichtig in die Maschine schob. »Überall dort, wo wir mit den Fettstiften gezeichnet haben, bleibt die Farbe haften, und an den mit Wasser befeuchteten Stellen perlt sie ab«, erklärte Anna.

»Das hört sich aber ziemlich kompliziert an«, fand Josephine.

»Ist es gar nicht«, versicherte Anna, »aber das werden Sie gleich sehen. Als nächstes übertragen wir den Farbaufdruck auf ein Gummituch und führen es über die Walzen. Und dann wird schließlich der eigentliche Papierbogen bedruckt«, erklärte Anna Eick die nächsten Schritte.

Gespannt beobachtete Josephine, wie Anna kurz darauf einen noch feucht schimmernden Bogen aus der Maschine zog und rief: »Voilà, das erste Tütchen Dr. Meisters Backpulver!«

Lachend erwiderte Josephine: »Na ja, der erste *Bogen,* aber der ist ja schon mal phantastisch geworden.«

Auch Anna wirkte zufrieden. »Den Rest des Papiers benötigen wir, um die Rückseite und den Falz herzustellen«, sagte sie. »Sehen Sie, so.«

Mit einem Lineal und einem Stift zeichnete sie mit geübten Händen einige Striche und Linien, griff zur Schere, schnitt aus, faltete, und präsentierte Josephine schließlich ein fertiges Tütchen, auf dem nun die Mutter mit den beiden Kindern zu sehen war. Sie verzog das Gesicht. »Wobei ich immer noch der Ansicht bin, dass Frauen mehr können, als ihre Familie mit Kuchen glücklich machen.«

»Der Ansicht bin ich auch«, bestätigte Josephine. »Zum Beispiel können sie solche Bilder malen. Oder sie können daraus Verpackungen herstellen.«

Ernst sah sie Anna an und sprach nun aus, was ihr zuvor durch den Kopf gegangen war. »Ich finde es großartig, dass Sie sich für unsere Rechte stark machen«, sagte sie. »Wirklich großartig. Und ich finde Ihren Gedanken richtig, dass Frauen auch studieren und wählen dürfen sollen. Ich glaube aber nicht, dass sie deswegen keine Freude daran haben können, ihre Familie mit frischem Kuchen glücklich zu machen.«

Nachdenklich erwiderte Anna ihren Blick. »Da haben Sie recht«, murmelte sie.

»Wir müssen ja keine Männer werden, um dieselben Rechte zu haben wie sie«, führte Josephine ihren Gedanken zu Ende. »Wir dürfen trotzdem Frauen bleiben.«

Anna nickte. »Und Sie sind eine besonders kluge Frau«, sagte sie. »Ich würde Sie gerne einmal mit einigen meiner Mitstreiterinnen bekannt machen. Ich bin Mitglied im Verein für Frauenwohl, wir setzen uns für unsere Rechte ein.«

Mit leisem Spott fügte sie hinzu: »Oder hat Ihr Mann da was dagegen?«

»Sicher nicht«, erwiderte Josephine ein wenig verstimmt. »Es gibt durchaus Männer, die der Frauenbewegung offen gegenüberstehen. Und mein Mann gehört dazu.«

»Wissen Sie das genau?«, fragte Anna skeptisch. »Ich kenne nämlich einige Frauen, die derselben Ansicht waren wie Sie und die dann von der Reaktion ihres Gatten ziemlich überrascht waren.«

»Kann sein«, sagte Josephine trotzig. »Carl ist aber anders. Wäre ich sonst heute hier?«

»Nein«, gab Anna zu. »Das wären Sie wohl nicht.«

Josephine musterte sie. So faszinierend sie Anna auch fand, so erschien es ihr doch ein wenig aufdringlich und übergriffig, sie derart über Carls Ansichten auszufragen.

»Wie geht es denn jetzt weiter?«, lenkte sie die Aufmerksamkeit wieder auf die kleinen Papiertütchen.

Anna griff zur Schere. »Ich schneide das jetzt aus«, erklärte sie, »dann falzen wir es und kleben es an den Rändern zusammen.«

»Das ist ganz schön aufwändig«, wandte Josephine ein, doch Anna winkte ab. »Keine Sorge«, sagte sie. »Die Erfindung der Dampfmaschine hat auch uns die Arbeit erleichtert. Wir machen nur das Muster per Hand. Alles andere läuft automatisch.«

Sie steckte das nächste Blatt in die Maschine, kurbelte, und Josephine konnte nun das Papier mit dem ersten Schriftzug aus der Maschine ziehen. »Sieht gut aus«, befand sie.

»Dann falzen Sie mal«, sagte Anna und grinste. »Sie haben ja gesehen, wie es geht.«

24. Kapitel

·· Bielefeld, August 1893 ··

Mit einem ärgerlichen Seufzen schlug Carl die amerikanische Zeitschrift zu, in der er gerade gelesen hatte, und stocherte lustlos in dem Eintopf, den Martha ihm zubereitet hatte. Er vermisste seine Frau und seinen Sohn und fühlte sich einsam. Das war aber nicht der einzige Grund für seine Verärgerung. Er hatte einfach keine Lust auf das Treffen mit den anderen Apothekern, die allesamt der Versammlung des Apotheker-Kreisverbandes Minden-Ravensburg angehörten. Er ging seinen Kollegen, die er eher als Konkurrenten empfand, lieber aus dem Weg, ohnehin war er im Gegensatz zu seiner Frau kein geselliger Mensch. Er fühlte sich wohl in dem kleinen Imperium, das er geschaffen hatte, mit seiner Familie und seinen Angestellten und legte Wert darauf, sie fair zu behandeln. Niemals wollte er so werden wie sein Onkel Albert Ferdinand, der in seiner Seidenfabrik ein wahres Schreckensregime führte. Er behandelte seine Arbeiter schlecht und bezahlte sie auch nicht gut. Carl war entschlossen, es niemals dazu kommen zu lassen. Er erwartete viel von seinen Arbeitern – so, wie er auch viel von sich erwartete –, aber er sah sie vielleicht sogar ein wenig als Familienmitglieder. In dieser Welt fühlte er sich wohl. Eine Außenwelt brauchte er nicht. Da genügte ihm schon der Kundenkontakt.

Aber ganz davor drücken konnte er sich nicht, und heute ging es darum, ein Problem zu besprechen, das auch ihn, Carl, betraf. Ein fünfter Apotheker hatte sich in der gerade mal knapp fünfzigtausend Einwohner zählenden Stadt niedergelassen, und die anderen sorgten sich nun um ihren Umsatz.

Mürrisch schob Carl seinen Stuhl zurück, griff nach seinem Hut und trat hinaus. Sein Weg führte ihn an der Bäckerei Müller vorbei, und ihn plagte ein schlechtes Gewissen. Zwar war der freundliche Bäcker längst wieder genesen, aber er hatte den treuen Wegbegleiter sträflich vernachlässigt und, als dieser seinen schweren Unfall gehabt hatte, nicht einmal nach ihm gefragt oder ihm Grüße geschickt, geschweige denn seine Hilfe angeboten.

Spontan machte er einen Schritt auf das Haus zu, doch ein Blick auf seine Taschenuhr sagte ihm, dass er keine Zeit für einen Besuch hatte. Er konnte ja schlecht so lange nichts von sich hören lassen und dann nur fünf Minuten haben. Er nahm sich fest vor, Herrn Müller am nächsten Tag in der Mittagspause zu besuchen, als die Tür aufgerissen wurde und der Bäckermeister auf ihn zueilte. Bestürzt bemerkte Carl die feuerrote Narbe, die sich von der Schläfe bis zur Wange zog. Entsprechend schief war Müllers Lächeln, als er mit ausgestreckten Armen auf den Apotheker zuging. Er schien ihm sein Schweigen also nicht übelzunehmen, dachte Carl erleichtert. Einen Reim auf die gar zu große Wiedersehensfreude konnte er sich aber auch nicht machen. Sie waren schließlich keine engen Freunde, lediglich Geschäftspartner.

»Mein lieber Dr. Meister«, rief der Bäcker. »Dass ich Sie mal wieder sehe. Ich wollte schon lange bei Ihnen vorbeikommen und mich bedanken.«

»*Sie* wollten sich bei *mir* bedanken?«, fragte Carl verwundert. »Aber *ich* muss mich doch bei *Ihnen* entschuldigen. Dafür, dass ich nicht einmal nach Ihrem werten Befinden gefragt habe. Ich hoffe, Sie sind wieder einigermaßen genesen?«

Müller nickte ungeduldig und berührte flüchtig die Narbe an seiner Schläfe. »Ja, aber ohne Sie und Ihre Frau hätten wir diese Zeit nicht überstanden und unsere Bäckerei schließen müssen. Ich danke Ihnen von ganzem Herzen.«

»Aber ich …«, stammelte Carl und kam sich vor wie ein Idiot. »Verzeihen Sie, ich kann Ihnen nicht ganz folgen.«

»Oh«, rief Müller erschrocken. »Jetzt verstehe ich. Hat Ihre Frau Ihnen denn nichts gesagt?«

»Meine Frau?« Carl war immer verwunderter, spürte aber eine leise Ahnung in sich aufsteigen. Hatte Josephine etwa schon wieder eigenmächtig irgendetwas getan?

»Oje, oje«, jammerte der Bäcker. »Ich hoffe, ich habe nun kein Unheil angerichtet.«

»Bestimmt nicht, Herr Müller«, zwang sich Carl zu einer souveränen Reaktion. »Aber vielleicht können Sie mich aufklären?«

»Nun, ich hatte doch den schweren Unfall«, begann er. »Und da hat Ihre Frau meine Frau weinend in der Backstube vorgefunden. Sie hat nicht gewusst, wie's weitergehen soll, wo ich doch so lange ausfalle. Ja, und dann hat die Frau Doktor gesagt, dass sie uns Geld geben will. Weil wir Ihnen doch mit dem Backpulver so geholfen haben. Und dass jetzt Sie an der Reihe wären.«

Carl rang um Fassung. Wie konnte sie erneut so eigenmächtig handeln! Und vor allem: ihn darüber nicht in Kenntnis setzen! Er stand ja da wie ein Hornochse.

Über die Schulter des Bäckermeisters sah er dessen Frau aus der Konditorei treten. Sie wirkte besorgt, als sie die beiden Männer beieinander stehen sah. Auch Herr Müller hatte seine Frau inzwischen bemerkt und winkte sie herbei. Schüchtern kam Margarethe Müller näher.

»Ich hab mich gerade gebührend beim Dr. Meister bedankt, Liebes«, erklärte ihr Mann und legte den Arm um sie. »Und stell dir vor, er hat noch gar nichts davon gewusst.«

Margarethe errötete. »Das ist meine Schuld«, sagte sie. »Ich habe Frau Dr. Meister gebeten, dass das unter uns bleiben muss.« Sie sah ihren Mann an. »Ich wusste doch, du hättest nie zugestimmt, Geld anzunehmen. Und daraufhin hat's die Frau Doktor mir versprochen.« Flehend sah sie Carl an. »Bitte seien Sie ihr nicht böse.«

Carl atmete auf. Selbst, wenn er innerlich immer noch kochte vor Zorn, hatte er nun eine perfekte Gelegenheit bekommen, ohne Gesichtsverlust aus der Situation herauszukommen. »Aber natürlich bin ich ihr nicht böse«, sagte er lachend. »Eher beschämt, dass ich nicht selbst auf die Idee gekommen bin. Das ist eben meine Josephine. Großherzig und loyal. Wenn sie Ihnen ihr Wort gegeben hat, nichts zu verraten, dann steht sie dazu. Selbst ihrem Mann gegenüber.«

Margarethe nickte. »Und ich habe meinen Mann unterschätzt«, sagte sie. «Er hat sich dann nämlich gewundert, wie wir über die Runden gekommen sind. Und dann musste ich es ihm gestehen.«

»Und seitdem wollte ich bei Ihnen vorbeikommen, um mich zu bedanken«, sagte der. »Aber es war immer so viel los, und …«

Carl winkte ab. »Sie müssen sich wirklich nicht entschuldigen. Im Gegenteil. Ich hätte mich viel mehr um Sie kümmern müssen.«

In diesem Moment schlug die Kirchenuhr sieben Mal, und Carl zuckte erschrocken zusammen. »Entschuldigen Sie mich«, sagte er eilig. »Ich muss zur Apothekerversammlung und bin schon zu spät.«

»Viel Erfolg«, rief Rudi Müller und drückte ihm die Hand zum Abschied. »Und danke noch mal.«

»Da ist er ja. Und natürlich zu spät«, murrte Lothar Mauswein, der Inhaber der Raben-Apotheke und sandte Carl einen finsteren Blick.

»Bitte entschuldigen Sie, die Herren.« Carl nahm seinen Hut ab. »Ich wurde aufgehalten.«

»Wahrscheinlich von einem der zahlreichen Kunden, die Sie uns wegschnappen«, giftete Mauswein weiter.

»Bitte Lothar, lass das doch«, versuchte einer seiner Kollegen, den aufgebrachten Mann zu beruhigen.

»Warum, er hat doch recht?«, sprang ein feister Blonder, der die Rosen-Apotheke leitete, ihm bei.

Mauswein nickte finster. »Ich habe es hier schriftlich.«

Er zog ein Papier aus seiner Mappe, Carl erkannte den Briefkopf des für die Apotheken zuständigen Preußischen Ministeriums. »Der Apotheker Dr. Meister hat es verstanden, seinen Geschäftsumsatz auf Kosten der vorgenannten benachbarten Apotheken zu erhöhen«, las Mauswein vor.

Carl, der sich soeben gesetzt hatte, erhob sich wieder. »Meine Herren«, sagte er kühl. »Wenn ich es richtig weiß, sind wir heute nicht zusammengekommen, um über mich, sondern um über den fünften Apotheker zu sprechen, der sich kürzlich hier niedergelassen hat und der uns allen Konkurrenz macht.«

»Sie sind …«, wollte Mauswein ihm ins Wort fallen, doch Carl, immer noch wütend wegen der Sache, die Bäcker Müller ihm gerade offenbart hatte, hob die Hand und ließ ihn verstummen. »Im Gegensatz zu dem anderen Herrn habe ich eine bestehende Apotheke übernommen. Durch mich ist keine neue hinzugekommen.«

»Trotzdem bringen Sie uns erwiesenermaßen um unseren Umsatz«, schnaubte Mauswein.

Carl hatte Mühe, ruhig zu bleiben. »Nun«, sagte er kalt. »Vielleicht ist meine Medizin eben besser als die Ihre. Dr. Carl Meister steht für Qualität. Das spricht sich eben herum bei den Leuten.«

»Sie …«, schnaubte Mauswein und sprang so hastig von seinem Stuhl auf, dass dieser polternd zu Boden fiel. »Wie können Sie es wagen! Ein Scharlatan sind Sie, nichts weiter! Sie sind ja nicht mal ein richtiger Doktor der Medizin. Ein Botaniker sind Sie, und …«

»Und ich weiß um die Heilkraft der Pflanzen, genau«, sagte Carl freundlich. Seine Wut war inzwischen zwar nicht verraucht, aber er hatte sie im Griff und dachte nicht daran, vor diesen Herren die Contenance zu verlieren. »Und nun sollten wir uns vielleicht auf das Wesentliche konzentrieren.«

Entschuldigend sah er den bebrillten Apotheker an, der zuvor für ihn Partei ergriffen hatte, dessen Namen er sich aber beim besten Willen nicht merken konnte. »Ich bin aber auch niemand, der sich aufdrängt, und merke, wenn ich nicht willkommen bin. Daher schlage ich vor, dass Sie die Sache ohne mich regeln.«

Er setzte seinen Hut wieder auf und ging zur Tür. Niemand hielt ihn zurück.

Auf dem Heimweg schritt er kräftig aus, und nun brannte sie wieder, die Wut in seinem Bauch. Seine Frau hatte ihn hintergangen und lächerlich gemacht, seine Kollegen schlossen ihn aus – mit einem Mal fühlte er sich unendlich allein.

Da trat eine blonde Frau hinter einer Hausecke hervor und stellte sich ihm in den Weg.

»Guten Abend, Herr Dr. Meister.«

25. Kapitel

·· Berlin, August 1893 ··

Eine Woche später stand Josephine wieder in der Papierfabrik der Familie Eick und überbrachte die frohe Botschaft: Carl war ebenso begeistert von den Papiertütchen wie sie, der Produktion stand nichts mehr im Wege. Dass der Brief, in dem er das mitgeteilt hatte, äußerst knapp gewesen war, behielt sie für sich. Das ging die andere ja nichts an – sie selbst war davon aber durchaus beunruhigt. Kein liebes Wort für sie, kein Kuss, keine Zärtlichkeit. Nur die kurze Mitteilung, dass ihm das Tütchen sehr gut gefalle und sie in großem Stil ordern solle. Sie versuchte, die trüben Gedanken zu vertreiben, und konzentrierte sich auf Anna.

»Das ist ja wunderbar«, freute die sich gerade und hakte Josephine unter.

»Aber bevor wir über die Details sprechen, muss ich Ihnen unbedingt noch etwas sagen.«

Josephine sah sie neugierig an.

»Unser Zeichner war nicht sonderlich erfreut darüber, dass wir einfach an seine Sachen gegangen sind«, begann Anna. »Er hat zwar versucht, es sich nicht anmerken zu lassen, aber seine Verärgerung war schon deutlich spürbar.«

»O je«, sagte Josephine zerknirscht. »Das tut mir leid. Ich wollte keine Probleme verursachen.«

Doch Anna winkte ab. »Er hat sich beruhigt, als er die Steinplatte und die Probedrucke betrachtet hat, und erklärt, dieser Künstler besitze wirklich ein außergewöhnliches Talent.«

Josephine errötete vor Freude über das Lob. Sie wusste, dass sie Talent hatte, sowohl Carl als auch ihre Mutter betonten ihre Geschicklichkeit immer wieder. Aber es war doch etwas ganz anderes, ein Kompliment aus solch berufenem Munde zu hören.

»Es geht noch weiter«, fuhr Anna aufgeregt fort. »Als ich ihm erzählte, dass er gerade eine Frau gelobt hat, war er fassungslos. Sein Weltbild brach zusammen.«

Jetzt musste Josephine mit Anna lachen, die die Entrüstung des Zeichners wunderbar parodierte.

Anna wurde jedoch rasch wieder ernst. »Wie lange sind Sie noch in Berlin?«

»Übermorgen wollte ich wieder abreisen«, sagte Josephine.

Anna nickte. »Haben Sie Lust, mich morgen zu einer unserer Versammlungen zu begleiten? Helene Lange wird sprechen, und es ist ein Erlebnis, ihr zuzuhören.«

Josephine traute sich nicht zu fragen, wer Helene Lange war. Allein schon, das herauszufinden, wäre ausgesprochen spannend. Daher zögerte sie nur kurz und schob den Gedanken an Carl und was er davon halten würde entschlossen beiseite, bevor sie zusagte: »Ich bin gerne dabei.«

• • • •

Charlotte Behn reagierte alles andere als begeistert, als ihre Tochter ihr mitteilte, ihren letzten Abend ohne sie verbringen zu wollen.

»Aber wo willst du denn hin?«, fragte sie enttäuscht. »Ich hatte mich so sehr darauf gefreut, noch ein paar Stunden mit dir zusammensein zu können, bevor du wieder abreist.«

Josephine setzte sich neben sie auf das Sofa. Aus Charlottes Worten hatte so viel Einsamkeit geklungen, dass es nun Zeit war, das Thema anzusprechen. Sie hatte es ohnehin längst tun wollen.

»Mama, bist du hier in Berlin noch glücklich, jetzt, wo Fritz auch bald fortgehen wird?«

Bestürzt bemerkte sie, wie es verdächtig in Charlottes Augen glitzerte.

»Ich habe Angst vor der Einsamkeit«, gestand ihre Mutter nun leise. »Es war doch immer so viel Leben um mich. Und bald bin ich ganz allein. Bis auf die Dienstboten natürlich, aber …«

Josephine streichelte ihre Hand. »Ach, Mama«, sagte sie. »Ich vermisse dich ebenfalls ganz schrecklich, und auch Julius fragt ständig nach dir.« Sie holte tief Luft und fragte dann: »Möchtest du nicht zu uns ziehen?«

Charlotte sah sie überrascht an, doch Josephine bemerkte die Hoffnung, die in ihren Augen glomm. »Aber was wird denn Carl davon halten?«

»Nun«, erwiderte Josephine lächelnd. »Wie ich schon sagte, leide auch ich unter der Trennung von dir und habe mit Carl daher schon vor meiner Reise darüber gesprochen. Auch er lädt dich von Herzen gerne ein, bei uns in Bielefeld zu leben.«

Statt einer Antwort läutete Charlotte nach Frau Rentlein, und als diese eintrat, rief sie ihr nur zu: »Frau Rentlein, wir ziehen nach Bielefeld! Dann können Sie auch Ihre Nichte Martha wiedersehen, sofern Sie mitkommen möchten.« Frau Rentlein rang sichtlich um Worte, und Josephine ahnte, dass Jacob der Grund für ihr Zögern sein könnte.

»Ich muss natürlich erst mit meinem Mann sprechen, aber ich denke, dass wir in Bielefeld auch dringend einen Kutscher brauchen«, sagte Josephine daher. »Allein schon, um unsere ganzen Pakete zur Poststation zu bringen. Wenn wir nun auch Papiertütchen anbieten, werden wir sicherlich alsbald noch mehr Bestellungen haben.«

Ursula Rentlein senkte verlegen den Blick. »Also, wenn Jacob mitkommt, dann bin ich dabei«, platzte sie heraus.

»Dann schicken Sie Jacob doch einmal zu mir«, bat Charlotte lächelnd.

Josephine war ein wenig mulmig zumute. Was Carl wohl sagen würde, wenn sie gleich wieder Personal mit nach Hause brachte? Andererseits hatte er zugestimmt, dass ihre Mutter zu ihnen zog. Und dass diese nicht ohne ihr engstes Personal kommen würde, war doch wohl klar – oder nicht?

»Da es nun beschlossen ist, dass du mit uns kommen wirst, kannst du mich heute Abend leichter entbehren, nicht wahr?«, fragte Josephine hoffnungsvoll, nachdem Frau Rentlein wieder in ihrer Küche verschwunden war.

»Sicher«, erwiderte ihre Mutter. »Aber wo willst du denn überhaupt hin?«

»Nun«, begann Josephine zögernd, »ich habe mich mit der Tochter des Papierfabrikanten angefreundet.« Das war nicht gelogen: Anna Eick hatte die Papierfabrik tatsächlich von ihrem Vater übernommen.

»Und da möchtest du sie besuchen? Wie schön«, sagte Charlotte erfreut.

»Genau«, erwiderte Josephine erleichtert. Es wäre besser, wenn ihre Mutter nicht zu viel über ihr Vorhaben erfahren würde. Zumal sie sich noch nicht sicher war, ob sie Carl von ihrem Besuch beim Verein für Frauenwohl erzählen wollte. Und wenn Charlotte Behn nun mit nach Bielefeld zog, war die Gefahr groß, dass sie Carl bei nächster Gelegenheit davon berichten würde.

In diesem Moment klopfte es, und der Kutscher stand in der Tür.

»Sie wollten mich sprechen, Gnädige Frau?«, fragte er, und Josephine konnte an seiner Miene ablesen, dass Frau Rentlein ihn natürlich bereits über den Grund informiert hatte. Charlotte wandte sich ihm zu. »Was halten Sie davon, wenn wir alle nach Bielefeld gehen?«, fragte sie ihn ganz direkt.

Ein Lächeln breitete sich auf seinem Gesicht aus. »Davon halte ich sehr viel.«

»Gut«, erwiderte Charlotte zufrieden. »Dann wäre das ja geklärt. Wenn ich Sie nun bitten dürfte, meine Tochter zu ihrer Verabredung zu bringen?«

••••

Der Verein Frauenwohl traf sich im Gemeindehaus. Schon als sie das Gebäude betraten, drang ihnen lautes Stimmengewirr entgegen, im Saal selbst war es heiß, Dutzende Frauen standen in Grüppchen beisammen und diskutierten leidenschaftlich. Einige hatten schon Platz genommen, und auch Anna, die die meisten der Frauen zu kennen schien und der ein oder anderen grüßend zunickte, drängte darauf, einen Platz zu bekommen. »Sonst müssen wir am Ende noch stehen«, erklärte sie.

Verstohlen sah Josephine sich um. All diese Frauen traten also für ihre Rechte ein, für ein Wahlrecht, dafür, an den Universitäten zugelassen und nicht nur als Arbeiterinnen, sondern auch als Unternehmerinnen anerkannt zu werden. Sie fand diese geballte Präsenz ungemein beeindruckend.

Im nächsten Moment entstand Unruhe, und Josephine erblickte eine ernst aussehende Frau, deren streng gescheiteltes braunes Haar zu einer schlichten Hochsteckfrisur gekämmt war. Sie trug ein hochgeschlossenes Kleid und strahlte eine ungemeine Entschlossenheit aus.

Die nächste Stunde lauschte Josephine den Ausführungen Helene Langes wie gebannt. Und als die ihren Vortrag mit den Worten »Wenn das Endziel der Frauenbewegung einmal erreicht ist, so wird es kein führendes Geschlecht mehr geben, sondern nur noch führende Persönlichkeiten«, beendete, brandete tosender Beifall auf. Auch Josephine hatte sich von ihrem Platz erhoben und klatschte, so laut sie nur konnte. Sie war wie elektrisiert. Ihre Augen leuchteten, und ihre Wangen glühten, als sie sich an Anna wandte: »Vielen Dank, dass Sie mich mitgenommen haben!«

»Es freut mich sehr, dass es Ihnen gefallen hat«, sagte Anna.

»Wie wichtig diese Sache ist – ich glaube, das ist mir heute erst klar geworden«, gestand Josephine. »Ich … ich würde so gerne mithelfen und unterstützen. Meinen Teil dazu beitragen, um die Sache voranzubringen.«

Als sie sah, dass Helene Lange am Rednerpult ihre *Gelbe Broschüre* verteilte, bahnte sie sich ihren Weg nach vorn. Josephine wollte unbedingt ein Exemplar bekommen.

Als sie wieder in der Kutsche saßen – Josephine war nun stolze Besitzerin des begehrten Schriftstücks –, nahm Anna den Gesprächsfaden wieder auf: »Ich freue mich, wenn Sie uns unterstützen wollen. Wir können jede Hilfe gebrauchen. Und da Sie eine Meisterin im Zeichnen sind, wäre es ganz wunderbar, wenn Sie uns helfen würden, Flugblätter zu gestalten.«

Josephine nickte zögernd. »Das will ich gern tun. Allerdings reise ich ja morgen wieder nach Bielefeld.«

Anna winkte ab. »Die Entwürfe können Sie auch dort anfertigen. Und dann schicken Sie sie mir nach Berlin.« Übermütig zwinkerte sie ihrer neuen Freundin zu. »Ihr Mann, falls Sie es ihm nicht sagen wollen, wird sicher keinen Verdacht schöpfen, weil wir wegen der Papiertütchen ja ohnehin viel miteinander korrespondieren werden.«

»Wahrscheinlich werde ich meinem Mann davon erzählen«, sagte Josephine. Sie hatte das Gefühl, Carl sonst regelrecht zu hintergehen. Ohnehin bereitete ihr der Gedanke an ihn erneut Unbehagen. Etwas stimmte nicht, da war sie sich ganz sicher.

Teil 2

1894–1895

26. Kapitel

·· Bielefeld, März 1894 ··

Mutti? Wann ist der Pudding fertig?«
Ungeduldig zerrte Julius am Rock seiner Mutter.

»Nun warte doch mal! Ich kann nicht alles auf einmal machen«, fuhr Josephine ihren Sohn an.

Augenblicklich begannen die Mundwinkel des fast Fünfjährigen zu zucken. Der Kleine war sehr sensibel und reagierte äußerst empfindlich auf Schelte oder unfreundliche Töne. Wobei er die nicht allzu oft hören musste. Kaum jemand schimpfte je mit ihm, sowohl seine Großmutter als auch seine Eltern und das Personal vergötterten den kleinen Jungen.

Josephine, die ihren Sohn kannte, sah ihn erschrocken an. »Entschuldige, mein Schatz!«, rief sie und ging vor dem Kleinen in die Knie, um ihn in die Arme zu nehmen.

»Ich bin einfach keine so gute Köchin wie Frau Rentlein. Am Herd werde ich immer ganz ungeduldig.«

»Das stinkt aber«, sagte Julius, der sich wieder beruhigt hatte, und rümpfte seine Nase.

»Verdammt!« Josephine sprang auf und zog den Topf von der Flamme. Doch es war zu spät. Die Butter-Zucker-Mischung hatte sich zu einer schwarzen Masse am Boden zusammengeklumpt.

Josephine war den Tränen nah. Und sie spürte diese lodernde Wut in sich, die stets in ihr hochkochte, wenn ihr etwas nicht gelang. Am liebsten hätte sie den Topf vom Herd gerissen und an die Wand geschleudert, doch das hätte den kleinen Julius sicher schon wieder erschreckt.

Also begnügte sie sich damit, den Topf zum Spülbecken zu bringen und einzuweichen. Zischend zerstob das Wasser, als sie es in den glühend heißen Topf goss.

»Was ist denn passiert?«, fragte Martha, die in diesem Moment, gefolgt von Carl, in die Küche kam.

»Es riecht im ganzen Haus verbrannt, bis runter in die Apotheke.«

»Ach«, sagte Josephine verzweifelt. »Ich wollte euch überraschen und einen Pudding kochen. Julius hatte es sich so gewünscht.«

»Aber das kann ich doch machen!«, rief Frau Rentlein, die in diesem Moment, den Arm voller Einkäufe, ebenfalls hereinkam. Sie blickte drein, als sei sie schuld an dem Desaster. »Dafür bin ich doch da.«

Das Personal der Meisters war inzwischen erheblich angewachsen: Nachdem aus Charlotte Behns Haushalt bereits Nanette, Frau Rentlein und der mit ihr inzwischen verlobte Kutscher Jacob nach Bielefeld gewechselt waren, zählten zum Privathaushalt nun auch noch zwei Mädchen, die die Mahlzeiten auftrugen, im Haus für Sauberkeit sorgten, die Betten machten und im Winter die Kamine anheizten. Auch Martha war natürlich noch da, zeigte allerdings in der Produktion so viel Geschick, dass Carl sie in der Fabrik eingesetzt hatte. Josephine hoffte, er werde ihr bald die Aufsicht über die im Vorjahr eingestellten Abfüllerinnen übertragen.

Während Frau Rentlein sich nun daranmachte, den Topf zu säubern, redete sie beruhigend auf die aufgelöste Josephine ein. »Man kann nicht alles können«, sagte sie. »Und Sie können so viel anderes.«

»Ach«, sagte Josephine achselzuckend. »Ich bin nur verärgert über mich selbst. Da male ich die schönsten Bilder von glücklichen Hausfrauen, die die wunderbarsten Torten backen – und kriege selbst in der Küche einfach nichts zustande.«

»Das liegt daran, dass Sie es nicht von Kindesbeinen an gelernt haben«, tröstete Frau Rentlein. »Und außerdem: Kochen und Backen können die meisten Frauen. Das ist nichts Besonderes. Aber solche Plakate malen, das können die Wenigsten. Seien Sie dankbar für dieses wunderbare Talent.«

»Also ich fand, dass deine Kochkünste sich in den ersten Jahren unserer Ehe, als wir noch keine Frau Rentlein hatten, wirklich sehen lassen konnten«, mischte sich Carl tröstend ins Gespräch. »Und die Kuchen, die du anfangs gebacken hast, sind unvergessen.«

»›Dank deines Backpulvers wird jede Frau zur Konditorin‹«, zitierte sie, in leicht abgewandelter Form, ihren eigenen Werbespruch. Nachdenklich sah er sie an.

»Was ist?«, fragte sie. »Was hast du?«

»Du hast mich da gerade auf eine Idee gebracht.«

»Auf was für eine Idee?«

»Zeigst du mir mal das Rezept für den Pudding?«, bat Carl seine Frau.

»Sicher.« Sie ging zum Küchentisch, auf dem das alte Kochbuch lag, das sich schon seit Urzeiten in Frau Rentleins Besitz befand. Sie hatte die Köchin allerdings noch nie darin blättern sehen – Frau Rentlein kannte, da war sie sich sicher, ohnehin alle Rezepte auswendig.

»Johann Rottenhöfer«, las Carl. »›Anweisung in der feineren Kochkunst‹.«

Er schlug das Buch an der Stelle auf, an der das Lesezeichen steckte, und begann zu lesen.

»Man lässt hundertvierzig Gramm frische Butter auf Kohlenfeuer heiß werden, gibt siebzig Gramm gestoßenen Zucker und hundertvierzig Gramm feines Mehl dazu und röstet es zusammen einige Minuten, aber langsam, damit das Mehl keine Farbe annimmt. Hierauf wird eine Stange Vanille in Stückchen geschnitten, mit einem halben Liter süßem Rahm aufgekocht, nach und nach dazu gegossen und hiervon ein ganz dickes Mus gekocht, welches in eine irdene Schüssel durchpassiert wird. Zu diesem werden nach und nach zwölf Eidotter und hundertvierzig Gramm gestoßener Zucker gegeben und eine halbe Stunde schaumig gerührt. Hierauf wird der Schnee von acht Eiern langsam darunter gezogen …«

»Mama, warum liest Papa dir das Rezept vor?«, wollte der kleine Julius wissen, der nun immer noch keinen Pudding bekommen hatte. »Denkt der, dass du auch nicht lesen kannst, weil du ja keinen Pudding kochen kannst?«

Josephine biss sich auf die Lippen, um nicht laut aufzulachen, bedeutete ihm aber, ruhig zu sein. Frau Rentlein, die die Szene beobachtet hatte, beugte sich zu ihm hinunter und flüsterte ihm etwas ins Ohr. Der Kleine nickte kichernd und ließ sich von ihr auf den Arm nehmen. Die beiden verschwanden in der Speisekammer, und Josephine vermutete, dass sie die Zutaten für einen weiteren Pudding holen wollten.

Dann wandte sie sich wieder ihrem Mann zu, der inzwischen aufgehört hatte, ihr das Rezept vorzulesen, und sie stattdessen unverwandt ansah.

»Was?«, fragte sie. »Was ist?«

»Komm mit.« Er streckte die Hand nach ihr aus.

»Wohin?«

»In die Apotheke.«

»Aber …«

»Komm einfach.«

Unten angekommen, zog Carl sie in die Räume, die an das Ladengeschäft angrenzten. Im größeren vorderen Bereich arbeiteten die Angestellten in zwei Schichten daran, Backpulver herzustellen und Speisestärke abzufüllen. Seit neuestem gab es sogar eine Mischmaschine: Die Zutaten wurden hineingeschüttet, dann musste die Maschine eine Stunde lang von Hand angetrieben werden. Anschließend wurde das Pulver abgewogen und in die Tütchen gefüllt. Eine weitere Mitarbeiterin war für das Gummieren der Verpackungen zuständig, wieder eine andere verschloss sie, eine dritte zählte sie zu fünfzig oder hundert Stück ab, und eine vierte packte sie in Kartons. Mangels Lagerfläche wurden die Kartons dann im Innenhof aufbewahrt. Das war aber keine Dauerlösung, denn jedes Mal, wenn sich Regen ankündigte, mussten die Arbeiter die Kisten in rasender Eile wieder nach drinnen in den Flur bringen. Sie bräuchten dringend mehr Raum, dachte Josephine seufzend.

Sie nickte den Arbeitern zu, die konzentriert bei der Sache waren. Als sie Martha neben Carls Bruder Emil stehen sah, konnte sie sich ein Lächeln nicht verkneifen. Carls jüngster Bruder war vor kurzem zu ihnen in die Lehre gekommen, und es war unschwer zu übersehen, dass er bis über beide Ohren in die wenige Jahre ältere Martha verliebt war. Umgekehrt schien es ihr genauso zu gehen.

»Was hast du denn nun für eine Idee?«, drängelte sie, als sie in Carls »Geheimlabor«, wie er es scherzhaft nannte, angekommen waren.

»Also«, begann er schmunzelnd, »du hast vorhin gesagt, dass du dank mir und meines Backpulvers Kuchen backen kannst.«

Sie sah ihn fragend an.

»Was hieltest du davon«, fuhr er geheimnisvoll fort, »wenn ich ein Pulver herstellen würde, mit dem es dir gelingen könnte, ganz problemlos Pudding zu kochen?«

»Du meinst …

»Ja!«, rief er. »Dr. Meisters Vanillepuddingpulver. Ich habe mir das Rezept genau angesehen. Das müsste klappen. Und Vanille fasziniert mich schon lange, ich wollte ohnehin etwas damit experimentieren.«

Auch Josephine liebte Vanille – den zarten Duft und den Geschmack. Sie hob sich die Finger an die Nase und schnupperte daran. Um den Pudding zuzubereiten, hatte sie eine Vanilleschote aufgeschlitzt und das Mark herausgekratzt. Es duftete noch immer ganz köstlich und setzte sich sogar gegen den Geruch der verbrannten Süßspeise durch.

»Was schnupperst du denn an deinem Finger herum?«, fragte Carl amüsiert.

Sie hielt ihm ihre Hand unter die Nase. »Riech«, sagte sie.

Er tat wie ihm geheißen und küsste dann die Hand seiner Frau. »Vanille, gepaart mit dem dir eigenen Duft. Da könnte ich …«

Seine Augen wurden dunkel vor Verlangen, und Josephine entzog sich ihm rasch, um ihm scherzhaft mit dem Finger zu drohen. So sehr sie es genoss, dass Carl ihr sein Verlangen immer noch so deutlich zeigte: Jetzt stand ihr der Sinn nicht danach, sie wollte gemeinsam mit ihm Pläne schmieden und träumen.

»Schon die alten Maya ließen sich von der Vanille verzaubern«, fuhr Carl fort. Er lächelte seiner Frau zu. »Hast du schon mal von Hernán Cortés de Monroy y Pizarro Altamirano gehört?«

»Nein«, sagte sie lachend. »Aber dich bewundere ich dafür, dass du den Namen so flüssig aussprechen kannst.«

»Ich habe geübt«, behauptete Carl grinsend. Dann schüttelte er den Kopf. »Tatsächlich hat mich dieses Gewürz schon immer fasziniert. Auch und vor allem während meines Botanik-Studiums.«

»Das wusste ich ja noch gar nicht«, sagte Josephine. »Erzähl mir mehr.«

»Nun«, begann Carl, der sich über das Interesse seiner Frau offenbar sehr freute. »Die Vanille gehört zur botanischen Familie der Orchideen.«

»Ach«, staunte Josephine. »Sie sieht gar nicht aus wie eine Orchidee.«

»In der Tat«, bestätigte Carl. »Und sie ist ja auch nicht im eigentlichen Sinne eine Orchidee, sondern gehört nur der Familie an. Sie ist eine Kletterpflanze. Und weißt du, was ich besonders berührend an ihr finde?«

Sie schüttelte den Kopf.

»Ihre große, trichterförmige, gelbe Blüte öffnet sich nur für einen einzigen Tag. Frühmorgens geht sie auf, und am Abend schließt sie sich für immer. Nur an diesem einem Tag kann sie befruchtet werden. Und das auch nur durch eine ganz besondere Biene, die Melipona-Biene. Es dauert ein halbes bis dreiviertel Jahr, bis sich dann die Vanilleschoten bilden. Wichtig ist, dass man sie rechtzeitig erntet. Denn sonst würden sie aufplatzen, und der wertvolle Inhalt würde überall landen, aber nicht da, wo wir ihn haben wollen.«

Er holte ein Botanik-Buch aus dem Regal und schlug es auf. Josephine lächelte über seinen Eifer. Seine Begeisterung für das, was er tat, verlieh ihm immer wieder von Neuem Schwung – und das war ansteckend.

»Siehst du?« Er deutete auf die Abbildung einer Vanilleschote. »Eigentlich ist sie hellgrün, wenn sie so am Baum hängt.«

»Stimmt«, sagte Josephine. »Ich würde nie darauf kommen, dass das eine Vanilleschote ist.«

Er nickte zufrieden. »Sie wird erst durch das Fermentieren und das Trocknen so dunkel – und auch leichter. Im frisch geernteten Zustand ist die Vanilleschote viel schwerer. Auch das Aroma bildet sich erst während des Fermentierens.«

Er nahm eine Vanilleschote, schlitzte sie auf und legte sie unter ein Mikroskop. »Nun schau einmal hindurch«, sagte er.

Josephine tat, wie ihr geheißen.

»Da sind lauter kleine Kristalle«, stellte sie fest.

»Ganz genau«, sagte Carl. »Diese Kristalle sind der Geschmack der Vanille. Inzwischen weiß man auch, wie man sie künstlich herstellen kann. Wir kennen den chemischen Schlüssel, also die Struktur.«

»Du willst die Vanille für den Pudding künstlich herstellen?«, vergewisserte sie sich.

Er schüttelte den Kopf. »Nein«, sagte er. »Das will ich auf keinen Fall.«

»Und was hat der Mann mit dem unaussprechlichen Namen denn nun mit der Vanille zu tun?«

»Er war ein spanischer Konquistador und hat das Aztekenreich erobert. Um ihn milde zu stimmen, hat der Aztekenkönig Montezuma ihm einen Kakao servieren lassen, in dem sich auch Vanille befand. Cortés hat sich sofort in das Gewürz verliebt und dafür gesorgt, dass es nach Europa gebracht wird.«

»Das heißt, die Vanilleschote, die ich vorhin aufgeschlitzt habe, kommt aus Mexiko?«, fragte Josephine fasziniert und schnupperte erneut an ihren Fingern.

Ihr Mann schüttelte den Kopf. »Nein. Es hat zwar sehr lange

gedauert, aber vor etwa dreißig Jahren ist etwas Faszinierendes gelungen: Seitdem wächst die Vanille auch auf der französischen Insel Bourbon. Dort fliegt die spezielle Biene zwar nicht, aber die Blüten werden von Hand mit Bambus-Stäbchen befruchtet. Das Produkt ist von höchster Qualität, und für meinen Pudding würde ich natürlich nur diese Vanille verwenden.«

Josephine schaute noch einmal durch das Mikroskop. »Wir legen ja von jeher Wert auf Qualität.«

Plötzlich lachte Carl laut auf.

»Was?«, fragte sie und sah ihn an. »Was ist denn daran so lustig?«

»Nicht das mit der Qualität«, sagte er. »Da hast du ja unbedingt recht. Nein, ich muss nur gerade daran denken, dass ich noch ein schwieriges Wort habe.«

»Eines genügt mir«, versicherte Josephine, sah ihn aber neugierig an. »Nun sag schon.«

»Vanille heißt bei den Azteken Tlilxochitl. Aber den spanischen Eroberern ging es wie dir mit Hernán Cortés de Monroy y Pizarro Altamirano, die haben sich auch beinah die Zunge abgebrochen, als sie versucht haben, das Wort auszusprechen. Deshalb haben sie sie einfach nach ihrer Form benannt: kleine Schote.«

»Und kleine Schote heißt auf Spanisch Vanille?«, vermutete Josephine.

»Fast«, bestätigte er. »Kleine Schote heißt *vainilla.*«

»Der Pudding der kleinen Schote«, sagte Josephine verträumt.

Wieder musste Carl lachen, und Josephine dachte, dass sie ihren Mann schon lange nicht mehr so gut gelaunt und gelöst erlebt hatte. Das lag sicherlich an der Aufgabe, die vor ihm lag und ihn so begeisterte.

»Dr. Meisters Vanillepudding«, sagte er stolz, und Josephine lächelte über seinen Enthusiasmus. Dann küsste sie ihren Mann auf den Mund.

27. Kapitel
·· Bielefeld, März 1894 ··

Carl kannte das Gefühl schon. Und er liebte es. Diese Begeisterung für eine Sache. Diese Besessenheit davon, das perfekte Ergebnis zu finden. Nicht zu ruhen, bevor er den Code geknackt hatte. Schon den dritten Abend in Folge hatte er sich in sein Geheimlabor zurückgezogen, um mit verschiedenen Mischungen zu experimentieren. Zunächst, darüber war sich Carl im Klaren, musste er die für die Bindung des Puddings benötigten Eier durch Speisestärke ersetzen, die nach Möglichkeit keine Auswirkungen auf den Geschmack haben sollte. Während er die verschiedenen Speisestärken betrachtete, fiel ihm noch ein, dass er ja auch die Farbe, die die Eidotter dem Pudding verliehen, ersetzen musste. Maisstärke wäre das Richtige, entschied er.

Carl erwärmte die Milch, und als diese schließlich kochte, ließ er langsam die Maisstärke einrieseln. Doch je mehr er versuchte, die Klümpchen zu verrühren, die sich nahezu sofort gebildet hatten, desto weniger gelang es.

Das kann nicht stimmen, dachte er bei sich und zog schließlich frustriert den Topf vom Herd. Vielleicht musste er auch die Stärke zunächst in ein wenig kalter Milch lösen und dann die flüssige

Mischung zugeben. Auch wenn die Milch, in der die Klumpen schwammen, nicht gerade ansprechend aussah, probierte er es doch aus, schließlich sollte ja ein leckerer Pudding daraus werden. Doch kaum berührte die Flüssigkeit seine Lippen, schüttelte es ihn. Zucker fehlte. Viel Zucker.

Wenige Minuten später war Carl erneut in seinem Reich – seinem kleinen Versuchslabor – angekommen, vollbepackt mit Zucker, Milch und Vanilleschoten. Heute, so hatte er im Gefühl, würde ihm noch ein entscheidender Durchbruch gelingen.

Er legte die erste Vanilleschote auf ein Schneidbrett, ritzte sie der Länge nach auf und kratzte das Vanillemark aus der Stange. Etwa die Hälfte gab Carl zu der Speisestärke und vermischte die beiden Zutaten gut miteinander. Für die gelbe Farbe des Puddings gab er noch etwas Farbstoff hinzu. Während er das Carotin zurück an seinen Platz im Regal stellte, fiel ihm wieder ein, was ihm sein Onkel Louis, der Marzipanfabrikant, einst beigebracht hatte: »Auch wenn es noch so absurd klingen mag, zu jeder Süßspeise muss eine Prise Salz, damit sie ihren vollen Geschmack entwickeln kann.« Also gab Carl noch einen Hauch Speisesalz zu der Mischung und mengte diese erneut gut durch.

Er maß in einem weiteren Becherglas zwei gehäufte Esslöffel Zucker ab, gab sie seiner Mischung hinzu und verrührte auch diese Zutaten gut miteinander. Schließlich goss er vorsichtig noch etwas Milch in das Becherglas, rührte kräftig, und als sich die Mischung zu einer klumpenfreien, sämigen Milch entwickelte, die obendrein verführerisch nach Vanille duftete, breitete sich ein zufriedenes Lächeln auf seinem Gesicht aus. Mit dem Becherglas in der Hand ging er zum Herd und erwärmte die Milch. Gerade als diese zu kochen begann, zog er sie herunter und goss die angerührte Emulsion hinein. Als er mit dem Schneebesen darin rührte, tat sich noch nicht viel. Er hatte jetzt eine gelbliche Milch, die zwar gut roch, aber von Pudding war es weit entfernt. Doch wenn man mit Stärke eine Soße binden wollte, musste man sie ja auch erhitzen. Also stellte Carl den Topf zurück auf den Herd und brachte das Gemisch unter Rühren zum Kochen. Wie er es erwartet hatte, wurde die Milch-Mischung immer dickflüssiger, und das Pulver sorgte für eine gute Bindung. Als Carl den Topf wieder vom Herd zog, goss er die zähflüssige Masse in eine kalte Porzellanschale.

Während er ungeduldig darauf wartete, dass der Pudding abkühlte, schweiften Carls Gedanken zu seiner Frau. Und zu der großen Schuld, die er auf sich geladen hatte, letzten Sommer, als sie in Berlin gewesen war, um für ihn die Papiertütchen in Auftrag zu geben. Noch heute wurde ihm ganz schlecht, wenn er daran dachte. Wie hatte er ihr das nur antun können? Ja, er war wütend gewesen darüber, dass sie ihn hintergangen und ihn damit vor dem Bäckermeister und seiner Frau bloßgestellt hatte. Aber sie hatte es ja nicht aus Bosheit getan, sondern weil sie helfen wollte. Und geschwiegen hatte sie, weil sie genau das der Frau des Bäckers versprochen hatte. Sie hatte sich daran gehalten, im Gegensatz zu Margarethe Müller. Ja, sie war eben loyal, seine Josephine, im Gegensatz zu ihm, der er …

Ein Klopfen unterbrach ihn in seinen Gedanken. Josephine. Lächelnd ging er zur Tür, um zu öffnen. Niemand außer ihnen beiden hatte sein Geheimlabor je betreten. Und niemand außer Josephine wagte es, ihn bei seiner Arbeit zu stören.

Erwartungsfroh riss er die Tür ganz auf – und erstarrte.

Vor im stand der Ursprung allen Übels, die Frau, die er gehofft hatte, nie wiederzusehen: Helene.

• • • •

Eine Woche nach ihrem verzweifelten Versuch, für den kleinen Julius Pudding zu kochen, stand Josephine wieder in der Küche.

»Du machst mich ganz nervös«, sagte sie zu ihrem Mann, der neben ihr lauerte und jede ihrer Handbewegungen genau verfolgte.

»Tut mir leid«, sagte er. »Aber das kann ich nicht ändern. Das ist ein großer Moment, da muss ich dabei sein.«

Er beobachtete, wie sie das Puddingpulver, das in einem Schälchen bereitstand, mit Zucker mischte und dann mit einigen Esslöffeln Milch glattrührte.

»Nun musst du die restliche Menge der zuvor abgemessenen fünfhundert Milliliter Milch zum Kochen bringen«, erklärte er.

Josephine füllte die bereitgestellte Milch in einen Topf.

»Nimm den Topf vom Feuer, damit es nicht überkocht«, wies er sie an. »Und jetzt füllst du das Puddingpulver unter ständigem Rühren in die Milch, das ist wichtig, sonst brennt es an.«

Während Josephine rührte, bemerkte sie fasziniert, dass die Masse immer fester wurde.

»Es funktioniert!«, rief sie. »Oh, Carl, du hattest recht. Und es geht so einfach!«

Sie warfen einander zufriedene Blicke zu.

»Und jetzt?«, fragte sie.

»Jetzt müssen wir den Pudding nur noch in eine hübsche Schüssel füllen und kalt werden lassen«, erklärte er. »Währenddessen wird er noch etwas fester.«

»Und wann dürfen wir probieren, wie er schmeckt?«

»Das können wir schon jetzt«, sagte er.

Sie holte einen Löffel aus der Schublade, tunkte ihn in den Pudding, zog ihn wieder heraus und ließ ihren Mann probieren. Der schloss genießerisch die Augen.

»Himmlisch«, urteilte er. »Und jetzt bist du dran.«

Er nahm ihr den Löffel aus der Hand und ließ nun sie vom Pudding kosten.

»Es schmeckt großartig.« Sie strahlte. »Das ist unser ganz großer Durchbruch, mein Schatz.«

Er zog seine Frau in die Arme. Ganz fest hielt er sie, als er stumm betete, sie möge recht haben. Und dass es ihm gelungen war, die Gefahr, die ihr Glück auf immer zu zerstören drohte, ganz aus ihrem Leben zu bannen.

28. Kapitel
·· Bielefeld, Juli 1894 ··

Die Bielefelder Hausfrauen rissen ihnen das Puddingpulver regelrecht aus den Händen. Und auch die anderen Apotheker und Kolonialwarenhändler, die sie mit dem Backpulver belieferten, waren von der Idee ausgesprochen angetan, orderten in großen Mengen und bestellten in Windeseile nach. *Bitte um schnelle Lieferung*, stand zum Beispiel als Notiz auf den Bestellungen. *Die Kundennachfrage ist riesig.* Obwohl es immer noch unüblich, wenn nicht gar undenkbar war, dass Apotheken für ihre Produkte warben, nahmen die Kollegen aus ganz Deutschland nur allzu gern auch die mitgelieferten Werbeplakate, um damit ihre Schaufenster zu dekorieren.

Josephine befand sich auf dem Höhepunkt ihrer Schaffenskraft. Sie hatte das Gefühl, noch nie so viele gute Ideen gehabt und auch noch nie so gut gemalt zu haben. Sie sprudelte nur so über vor kurzen und prägnanten Sprüchen, die den Kunden klar machen sollten, dass sie ohne die Produkte von Dr. Meister einfach nicht glücklich werden würden. Und auch Carl schien von einer kreativen Kraft regelrecht beseelt zu sein. Ihr Mann hatte sich verliebt. Nicht in eine andere Frau, sondern in die Vanille. Kurz nachdem er den Vanillepudding auf den Markt gebracht hatte, hatte er die Idee gehabt, die Schote der Vanille zusammen mit Zucker zu pulverisieren. Der sogenannte »Vanillezucker« verlieh Kuchen, aber auch anderen Süßspeisen einen besonders feinen Geschmack. Josephine liebte den Duft von Vanille, der seither immer durch das Haus zog. Und der Vanillezucker fand ebenso reißenden Absatz wie der Pudding, das Backpulver und die Speisestärke.

»Wir haben keinen Platz mehr«, sagte Carl eines Abends ernst, nachdem Frau Rentlein das Essen aufgetragen hatte. Die abendlichen Familienessen waren ihnen heilig, es war der einzige Ruhepunkt in einem ansonsten in letzter Zeit sehr rasanten Alltag. Wie meistens nahmen auch heute neben Carl und Josephine auch deren Mutter Charlotte sowie Carls Bruder Emil an der Mahlzeit teil.

Josephine nickte. »Ja, ich sehe das Problem. Schon bevor wir den Pudding und das Backpulver im Sortiment hatten, hatten wir zu wenig Platz.«

»Was sagst du denn dazu?«, fragte Carl seinen jüngeren Bruder. »Immerhin bist du den ganzen Tag unten vor Ort?«

Emil hatte der Mahlzeit bislang schweigend beigewohnt und sich auf das Essen konzentriert. Josephine betrachtete ihren Schwager amüsiert. Der Neunzehnjährige war ein großer Freund von Frau Rentleins Küche und schaufelte die Mahlzeiten regelrecht in sich hinein. Sie fragte sich, wo er das alles nur ließ, denn Emil war gertenschlank und mit seinen blonden Haaren und den strahlenden blauen Augen ein echter Mädchenschwarm. Sie war überzeugt, dass nicht nur Martha, sondern mindestens die Hälfte aller Arbeiterinnen bis über beide Ohren in Emil verliebt waren.

»Unmöglich«, sagte er, noch kauend, während sich das bereitstehende Mädchen beeilte, ihm noch eine weitere Portion aufzulegen.

»Was?«, fragte Carl. »Was ist unmöglich?«

»Die Situation«, sagte Emil kauend. »Martha wird immer ganz nervös, sobald sich der Himmel zuzieht.« Dann legte er sein Besteck beiseite und sah seinen Bruder an. »Ich meine das ganz im Ernst«, sagte er. »Du gehst ein hohes Risiko ein mit deiner Lagerung im Hof. Und immer, wenn es regnet, ist die Ware im Gefahr.«

»Dafür haben wir ja die Planen, um dann schnell abzudecken, und das hat bisher auch immer funktioniert«, verteidigte sich Carl, der es nicht mochte, wenn ihn jemand kritisierte. Gleichwohl wusste er, dass sein Bruder recht hatte. Und obendrein tat es den Produkten nicht gut, wenn sie schwankenden Temperaturen ausgesetzt und teilweise sogar zu feucht gelagert wurden.

»Deswegen sollten wir bauen«, sagte er dann geradeheraus. »Und ich habe auch schon eine Idee, wo.« Er sah seine Frau bittend an. »Begleitest du mich nach dem Essen zu einem Spaziergang?«

Josephine lächelte. »Sicher.«

Sie liebte die gemeinsamen Abendspaziergänge mit Carl. Dann, und nur dann, hatten sie wirklich Zeit füreinander und dafür, den anderen an den eigenen Gedanken teilhaben zu lassen. Pläne zu schmieden. Und gemeinsam zu träumen.

Carl führte seine Frau in Richtung Süden und machte vor einer großen Wiese halt. »Hier«, sagte er feierlich. »Das könnte das neue Grundstück der Dr. Meister Werke werden.«

»Es ist … groß«, sagte sie. »Sehr groß.«

»Und wir werden auch bald groß sein«, sagte er. »Hör zu, Liebling. Der Vanillepudding ist nur der Anfang. Ich kann ihn auch in anderen Geschmacksrichtungen herstellen. Und du kannst dir die entsprechenden Werbeanzeigen dafür ausdenken. Und dann…«

»Und dann werden wir wachsen und wachsen und wachsen.«

»Gefällt dir der Gedanke denn nicht?«, fragte er besorgt. »Normalerweise bin ich doch derjenige, der zögert.«

»Ach«, sagte sie, »natürlich gefällt mir der Gedanke. Aber natürlich macht er mir auch Angst.«

Carl schluckte. Angst, die hatte er auch. Und er wusste, dass sein Glück mit Josephine auf Sand gebaut war. Wenn sie herausbekäme, was er getan hatte und dass ihn die Vergangenheit nun einholte … Schnell schob er den Gedanken wieder beiseite.

»Wir haben keine andere Wahl, Phinchen«, sagte er zärtlich, während sie Hand in Hand über das Grundstück schlenderten, auf dem, wenn es nach ihm ging, einmal ihre Fabrik stehen sollte. »Wir müssen für die Puddingproduktion mindestens zehn neue Leute einstellen. Wo sollen die arbeiten? Und mein Bruder hat schon recht, was die Lagerung betrifft. Das geht einfach nicht, was wir da machen.«

»Das stimmt«, gab sie ihm recht. »Aber das Problem muss

doch jetzt schon gelöst werden. Nicht erst in ein, zwei Jahren oder wie lange es auch immer dauern mag, eine Fabrik zu errichten.«

»Da hast du allerdings recht«, sagte er nachdenklich. »Wir brauchen sofort eine größere Fläche.«

»Vielleicht können wir übergangsweise in die Hallen von Spielzeug Vogel ziehen?«, überlegte sie. »Der alte Herr Vogel war neulich erst wieder bei mir in der Apotheke und hat darüber geklagt, dass er einfach niemanden findet, der seine Fabrik übernehmen will.«

»So schade, dass er keinen Nachfolger findet«, murmelte Carl. »Da baut man ein Imperium auf und hat dann niemanden, der es weiterführt. Na, das kann uns zum Glück nicht passieren.« Er küsste sie. »Wir haben Julius.«

»Eben«, murmelte sie. Er hatte ein schwieriges Thema angesprochen. Josephine hatte sich immer viele Kinder gewünscht, ein Haus voller Lachen, doch sie wurde einfach nicht schwanger. Sie hatte längst mit Carl darüber sprechen wollen, auch über die Frage, woran es liegen konnte, doch da er das Thema nie von sich aus angeschnitten hatte, hatte sie bisher geschwiegen. Nun aber schien ihr ein guter Moment gekommen. Sie nahm ihren ganzen Mut zusammen und stieß dann hervor: »Wo wir gerade von Julius sprechen …«

»Ja?« Fragend sah er sie an.

»Nun, findest du nicht, dass es schön wäre, wenn er noch ein Geschwisterchen bekäme?«

Fast erstaunt sah er sie an. »Natürlich wäre das schön«, sagte er dann. »Mehr als schön.« Hoffnung flackerte in seinem Blick auf. »Bist du etwa …«

Doch sie schüttelte den Kopf. »Nein«, flüsterte sie und öffnete gerade den Mund, um sich ihm anzuvertrauen, da legte er liebevoll den Arm um sie, zog sie an sich und sagte: »Um ehrlich zu sein bin ich ganz froh, dass du nicht in anderen Umständen bist, auch, wenn ich mich natürlich sehr darüber gefreut hätte, wieder Vater zu werden.«

Ein wenig gekränkt sah sie ihn von der Seite an. »Warum?«

»Wir werden all unsere Kraft für den weiteren Aufbau der Firma brauchen«, sagte er. »Inzwischen habe ich mich daran gewöhnt, eine solch kluge und geschäftstüchtige Frau an meiner Seite zu haben. Ich bin froh, dass du dich der Erweiterung unseres Unternehmens mit ganzer Kraft widmen kannst.«

Während sie weitergingen, starrte Josephine nachdenklich vor sich hin. Eigentlich, dachte sie, war sie weit gekommen. Sie spielte im Unternehmen eine wichtige Rolle und wurde von ihrem Mann als gleichwertige Partnerin akzeptiert. Aber bedeutete das denn, dass man auf das Muttersein verzichten musste, zumindest ein Stück weit? War ihre ausbleibende Schwangerschaft die Strafe dafür, dass sie sich gegen das so altvertraute Rollenbild auflehnte? Wollte sie zu viel?

Als die Zweifel sie zu übermannen drohten, rief sie sich energisch zur Vernunft. Das waren sicher nur die Nerven, die hier mit ihr durchgehen wollen. Sie sah ihren Mann an, um ihm zuzustimmen, da erblickte sie hinter ihm ein Gesicht, das sie inzwischen schon fast vergessen hatte. Sie zuckte zusammen.

»Carl«, keuchte sie. »Dreh dich um. Siehst du den Mann?«

»Welchen Mann?« Er wandte den Kopf.

Für einen Moment befürchtete Josephine, der Mann würde sich in Luft auflösen, wie er schon einmal verschwunden war, als sie Carl auf ihn hatte aufmerksam machen wollen. Doch er war noch da, kam nun sogar auf sie zu. Er deutete ein Lächeln an und verneigte sich leicht.

»Gestatten? Matthias Wohlgemut. Mir gehört dieses Grundstück. Ihre Frau und ich hatten schon einmal das Vergnügen – genau hier.«

Erstaunt sah Carl Josephine an. »Ihr kennt euch?«

Auch Josephine war verwirrt, doch dann begann sie zu begreifen, was der Mann meinte: »Das war hier?«, stieß sie hervor und sah sich um. Herr Wohlgemut nickte.

»Genauer gesagt am anderen Ende des Grundstücks.«

Er deutete mit dem Kinn in die Richtung, und tatsächlich erkannte Josephine den Stumpf, auf dem sie in ihrer Verzweiflung nach dem Streit mit Carl gekauert, und den Baum, an dem er gelehnt hatte.

In ihrem Kopf überschlugen sich die Gedanken. Hatte der Mann sie gar nicht verfolgt, sondern sich einfach nur auf seinem Grundstück aufgehalten? Litt sie unter Verfolgungswahn?

»*Was* war hier?«, mischte sich Carl mit deutlicher Verärgerung ein. »Kann mich mal jemand aufklären?«

Josephine schluckte. Es war ihr unangenehm, ihn vor diesem Mann an den Abend ihres Streits zu erinnern, doch sie hatte keine andere Wahl.

»Erinnerst du dich noch an den Tag, an dem wir das erste Mal Backpulver verkauft haben?«, fragte sie vage. »Ich war sehr durcheinander und habe einen langen Spaziergang gemacht …«

»Natürlich erinnere ich mich daran«, unterbrach Carl sie. Offensichtlich war ihm ebenfalls nicht daran gelegen, den Grund für ihren Spaziergang vor diesem Fremden offenzulegen.

»Nun, ich bin eine ganze Weile herumgelaufen und schließlich hier auf dieser Wiese gelandet. Ich hätte sie nicht wiedererkannt.«

»Und da haben Sie beide sich kennengelernt?«, fragte Carl, dem das Misstrauen immer noch ins Gesicht geschrieben stand.

»Kennengelernt ist zu viel gesagt«, erklärte der Mann. »Wir haben uns … gesehen.«

»Das klingt merkwürdig«, sagte Carl.

»Es war auch merkwürdig.« Josephine entschloss sich zur Offenheit. »Sie standen nur da und haben mich angestarrt. Und als ich Sie angesprochen habe, haben Sie sich einfach umgedreht und sind fortgegangen.«

»Offen gestanden haben Sie mich ein wenig eingeschüchtert. Sie sind auf mich losgegangen wie eine Furie!«

»Ja, weil Sie mich verfolgt haben!« Nun war sie wirklich wütend.

»Ich?«, fragte Herr Wohlgemut und wirkte ehrlich erstaunt. »Wann habe ich Sie denn verfolgt? Ich hatte Sie zuvor noch nie gesehen!«

»Und ob Sie das haben! Sie lügen!« Josephine sah ihren Mann

empört an. »Als ich die Schaufenster dekoriert habe, ganz zu Beginn, habe ich dir doch gesagt, dass da ein Mann steht und mich beobachtet.« Sie wies auf Herrn Wohlgemut. »Das war er!«

»Das waren Sie?«, fragte Carl Meister.

»Nein«, behauptete Wohlgemut. »Wie gesagt, ich hatte Sie zuvor noch nie gesehen.«

Josephine schnaubte. Die Wut, die immer dann in ihr emporkochte, wenn ihr etwas nicht gelang oder wenn sich jemand ungerecht verhielt, loderte auch jetzt wieder.

»Sie waren doch zuvor auch in unserer Apotheke, als wir unser Backpulver eingeführt haben! Ich habe Sie ganz deutlich erkannt. Und auch da haben Sie mich so merkwürdig angestarrt.«

Herr Wohlgemut öffnete den Mund, um etwas zu entgegnen, da schlug er sich plötzlich mit der flachen Hand gegen die Stirn. »Ich Esel!«, rief er.

Josephine starrte ihn irritiert an.

Wohlgemut lachte, fasste sich dann und sagte: »Ich bin aber auch wirklich sehr begriffsstutzig. Dabei kenne ich Situationen wie diese doch nur allzu gut. Das war nicht ich. Das muss mein Zwillingsbruder gewesen sein.«

»Ihr Zwillingsbruder?«, riefen Carl und Josephine wie aus einem Mund.

Herr Wohlgemut nickte finster. »Er ist Inhaber der hiesigen Brunnenbäckerei«, sagte er knapp.

»Jetzt wird mir einiges klar«, sagte Josephine.

»Und mir wird immer weniger klar«, schimpfte Carl. »Könntest du mich mal aufklären?«

»Später, Liebling«, murmelte sie und sah dann Herrn Wohlgemut an. »Ich muss mich bei Ihnen entschuldigen. Sie müssen mein Verhalten wirklich ausgesprochen merkwürdig gefunden haben.«

»Nun, wo ich die Hintergründe kenne, kann ich Sie besser verstehen«, sagte er. »Ich vermute mal, dass mein Bruder von Ihrem Backpulver alles andere als begeistert ist. Schließlich werben Sie ja damit, dass damit jede Hausfrau zum Konditor wird.«

»Bäcker Müller hat damit keine Probleme«, knurrte Carl, und bei der Erwähnung dieses Namens wurde er wieder daran erinnert, dass Josephine offenbar daran gewohnt war, Geheimisse vor ihm zu haben. Wobei er ja selbst …

»Wissen Sie denn nicht, ob es Ihren Bruder stört?«, fragte Josephine, doch Herr Wohlgemut schüttelte den Kopf.

»Wir haben keinen Kontakt«, sagte er kurz angebunden. Dann wandte er sich an Carl und fügte hinzu: »Aber wenn ich es richtig mitbekommen habe, sind Sie als Interessent hier?«

»Ja.« Carl zwang sich zur Ruhe. »Ich habe gehört, dass das Grundstück zum Verkauf steht. Ich benötige dringend Erweiterungsflächen für meine Fabrik. Sie sind also der Eigentümer?«

Herr Wohlgemut nickte. »Ja. Mein Großvater hat auf dem Feld noch sein eigenes Korn angebaut. Mein Vater hat den landwirtschaftlichen Betrieb dann zurückgefahren und sich voll auf die Bäckerei konzentriert.«

»Woher hat er dann sein Korn bekommen?«

»Er hat es eingekauft«, erklärte Matthias Wohlgemut. »Es lohnte sich nicht mehr, es selbst anzubauen, es war zu viel Arbeit, zumal das Korn ja auch noch gemahlen werden musste. Mein Vater und ich haben die Bäckerei dann zusammen ausgebaut, immer mehr ganz besondere Backwaren angeboten. Ich bin eigentlich Konditormeister, müssen Sie wissen.«

»Aber …«, setzte Josephine an. Sie hatte so viele Fragen. Warum Herr Wohlgemut nicht mehr in der Bäckerei arbeitete. Und ob er, wenn er doch Konditormeister war, Carl und seinem Backpulver nicht auch feindlich gegenüberstand. Doch sie schluckte die Fragen herunter.

Mit halbem Ohr bekam sie mit, dass die beiden über den Verkaufspreis sprachen und Carl Herrn Wohlgemut anvertraute, dass er sofort Raumbedarf habe, der Bau aber noch einiges an Zeit beanspruchen würde.

»Da kann ich Abhilfe schaffen«, sagte Herr Wohlgemut. »Ich habe auch den Hof meines Großvaters geerbt. Dort stehen noch einige landwirtschaftliche Gebäude, die ich nicht benötige. Sie sind sicherlich alles andere als komfortabel. Aber als Zwischenlösung funktioniert es allemal.«

»Das wäre großartig«, rief Carl begeistert. »Wann können wir uns die Räumlichkeiten ansehen? Wie wäre es morgen während der Mittagspause?«

»Wunderbar. Ich erwarte Sie um ein Uhr auf meinem Hof.«

Er nannte ihnen noch die Adresse, verabschiedete sich von Carl mit einem Handschlag und von Josephine mit einem Handkuss und war verschwunden.

29. Kapitel

·· Bielefeld, Juli 1894 ··

Ich kam mir vor wie ein Idiot«, rief Carl wütend, als er sich sicher sein konnte, dass Herr Wohlgemut zu weit weg war, um sie zu hören. »Und das ist nicht das erste Mal! Ich weiß auch, dass du Bäcker Müller heimlich Geld gegeben hast. Und dass ich es nicht wissen sollte.«

Josephine erschrak. Wenn er nun auch noch von ihrer Spende an die Müllers erfahren hatte, verstand sie seine Wut. Er musste sie für eine riesige Heimlichtuerin halten.

»Mir ist klar, dass es ein Fehler war, dir nichts zu sagen.«

»Ich habe es satt, Josephine«, tobte er. »Ständig deine Eigenmächtigkeiten. Du triffst Entscheidungen, ohne mich einzubeziehen, und offenbar gibt es auch noch eine Menge mehr, von dem ich nichts weiß.«

Wieder schob er den Gedanken, dass auch er Geheimnisse hatte, vehement zur Seite. Wenn er ehrlich war, war er in gewisser Weise sogar erleichtert darüber, dass sie ihm auch nicht alles sagte. Es linderte sein schlechtes Gewissen ein klein wenig, auch wenn er aus ganzem Herzen hoffte, dass sie nicht das Gleiche getan hatte wie er.

Josephine dachte indes mit Unbehagen an den Besuch bei der Frauenrechtsbewegung, mit deren Mitgliedern sie immer noch in Kontakt stand. Anna Eick und die anderen Damen wollten sie überreden, in Bielefeld ebenfalls eine Gruppe zu etablieren. Das wäre nun sicherlich alles andere als der perfekte Moment, um darüber zu sprechen.

»Darf ich es dir erklären?«, fragte sie zaghaft, nachdem sie eine Weile lang schweigend nebeneinanderhergegangen waren.

»Na, auf diese Erklärung bin ich gespannt«, brummte Carl.

»So viel gibt es da eigentlich gar nicht zu erzählen«, sagte sie und berichtete ihm von den Begegnungen mit dem seltsamen Mann.

»Und du hast es nicht für nötig befunden, deinen Gatten darüber zu informieren?«, fragte er bitter, als sie fertig war.

»Das wollte ich«, versicherte sie. »Aber zum einen hatte ich ein wenig Angst, mich vor dir lächerlich zu machen. Das erste Mal, als ich den Mann gesehen und dich auf ihn aufmerksam gemacht hatte, war er dann ja auch verschwunden. Und nach der Feier hatten wir den schrecklichen Streit.«

»Aber es war ja nun gar nicht der Mann, sondern Herr Wohlgemut«, sagte Carl.

»Scheint so«, erwiderte Josephine. »Wobei mir das ganze schon etwas merkwürdig vorkommt. Irgendwie traue ich diesem Herrn Wohlgemut nicht.«

Sie war stehen geblieben und sah Carl eindringlich von der Seite an.

Der zögerte, strich ihr dann aber sanft über die Wange. »Das klingt alles plausibel, was du mir erzählst. Aber warum hast du denn so seltsam reagiert, als Herr Wohlgemut von seinem Bruder sprach?«

»Seinen Bruder habe ich noch nie gesehen. Aber als ich in der Bäckerei war und versucht habe, Kuchen für unsere Eröffnung zu bekommen – nachdem ich die Absage von der Bäckerei Müller erhalten hatte –, traf ich seine Frau. Und die ließ keinen Zweifel daran, was sie von uns hält.«

»Und deshalb haben sie uns damals auch keine Kuchen gegeben, und wir haben selbst gebacken?

Josephine schluckte. »Ja.«

»Dann hast du mir ins Gesicht gelogen«, sagte er traurig.

»Das … ich habe es dir nur nicht erzählt.«

»Hast du für dein Schweigen auch eine Erklärung?«, murmelte er verärgert, und wie immer, wenn er wütend war, trat der etwas knurrige, brummige Mann an Stelle des zärtlichen, leidenschaftlichen und sprudelnden Carl, den sie so liebte. Manchmal hatte sie wirklich das Gefühl, dass zwei Männer in ihm steckten.

»Nur meine Liebe«, sagte sie leise. »Es war der Tag der Markteinführung des Backpulvers, du warst furchtbar aufgeregt. Hätte ich dir da sagen sollen, dass uns seitens des ortsansässigen Bäckers ein solcher Hass entgegenschlägt?«

»Ja, das hättest du«, sagte er.

»Ich …«

»Im Einzelnen verstehe ich all dein Handeln und all deine Motive«, unterbrach er sie. »Aber es ist nun schon so oft vorgekommen, dass du mich nicht einbeziehst, etwas tust, ohne mit mir

Rücksprache zu halten, dass du mich nicht teilhaben lässt. Aus welchen Motiven auch immer, Josephine.«

»Aber …«

»Ich möchte nun erst einmal allein sein«, sagte er kühl. »Und morgen zu dem Termin mit Herrn Wohlgemut wirst du mich nicht begleiten.«

»Carl, bitte!« Sie griff nach seinem Arm, doch er schüttelte sie unwillig ab.

»Nein, Josephine«, erwiderte er. »Wie ich dir schon sagte: Ich möchte jetzt gerne allein sein.«

Fassungslos blieb Josephine auf dem Feld zurück, auf dem sie schon einmal gesessen hatte, voller Verzweiflung und nicht wissend, wie es weitergehen sollte. Auf dem Feld, auf dem nun vielleicht bald ihr neues Firmengebäude stehen würde. Was sollte sie nur tun? Es war nicht in Ordnung, wie er sie behandelte. Das konnte, das *wollte* sie sich nicht gefallen lassen. Ja, sie hätte vielleicht offener mit ihm sein sollen, aber er tat nun gerade so, als hätte sie ihn mit einem anderen Mann betrogen! Es gab schließlich einen guten Grund, warum sie ihm nicht immer alles sagte. Sie wusste, dass er manchmal sehr reizbar war, wenn nicht sogar jähzornig, und Dinge durchaus auch einmal falsch auffasste. Dann hatte sie keine Chance, an ihn heranzukommen. Während sie auf die Stelle starrte, an der ihr Mann verschwunden war, fragte sie sich mit einem Mal, ob sie ohne Carl vielleicht besser dran wäre. Dann jedoch verwarf sie den Gedanken sofort wieder. Meistens war sie doch sehr glücklich mit ihrem Mann. Doch klar war, dass sie sich sein Verhalten nicht gefallen lassen und ihm Grenzen aufzeigen musste. Sonst, fürchtete sie, würden seine Ausbrüche mit den Jahren womöglich noch schlimmer werden.

....

Verweint kam Josephine eine halbe Stunde später zu Hause an. Julius schlief schon längst, und sie ging davon aus, dass sich auch Nanette und die anderen bereits in ihre Gemächer zurückgezogen hatten. So würde sie wenigstens keine besorgten Blicke ernten. Ihre Hoffnung, Carl vorzufinden und mit ihm noch einmal ein klärendes Gespräch führen zu können, zerschlug sich. Er war weder in der Apotheke noch im Wohn- oder Schlafzimmer. In der Küche fand sie Martha vor, die am Tisch saß und in einem Kochbuch blätterte.

»Martha«, sagte sie mit zitternder Stimme. »Was machst du denn hier?«

Die junge Frau blickte auf und erhob sich erschrocken, als sie die aufgelöste Josephine erblickte. »Auch wenn ich meinen Beruf in der Fabrik liebe – ich liebe auch das Kochen und lese mir nach Feierabend gern mal Rezepte durch«, erklärte sie und zog Josephine herein. »Was ist denn nur geschehen?«

»Carl und ich haben uns furchtbar gestritten«, sagte Josephine und brach in Tränen aus. Und in diesem Moment waren sie nicht Dienstherrin und Arbeiterin, sondern Freundinnen. Josephine ließ sich auf ihren Stuhl am Küchentisch sinken und verbarg das Gesicht in den Händen.

»Nun erzähl.«

Während Josephine Martha alles anvertraute, machte diese sich am Herd zu schaffen und stellte wenig später eine dampfende Tasse Kakao und Gebäck auf den Tisch.

Unter Tränen lächelnd nahm Josephine einen Schluck. »Früher habe ich immer deiner Tante mein Herz ausgeschüttet und nun dir. Und sie hat mir auch immer Kakao gemacht und Gebäck hingestellt.«

»Ich weiß«, sagte Martha schmunzelnd. »Manche Dinge ändern sich nie.«

»Ach Martha«, seufzte Josephine. »Was soll ich nur tun?«

»Ihn um Verzeihung bitten«, sagte Martha ernst.

»Ihn um Verzeihung bitten?«, begehrte Josephine auf. »Wenn, dann sollte er mich um Verzeihung bitten.«

»Tu es trotzdem, wenn dir etwas an ihm liegt«, riet Martha. Ich glaube, es ist für einen Mann nicht einfach mit einer so selbstständigen Frau wie dir.«

»Das weiß ich ja«, murmelte sie.

»Und Josephine, du solltest ihn nicht nur um Verzeihung bitten, sondern ihm auch verzeihen.«

Josephine nickte. »Ich denke, das kann ich. Aber was, wenn *er* weiterhin so ärgerlich ist?«, fragte sie bang.

»Oh, das wird er nicht«, war sich Martha sicher. »Denn er liebt dich und kann dir gar nicht lange böse sein.«

»Hoffentlich hast du recht.«

»Aber was mache ich mit der Frauenrechtssache?«, fragte Josephine. »Davon weiß er noch nichts. Wenn ich ihm das jetzt auch noch sage … Und so aufgeschlossen er auch sein mag, so glaube ich nicht, dass es ratsam ist, ihm ausgerechnet jetzt mit diesem Thema zu kommen. Andererseits wollte ich ihm ja nichts mehr verschweigen.«

Martha sah sie nachdenklich an. »Das ist wirklich eine schwierige Frage«, sagte sie dann. »Aber eigentlich ist ja nichts passiert. Im Grunde genommen hast du einen Abend mit ein paar Frauen verbracht. Und das ist einige Zeit her.«

»Na ja …«, setzte Josephine an, schwieg dann aber. Dass sie in regem Kontakt mit Anna stand, die Gruppe immer besuchte, wenn sie in Berlin war, und dass sie sogar heimlich deren Plakate gestaltete, brauchte Martha nicht zu wissen.

»Ich glaube, ich würde es auch nicht riskieren, ihm das jetzt zu sagen«, meinte Martha. »Auch, wenn es eigentlich richtig wäre. Aber«, fügte sie mit einem kecken Lächeln hinzu: »Jede Frau sollte ihr kleines Geheimnis haben.«

Sie hatte die ganze Nacht wach gelegen, aber Carl war nicht gekommen. Und zwar nicht nur nicht ins Schlafzimmer: Er war überhaupt nicht nach Hause gekommen. Am nächsten Morgen fand Josephine ihren Mann weder in der Apotheke noch im Wohnzimmer oder sonst wo im Haus vor. Beim Frühstück wich sie Charlottes besorgten und Emils neugierigen Fragen aus und erklärte, Carl sei schon früh aufgestanden, um in sein Labor zu gehen, dann eilte sie mit wild klopfendem Herzen nach unten. Inzwischen war er sicherlich eingetroffen. Carl hatte seine Apotheke noch nie im Stich gelassen. Wenn er das Geschäft allerdings nicht pünktlich öffnen würde, dann wäre ihm etwas zugestoßen, das war sicher. Zwar stand er schon lange nicht mehr selbst hinter der Ladentheke, doch er war jeden Morgen zur Stelle, um dann in sein Labor zu verschwinden.

Doch von Carl keine Spur! Stattdessen war ausgerechnet Helene dabei, das Geschäft aufzuschließen und alles für die Öffnung vorzubereiten. Die hatte ihr gerade noch gefehlt. Josephine konnte Helene nicht leiden, denn diese biederte sich auf unverschämte Weise bei ihrem Mann an und ließ keinen Zweifel daran, wie sehr er ihr gefiel. Sie ärgerte sich maßlos über das Verhalten ihrer Angestellten.

»Guten Morgen, Helene«, sagte sie kühl. »Haben Sie meinen Mann gesehen?«

Täuschte sie sich, oder errötete Helene leicht, bevor sie ebenso kühl erwiderte: »Verzeihen Sie, aber sollten Sie nicht selbst am besten wissen, wo sich Ihr Gatte befindet?«

Die Frage war eine Unverschämtheit, und beide wussten es. Josephine öffnete den Mund, um Helene zurechtzuweisen, schloss ihn dann aber wieder. Sie hatte im Moment wirklich andere Sorgen. Hastig ging sie wieder nach oben, um Frau Rentlein mitzuteilen, dass sie und Carl zum Mittagessen nicht da sein würden. Sie hatte einen Plan: Wenn Carl sich bis mittags nicht in der Apotheke blicken ließ, würde sie zu Wohlgemuts Hof gehen. Zu diesem wichtigen Termin musste er kommen. Wenn er dort ebenfalls nicht erschien, dann würde sie zur Polizei gehen.

30. Kapitel

·· Bielefeld, Juli 1894 ··

Mit einem sehr mulmigen Gefühl im Magen machte Josephine sich auf den Weg zu Wohlgemuts Gehöft. Sie brauchte länger als gedacht, so dass sie erst zehn Minuten nach der verabredeten Zeit vollkommen außer Atem dort eintraf. Doch sie hatte sich schnell orientiert: Neben dem offensichtlich bewohnten und etwas heruntergekommen wirkenden Bauernhaus befanden sich rechts und links zwei große Scheuen – in einer der beiden vermutete sie die beiden Männer oder zumindest Herrn Wohlgemut, denn ob Carl gekommen war, stand ja sehr in Frage.

Inzwischen raste ihr Herz regelrecht, und sie zwang sich, ruhig zu atmen, als sie die Tür aufstieß. Tatsächlich. Herr Wohlgemut stand mitten im Raum und neben ihm – Carl. Die beiden Herren hatten ihr den Rücken zugewandt und bemerkten sie nicht, was Josephine die Möglichkeit gab, sich etwas zu fassen. In diesem Moment stürzte alles auf sie ein. Erleichterung, die so groß war, dass ihr fast die Beine nachgaben. Und dann die schon altbekannte lodernde Wut. Was bildete er sich eigentlich ein, die ganze Nacht nicht nach Hause zu kommen, sie verrückt vor Sorge zurückzulassen und dann hier einfach aufzutauchen, als sei nichts geschehen?

Gut, sie hatte ihm nicht die Wahrheit gesagt, aber was er ihr nun angetan hatte – und sei er noch so wütend –, das war unverzeihlich.

Beruhige dich, befahl sie sich. Dann holte sie tief Luft und ging auf die beiden Männer zu, wohl wissend, dass Carl, obwohl er ihr untersagt hatte, dabei zu sein, niemals eine Szene vor Herrn Wohlgemut machen würde.

»Guten Tag«, sagte sie. Carl fuhr herum und starrte sie an, wütend, aber auch … schuldbewusst. Dann war ihm also durchaus bewusst, dass er sich danebenbenommen hatte.

Sie warf ihm einen eisigen Blick zu und wandte sich dann mit einem Lächeln an Herrn Wohlgemut, der ihr die Hand küsste.

»Bitte verzeihen Sie die Verspätung«, sagte sie. »Ich musste mich noch um unseren Sohn kümmern.«

»Aber das macht doch nichts, Gnädige Frau«, versicherte Matthias Wohlgemut. »Ihr Mann und ich sind auch schon beinahe fertig.«

»Ja«, sagte Carl, ohne sie eines Blickes zu würdigen. »Die Fläche würde für die Produktion ausreichen. Es ist hell, trocken und geräumig.«

»In der Tat«, pflichtete Herr Wohlgemut ihm bei. »Die Fenster habe ich erst kürzlich einbauen lassen. Ich hatte überlegt, das Gebäude zu Wohnzwecken auszubauen und dann zu vermieten.«

»Eine gute Idee«, lobte Josephine, ihren Mann nun ebenfalls ignorierend. »Und wollen Sie diese Pläne nun fallenlassen?«

Wohlgemut schüttelte den Kopf. »Ich habe zwar den Hof und das Feld geerbt, aber damit lässt sich kein Geld verdienen, und da ich in meinem Beruf als Bäcker nicht mehr arbeiten kann, fehlen mir die Mittel, um den Ausbau weiter voranzutreiben.«

»Deshalb verkaufen Sie auch das Feld«, erkannte Josephine.

»Ganz richtig«, sagte Wohlgemut. »Und von dem Erlös wird dann die Scheue renoviert.«

»Aber Sie müssten doch nicht auf uns warten. Sie bekommen das Geld doch mit dem Verkauf, also lange bevor unsere Fabrik fertig ist«, platzte Josephine heraus, woraufhin sie einen eisigen Blick Carls erntete.

Sie biss sich auf die Lippen. Schon wieder so eine unbedachte Bemerkung. Sie war allerdings viel zu wütend, um ein schlechtes Gewissen zu haben.

»Aber Ihre Frau hat doch recht«, sprang Wohlgemut, der den Blickwechsel wohl bemerkt hatte, ihr zur Seite. »Das ist mir vollkommen klar. Ich schätze Ihre Ehrlichkeit, Gnädige Frau, und will ebenso ehrlich sein. Ehrlichkeit ist die Grundlage einer jeden Geschäftsbeziehung.«

Josephine starrte ihn an. Hatte er ihr Gespräch am gestrigen Abend belauscht, bei dem Carl ihr mangelnde Ehrlichkeit vorgeworfen hatte?

Herr Wohlgemut sprach indes ungerührt weiter. »Ich handle nicht ohne Hintergedanken. Sie haben deutlich gemacht, dass Sie sofort Räume brauchen, und auch die alte Spielzeugfabrik ins Spiel gebracht, die Sie sicherlich bekommen würden. Dann würde meine Scheune hier weiter leer stehen, ich würde keine

Miete bekommen, und vielleicht würden Sie dann gar nicht erst bauen, sondern in der Spielzeugfabrik bleiben. Dann säße ich weiter auf meinem Grundstück.«

Josephine sah, dass ihr Mann Herrn Wohlgemut einen überraschten Blick zuwarf – vermutlich, weil der so ehrlich und offen gesprochen hatte.

»Das klingt plausibel, lieber Herr Wohlgemut«, sagte Carl und streckte ihm die Hand entgegen. »Wenn es geht, würden wir so schnell wie möglich einziehen und dann auch sofort mit der Planung des Neubaus beginnen. Ich denke, wir sind uns handelseinig.«

• • • •

Josephine und Carl traten den Heimweg schweigend an.

»Ich hatte dir gesagt, dass ich nicht will, dass du dabei bist«, stieß Carl schließlich hervor.

»Ach ja?« Wütend blieb sie stehen und stemmte die Hände in die Hüften. »Aber du hast mir nicht gesagt, dass du die ganze Nacht fortbleiben würdest. Ich habe mir schreckliche Sorgen um dich gemacht, vor allem, als du heute Morgen nicht zur Arbeit erschienen bist. Das gab es noch nie!«

Plötzlich blickte Carl sehr schuldbewusst drein.

»Ich bin nicht gekommen, um dich zu ärgern, Carl«, rief sie wütend. »Ich bin gekommen, weil ich Angst um dein Leben hatte. Beinahe wäre ich schon heute Morgen zur Polizei gegangen, aber dann wollte ich keine unnötige Aufregung verursachen. Das hätte sich rumgesprochen und wäre dir sicher nicht recht gewesen. Ich hatte solche Angst um dich, Carl.«

Nun brach sie wirklich in Tränen aus. Schluchzend schlug sie die Hände vors Gesicht.

»Es tut mir leid«, sagte er leise, und sie sehnte sich danach, dass er sie in die Arme zog. Doch er tat es nicht.

»Ich habe um dein Leben gefürchtet. Wo warst du die ganze Nacht?«

»Ich … bin herumgelaufen.«

Sie wischte sich die Tränen aus den Augen.

»Das glaube ich dir nicht«, sagte sie dann. »Kein Mensch läuft die ganze Nacht herum.« Sie starrte ihn an. »Wo warst du, Carl? Sag es mir!«

Er schüttelte den Kopf. »Ich kann es dir nicht sagen.« Verlegen senkte er den Blick.

»Also bist du doch nicht herumgelaufen«, stellte Josephine fest. »Das heißt, auch du hast mir gerade eben ins Gesicht gelogen. Und du hast es gewiss nicht aus Liebe getan. Bitte entschuldige, aber jetzt bin ich es, die allein sein muss.«

Während sie davonstürmte, überschlugen sich ihre Gedanken.

War Carl bei einer anderen Frau gewesen? Vielleicht sogar in einem … Etablissement wie jenem, in dem Martha früher tätig gewesen war? Oder hatte er längst eine andere?

Plötzlich tauchte das Gesicht einer jungen, blonden Frau vor ihr auf. Hatte diese nicht ausgesprochen merkwürdig reagiert, vorhin, als sie nach Carl gefragt hatte?

»Helene!«, keuchte sie erschrocken und schlug sich die Hand vor den Mund.

....

»Das glaube ich nicht«, sagte Martha voller Überzeugung, als Josephine wenig später verzweifelt vor ihr stand und ihr von ihrem Verdacht erzählte. Sie war direkt zur Abfüllanlage geeilt und hatte Martha gebeten, eine kurze Pause einzulegen, da sie dringend mit ihr sprechen müsse.

»Aber wo soll er denn sonst gewesen sein, die ganze Nacht?«, rief Josephine, während sie nebeneinander durch die Stadt spazierten.

»Bei einem Freund?«, wandte Martha ein.

»Carl hat keine Freunde«, sagte Josephine. In der Tat war ihr Mann ein ziemlicher Eigenbrötler. Er lebte für seine Firma, verstand sich gut mit seinen Mitarbeitern, hatte aber ansonsten kaum soziale Kontakte.

»In einem Hotel?«, gab Martha nicht auf.

»Wenn das so wäre, hätte er es mir gesagt«, argumentierte Josephine. »Er hätte dann nicht behaupten müssen, die ganze Nacht herumgelaufen zu sein.«

Sie zögerte und nahm all ihren Mut zusammen. Und dann fragte sie: »In dem Etablissement, in dem du … mal gearbeitet hast, konnten die Männer da die ganze Nacht bleiben?«

Martha wandte beschämt den Blick ab. »Nein. Aber ich habe auch … nun ja, es war nicht die Friedrichstadt. Da könnte das glaube ich schon so gewesen sein. Aber es wäre eben sehr teuer gewesen. Das kostet pro Stunde.«

Betrübt blickte Josephine vor sich hin. Also doch Helene.

Die Eifersucht raubte ihr fast die Luft zum Atmen.

»Josephine?«, drang Marthas Stimme leise an ihr Ohr.

»Ja?« Sie sah auf. Martha blickte verlegen drein. Plötzlich war Josephine nervös. Hatte Martha ihr etwas Unangenehmes zu sagen? Doch ihre nächsten Worte beruhigten sie.

»Ich möchte dich in der jetzigen Situation ungern noch zusätzlich mit meinen Sorgen belasten«, begann sie. »Aber wir sind so selten ganz unter uns, und …«

»Nur raus damit«, sprach Josephine ihr Mut zu. »Ist vielleicht ganz gut, wenn ich abgelenkt werde.«

Mit aller Macht versuchte sie, Helenes Bild fortzuschieben.

»Ich habe da eine große Bitte«, brachte Martha heraus. »Emil und ich, also … wir … er …«

Lächelnd unterbrach Josephine die Freundin. »Ich habe schon bemerkt, dass ihr einander sehr zugewandt seid«, sagte sie. »Und ich freue mich von Herzen für dich.« Sie nahm Marthas Hand. »Vielleicht werden wir ja irgendwann Schwägerinnen.«

Martha lief feuerrot an. »Es wäre mir nur lieb, wenn Emil nicht erführe, dass ich … nun ja …«

»Ich verstehe schon«, sagte Josephine rasch. »Und ich verspreche dir: Von mir wird er es nicht erfahren.«

»Ich weiß, dass das nicht recht ist«, sagte Martha. »Und ich habe dir ja selbst erst neulich geraten, keine Geheimnisse zu haben. Und da habe ich doch selbst ein viel größeres.«

»Das ist etwas anderes«, sagte Josephine. »Das kann man nicht vergleichen. Ich verspreche dir jedenfalls, dass kein Wort über meine Lippen kommen wird. Und außerdem hast du deinem Rat damals hinzugefügt, dass jede Frau ihr kleines Geheimnis hat.«

»Danke!«, sagte Martha und drückte ihre Hände.

• • • •

Josephine hatte Angst vor dem Abendessen gehabt, bei dem sie Carl nicht ausweichen konnte, und war froh, dass ihre Mutter und Emil mit am Tisch saßen.

Carl schien sich ebenso unbehaglich zu fühlen wie sie, als er nun etwas umständlich ihr gegenüber Platz nahm. Zum Glück hatten sie ein Gesprächsthema: Emil platzte beinahe vor Neugierde, wie das Treffen mit Herrn Wohlgemut verlaufen war, wollte alles ganz genau wissen und am liebsten schon Umzugspläne schmieden. Josephines Mutter hingegen war ungewöhnlich schweigsam, und Josephine bemerkte, dass sie sowohl Carl als auch sie verstohlen musterte. Charlotte Behn war eine feinfühlige Frau und bemerkte sofort, wenn etwas nicht stimmte. Um ihren drängenden Fragen auszuweichen und in der Hoffnung, sich schlafend stellen zu können, wenn Carl ins Bett käme, entschuldigte Josephine sich gleich nach dem Essen. Sie wolle sich zurückziehen, da sie fürchte, eine Erkältung zu bekommen, erklärte sie und lehnte Charlottes fürsorgliches Angebot, ihr eine Tasse Tee zu bringen, entschieden ab.

Ihre Hoffnung, einem Gespräch mit Carl zu entkommen, zerschlug sich jedoch, kaum dass sie erleichtert die Tür hinter sich geschlossen hatte: Sekunden später klopfte es, und ihr Mann kam herein.

»Ich habe den anderen gesagt, dass ich mich um dich kümmern möchte«, erklärte er. »Lass uns reden, Josephine«, bat er. »Es muss ja irgendwie weitergehen.«

Sie hob den Kopf und sah ihn an. »Ich habe eigentlich alles gesagt, was es zu sagen gibt. Du bist fortgegangen und hast mir erklärt, du könntest nicht mit Unwahrheiten leben. Nun stehen aber noch mehr Unwahrheiten im Raum. Und mit denen kann ich nicht leben.«

»Was meinst du?«

»Das weißt du sehr genau.«

Er stand mit hängenden Schultern vor ihr. »Letzte Nacht … Es tut mir leid, wenn ich dich in solche Angst versetzt habe. Das war nicht in Ordnung, und dafür entschuldige ich mich.«

»Es geht nicht nur darum«, sagte sie ruhig. »Es geht auch um die Frage, *wo* du letzte Nacht warst.«

Sie nahm all ihren Mut zusammen und sah ihm fest in die Augen, als sie fragte: »Warst du bei Helene?«

Er zuckte zusammen. »Bei Helene?«, fragte er dann. »Wie kommst du denn darauf?«

Er wirkte so erstaunt, dass ihr Zweifel kamen. Hatte sie ihn zu Unrecht verdächtigt?

»Nun, es ist offensichtlich, dass sie dir sehr zugetan ist«, sagte sie.

»Helene? Das habe ich gar nicht bemerkt«, behauptete er und sah ihr ins Gesicht. »Nein«, beteuerte er dann. »Ich war nicht bei ihr.«

»Wenn nicht bei Helene, wo warst du dann?«, ließ sie nicht locker.

»Im Gasthaus Buschkamp«, sagte er schlicht. »Du kannst gerne nachfragen, wenn du mir nicht glaubst.«

Zweifelnd sah sie ihn an. Carl wusste sehr genau, dass sie sich niemals so weit erniedrigen würde, im Gasthaus vorbeizugehen und nachzufragen. Andererseits glaubte sie ihm, dass er nicht bei Helene gewesen war, und eine andere Frau, bei der er die Nacht hätte verbringen können, wollte ihr nicht einfallen. Und außerdem hatte er einen Ruf zu verlieren. Undenkbar wenn sich herumspräche, dass Dr. Carl Meister etwa mit einer Prostituierten gesichtet wurde!

»Warum wolltest du mir dann vorhin nicht sagen, wo du warst?«, fragte sie.

»Weil du so wütend und so aufgebracht warst. Da habe ich ein wenig … stur reagiert.«

Nach wie vor skeptisch sah sie ihn an. »Es gibt jetzt zwei Möglichkeiten«, sagte sie schließlich. »Entweder wir verzeihen einander und schenken uns Vertrauen oder nicht. Wenn nicht, dann gibt es für uns keine gemeinsame Zukunft.«

Mit großen Augen sah er sie an.

»Das ist keine Alternative«, stieß er hervor und nahm ihre Hände in die seinen. »Ich liebe dich, mein Schatz. Eine Zukunft ohne dich wäre vollkommen sinnlos.«

Da löste sich eine Träne aus ihrem Augenwinkel und rollte über ihre Wange herab.

Es gab keine Sicherheit, sie würde vermutlich nie erfahren, ob Carl sie in der letzten Nacht betrogen hatte oder nicht. Aber sie konnten hier und jetzt einen Neuanfang wagen. Sich gegenseitig verzeihen und ihre Kraft auf den Ausbau ihres Unternehmens richten.

Sie hob die Hand und strich ihm sacht über die Wange. »Ich liebe dich auch, Carl«, sagte sie zärtlich. »Lass uns zusammen weitergehen.«

31. Kapitel

·· Bielefeld, Juli 1895 ··

Ein Jahr war seit ihrem Streit vergangen, und Josephine hatte das Gefühl, Carl nie näher und mit ihm nie glücklicher gewesen zu sein als jetzt. Helene hatte zu Josephines Erleichterung gekündigt, und während ein eigens eingestellter Apotheker namens Manfred Kleinhans die Kundschaft bediente – unterstützt von drei Helferinnen –, war Carl mit inzwischen zwanzig Mitarbeitern von morgens bis abends in Wohlgemuts Hallen, um die verschiedenen Pulver herzustellen. Er experimentierte mit neuen Geschmacksrichtungen, kontrollierte darüber hinaus die Mitarbeiter und sah zwischendurch in der Apotheke nach dem Rechten. Auch Josephine war den ganzen Tag über auf den Beinen und hatte dem kleinen Julius gegenüber schon ein richtig schlechtes Gewissen. Immerhin war sie mehr zu Hause als Carl: In dem größeren der beiden Hinterzimmer der Apotheke, das nun nicht mehr benötigt wurde, hatte sie ihr Atelier eingerichtet, in dem sie Plakate und Verpackungen entwarf und sich Texte überlegte, mit denen sie die Kunden zum Kaufen anregen konnte. Das verschaffte ihr auch hinsichtlich ihrer Zwickmühle mit den Plakaten für den Frauenverein etwas Luft. Immer wenn

Carl nicht vor Ort war, arbeitete sie heimlich an den Plakaten. Immer noch hatte sie ein schlechtes Gewissen. Nach ihrem Streit hatten Carl und sie einander einen Neuanfang versprochen, den sie allerdings und vollkommen gegen ihre Abmachung mit einem Geheimnis begann. Das war nicht in Ordnung, und sie wusste es. Aber sie wusste auch, dass es eigentlich schon zu spät war. Oder doch nicht?

Seufzend legte sie den Stift beiseite und schob das Plakat für das Frauenwahlrecht unter einen Stapel Papiere. Sie würde ihn heute von der Arbeit abholen, und vielleicht würde sie ja einen guten Ansatz finden, ihm von ihrem Engagement zu erzählen.

»Ich bin noch mal kurz weg, ich hole Carl ab«, rief sie durch das Treppenhaus. »Zum Abendessen sind wir aber pünktlich zurück.«

»Ist gut!«, antwortete Nanette von oben. »Julius und ich wissen uns zu beschäftigen.«

Lächelnd schloss Josephine die Haustür hinter sich. Sie hatte wirklich Glück mit ihrem Personal. Mit Nanette, Frau Rentlein, Jacob und Martha natürlich sowieso, aber auch mit den Mitarbeitern in der Apotheke und in der Fabrik. Sie legte großen Wert auf ein freundliches Miteinander – ebenso wie Carl, dem es wichtig war, seine Arbeiter fair zu behandeln und zu entlohnen. Niemals wollte er werden wie sein Onkel Martin, der zwar ausgesprochen erfolgreich war, in seiner Seidenweberei aber ein regelrechtes Schreckensregime führte. »Die Arbeiter können ihn gar nicht leiden«, hatte Carl ihr nach einem Besuch bei seinem Onkel vor mehreren Jahren entsetzt erzählt. »Wenn man mit ihm durch die Fabrik geht, schlägt einem der Hass wie eine Welle entgegen. Kein Wunder, er behandelt die Leute, als wären sie sein Eigentum. So will ich nie enden, Josephine. Wenn ich jemals ungerecht zu meinen Arbeitern sein werde, musst du mich zur Ordnung rufen«, klangen ihr seine Worte noch im Ohr.

Nur zu gern hatte sie ihm das versprochen – aber bisher war es gar nicht nötig gewesen. Die Beziehung zwischen Carl und der Belegschaft war zwar nicht gerade freundschaftlich – was auch unpassend gewesen wäre, schließlich war Carl ihr Chef –, aber von gegenseitigem Respekt geprägt. Und sie selbst musste sich gar immer wieder ermahnen, nicht allzu viel Nähe mit ihren Angestellten entstehen zu lassen. Sie mochte sie alle, und für Josephine waren sie wie eine große Familie. Insofern freute sie sich auf den kurzen Besuch in der Fabrik und beschleunigte auf dem Weg dorthin ihre Schritte.

Etwa zehn Minuten später tauchte der inzwischen schon so vertraute Wohlgemut-Hof vor ihr auf. Josephine spürte ein erwartungsvolles Kribbeln im Bauch. Sie war glücklich. Wie wunderbar sich alles gefügt hatte. Die Scheune hatte sich als das perfekte Labor erwiesen, und gestern Abend hatte Carl scherzhaft gesagt, dass sie eigentlich gar nicht mehr bauen müssten, sondern sich in der Scheune von Herrn Wohlgemut auf Dauer einrichten könnten, aber er hatte es natürlich nicht ernst gemeint. Und heute würde der Architekt kommen, um mit ihnen die Pläne für den Neubau zu besprechen.

Josephine stieß die Eingangstür auf und ließ ihren Blick über die Szenerie schweifen, die sich ihr bot. Ungefähr zwanzig Mitarbeiter standen an größeren und kleineren Tischen und waren konzentriert dabei, verschiedene Pulver miteinander zu vermischen, in kleine Tütchen zu füllen, diese zu verschließen und in die vorbereiteten Kartons zu packen. Siebenhunderttausend Tütchen Back- und Puddingpulver und Vanillezucker hatten sie im letzten Jahr hergestellt, und manchmal konnte Josephine kaum glauben, was aus der Idee geworden war, die vor sechs Jahren durch ein Mitbringsel des amerikanischen Onkels entstanden war. Louis Dohme. An ihn hatte sie schon lang nicht mehr gedacht. Wie es ihm wohl ging? Josephine nahm sich vor, ihren Mann gleich nach ihm zu fragen, während sie ihre Augen suchend über die Mitarbeiter schweifen ließ. Inzwischen hatte Emil sie entdeckt und eilte ihr entgegen. Er hatte mittlerweile seine Apothekerlehre beendet und war zu Carls rechter Hand aufgestiegen. In seiner Abwesenheit hatte er das Sagen und die Kontrolle über alles, und Josephine bemerkte nicht zum ersten Mal voller Bewunderung, dass der junge Mann über ein enormes Talent darin verfügte, den Überblick zu behalten.

»Josephine«, sagte er und küsste sie rechts und links auf die Wange. »Was für eine schöne Überraschung.«

»Ja«, nickte sie. »Ich wollte Carl abholen.«

»Oh, da habt ihr euch gerade verpasst«, erwiderte Emil bedauernd. »Mein Bruder ist schon fort. Er wollte etwas früher nach Hause, um noch ein wenig ins Labor zu gehen.«

Josephine runzelte die Stirn. »Merkwürdig. Eigentlich hätten wir uns dann begegnen müssen. Es gibt ja nur einen Weg.« Grübelnd sah sie ihn an. »Wann ist er denn los?«

»Oh«, murmelte Emil, »ich muss gestehen, ich habe gar nicht auf die Uhr gesehen, hier ist immer so viel zu tun.«

Er sah sich um und winkte einen Kollegen herbei. Josephine hatte den schmalen, schüchternen Mann mit dem schwarzen Haar und der Nickelbrille selbst eingestellt, seinen Namen aber inzwischen wieder vergessen. Das tat ihr jedes Mal von Neuem leid, aber er war einfach so unscheinbar, dass man sogar ständig Gefahr lief, ihn zu übersehen.

»Herr Schulz, wann ist der Herr Direktor weg?«, fragte Emil. Stimmt, jetzt fiel es Josephine wieder ein. Sein Name war so unauffällig wie der ganze Mann und passte daher wunderbar zu ihm.

»Das ist bestimmt schon eine Stunde her.« Schulz sprach so leise, es war eher ein Flüstern. »Oder länger?«

»Eine Stunde!«, rief Josephine. »Dann hätte ich ihm ja in der Apotheke noch begegnen müssen. Ihm wird doch nichts geschehen sein?«

»Sicher nicht, meine Liebe«, beruhigte Emil. »Vermutlich hat er unterwegs noch einige Erledigungen gemacht.«

Josephine nickte, konnte jedoch nicht verhindern, dass sich Unsicherheit in ihr ausbreitete. Auf einmal verspürte sie wieder das Gefühl drohenden Unheils in der Bauchgegend, das sich ihrer immer wieder bemächtigte, wenn etwas nicht in Ordnung war und das sie selten trog.

Doch das brauchte ihr Schwager nicht zu wissen.

»Dann gehe ich mal los«, sagte sie leichthin. »Ich werde ihn schon finden.«

Sie nickte den Mitarbeitern zu und verließ das Gebäude wieder. In der Tür stieß sie fast mit Herrn Wohlgemut zusammen.

»Ich bitte um Entschuldigung«, sagte sie.

»Ich habe mich zu entschuldigen«, erwiderte er hastig, und sie dachte flüchtig, dass er mit seinem markanten Gesicht und den etwas zu langen braunen Haaren wirklich ein ausgesprochen gutaussehender Mann war. »Eigentlich wollte ich zu Ihrem Mann.«

Sie lachte ein wenig zu laut. »Ich auch. Aber er ist nicht mehr hier. Wir haben uns verpasst.«

»Wenn ich ehrlich bin, bin ich eigentlich ganz froh darüber«, gestand er. »Denn auf diese Weise habe ich die Gelegenheit, mir zunächst bei Ihnen einen Rat zu holen. Haben Sie ein paar Minuten?«

Zögernd sah sie ihn an. Eigentlich wollte sie so schnell wie möglich nach Hause, um nach Carl zu sehen. Aber Wohlgemuts Anliegen schien wichtig zu sein.

»Möchten Sie mich einfach ein Stück begleiten?«, fragte sie. »Dann könnten wir uns unterwegs unterhalten.«

»Es wäre mir ein Vergnügen.«

Seite an Seite gingen sie denselben Weg, den Josephine kurz zuvor in umgekehrter Richtung genommen hatte. Sie versuchte mit Macht, das mulmige Gefühl, das sich in ihr ausgebreitet hatte, herunterzuschlucken und sich auf Wohlgemut zu konzentrieren.

»Ich wollte Ihrem Gatten gern etwas vorschlagen«, begann er,

»bin aber nicht sicher, ob es vielleicht unverschämt oder vermessen ist.«

»Das kann ich mir nicht vorstellen«, sagte sie und sah ihn voller Zuneigung an. Trotz ihrer Startschwierigkeiten hielt sie nun, da sich alles aufgeklärt hatte, große Stücke auf Herrn Wohlgemut. Sie hatten einander in den letzten Wochen und Monaten besser kennengelernt, und Josephine war zu dem Schluss gekommen, dass Matthias Wohlgemut wirklich ein so feiner wie bescheidener Mensch war, dem das Leben offenbar hart mitgespielt hatte. Nicht zum ersten Mal fragte sie sich, wie es zum Streit zwischen den Brüdern gekommen war und warum Matthias Wohlgemut mutterseelenallein auf seinem Hof lebte. Dieser war ein Paradies für eine ganze Horde glücklicher Kinder.

»Ich wäre trotzdem froh, wenn ich meine Überlegungen erst einmal Ihnen vorstellen dürfte«, sagte er beinah schüchtern.

»Natürlich, sehr gern!«

»Wie Sie ja wissen, bin ich gelernter Konditor«, begann er und wirkte traurig dabei. »Meine Kuchen und Torten waren legendär in Bielefeld. Nicht mehr backen zu können, finde ich immer noch schrecklich«, brach es aus ihm heraus.

»Aber warum backen Sie denn dann nicht mehr?«, fragte Josephine.

»Nur für mich allein?«, sagte Matthias Wohlgemut und klang nun richtig niedergeschlagen. »Wer soll das denn alles essen? Ich habe immer für andere gebacken, meine Freude war, wenn es den Leuten schmeckte, wenn sie über meine kunstvollen Torten staunten. Ich selbst mag Süßes gar nicht so sehr.«

Sie öffnete den Mund, um etwas zu erwidern, doch er fuhr bereits fort: »Und da bin ich auf eine Idee gekommen. Sie drucken doch die Rezepte hinten auf Ihren Tütchen ab – und ich habe schon von vielen Frauen gehört, dass sie diese ausschneiden und einkleben.«

Josephine nickte. Der Sammelgedanke hatte ja erst dazu geführt, dass ihre Kunden mehrere Rezepte ausprobierten.

»Was halten Sie davon, wenn ich Ihnen weitere Rezepte liefere? Bewusst einfach gehalten, so dass es auch jemand, der kein Konditor ist, hinbekommt? Rezepte, die relativ gelingsicher sind und obendrein großartig aussehen?«, stieß er hervor und sah sie so flehend und hoffnungsvoll an, dass ihr ganz warm ums Herz wurde.

»Ich würde natürlich auch den Vanillezucker und die Speisestärke berücksichtigen. Und wenn wir genug Rezepte beisammen haben, könnten wir ein Backbuch herausbringen, und …«

»Ich finde die Idee hervorragend«, unterbrach Josephine seinen Redefluss.

Überrascht klappte er den Mund wieder zu und sah sie mit großen Augen an. »Meinen Sie das im Ernst?«

»Das meine ich vollkommen im Ernst«, versicherte sie. »Und das sage ich nicht ganz uneigennützig. Sie müssten die Rezepte, bevor wir sie aufschreiben, natürlich auch ausprobieren. Und da brauchen Sie jemanden, der sie kostet und Ihnen sagt, wie sie schmecken. Ich stelle mich gern zur Verfügung.«

Er lachte hell auf. »Es wäre mir eine Ehre.«

»Dann müssen wir nur noch meinen Mann davon überzeugen.«

Er blickte sie nun wieder ernst an. »Wie ist Ihre Einschätzung?«

Josephine überlegte. Sie wusste, dass Carl von der Idee an sich begeistert wäre, andererseits reagierte er empfindlich auf Eigenmächtigkeiten. Daher würde es ihm vermutlich nicht gefallen, dass der Konditormeister sich nicht an ihn, sondern an Josephine gewandt hatte. Andererseits wusste sie auch, dass Carl in seiner preußischen Brummigkeit durchaus auch sehr abweisend reagieren und den freundlichen Herrn Wohlgemut dadurch erschrecken könnte.

»Das Beste wäre, wenn Sie ihm den Vorschlag machen, wenn ich dabei bin«, sagte sie. Machen wir es doch so: Ich komme morgen wieder, um meinen Mann abzuholen, sagen wir um fünf Uhr. Sie stoßen dann dazu.«

»Das ist eine sehr gute Idee«, freute sich Matthias Wohlgemut. »Ich danke Ihnen sehr für Ihre Unterstützung, Frau Direktor.«

Sie lächelte. »Darf ich Ihnen eine Frage stellen?«

»Jede.«

»Vielleicht ist es zu persönlich, dann müssen Sie natürlich nicht antworten«, begann sie vorsichtig. »Aber mich würde interessieren, was damals zwischen Ihnen und Ihrem Bruder vorgefallen ist und warum Sie nicht mehr backen.«

Wohlgemut stieß einen tiefen Seufzer aus. »Nun«, sagte er dann, »vielleicht wird es Zeit, dass ich Ihnen die Geschichte erzähle.«

32. Kapitel

·· Bielefeld, Juli 1895 ··

Carl taumelte nach Hause. Er wusste nicht, wo ihm der Kopf stand, wusste nicht wohin mit sich vor Wut, Schmerz und Verzweiflung. Was sollte er nur tun? Wie sollte er das alles seiner geliebten Josephine erklären? Wie hatte er nur so dumm sein können! Mit einem Mal war er überzeugt, dass er alles verlieren würde, was er sich aufgebaut hatte. Seine Firma, seine Frau, sein Haus, seinen Sohn. Das durfte er nicht zulassen. Es musste einen Weg geben.

Josephine! Wie sehr er sie liebte … Eigentlich hatte er ja nur deshalb den Wohlgemut-Hof früher verlassen. Weil er bei ihr sein wollte. Und dann war alles anders gekommen. Inzwischen war in der Apotheke alles dunkel, wahrscheinlich war Josephine schon nach oben gegangen.

Mit zitternden Fingern schloss er die Ladentür auf und trat ein. Umrundete die Ladentheke und ging dann in das Büro, das dahinterlag. Er schaltete das Licht nicht ein, doch die untergehende Sonne schien von draußen herein und tauchte den Schreibtisch, an dem Josephine immer arbeitete, in ein warmes Licht. Lächelnd nahm er das oberste Blatt in die Hand. Wie talentiert sie war. Wie fein ihr Strich und wie kreativ die Welten, die sie erschuf. Ihre gemeinsamen Welten. Ob sie das immer noch tun würde, wenn … Wie ein Damoklesschwert hatte die Gefahr ja schon lange über ihm geschwebt. Aber nun hatte sich das Schwert gesenkt, die Klinge lag direkt an seinem Hals, und wenn er eine falsche Bewegung machte, würde sie ihn …

Scharf stieß er die Luft wieder aus und zwang sich, sich auf die Zeichnungen seiner Frau zu konzentrieren. Blatt für Blatt nahm er in die Hand und betrachtete es eingehend. Bis er schließlich, der Stapel war schon ganz klein geworden, auf eine Zeichnung stieß, die ihn nach Luft schnappen ließ.

Das imposant wirkende Plakat zeigte auf blauem Grund eine untergehende Sonne und einen strahlenden Stern und darauf stand: *Gleiches Recht, Frauenstimmrecht. Wacht auf, Ihr deutschen Frauen aller Stände, aller Parteien!*

Carl schluckte. Wieso hatte sie dieses Plakat gemalt? Was sollte das? Er hatte von der Frauenbewegung gehört, aber sich nie weiter Gedanken darüber gemacht, geschweige denn vermutet, dass Josephine mit ihr sympathisieren würde. Aber wenn sie Plakate malte, dann hatte sie vermutlich auch einen aktiven Part in der Bewegung?

Es traf ihn wie ein Keulenschlag. Nicht die Tatsache, dass sie sich für das Frauenwahlrecht engagierte, das passte zu ihr, und er liebte sie doch auch genau für ihre Eigenständigkeit.

Nein, sein Problem war ein anderes. Warum hatte sie sich ihm nicht anvertraut? Warum nicht mit ihm gesprochen? Sie hatten einander doch zugesichert, keine Geheimnisse mehr voreinander haben zu wollen. Andererseits – er hatte gut reden! Schließlich war er es, der ein besonders großes und besonders schlimmes Geheimnis hütete. Nein, er hatte kein Recht, Josephine Vorwürfe zu machen.

Plötzlich nahm er draußen vor dem Fenster eine Bewegung wahr. Er hob den Kopf und erstarrte. Dort stand Josephine, seine Josephine, in ein angeregtes und offenbar sehr vertrautes Gespräch mit Herrn Wohlgemut vertieft. Hatte er nicht schon einige Male gedacht, dass die beiden mehr verband, als Josephine zugeben wollte? Die Geschichte, die sie ihm nach der ersten Begegnung auf dem Feld aufgetischt hatte, war schließlich doch ziemlich merkwürdig gewesen, und er hatte ihr nur geglaubt, weil er ihr glauben wollte. Doch er hatte sich offenbar täuschen lassen. Wie dumm er doch gewesen war. Jetzt fiel seine Frau diesem Wohlgemut sogar auf offener Straße um den Hals! Die Eifersucht bohrte sich wie ein dicker Stachel in sein Herz.

In diesem Moment wandte Josephine den Kopf und blickte zum Fenster. Natürlich konnte sie ihn nicht erkennen, doch Carl fühlte sich durch diesen Blick nur in seiner Vermutung bestätigt: Bestimmt wollte sie sich vergewissern, dass sie nicht beobachtet wurde.

• • • •

»Sind Sie sicher, dass ich Ihnen meine Geschichte noch erzählen soll?«, fragte Matthias Wohlgemut. »Ihre Familie wartet sicher schon auf Sie.« Sie waren inzwischen fast an der Apotheke angekommen.

Josephine zögerte. Tatsächlich drängte es sie sehr zu erfahren, wo Carl war, andererseits war er ein erwachsener Mann, und sie musste wirklich nicht jeden seiner Schritte überwachen. Und er war sicher auch nicht gleich in Gefahr, wenn er einmal für eine kurze Zeit verschwunden war. Außerdem fürchtete sie, dass sie nie wieder den Mut haben würde, Herrn Wohlgemut nach seiner Geschichte zu fragen.

»Nein, nein«, sagte sie nach einem Blick auf ihre Taschenuhr. »Ich werde erst in einer halben Stunde zum Abendessen erwartet.«

»Gut«, erwiderte er. »Es ist auch schnell erzählt. Wie so oft geht es um die Liebe.«

»Um die Liebe?« Fragend sah sie ihn an.

Wohlgemut nickte. »Barbara, die Frau meines Bruders, war eigentlich mit mir verlobt. Wir waren so glücklich und malten uns die Zukunft in den rosigsten Farben aus. Ich wollte die Konditorei übernehmen, und sie sollte dort als Verkäuferin arbeiten.«

»Oh.« Josephine versuchte sich, an die Begegnung mit der Bäckersfrau zu erinnern, die inzwischen ja schon einige Zeit zurücklag. Doch das gelang ihr nur schemenhaft. Sie wusste nur, dass die Frau dunkle Haare gehabt hatte und ihr unsympathisch gewesen war, was vielleicht aber auch an der Situation gelegen hatte. Seit jenem Tag hatte sie die Bäckerei nie wieder betreten und die Frau nie mehr gesehen.

»Und was ist dann passiert?«

»Sie hat mich verlassen. Mir offenbart, dass sie sich in meinen Bruder verliebt habe. Ich war wie betäubt vor Schmerz, habe die Stadt verlassen und bin durch die ganze Welt gereist. Ich war in Ägypten, in Griechenland … ich habe versucht, vor meinem Schmerz davonzulaufen, aber das ist mir nicht gelungen.«

»Sie haben eine Weltreise gemacht?«, rief Josephine aus. »Wie aufregend!«

»So aufregend war das gar nicht«, gestand Matthias Wohlgemut. »Wenn ich ehrlich bin, habe ich eigentlich gar nichts gesehen. Ich habe nur die ganze Zeit versucht, Barbara zu vergessen.«

»Wie schrecklich«, murmelte Josephine mitfühlend.

»Ein Jahr war ich weg, dann fühlte ich mich stark genug, wieder zurückzukehren. Ich war wild entschlossen, mich nicht unterkriegen zu lassen. Wenn ich die Bäckerei nicht mit Barbara führen könnte, dann würde ich das eben ohne sie tun.«

»Aber daraus wurde nichts?«

Er schüttelte betrübt den Kopf. »Inzwischen war mein Großvater gestorben und hatte den Betrieb meinem Bruder vermacht. Der hat sich offenbar ziemlich lieb Kind gemacht bei meinem Opa. Dabei war er nicht mal Bäcker, geschweige denn Konditor, hat es nur mit Müh und Not noch gelernt.«

»Bestimmt hat Ihr Großvater das nur getan, weil er sicherstellen wollte, dass es mit der Konditorei weitergeht«, versuchte Josephine, ihn zu trösten. »Und er hat Ihnen ja die Äcker vermacht.«

»Ja, ich mache ihm auch keinen Vorwurf und verstehe seine Entscheidung«, pflichtete Wohlgemut ihr bei. »Die größten Vorwürfe mache ich mir, dafür dass ich mich nicht von ihm verabschieden konnte. Er hat so große Stücke auf mich gehalten und immer gesagt, wie stolz er auf mich und mein Talent sei und wie glücklich er sich schätzen könne, dass er seine geliebte Konditorei in guten Händen bei mir wisse. Und dann bin ich einfach gegangen.«

Josephine wusste nicht, was sie sagen sollte. Deswegen zog sie ihn stattdessen hilflos und, wie sie hoffte, tröstend in ihre Arme. Überrascht erwiderte er die Umarmung.

»Ich bin sicher, dass Ihr Opa dort oben im Himmel mächtig stolz auf Sie sein wird, wenn Ihre Rezepte nun auf unseren Tütchen – und vielleicht irgendwann sogar in einem Buch – zu finden sind«, sagte sie überzeugt. »Mein Mann wird von der Idee ausgesprochen angetan sein.«

• • • •

»Liebling?«, rief Josephine, als sie das Treppenhaus betrat. »Bist du da?«

In ihrem Arbeitszimmer legte Carl die Papiere wieder auf ihren Tisch – bewusst platzierte er das Plakat für die Frauenbewegung zuoberst – und trat in den Laden.

»Hier.«

Sekunden später stand seine strahlende Frau vor ihm. Eine Frau, die gerade noch in den Armen eines anderen gelegen hatte.

»Hier bist du!«, rief sie und küsste ihn zur Begrüßung. »Ich war in der Fabrik und wollte dich abholen, da warst du schon weg.«

Schuldgefühle gepaart mit Unsicherheit stiegen in ihm auf. »Freundlicherweise hat mich Herr Wohlgemut nach Hause gebracht«, fuhr sie fort. »Und stell dir vor, jetzt weiß ich endlich, was ihm damals Schlimmes widerfahren ist. Er hat mir gerade die ganze traurige Geschichte erzählt.«

Seine Unsicherheit verstärkte sich. Hätte sie wirklich eine heimliche Affäre mit diesem Herrn Wohlgemut, würde sie ihm doch nicht von selbst von ihrem Zusammensein berichten? Und ganz bestimmt würde sie sich nicht von ihm bis vor das Haus bringen lassen und ihn dann auch noch in aller Öffentlichkeit umarmen, wie ihm jetzt klar wurde. Das ergab wirklich keinen Sinn. Er würde Helene nie ... Hastig verbot er sich den Gedanken an sie und wandte sich wieder seiner Frau zu, wie sie da mit geröteten Wangen vor ihm stand. Er vermutete – nein, im tiefsten Inneren *wusste* er es sogar –, dass sie nur wieder einmal nicht daran gedacht hatte, dass eine Frau einen Mann nicht einfach so umarmte, sondern dass Wohlgemut ihr leidgetan hatte. Sie hatte nun mal ein sehr mitfühlendes Wesen; wie sie damals Martha gerettet hatte, hatte ihm größten Respekt abgenötigt.

»Was ist ihm denn widerfahren?«, fragte er, um Zeit zu gewinnen und sich von seinen widerstreitenden Gefühlen abzulenken.

»Das erzähle ich dir beim Essen«, sagte sie und nahm seine Hand. »Frau Rentlein ist sicher schon längst fertig, zumindest riecht es köstlich, und ich habe schrecklichen Hunger.«

33. Kapitel

·· Bielefeld, Juli 1895 ··

Am nächsten Morgen ging Josephine früh in ihr Atelier. Sie wollte sich auf das Treffen mit dem Architekten vorbereiten. Carl und sie hatten am Abend zuvor noch lange zusammengesessen und besprochen, wie die Fabrik nach ihren Vorstellungen aussehen sollte. Josephine hatte grobe Skizzen angefertigt, die sie nun ins Reine zeichnen wollte, um sie dem Architekten nachher vorzulegen. Am späten Vormittag wurden sie und Carl dort erwartet.

Als sie ihr Atelier betrat, blieb sie wie erstarrt stehen. Das Plakat für die Frauenbewegung lag demonstrativ ganz oben auf dem Papierstapel. Fieberhaft überlegte sie. Hatte sie es am Vorabend so liegen lassen? War sie unvorsichtig gewesen, weil sie es so eilig gehabt hatte, zu ihrem Mann zu kommen? Sie war sich fast sicher, dass dem nicht so war, konnte es aber nicht beschwören. Carl war gestern Abend in der Apotheke gewesen, als sie nach Hause kam. Hatte er es gesehen? Oder war vielleicht sogar er es gewesen, der es gefunden und zuoberst gelegt hatte als Zeichen, dass er es entdeckt hatte und ihre Erklärung erwartete? War er deshalb gestern Abend so merkwürdig gewesen? Denn auch wenn er sich große

Mühe gab, sich nichts anmerken zu lassen: Etwas war ganz und gar nicht in Ordnung. Etwas bereitete ihm Kummer. Und auch wenn sie versuchte, sich nicht den Kopf darüber zu zerbrechen, überlegte sie natürlich schon, warum er gestern mindestens eine Stunde verschwunden gewesen war. Als sie ihn darauf angesprochen hatte, hatte er zwar behauptet, einen Spaziergang unternommen zu haben, um sich auf das Gespräch mit dem Architekten vorzubereiten, aber wirklich geglaubt hatte sie ihm nicht. Doch vielleicht war er verärgert, weil er ihre Zeichnung gefunden hatte? Was sollte sie nur tun? Ihn darauf ansprechen? Aber wenn sie das Plakat selbst hatte liegen lassen, würde sie vielleicht alles nur noch schlimmer machen.

Seufzend schob sie das Papier wieder an seinen Platz. Sie nahm sich vor, am Abend mit Carl zu sprechen, wenn das Treffen mit dem Architekten zu Ende war. Und am Nachmittag wollte sie ja auch noch die Sache mit Herrn Wohlgemut einfädeln.

• • • •

Carls Verzweiflung kannte keine Grenzen. Wie sehr hatte er den Abend mit Josephine genossen, wie nah waren sie sich gewesen und wie sehr liebte er es, mit ihr gemeinsam Pläne zu schmieden. Sie war seine Zukunft, sein Glück, sein Ein und Alles. Er durfte sie nicht verlieren. Das wäre sein Ende. Lieber würde er alles aufgeben, seine Firma, sein Unternehmen, alles, was er sich erarbeitet hatte. Er verfluchte den Moment, an dem Helene in sein Leben getreten war. Zweimal hatte er in ihren Armen gelegen, zweimal hatte er diesem süßen Gift nicht widerstehen können. Das erste Mal hatte sie am Abend, nachdem der Apothekerverband getagt hatte, plötzlich vor ihm gestanden. Wie verzweifelt war er damals gewesen! Wie verspottet und verhöhnt und wie bloßgestellt hatte er sich gefühlt. Seine Empörung hatte keine Grenzen gekannt. Und dann war Helene ihm plötzlich in den Weg getreten. Helene, seine schöne Verkäuferin, die ihm auch schon während der Einführung des Backpulvers Mut zugesprochen hatte.

Sie hatte einfach nur gesagt: »Guten Abend, Herr Dr. Meister. Sie sehen aus, als würden sie jemanden zum Zuhören brauchen.«

Helene wohnte gleich um die Ecke, und auch wenn Carl wusste, dass es höchst verwerflich war, wenn ein Mann eine unverheiratete Frau nach Hause begleitete, ließ er sich nur zu gern überreden, und auch den Wein, den sie ihm anbot, nahm er gerne an, ebenso wie ihre Worte, in denen sie ihm versicherte, wie sehr eine Frau doch einen Mann wie ihn schätzen müsse. Und genau das tat Josephine nicht. Sie hatte Heimlichkeiten vor ihm, und dass er ausgerechnet von Bäckermeister Müller erfahren musste, wie verschwenderisch seine Frau mit dem Geld – seinem hart arbeiteten Geld – umging, war eine solche Dreistigkeit!

»Sie sind eben ein erfolgreicher und gutaussehender Mann, Herr Dr. Meister«, hatte sie seine Gedanken unterbrochen und ihm noch etwas Wein nachgeschenkt, wobei sie ihm einen tiefen Einblick in ihr Dekolleté gewährte. »Und Ihre Frau, wenn ich das so sagen darf, behandelt Sie außerordentlich respektlos.«

»Nicht wahr?«, ereiferte sich Carl, der bemerkte, dass der Wein zu wirken begann. Der Wein und ihre Nähe. Wie gut es tat, von einer Frau bewundert zu werden. Wie gut es tat, wenn jemand zu einem aufsah. Und dann dieses Dekolleté, mit dem sie ihm nun immer näherkam … Ihr Duft. Jetzt streiften ihre Lippen die seinen – der Wein vernebelte ihm die Sinne …

Willenlos hatte er sich ihr hingegeben und war dann vollkommen erschöpft in ihren Armen eingeschlafen. Das schlechte Gewissen hatte ihn beinahe wahnsinnig gemacht, als er am nächsten Morgen aufgestanden war. Er war sicher gewesen, dass Josephine nach ihrer Rückkehr aus Berlin alles herausfinden und dass ihr gemeinsames Glück damit zu Ende sein würde. Vor allem, da Helene ihm, wie er fand, ständig wissende Blicke zuwarf. Das war einer der Gründe gewesen, weshalb er der empörten jungen Frau schließlich gekündigt und ihr eine Abfindung gezahlt hatte. Sie Tag für Tag zu sehen, ertrug er einfach nicht. Nicht, weil sein Verlangen nach ihr so groß gewesen wäre, sondern weil ihm ihre Anwesenheit ständig vor Augen führte, was er seiner geliebten Frau angetan hatte. Erst vor einem guten Jahr hatte er Helene wiedergesehen, als er wutentbrannt vom ersten Treffen mit Wohlgemut nach Hause wollte – wieder zutiefst verletzt und gekränkt und wieder wütend auf seine Frau, die ihn erneut bloßgestellt hatte, indem sie sich ihm wieder nicht anvertraut hatte. Es war wie damals gewesen. Helene hatte sich ihm einfach in den Weg gestellt, als habe sie ein feines Gespür für seine ganz schwachen Momente, die einzigen, in denen er Gefahr lief, sich ihr hinzugeben.

Wieder hatte er die Nacht mit ihr verbracht. Und sie seither nicht mehr gesehen. Beinah hatte er sie vergessen, doch dann hatte sie eines Tages einfach vor seinem Labor gestanden und erklärt, sie müsse dringend mit ihm reden. Er hatte sie fortgeschickt, und für eine Weile war Ruhe gewesen. Aber vor wenigen Tagen, als er extra früher nach Hause gegangen war, weil er Sehnsucht nach seiner Frau hatte, da war sie ihm plötzlich wieder in den Weg getreten. Auf dem Arm hatte sie einen Säugling getragen.

»Guten Tag, Carl«, hatte sie ruhig gesagt.

»Helene«, hatte er unwillig erwidert. Die Anwesenheit des kleinen Mädchens irritierte ihn und ließ in ihm eine Ahnung aufsteigen, die so schrecklich war, dass er sie gar nicht zulassen wollte. »Du … bist Mutter geworden. Wie schön«, stieß er hervor.

»Ja, Carl«, erwiderte sie und sah ihm ruhig in die Augen. »Ich bin Mutter geworden. Und ich muss mit dir reden. Neulich hast du mich ja nicht zu Wort kommen lassen.«

Die schreckliche Ahnung, die in ihm emporgestiegen war, ließ sich nicht mehr kleinhalten. Er starrte das Mädchen an. Das konnte doch nicht sein …

»Ich habe zu tun«, blockte er kalt ab.

»Carl«, wiederholte sie. »Bislang habe ich es allein geschafft. Erst hatte ich noch dein Geld, und dann hatte ich Arbeit. Aber nun wurde mir gekündigt. Du musst mir helfen, Carl.«

Sie hielt ihn mit einer Hand am Arm fest, der Säugling gab Klagelaute von sich.

»Warum sollte ich dir helfen?«, fragte er abweisend. »Was habe ich mit dir zu tun?«

»Ahnst du das wirklich nicht?«

Er schüttelte stumm den Kopf, der zu platzen drohte.

»Nein.«

Dabei wusste er sehr wohl, was als Nächstes kommen würde.

»Diese Kleine hier«, Helene strich dem Mädchen zärtlich über den Kopf, »ist deine Tochter, Carl. Du hast eine Verantwortung ihr gegenüber.«

Aufstöhnend barg er bei der Erinnerung an diese Szene sein Gesicht in den Händen. Drei Tage war die Begegnung nun her, und Carl war durcheinander wie noch nie in seinem Leben. Am schlimmsten war die Angst, Josephine zu verlieren. Aber gleichzeitig war da ein starkes, ein ganz starkes Gefühl der Liebe und der Fürsorge für dieses kleine Mädchen mit seinen blauen Augen und den hellblonden Haaren. Er hatte eine Tochter! Ein kleines Mädchen, das seine Hilfe brauchte. Ein Mädchen, das es eigentlich nicht geben durfte. Der Gedanke daran fuhr ihm wie ein scharfer Messerstich ins Herz. Wie konnte er einen solch schrecklichen Gedanken, dass es sein Mädchen nicht geben dürfte, überhaupt zulassen! Sie konnte doch nichts für die Art und Weise, wie sie gezeugt worden war. Für einen Moment gab sich Carl dem Traum hin, die Kleine, von der er immerhin wusste, dass sie Friederike hieß, sei seine und Josephines Tochter. Was, wenn er Josephine von ihr erzählte? Vielleicht würde sie ihm verzeihen und der Kleinen mit ihrer mitfühlenden und großherzigen Art eine gute Mutter sein, eine bessere sicherlich als Helene, dieses Miststück. Wut kochte in ihm hoch, als er daran dachte, wie sie ihn vor die Wahl gestellt hatte. »Ich muss für mich und Friederike sorgen, Carl«, hatte sie gesagt. »Obwohl das eigentlich deine Pflicht wäre. Ich brauche Geld.«

Eine unverschämt hohe Summe hatte sie ihm genannt, und als er sich geweigert hatte, sie ihr zu geben, hatte sie ihm nur kalt in die Augen gesehen und gedroht, Josephine alles zu erzählen – der ganzen *Stadt* alles zu erzählen.

Zähneknirschend hatte Carl sie am nächsten Tag wiedergetroffen und ihr die geforderte Geldsumme übergeben. Ihr Schweigen hatte er sich erkauft. Zu seiner großen Enttäuschung war Friederike bei der Geldübergabe nicht dabei gewesen. Aber sie war seitdem ständig in seinem Kopf. Und in seinem Herz.

34. Kapitel

·· Bielefeld, Juli 1895 ··

Der Architekt erwies sich als ebenso freundlicher wie kompetenter Mann um die fünfzig. Er zeigte sich von Josephines Plänen beeindruckt, und sie hatte das Gefühl, dass er den Grundgedanken dessen, was sie wollten, verstanden hatte. Die Produktionshallen würden nach ihrer Vorstellung riesig werden, das Grundstück sollte aber dennoch genug Platz für Erweiterungsbauten bieten. Das große Feld, das sie von Herrn Wohlgemut gekauft hatten, war mit dem Fabrikneubau nicht einmal annähernd ausgelastet.

»Vielleicht könnten wir irgendwann auch Mitarbeiterwohnungen bauen«, sagte Josephine verträumt, als sie an Carls Arm in Richtung des Wohlgemut-Hofes ging. Er sah sie von der Seite an. Jetzt, dachte er. Jetzt sage ich es ihr. Jetzt erzähle ich ihr von Friederike.

Doch er klappte den Mund wieder zu und schwieg. Natürlich würde er ihr nichts davon erzählen. Er schüttelte kurz den Kopf, um das Bild seiner Tochter, das in ihm aufgestiegen war, loszuwerden.

»Was?«, fragte sie. »Findest du die Idee nicht gut?«

»Wie?«

»Die Mitarbeiterwohnungen«, sagte sie geduldig.

»Ach so«, erwiderte er und zog sie enger an sich. »Natürlich ist die Idee gut. Wie all deine Ideen.«

Er küsste sie auf die Stirn. Er hatte ihr großes Unrecht getan. Unrecht, das er nie wiedergutmachen konnte. Aber er konnte liebevoll mit ihr umgehen, sie unterstützen und sie respektieren. Und er müsste sich dafür nicht einmal anstrengen. Während er sie von der Seite betrachtete, ihr feines Gesicht unter den weichen, braunen Haaren, wie sie mit ihren leuchtend blauen Augen in die Welt blickte, da wollte ihm das Herz beinah überquellen vor Liebe.

»Ich finde es gut, wie du mit unseren Mitarbeitern umgehst, Carl«, sagte sie in diesem Moment. »Sie gehören dazu.«

»Ja«, erwiderte er nachdenklich. »Sie gehören dazu.« Wenn sie wirklich eines Tages Mitarbeiterwohnungen bauen würden, vielleicht könnte dann auch Helene mit Friederike dort leben. Er könnte seine Tochter aufwachsen sehen und ihr möglicherweise sogar eine Stellung in der Firmenleitung anbieten. Aber wäre das nicht ein dauerhafter, täglicher Betrug an seiner geliebten Frau?

Immer schneller kreisten die Gedanken. Am liebsten hätte er aufgeschrien und sich kräftig geschüttelt, um die quälenden Sorgen loszuwerden. Da eilte – inzwischen waren sie am Hof angekommen – wie ein Retter in der Not Matthias Wohlgemut auf sie zu.

»Guten Tag, Herr Dr. Meister, Frau Meister«, sagte er etwas atemlos, als er vor ihnen stehen blieb.

»Guten Tag, Herr Wohlgemut«, erwiderte Carl, dankbar über die Ablenkung.

»Ich hoffe, Ihr Termin ist gut verlaufen?«, fragte der Hofbesitzer.

»Ja«, sagte Carl. »Äußerst gut. Der Architekt ist wirklich empfehlenswert. Er hat unsere Planungen sofort begriffen, und schnell ist er auch. Nach seinen Schätzungen wird es gerade mal ein Jahr dauern, bis wir einziehen können.«

»Ein Jahr?«, rief Wohlgemut. »Das ist aber wirklich schnell.«

»Dann haben Sie Ihren Hof wieder für sich«, sagte Carl und lächelte ihn an.

»Ich weiß gar nicht, ob ich das will«, murmelte Wohlgemut traurig. »Ich freue mich über das Leben, das seitdem hier herrscht.«

Er sah zu Boden, als müsse er Kraft für seine nächsten Worte sammeln, dann gab er sich einen Ruck und sah Carl direkt in die Augen. »Ich möchte Ihnen gern einen Vorschlag machen, Herr Dr. Meister.«

»Ich höre?«

»Wie Sie wissen, bin ich Konditor. Und … nun ja, offen gestanden leide ich sehr darunter, dass ich meinen Beruf nicht ausüben kann. Wie sehr, das ist mir erst klar geworden, als Ihre Produktion in meine Scheune einzog und es nun überall nach Vanille duftet.«

Josephine, die ja wusste, was Wohlgemut vorschlagen wollte, nickte ihm aufmunternd zu als Zeichen, dass er auf einem guten Weg war.

»Ich wollte Ihnen vorschlagen, dass ich für Sie weitere Rezepte entwickle, die die Frauen zu Hause mit Ihren Zutaten ganz einfach nachbacken können«, stieß Wohlgemut hervor. »Neue Rezepte für Ihre Tütchen, aber vielleicht auch … nun ja, ein Dr. Meister-Backbuch mit Rezepten, für die man Ihre Zutaten braucht.«

Carl spürte das altbekannte Gefühl in sich aufsteigen, das er immer dann hatte, wenn jemand eine gute Idee vorbrachte. »Mein lieber Herr Wohlgemut«, sagte er, »das ist ein hervorragender Einfall. Ich glaube, da kommen wir ins Geschäft.«

• • • •

»Das war doch ein ebenso langer wie erfolgreicher Tag«, seufzte Josephine, als sie, Carl fest untergehakt, am Abend nach Hause gingen. »Ich freue mich auf unsere neue Fabrik. Ich bin sehr stolz auf dich, dass du all das erreicht hast. Und ich finde die Idee von Herrn Wohlgemut großartig.«

Er nickte. »Ich auch. Und stolz bin ich auf dich genauso. Ohne dich hätte ich das nicht geschafft.« Er küsste sie auf die Stirn. »Danke, dass du immer an meiner Seite bist.«

Sie blieb stehen und sah ihn ernst an. »Ich muss dir etwas sagen, Carl. Du hast dich zurecht darüber beschwert, dass ich dir manche Dinge verschwiegen habe. Der Grund dafür war eigentlich immer der Gleiche: dass du wütend werden könntest. Und ich will doch keinen Streit mit dir, Geliebter.«

O ja, dachte er bei sich, wie gut ich dich verstehen kann.

»Aber ich habe dir Offenheit versprochen, und daran will ich mich halten«, fuhr Josephine hastig fort. »Und deswegen mache ich dir nun ein Geständnis.«

»Da bin ich aber mal gespannt.« Schmunzelnd sah er sie an. Er wusste ja, was kommen würde, hatte er doch das Plakat auf ihrem Tisch entdeckt. Und er wusste daher auch, dass das Geständnis viel weniger schlimm war als jenes Geheimnis, das er in sich trug.

»Wenn ich in Berlin bin, nehme ich regelmäßig an Veranstaltungen des Vereins Frauenwohl teil«, sagte sie hastig. »Und hier in Bielefeld entwerfe ich für diesen Verein Werbeplakate und schicke sie nach Berlin.«

Nun war es endlich heraus. Bang sah sie ihn an, doch Carl war während ihres Geständnisses ganz ruhig geblieben.

»Ich finde, dass Frauen das Wahlrecht bekommen sollten«, fuhr Josephine unsicher fort. »Und dass sie freien Zugang zu den Universitäten erhalten müssten.«

Carl betrachtete sie liebevoll. »Ich weiß«, sagte er. »Also, dass du dich für das Frauenwahlrecht engagierst. Ich habe eines deiner Plakate gefunden.«

Also doch, dachte sie, sprach es aber nicht aus. Carl sollte nicht den Eindruck erhalten, dass sie ihm ihr Geständnis nur gemacht hatte, weil sie sich ohnehin schon ertappt wähnte.

»Und?«, fragte sie stattdessen angespannt. »Bist du mir böse?«

»Aber woher denn!« Er zog sie an sich und küsste sie. »Wenn, dann müsste ich eher auf mich böse sein, weil meine Frau sich nicht traut, mir von dem zu erzählen, was ihr wichtig ist. Und ich finde ja, du hast in allem recht. Frauen sollten wählen dürfen. Und Frauen sollten Zugang zu den Universitäten bekommen.«

»Das findest du wirklich?« Ungläubig sah sie ihn an. »Ich dachte immer, es wäre dir wichtig … nun ja …«

»An den alten Rollenbildern festzuhalten? Darüber haben wir doch schon oft gesprochen, Phinchen«, sagte er und nahm ihr Gesicht zwischen seine Hände.

Ein Gefühl der Wärme und des Glücks durchströmte sie. Das hatte er schon lange nicht mehr gemacht. Und wann er sie das letzte Mal zärtlich Phinchen genannt hatte, daran konnte sie sich auch nicht mehr erinnern.

»Meine Haltung hat sich seit unserem letzten Gespräch nicht verändert. Du zeigst mir mit deinem bewundernswerten Selbstbewusstsein, dass es lächerlich wäre, dir das wegnehmen zu wollen. Du bist so klug, Phinchen, warum solltest du nicht studieren dürfen?«

»Das meinst du ernst?«, staunte sie.

»Ja, das meine ich ernst«, erwiderte er und zog sie in seine Arme. »Und nun lass uns nach Hause gehen. Frau Rentleins leckeres Essen steht bestimmt schon auf dem Tisch.«

35. Kapitel
·· Berlin, Juli 1895 ··

»Carl«, flüsterte Josephine aufgeregt »Carl, da kommt die Kaiserin.«

Carl fuhr hoch und starrte den Gang hinunter, entlang an diversen Küchengeräten, die von Frauen in Dienstmädchenkleidung mit weißer Schürze und Haube vorgeführt wurden. Tatsächlich! Gefolgt von ihrem Hofstaat, kam Auguste Viktoria direkt auf sie zu. Gemeinsam mit Josephine, Charlotte, Julius und Nanette war Carl für einige Tage nach Berlin gefahren, um an der Deutschen Kochkunstausstellung teilzunehmen, die in einer großen Fabrikhalle ausgerichtet wurde.

Auguste Viktoria trug ihr Haar zu einem Knoten aufgesteckt, einzelne Locken fielen ihr in die Stirn. Ihr spitzenbesetztes Kleid war am Hals mit einer kostbaren Brosche versehen, und sie trug eine Perlenkette. Josephine fragte sich, ob die Kaiserin schön war oder nicht, und sie konnte sich die Frage nicht beantworten. Sie fand, dass Auguste Viktoria ungemein traurig oder niedergeschlagen wirkte. Von ihrer Mutter wusste Josephine, dass sie anfangs zwar sehr in den Kaiser verliebt gewesen war, dass dieser aber ein schwieriger Charakter sei und außerdem eine Wiener Prostituierte als Mätresse hatte. Josephine überlegte, wie es ihr wohl ginge, wenn Carl sie betrügen würde, und war der festen Überzeugung, dass sie das nicht überleben könnte.

Aufgeregt sah sie der Frau entgegen, die auf ihren Stand zukam, während rechts und links des Gangs alle Anwesenden in einem tiefen Hofknicks versanken. Und als auch Josephine in die Knie ging, dachte sie, was für ein Glück sie doch hatte, Carl an ihrer Seite zu wissen.

Inzwischen war die Kaiserin an ihrem Stand angelangt. »Majestät«, brachte Carl hervor. »Was für eine Ehre.«

»Mein lieber Herr Dr. Meister«, sagte Auguste Viktoria freundlich. »Ihr Ruf eilt Ihnen voraus, und ich gratuliere Ihnen herzlich zu Ihrer Auszeichnung.« Sie deutete auf die Goldmedaille, die Carl am Morgen erhalten hatte und die dekorativ auf dem Tisch präsentiert wurde. »Sie haben sie verdient.«

Dann wandte sie ihren Blick Josephine zu, die wieder in einem Knicks versank. »Und das ist Ihre reizende Gemahlin?«

»Majestät.« Josephine war auf einmal furchtbar aufgeregt.

»Ich bitte Sie«, sagte die Kaiserin. »Erheben Sie sich. Menschen, die vor mir auf die Knie gehen, habe ich genug um mich herum. Aber geniale Erfinder, die mir sagen können, wie Backpulver funktioniert, treffe ich nicht alle Tage.«

»Da lass ich mich doch nicht zwei Mal bitten«, erwiderte ein sichtlich nervöser Carl, »das Backpulver benötigen wir für den Kuchenteig, damit dieser schön locker wird. Und die Wirkweise des Backpulvers ist ähnlich wie die der Hefe.«

Während Carl sprach, beobachtete Josephine die Kaiserin genau und sah an deren Gesicht, dass sie mit wachem Interesse zuhörte. Carl bemerkte dies ebenfalls und fuhr fort: »Das Backpulver reagiert mit der Flüssigkeit in der Teigmasse, und das Kohlendioxid wird direkt freigesetzt. Deshalb kann der Kuchen ohne Gehzeit sofort gebacken werden.«

»Ich verstehe«, sagte die Kaiserin schließlich. »Das ist wirklich eine faszinierende Materie. Ich finde es aber auch interessant, wie Sie die Menschen auf sich aufmerksam machen. Die Idee, die Rezepte gleich hinten auf die Tütchen zu drucken, ist hervorragend.«

Josephine sah Carl abwartend von der Seite an. Jetzt müsste er der Kaiserin doch eigentlich sagen, dass es seine Frau war, die diese genialen Ideen hatte. Zumal sie wusste, dass Auguste Viktoria zwar wenig von Frauenrechten hielt, sich aber dennoch stark für die Mädchenbildung und sogar das Frauenstudium einsetzte. Gar zu gern hätte sie sie darauf angesprochen, wagte es aber natürlich nicht. Wenn Carl aber ihre Rolle im Unternehmen hervorheben würde, ergäbe sich vielleicht ein Anknüpfungspunkt.

Doch Carl nahm das erneute Lob der Kaiserin nur strahlend entgegen und ignorierte Josephine völlig. Enttäuscht sah sie ihren Mann an.

••••

Da Charlotte ihr Berliner Stadthaus mit ihrem Umzug nach Bielefeld verkauft hatte und Josephines Bruder Fritz nach wie vor in

Freiburg weilte, residierten sie nun im Luxushotel Kaiserhof am Wilhelmplatz.

»Ich wollte schon immer einmal hier wohnen«, gestand Josephine Carl, als sie am Abend nach der Ausstellung – erschöpft, aber beschwingt und beseelt von der großen Ehre, die ihnen zuteilgeworden war – auf den prachtvollen vierstöckigen Hotelkomplex zusteuerten. Josephine war zwar immer noch etwas verärgert, dass Carl ihre Verdienste gegenüber der Kaiserin nicht erwähnt hatte, beschloss aber, sich davon die Laune nicht verderben zu lassen. Es war ohnehin nicht mehr zu ändern.

»Aber wenn man in einer Stadt einen wahren Palast hat, dann geht man nicht in derselben Stadt ins Hotel, richtig?«, fragte Carl.

»Richtig«, bestätigte Josephine.

»Mein Bruder war damals vor allem von der Tatsache angetan, dass das Haus eine Dampfheizung hat«, erinnerte sie sich lachend. »Ich fand eher die vielen Balkone schön und malte mir aus, wie ich mit meinem Liebsten auf einem davon sitzen, Kaffee trinken und über die Stadt schauen würde.«

»Oh«, sagte Carl und zog sie enger an sich. »Und wer war dieser Liebste?«

»Eine Traumfigur, mehr gab es in meinem jungen Leben ja noch nicht«, sagte sie und gab ihm einen Kuss. »Aber diese Traumfigur sah aus wie du.«

»Und deinen Traum vom Kaffee auf dem Balkon können wir uns auch erfüllen«, sagte Carl. »Wenn du nicht das Wiener Café im Erdgeschoss vorziehst.«

»Für Kaffee ist es mir inzwischen zu spät, sonst wälze ich mich heute Abend nur schlaflos herum«, sagte sie, als sie nebeneinander das Foyer betraten. »Außerdem habe ich Sehnsucht nach unserem Sohn.«

»Ja«, gestand er. »Ich auch.« Er verbot sich den Gedanken, dass er ja nun auch eine Tochter hatte, und sagte, um sich davon abzulenken: »Ich habe damals nur von dem schrecklichen Brand kurz nach der Eröffnung gehört.«

Josephine nickte. »Ganz Berlin muss unter Schock gestanden haben, wie Mama mir später erzählte. Ich selbst war noch zu klein, um daran eine Erinnerung zu haben. Die wunderbaren Möbel, das Interieur – alles zerstört.« Sie sah sich bang um. »Irgendwie beängstigend, sich das vorzustellen.«

»Das ist viele Jahre her«, beruhigte er sie. »Denk nicht daran, sondern überlege dir lieber, was wir morgen noch unternehmen wollen, bevor ich nach Bielefeld zurückfahre.«

Josephine schmiegte sich an ihn. »Nun, das musst du mir eigentlich sagen. Schließlich ist es dein letzter Tag hier.«

Er legte den Arm um sie und drückte sie an sich. »Gut, ich habe zwei Wünsche. Aber die sage ich dir erst, wenn wir unseren Sohn begrüßt haben.«

Julius hatte sie offenbar schon erwartet, sie hörten seine aufgeregte Stimme von drinnen, und im nächsten Moment wurde die Tür aufgerissen. Der Kleine stürmte nach draußen und umschlang die Beine seiner Eltern. »Mutti!«, rief er. »Vati!«

»Na, mein Großer?«, fragte Carl und nahm seinen Sohn auf den Arm. »Wie ist es dir heute ergangen?«

»Gut, Vati«, strahlte Julius. »Ich war mit Großmama und Nanette im Zoologischen Garten. Und stell dir vor, da habe ich Giraffen und Elefanten gesehen und …«

»Nun lass doch Vati und Mutti erst einmal hereinkommen«, schalt Nanette den kleinen aufgeregten Kerl liebevoll.

Auch Charlotte kam herbei. »Sie haben bestimmt noch etwas Zeit für dich, bevor wir nachher zum Essen hinuntergehen und du ins Bett musst«, sagte sie. Doch Julius wollte seine Arme gar nicht mehr von seinem Vater lösen und redete ununterbrochen. Carl ließ es lachend über sich ergehen, trug den Kleinen allerdings zum Sofa, um sich im Sitzen weiter mit ihm zu unterhalten. Josephine nutzte die Gelegenheit, um sich währenddessen in ihrem Ankleidezimmer für das Abendessen im Restaurant des Hotels bereit zu machen. Sie wählte ein modernes, stark tailliertes Kleid mit Glockenrock aus zartrosa Seide, das ihre schmale Figur zur Geltung brachte. Ihr Haar trug sie, wie immer, aufgesteckt, einige braune Löckchen umschmeichelten ihr Gesicht. Zufrieden nickte Josephine ihrem Spiegelbild zu. Ja, so konnte Carl sich mit ihr sehen lassen.

36. Kapitel

·· Bielefeld und Berlin, Juli 1895 ··

Sagst du mir nun endlich, was du dir wünschst?«, fragte Josephine, als sie nach einem opulenten Abendessen an ihrem Toilettentisch saß und sich für die Nacht fertigmachte.

»Sicher«, erwiderte Carl, trat hinter sie und streichelte ihr Haar. »Weißt du, dass ich es liebe, wenn du dein Haar offen trägst?«, fragte er. »Es ist so herrlich weich und duftet einfach himmlisch.«

Josephine lächelte. Sie mochte ihr hüftlanges, leicht gewelltes, hellbraunes Haar ebenfalls ausgesprochen gern.

»Zum einen hätte ich gern ein Automobil.«

»Ein Automobil?«, fragte sie und ließ überrascht die Bürste sinken.

»Ganz recht«, sagte er. »Rudolf Herzog besitzt schon seit vier Jahren eines. Ein Automobil von Carl Benz mit drei Rädern.«

Amüsiert sah sie ihn durch den Spiegel an. »Und wer ist Rudolf Herzog?«

»Der Inhaber eines Textilhauses in der Breiten Straße«, erklärte Carl. »Er ist der erste Mann, der in Berlin ein Automobil hatte.«

»Und du wirst eines Tages der erste Mann sein, der ein Automobil in Bielefeld hat«, sagte sie lachend. »Und nun sag, was hast du morgen wirklich mit mir vor? Du willst doch nicht etwa ein Automobil kaufen?«

Er beugte sich hinunter und drückte ihr einen Kuss aufs Haar. »Nein«, sagte er. »Ich werde wohl noch ein bisschen davon träumen. Aber ich möchte gerne mit dir den Wintergarten besuchen.«

»Eine Varieté-Vorstellung?«

Er schüttelte den Kopf. »Besser«, sagte er geheimnisvoll. »Ich entführe dich in die Welt der lebenden Fotografien.«

»In die Welt der lebenden Fotografien?«, fragte Josephine neugierig und wandte sich zu ihrem Mann um.

»Die Brüder Max und Emil Skladanowsky haben ein Aufnahme- und Projektionsgerät entwickelt, mit dem sie Bilder lebendig werden lassen können.«

»Das glaube ich nicht«, sagte Josephine. »Das geht nicht.«

»Doch, das geht.« So stolz, als wäre es sein eigenes Verdienst, zog Carl ein dickes Büchlein hervor. »Nimm es in die linke Hand, und dann lässt du mit der rechten Hand deinen Daumen über die Seiten gleiten, als würdest du ganz schnell darin blättern. Siehst du, so.«

Er machte es ihr vor, und Josephine beobachtete fasziniert ein kleines Männlein, das, weil Carl so schnell blätterte, wirkte, als würde es an der Seite auf- und abspringen.

»Das ist ja großartig«, rief sie und nahm Carl das Daumenkino aus der Hand. Der lächelte über ihre Begeisterung. »Das dachte ich mir, dass du mit deinem Talent für diese Dinge Freude daran hast«, sagte er. »Und nach genau dem gleichen Prinzip funktionieren die lebenden Bilder. Hast du Lust, mich zu begleiten?«

»Das fragst du noch?«, sagte sie, stand auf und fiel Carl um den Hals.

• • • •

Der Wintergarten war Teil des Hotel Central und neben dem Kaiserhof eines der beiden großen Luxushäuser in Berlin. »Schau mal, wie schön«, sagte Josephine und deutete an der Kreuzung Friedrich- und Dorotheenstraße zu dem Türmchen mit Kuppeldach hinauf.

»Es ist wirklich hübsch«, bestätigte Carl. »Und der Name ist auch gut gewählt. Das Hotel heißt so, weil es am Bahnhof Friedrichstraße liegt. Der gilt als der zentralste der Stadt. Und wer den Namen hört, weiß gleich, dass er mitten in Berlin ist.«

Josephine blickte ihren Mann von der Seite an. »Wir beide wissen ja, wie wichtig es ist, mit dem Produkt auch eine Geschichte oder eine Botschaft zu transportieren. Wir tun das mit unserem Backpulver schließlich auch, indem wir sagen: Wenn ihr es benutzt, gelingt euch jeder Kuchen. Und die Hotelbesitzer tun es, indem sie sagen: Wenn ihr hier wohnt, seid ihr mittendrin.«

»Wie klug du bist.« Er zog sie an sich.

Kurz darauf betraten sie Seite an Seite den Wintergarten. Staunend sah Josephine sich um. Der Raum war riesig. Gasleuchten an den Wänden sorgten für eine stimmungsvolle Beleuchtung, in der Mitte plätscherte ein Springbrunnen.

Carl geleitete sie zu ihrem Platz, und kurz darauf wurde das Licht schon schwächer.

»Sieh dir das an«, flüsterte Josephine und deutete nach oben. An der Decke leuchteten unzählige kleine Glühbirnen auf. »Das sieht aus wie ein Sternenhimmel. Oh Carl, das ist so romantisch.«

»Freut mich, wenn es dir gefällt«, sagte er und drückte ihre Hand.

Da erlosch das Licht wieder, es wurde dunkel. Josephine hörte ein leises Klappern aus dem Nebenraum.

»Das ist die Vorführmaschine«, flüsterte Carl. Im selben Moment wurde die große weiße Wand angeleuchtet, und bewegliche Fotografien erschienen.

»Das ist unglaublich«, murmelte Josephine und starrte auf eine Frau und einen Mann, die, vor einer Berliner Kulisse, über die Leinwand spazierten.

Eine Stunde dauerte die Vorstellung, bei der auch Bauerntänze, Ringkämpfe und Jongleure gezeigt wurden, und Josephine konnte ihren Blick kaum von der Leinwand wenden. Das Gefühl von etwas Großem, etwas Weltbewegendem, durchflutete sie. Wenn das hier möglich war – dann gab es doch kaum noch etwas, das sich nicht umsetzen ließ!

Verstohlen sah sie sich in dem vom Licht der Leinwand schwach erleuchteten Raum um und stellte fest, dass auch die restlichen Zuschauer vollkommen fasziniert auf die bewegten Bilder blickten, manche von ihnen saßen sogar mit offenen Mündern da.

Dann – viel zu schnell – war die Zauberschau beendet, und tosender Applaus brandete auf. Die beiden Männer im mittleren Alter, denen sie diese großartige Erfindung zu verdanken hatten, traten in ihren schwarzen Anzügen vor die Leinwand und verbeugten sich.

»Bravo!«, rief Carl und stand auf. Josephine tat es ihm gleich.

»Bravo!«, rief Carl wieder.

Dann beugte er sich zu Josephine herüber und sprach aus, was sie insgeheim auch schon gedacht hatte: »Das hier ist der Anfang von etwas ganz Großem.«

• • • •

Josephine stand noch ganz im Bann der atemberaubenden Vorführung, als sie sich auf den Weg in den Berliner Süden machte. Sie hatte Anna so lange nicht mehr gesehen und freute sich schon riesig auf die Freundin. Sie hoffte, auch andere Mitglieder des Allgemeinen Deutschen Frauenvereins treffen zu können, solange sie noch in der Stadt war.

Anna hatte sie bereits erwartet und kam ihr vor dem Fabrikgebäude mit ausgebreiteten Armen entgegen.

»Josephine, wie schön!«, rief sie. »Ich habe dich vermisst.«

»Ich dich auch.«

Oft dachte Josephine, dass ihr in Bielefeld eine wirklich gute Freundin fehlte. Sie hatte zwar Martha, aber das war etwas anderes. Und um die Freundschaft der sympathischen Margarethe Müller hatte sie sich zwar bemüht, doch wirklich warm geworden waren die beiden Frauen nie miteinander, und Josephine wusste auch, woran das lag. Margarethe Müller verehrte sie regelrecht, seit sie ihr Geld geliehen hatte. Sie stellte sie geradezu auf einen Sockel. Und das war keine gute Grundlage für eine gleichberechtigte Freundschaft.

»Wie lange hast du Zeit?«, fragte Anna, als sie sich aus der Umarmung lösten.

Josephine machte eine unbestimmte Bewegung. »Ich würde Julius noch gern einen Gute-Nacht-Kuss geben«, sagte sie. »Davor und danach bin ich frei.«

»Wunderbar. Ich möchte dir nämlich jemanden vorstellen.«

»Sag bloß, du hast dich endlich verliebt?«, fragte Josephine, während sie hinter ihrer Freundin in die wartende Droschke stieg, doch Anna winkte lachend ab. »Ich und die Liebe ... ich glaube, das wird nichts mehr. Ich würde bei jedem Mann Angst haben, dass er schlecht findet, was ich tue.«

»Ich habe es Carl endlich gestanden«, sagte Josephine.

»Und?«, fragte Anna. »Wie hat er es aufgenommen?«

»Sehr gut«, erwiderte Josephine. »Er hat gesagt, dass ich eine sehr intelligente Frau sei und natürlich studieren solle.«

»Gleich wirst du eine Frau kennenlernen, die trotz der Tatsache, dass wir nicht studieren dürfen, Ärztin geworden ist.«

»Wie das?«, fragte Josephine voller Bewunderung.

»Warte es ab«, erwiderte Anna geheimnisvoll.

....

Carl lächelte, als er in Bielefeld aus dem Zug stieg. Die Tage in Berlin waren schön gewesen, und vor allem hätten sie erfolgreicher nicht sein können. Aber er freute sich auch wieder auf sein Zuhause, und das war Bielefeld für ihn schon vor langer Zeit geworden. Er konnte es kaum erwarten, im Labor auf dem Wohlgemut-Hof nach dem Rechten zu sehen, er war neugierig auf die Rezepte, die der Konditor ihm präsentieren würde, und er wollte unbedingt zur Baustelle, um zu sehen, wie die Arbeiten vorangingen.

Beschwingt trat er aus dem Bahnhofsgebäude und hob die Hand, um Jacob zuzuwinken, der hoch oben auf dem Kutschbock thronte. Und dann erstarrte er mitten in der Bewegung. Neben ihm saß seine Verlobte, Frau Rentlein. Und in ihrem Arm hielt sie: Friederike. Seine kleine Tochter!

Carl geriet ins Taumeln, und in seinem Kopf wirbelten die Gedanken durcheinander. Was hatte das zu bedeuten? Hatte Helene ihr Versprechen gebrochen? Aber sie hatte doch Geld bekommen, viel Geld für ihr Schweigen. Und wenn sie noch mehr gewollt hätte, dann hätte sie ihm doch gedroht, alles zu verraten, und nicht einfach Tatsachen geschaffen.

Ihm war ganz schlecht vor Angst. Nun wussten also alle davon. Alle wussten von seinem Betrug an Josephine – außer ihr selbst. Alle hatten Kenntnis von der Schmach, die er ihr zugefügt hatte. Wie sollte er ihr je wieder unter die Augen treten?

Doch bei all seiner Verzweiflung stellte er noch etwas anderes fest: Zaghaft und vorsichtig griff das Glück nach ihm, wie eine kleine Kinderhand, die sich in die eines Erwachsenen schob. Dieses Glück leuchtete ihm aus den Augen des Mädchens entgegen, das da oben auf dem Kutschbock saß.

• • • •

Mit einem Ruck hielt die Droschke vor der Alten Schönhauser Straße 23.

»Wir sind da«, verkündete Anna.

Gespannt sah Josephine aus dem Fenster. »Poliklinik«, las sie.

Anna stand auf. »Komm mit.«

Ein kleiner, mit Steinplatten belegter, Weg führte auf das Haus zu. Als sie die Tür öffneten, fanden sie sich in einem langen Flur wieder, der zwar ziemlich grau war, jedoch sauber und irgendwie freundlich wirkte.

Abgerissen aussehende und offenbar sehr kranke Menschen saßen auf den bereitstehenden Stühlen und warteten. Anna ging an ihnen vorbei.

»Weiter«, sagte sie und führte Josephine zu einem kleinen Schreibtisch, hinter dem eine junge, sympathisch aussehende Frau saß.

»Anna, wie schön«, rief sie, als sie die beiden Frauen erblickte, sprang behände auf und küsste sie rechts und links auf die Wangen. Dann nickte sie Josephine zu und reichte ihr die Hand. »Ich bin Gesine Freimann«, sagte sie. »Ich sorge hier draußen für Ordnung.«

Josephine konnte gerade noch ihren Namen nennen, da zog Anna sie schon mit sich.

In dem Zimmer, das sie nun betraten, saß eine schlanke Frau an einem Schreibtisch, Josephine schätzte sie auf Anfang fünfzig, mit den wachsten und durchdringendsten Augen, die sie je gesehen hatte. Das glatte Haar hatte sie zu einer Hochsteckfrisur aufgekämmt. Sie erhob sich, als sie ihre Besucherinnen erblickte.

»Anna!« Sie küsste die Jüngere auf die Wange und wandte sich dann Josephine zu. »Franziska Tiburitus. Ich freue mich, dass Anna Sie mitbringt.«

»Ich mich auch«, platzte Josephine heraus. »Sie sind also Ärztin, obwohl uns dieser Beruf verwehrt ist. Und dann auch noch eine eigene Klinik! Wie haben Sie das gemacht?«

Franziska lächelte. »Haben Sie das Schild an meiner Tür gesehen?«

»Nein«, erwiderte Josephine. »Was für ein Schild?«

»Nun, darauf steht: Dr. med. in Zürich.«

»Weil Frauen in Preußen ja noch nicht studieren dürfen, hat Franziska einfach in Zürich die Universität besucht. Ist das nicht großartig?«

»In der Tat«, staunte Josephine. »Und dann haben Sie auch noch eine Klinik aufgebaut.«

Franziska Tiburitus nickte. »Ich behandle vor allem Frauen und Arme. Sie haben verdient, dass man sich um sie kümmert.«

Es klang wie eine Kampfansage, und Josephine dachte, dass Franziska es sicherlich nicht zuletzt ihrer resoluten Art wegen dorthin geschafft hatte, wo sie heute war. Oder war es umgekehrt?

Hatte sie so viel kämpfen müssen, war sie auf so viel Widerstand gestoßen, dass sie so geworden war?

»Ja«, bestätigte Josephine. »Da gebe ich Ihnen recht. Es ist bewundernswert, dass Sie das tun.«

»Nun, da sind nicht alle Ihrer Ansicht«, sagte Franziska, und es klang ein wenig bitter. Die Ärzteverbände erachten Frauen als für das Medizinstudium völlig ungeeignet. Man befürchtet, dass bei der Berufsausübung, ich zitiere, ›schädliche Einflüsse auf die Wirbelsäule, den Brustkorb, auch das Becken, ferner die Zirkulationsorgane‹ zu befürchten sind.«

Josephine lachte laut auf. »Nun, Sie sehen ganz gesund aus.«

Franziska sah sie für einen Moment überrascht an und stimmte dann in ihr Lachen mit ein. »Ich fühle mich auch gut«, versicherte sie. »Aber in Berlin erkennt man mich als Ärztin nicht an. Deshalb muss ich auch das Schild aufhängen, auf dem steht, dass ich nur nach Schweizer Recht Ärztin bin.«

»Ach lass die Leute doch reden«, sagte Anna abwinkend. »Es ist nur ein Armutszeugnis für sie selbst. Denn auf dem Schild steht eigentlich etwas ganz anderes: dass die Schweizer viel fortschrittlicher sind als die Preußen.«

»Ganz genau«, bestätigte Franziska. Dann sah sie Josephine und Anna bedauernd an. »Ich würde gern noch ein wenig mit euch plaudern. Aber draußen im Flur sitzen so viele Menschen, die meine Hilfe brauchen.«

»Selbstverständlich«, sagte Josephine. »Es war mir eine Freude, Sie kennenzulernen. Und eine Ehre.«

Als sie den Raum verließ, dachte sie, dass wohl bald noch viel mehr Frauen an die Universitäten drängen würden. Und wieder überkam sie das Gefühl, das sie gestern schon im Wintergarten-Varieté gehabt hatte: dass sie am Beginn von etwas ganz Großem standen.

••••

»Herr Dr. Meister«, rief Jacob und eilte Carl besorgt entgegen. »Ist Ihnen nicht gut?«

»Die Zugfahrt war etwas anstrengend«, ächzte Carl, der den Blick nicht von dem Mädchen auf dem Kutschbock wenden konnte. »Wen haben Sie denn da mitgebracht?«

»Ach«, sagte Jacob und sah mit einem Mal ganz bekümmert drein. »Das ist die kleine Friederike. Schlimme Geschichte.«

Carl schluckte. Jacob hatte ja recht – aber es war auch ein wenig respektlos, Carl, der immerhin sein Dienstherr war, so offen zu kritisieren. Und das wiederum passte überhaupt nicht zu ihm. Hier stimmte etwas nicht.

»Was ist das denn für eine schlimme Geschichte?«, fragte er.

»Nun«, der Kutscher senkte die Stimme zu einem Flüstern. »Die Eltern der Kleinen sind bei dem schlimmen Zugunglück im sächsischen Oederan ums Leben gekommen. Paul und Annamaria Herrlein, Sie haben sicher in der Zeitung davon gelesen.«

»Natürlich«, murmelte Carl. Der Unfall hatte die ganze Stadt erschüttert. Und da fiel es ihm wie Schuppen von den Augen. Helene hatte ein übles Spiel mit ihm getrieben und das Mädchen als ihre Tochter ausgegeben, um von ihm Geld zu erpressen. Im nächsten Moment brach ein derartiges Gefühlschaos über ihn herein, dass er stolperte und Jacob besorgt nach seinem Arm griff. Unendliche Erleichterung überflutete Carl, vor allem beim Gedanken an seine Frau. Unendliche Wut dagegen beim Gedanken an Helene. Und unendliche Trauer, weil es sich anfühlte, als hätte er soeben eine Tochter verloren.

Er hob den Blick und sah direkt in die Augen des kleinen Mädchens. Sie war so winzig. Und so hilflos. Und das, obwohl sie ja gerade liebevoll von Frau Rentlein umschlungen wurde.

»Wo wohnt sie? Wer kümmert sich um sie?«, fragte Carl den Kutscher leise.

»Sie lebt im Waisenhaus«, erwiderte der. »Aber meine Ursula sagt, es ist ganz furchtbar dort. Sie bringt den Kindern manchmal Essen. Bei einem ihrer Besuche im Waisenhaus ist das Mädchen ihr auch aufgefallen. Sie lag in einem Gitterbettchen völlig verdreckt und hat sich die Seele aus dem Leib geweint. Und niemand hat sich um ihn gekümmert.«

Carl schnitt es bei dem Gedanken derart ins Herz, dass er aufkeuchte.

»Und dann?«, fragte er.

»Nun«, sagte Jacob. »Meine Ursula hat mit der Heimleitung abgemacht, dass sie ihnen weiterhin Essen bringt, wenn die Kleine uns einmal in der Woche besuchen darf. An unserem freien Tag. Aber heute musste ich Sie ja abholen, und da … Ich hoffe, es ist in Ordnung, dass …«

Carl hob abwehrend die Hand. »Aber natürlich ist das in Ordnung. Ich finde wunderbar, was Sie tun. Sagen Sie mir nur noch – unsere ehemalige Mitarbeiterin Helene, ich dachte, ich hätte sie einmal mit dem Mädchen gesehen und hielt sie für ihre Tochter.«

Jacobs Miene hatte sich verfinstert. »Eine schändliche Person«, schimpfte er. »Sie hat bei meiner Ursula gebettelt, dass sie mit der Kleinen ein paar Stunden verbringen darf. Weil sie sich doch so sehr ein Kind wünsche und so allein sei. Sie wolle mit der Kleinen spazieren gehen. Und dann hat sie den Kinderwagen einfach stehen lassen. Mitten im Park. Wir haben stundenlang nach Friederike gesucht. Das arme kleine Mädchen war ganz verstört.«

Wieder loderte Wut in Carl auf. Nachdem Friederike für Helene ihren Zweck erfüllt hatte, war sie nicht mehr gebraucht worden. Aber er würde nicht zulassen, dass sie ihr übles Spiel gewann. Am Ende sollte die böse Helene ein Glücksengel sein. Ohne sie wäre ihm die Kleine vielleicht nicht im ersten Augenblick schon so ans Herz gewachsen.

So aber war sie ein Kind, das zu seinem, Dr. Carl Meisters Leben gehörte. Für immer.

Wieder hob er den Blick und sah dem Mädchen in die Augen.

Und dann lächelte er.

Teil 3

1906

37. Kapitel

·· Bielefeld, Januar 1906 ··

Herrgott, was ist denn das für ein Lärm!«, schimpfte Carl am Morgen des 9. Januar 1906 und sah verärgert von seiner Arbeit auf.

»Bald wirst du ja ein eigenes Büro im Kontorhaus bekommen«, tröstete sein Bruder Louis ihn. »Dann musst du diesen Lärm nicht mehr ertragen.«

»Aber die Arbeiter müssen es«, wandte Dr. Emil Meister ein und blickte stirnrunzelnd von den Papieren auf, die er gerade in der Hand hielt.

Carl blickte seine beiden Brüder nachdenklich an. Er war froh, sie an seiner Seite zu wissen, denn die Firma florierte so sehr, dass ihm selbst ganz schwindelig wurde, und er brauchte dringend Menschen an seiner Seite, denen er vollauf vertrauen konnte. Und seinen Brüdern vertraute er blind. Er war stolz auf sie, vor allem auf Emil, schließlich hatte er ihn als seinen jüngsten Bruder nach dem Tod des Vaters unter seine Fittiche genommen, ihn zum Apotheker ausgebildet und ihn anschließend nach Marburg und Rostock zum Studieren geschickt. Sehr zum Leidwesen der jungen Angestellten Martha, die bis über beide Ohren in Emil verliebt gewesen war. Doch nach seiner Promotion war Emil zurückgekehrt, hatte Martha geheiratet, und das Paar hatte zwei entzückende Töchter bekommen.

Emil war inzwischen über dreißig, und Carl hatte vor, ihm mehr Verantwortung zu übertragen. Bisher hatte sich sein jüngerer Bruder sehr erfolgreich chemischen Untersuchungen gewidmet und an neuen Produkten getüftelt. Für Carl stand fest, dass er in Kürze in die Firmenleitung eintreten sollte.

Jetzt erhob sich Emil und sagte: »Carl, das geht so nicht. Ich nehme an, es ist die Mischmaschine, die einen derartigen Lärm verursacht. Das können wir den Arbeitern nicht zumuten.«

»Ganz deiner Meinung«, stimmte Carl zu. »Lass uns nachsehen.«

In der Tür drehte er sich zu Louis um. »Kommst du auch?«

Doch der schüttelte den Kopf. »Ich muss unbedingt noch das Schreiben an die Vertreter fertig machen.«

Carl nickte. »Bitte lege es mir nochmals vor, bevor du es versendest.«

»Selbstverständlich.«

Je näher die beiden Brüder der Mischhalle kamen, desto ohrenbetäubender wurde der Lärm.

Carl und Emil eilten entsetzt zu der Maschine und bedeuteten dem Arbeiter, der sie bediente, mit wilden Gesten, das Gerät sofort anzuhalten.

Der Mann wirkte erleichtert, als er den Hebel umlegte, der das Ungetüm zum Stehen brachte.

Carl ärgerte sich, dass er nicht darauf bestanden hatte, die Mischmaschine in Aktion zu sehen, bevor er sie dem Hersteller, der sie eigens für ihn konstruiert hatte, abnahm. Das war ein Anfängerfehler.

»Die Maschine bleibt aus«, teilte er den Arbeitern in die nun folgende Stille hinein mit. »Einen derartigen Krach werde ich Ihnen nicht zumuten.«

»Danke, Herr Dr. Meister«, sagte einer der Männer und nahm seinen Hut ab.

»Ja, danke, Herr Dr. Meister«, stimmten die anderen ein.

Carl winkte ab. Die Sache war ihm peinlich, denn er legte größten Wert darauf, seine rund dreihundert Mitarbeiter gut zu behandeln. Das war seine Aufgabe, sie standen unter seinem Schutz, unter seiner Verantwortung, er war für ihr Wohlergehen verantwortlich. Eigentlich hätten die Arbeiter sich nicht dafür bedanken sollen, dass er die Maschine abgestellt hatte, sondern *er* hätte sich entschuldigen müssen. Aber das tat er natürlich nicht. Ein Dr. Carl Meister bat nicht um Entschuldigung.

Sein Bruder erlöste ihn aus seiner Verlegenheit. »Carl«, begann er. »Wenn du die Maschine nicht mehr in Gang setzen willst, was sollen wir dann tun? Sie schafft immerhin vierhundert Kilogramm auf einmal.«

»Es ging ja bisher auch«, sagte er. »Die alten Maschinen laufen doch noch. Und statt diesem Ungetüm«, er deutete auf die Mischmaschine, »werden wir eine neue anschaffen.«

Das Gespräch mit dem Leiter der hiesigen Maschinenfabrik würde nicht gerade angenehm werden, befürchtete Carl. Hartlieb

Fermerun entstammte einer der ältesten Familien der Stadt, die ihr Vermögen, wie so viele wohlhabende Bielefelder Dynastien, zumindest im weitesten Sinne, mit Leinen gemacht hatte. Bereits seit dem Mittelalter war die Gegend für ihren Flachsanbau bekannt gewesen, das Bielefelder Leinen war ein sehr beliebter und vielfach exportierter Artikel. Seiner Frau gegenüber sprach Carl gerne vom »Leinenpatriziat.« Die dazugehörenden Familien hatten es den Meisters immer schwer gemacht. Und sie taten es noch, obwohl sein Unternehmen inzwischen mindestens die gleiche Bedeutung erlangt hatte. Hart hatte er kämpfen müssen, um wenigstens Zutritt zum Honoratiorenverein »Ressource« zu bekommen. Und Hartlieb Fermerun war ein Spross dieser Familien, die zwar nicht direkt mit Leinen, dafür aber mit Nähmaschinen reich geworden waren – ein naheliegender weiterer Wirtschaftszweig in einer Stadt, die mit Stoffen handelte. Im Laufe der Zeit hatte die Familie neben Nähmaschinen dann auch größere Geräte hergestellt, und Carl war regelrecht beschwingt gewesen, als er sich mit Fermerun hinsichtlich des Baus einer Mischmaschine einig geworden war. Es hatte ihm das Gefühl gegeben, endlich dazuzugehören zur feinen Bielefelder Gesellschaft, zumal der andere sich ihm gegenüber sehr freundlich gezeigt und ihn und Josephine sogar zu einem Abendessen in seine prachtvolle Villa eingeladen hatte.

Dass er ihm nun mitteilen musste, dass seine Maschine ganz und gar nicht geeignet sei, würde gewiss kein angenehmes Unterfangen werden.

Auf dem Weg zurück ins Büro, das sich die drei Brüder bis zur

Fertigstellung des neuen Kontors mangels Platz teilten – der Fabrikbau auf Wohlgemuts Feld war zehn Jahre nach seiner Errichtung viel zu klein geworden – war Emil seltsam schweigsam.

»Liegt dir etwas auf dem Herzen?«, fragte Carl schließlich.

Doch sein Bruder schüttelte den Kopf. »So kann man es nicht sagen. Eher brüte ich über einer Idee.«

Wieder einmal spürte Carl Stolz in sich aufwallen. Sein Bruder war wie er. Unermüdlich bewegte er eine Idee, ständig sah man ihn über Büchern sitzen, und wann immer er die Gelegenheit dazu hatte, lauschte er wissenschaftlichen Vorträgen. Sein Wissensdurst war unstillbar, und einmal hatte er Carl gestanden, dass er am liebsten bis ans Ende seiner Tage studiert hätte, um Neues und immer Neues zu erfahren. Doch Carl hatte nur lachend den Kopf geschüttelt und seinem Bruder gesagt, dass ihn das niemals zufriedengestellt hätte. »Es geht ja nicht um die Ansammlung von Wissen, sondern darum, etwas daraus zu machen«, hatte er erklärt. »Wenn du es verstehst, dein Wissen so umzusetzen, dass du daraus etwas Neues entwickeln kannst, dann bist du genial.«

An diese Worte musste er nun wieder denken, als sein Bruder ihm von seiner Idee zu erzählen begann.

»Ich überlege die ganze Zeit, wo wir außer beim Mischen noch Zeit sparen können«, sagte Emil, als sie an ihrer Bürotür angekommen waren.

»Und?«, fragte Carl. »Was ist deine Erkenntnis?«

»Das Zukleben der Tütchen kostet viel Zeit«, erklärte Emil mit gerunzelter Stirn. »Und ich glaube, ich habe eine Idee, wie man eine Maschine bauen kann, die uns die Arbeit abnimmt.

Dafür brauchen wir Hartlieb Fermerun auch gar nicht. Das kann ich selbst.«

»Mensch, Emil«, freute sich Carl und klopfte seinem Bruder auf die Schulter. »Das wäre ja genial.«

38. Kapitel

·· Bielefeld, Januar 1906 ··

Wo hast du denn meinen Mann gelassen?«, fragte Martha Meister, als die Familie beim von der treuen Frau Braunwarth, geborene Rentlein liebevoll zubereiteten Abendessen, aufeinandertraf. Carl sah seine Schwägerin entschuldigend an. »Das tut mir leid«, sagte er. »Aber Emil hatte eine Idee.«

»Und wir wissen in dieser Familie alle, was das bedeutet«, ergänzte Josephine und ließ sich theatralisch seufzend auf ihrem Stuhl nieder.

»Wie schade«, murmelte Martha. »Die Mädchen haben gehofft, dass er noch kommt, um ihnen gute Nacht zu sagen. Entschuldigt ihr mich einen Moment? Ich muss ihnen erklären, dass sie ihren Vater heute nicht mehr zu Gesicht bekommen.«

»Natürlich«, sagte Josephine.

Doch in der Tür zögerte Martha und wandte sich zu Agathe um, die nach wie vor für das Auftragen der Speisen zuständig war. »Ich glaube, der größte Trost wäre ihnen, wenn ihre Großtante ihnen heimlich einen Kakao bringt«, sagte sie. »Könnten Sie das veranlassen, Agathe?«

»Natürlich«, erwiderte die lächelnd. »Wenn es Ihnen recht ist, werde ich Ihrer Tante Bescheid geben, sobald ich die Vorspeise serviert habe.«

»Wunderbar«, freute sich Martha und nahm ebenfalls an der liebevoll gedeckten Tafel Platz.

Während Agathe die Suppe auftrug, sah sich Josephine glücklich lächelnd um. Wie sehr sie all die Menschen liebte, die hier am Tisch saßen, fein herausgeputzt wie jeden Abend. Und wie groß ihre Familie inzwischen war. Wie glücklich sie alle waren. Julius und Friederike waren mit ihren sechzehn und zehn Jahren die Jüngsten in der Runde, Marthas und Emils Mädchen waren noch zu klein, um die Mahlzeiten gemeinsam mit den Erwachsenen einzunehmen. Sie wurden von Nanette, die inzwischen sechzig Jahre alt war und immer noch in ihren Diensten stand, liebevoll betreut. Auch Josephines Mutter Charlotte lebte mit ihnen im Haus – und wenn ihr Vater auch die große Liebe ihres Lebens gewesen war, so erhielt sie in letzter Zeit doch verdächtig häufig Post aus Amerika: Louis Dohme, Carls Onkel, der seinerzeit den entscheidenden Impuls zur Backpulver-Idee gegeben hatte, war kürzlich zum vierundvierzigsten Geburtstag seines Neffen Carl zurückgekehrt, um mit der Familie zu feiern. Josephine hatte damals beobachtet, dass ihre Mutter und Louis Dohme häufig Seite an Seite anzutreffen waren. Ausgedehnte Spaziergänge, innige Gespräche vor dem Kaminfeuer. Und dann, nach seiner Abreise, die Briefe, die in verdächtiger Häufigkeit eintrafen. Sie freute sich für ihre Mutter, ebenso wie sie sich freute, dass sich Martha und Emil nun schon vor so vielen Jahren gefunden hatten. Einzig ihrem Schwager Louis fehlte noch die Frau, was Josephine allerdings darauf schob, dass dieser so häufig in aller Welt unterwegs gewesen war.

»Du isst ja gar nichts, Mama«, sagte Friederike, die, obwohl sie erst elf Jahre alt war, seit Kurzem mit den Erwachsenen speisen durfte. Sie legte besorgt ihre Hand auf die ihrer Mutter. »Ist dir nicht wohl?«

»Oh doch, mein Schatz«, erwiderte Josephine liebevoll. »Mir geht es gut. Ich musste nur daran denken, wie froh ich bin, dass wir alle beisammen sind. Und wie glücklich, dass du deinen Weg zu uns gefunden hast.«

»Ich kann mich gar nicht mehr an ein Leben vor euch erinnern«, sagte Friederike und nahm hungrig einen Löffel Suppe.

Josephine wechselte einen vielsagenden Blick mit Carl. Sie hoffte sehr, dass das so blieb und dass sich die zweifellos traumatischen Ereignisse, die Friederike in ihrer frühesten Kindheit erfahren hatte, nicht irgendwann bemerkbar machten. Nachdem Carl ihr die Kleine vor zehn Jahren vorgestellt und ihr von ihrem Schicksal erzählt hatte, hatte sich Josephine sofort in das Mädchen mit den strahlend blauen Augen und den blonden Locken verliebt und das Gefühl gehabt, dass Gott sie ihr geschickt hatte als Trost dafür, dass ihr selbst eine weitere Schwangerschaft verwehrt blieb. Schnell hatten sie und Carl beschlossen, die Kleine ganz zu sich zu nehmen, und im Laufe des Adoptionsverfahrens hatte sich Josephine das Waisenhaus genauer angesehen. Und war entsetzt gewesen. Die Kinder wurden dort geschlagen, misshandelt, in dunkle Kammern gesperrt und mit Essensentzug bestraft. Josephine mochte sich gar nicht ausmalen, was ihrer Kleinen alles widerfahren war, und sie hatte Himmel und Hölle in Bewegung gesetzt, um zu erreichen, dass das Waisenhaus geschlossen wurde. Es war ihr schließlich gelungen, und sie hatte ein neues gegründet. Charlotte hatte die Leitung übernommen und ging in ihrer neuen Aufgabe voll auf. Josephine konnte sich für diesen Posten niemand besseren als ihre Mutter vorstellen, so viel Liebe, wie sie zu geben hatte.

»An das Leben vorher musst du dich auch gar nicht erinnern«, sagte Charlotte in diesem Moment zu ihrer Enkelin. »Das hier ist viel wichtiger.«

»Ja«, bestätigte Josephine. »Das finde ich auch.«

Nachdem Agathe den zweiten Gang aufgetragen und vermeldet hatte, dass die Mädchen mit ihrem Kakao glücklich waren, wandte sich Julius an seinen Vater. »Was hat Onkel Emil denn für eine Idee?«, fragte er.

Josephine sah die Liebe in den Augen ihres Mannes, als er antwortete: »Eine Klebemaschine für unsere Tüten.«

»Das ist phantastisch«, rief Julius.

»Da hast du recht, mein Junge«, sagte Carl. »Auf die Idee kam dein Onkel allerdings aus einem unschönen Grund.«

»Aus welchem?«, fragte Josephine beunruhigt.

»Nun«, brummte Carl missmutig und tupfte sich den Mund mit seiner Serviette ab, »die neue Mischmaschine taugt nichts. Sie ist so laut, dass wir das unseren Arbeitern nicht zumuten können.«

»Wie ärgerlich«, sagte Josephine. »Was machen wir denn nun?«

»Ich werde mit Hartlieb Fermerun reden müssen«, sagte Carl,

und Josephine merkte ihm an, wie unangenehm ihm der Gedanke daran war. »Er muss nachbessern. In der Zwischenzeit müssen wir weiter mit den Handmischmaschinen arbeiten. Und da hat Emil eben überlegt, ob es eine Möglichkeit gibt, schnell an anderer Stelle Entlastung zu schaffen.«

»Wie ich meinen Mann kenne, ist die Maschine schon einsatzbereit, wenn ihr morgen in die Fabrik kommt«, ließ sich Martha lachend vernehmen.

»Ach«, rief Julius sehnsüchtig, »ich kann es gar nicht erwarten, endlich dort arbeiten zu dürfen.«

»Ich auch nicht, mein Junge, ich auch nicht«, versicherte Carl.

»Ob ich nicht doch schon früher ...?«, setzte der hübsche junge Mann mit den dunklen Haaren und den blauen Augen an, doch sein Vater schüttelte erbarmungslos den Kopf.

»Nichts da«, sagte er. »Du machst ordentlich die Schule fertig, dann lernst du dein Handwerkszeug, und anschließend wirst du studieren, wie deine Onkel und ich das getan haben.«

»Aber ...«

»Hör auf deinen Vater«, sagte Josephine sanft. »Das Studium gibt dir alles, was du brauchst, wenn du Teil der Firmenleitung sein willst. Und nach der Schule machst du erst mal eine Lehre im Betrieb.«

»So lob ich mir das, mein Junge«, sagte Carl stolz. »Und nun bitten wir Agathe, den Nachtisch aufzutragen. Ich bin gespannt, was uns Frau Braunwarth da wieder Wunderbares gezaubert hat.«

••••

Die Meisters wohnten schon lang nicht mehr über der Apotheke. Sie waren dort bereits zwei Jahre nach dem Umzug der Firma in Wohlgemuts Scheune ausgezogen. Die Erfindung des Puddingpulvers war ebenso erfolgreich gewesen wie das Kochbuch, das Wohlgemut herausgebracht hatte. Die Firma wuchs und wuchs, und sie brauchten dringend Räumlichkeiten. Die Zimmer über dem Ladengeschäft hatten die Meisters den Mitarbeitern, die nicht aus Bielefeld stammten, zu Wohnzwecken zur Verfügung gestellt. Die Familie hatte das Glück gehabt, eine wunderschöne Villa im Süden der Stadt erwerben zu können, die seit einem halben Jahr leer gestanden und auf neue Besitzer gewartet hatte. Als Charlotte sie zum ersten Mal erblickt hatte, hatte sie verschmitzt kommentiert, jetzt endlich wieder ein passendes Zuhause zu haben. In der Tat war die Villa Rosenstein äußerst repräsentativ und erhob sich am Ende einer langen Zufahrt, die hinter einem großen, schmiedeeisernen Tor begann. Von außen war das Grundstück nicht einsehbar, was Josephine sehr angenehm fand. Die Kinder hatten in den parkähnlichen Anlagen, die das Haus umgaben, jede Menge Freiraum zum Spielen, und das Gebäude selbst bot mehr als genug Platz. Es gab große Wirtschaftsräume mit Küche im Souterrain und Dienstbotenräumen unter dem Dach. Und von der Eingangshalle, die man über eine großzügige Freitreppe betrat, führten drei Portale in drei große Räume, die das gesamte Erdgeschoss einnahmen. In der Beletage erstreckten sich die privaten Räume in drei Flügeln, so dass jeder einen Trakt für sich hatte: Josephine und Carl bewohnten mit ihren Kindern den Südtrakt, Emil und Martha den Nordtrakt, und

Louis und Charlotte waren im Mitteltrakt in großzügigen Suiten untergebracht.

Der Speisesaal, die Bibliothek, das Teezimmer und der Salon befanden sich im Erdgeschoss und gestatteten samt und sonders einen hervorragenden Blick auf den großzügigen Garten.

Die Familie hatte sich angewöhnt, sich nach dem Abendessen noch in der Bibliothek zu treffen, um zu plaudern, zu lesen oder sich einer Handarbeit zu widmen. Josephine hatte schon oft gedacht, wie wichtig diese Zusammenkünfte waren.

Als sie sich an jenem Abend auf dem Sofa vor dem Kamin niederließ, setzte sich Friederike neben sie.

»Wie schön, dass du mir Gesellschaft leistest«, sagte Josephine zärtlich und betrachtete ihre Tochter liebevoll. Das Mädchen wurde immer hübscher, manchmal dachte sie, dass Friederike beinah unwirklich schön war. Die blonden, glänzenden Locken fielen ihr bis auf die Hüften, ihr zartes Gesicht war immer leicht rosig, die blauen Augen voller Empathie.

»Ich habe eine Bitte, Mama«, sagte Friederike nun leise.

»Welche, mein Schatz?«, fragte sie.

»Nun«, fuhr ihre Tochter fort. »Auch wenn ich mich nicht mehr an das Leben im Kinderheim erinnern kann, so muss ich in letzter Zeit doch oft daran denken, wie es wäre, wenn ihr mich da nicht rausgeholt hättet. Ich weiß sehr wohl, dass du das Waisenhaus damals hast schließen lassen und ein neues gegründet hast, weil die Kinder und damit auch ich gelitten haben.«

Josephine schrak zusammen. »Woher …«

Ihre Tochter hob die Hand und strich ihr über die Wange.

»Ach, Mama«, sagte sie belustigt und fuhr etwas altklug fort: »Kinder wissen einfach alles. Ich möchte gerne etwas von meinem Glück weitergeben«, sagte Friederike. »Denen, die es nicht so gut haben, wie ich.«

»Aber die Kinder in unserem Waisenhaus haben es gut«, versicherte Josephine. »Dafür sorgt deine Großmutter jeden Tag.«

»Sicher nicht so gut wie ich bei euch«, widersprach Friederike. »So gut kann es gar niemand haben.«

»Ach, Schatz«, erwiderte Josephine gerührt.

»Ich möchte Großmutter gerne ins Waisenhaus begleiten«, fuhr Friederike fort. »Mich um die ganz Kleinen kümmern und mit ihnen spielen.«

Josephine sah sie nachdenklich an. »Das ist vielleicht wirklich eine gute Idee«, sagte sie. »Liebe kann man niemals genug bekommen, und für die Kinder wäre es ein Fest, wenn du sie regelmäßig besuchen kommst.«

»Dann sagst du also Ja?«, fragte Friederike und strahlte sie an.

Josephine strich ihr über die blonden Locken. »Solange deine schulischen Leistungen nicht darunter leiden.«

»Die Kinder im Kinderheim sind doch viel wichtiger als zum Beispiel diese lästige Stickerei«, widersprach Friederike.

Josephine musste lachen. Ihre Tochter hatte wirklich so gar kein Talent für Handarbeiten und geriet jedes Mal in Rage, wenn sie daran arbeiten musste. Mit großer Zuverlässigkeit verhedderte sich sofort der Faden, und gar zu oft hatten Josephine oder ihre Mutter herbeieilen müssen, um die Verzweifelte aus ihrem Elend zu befreien.

»Es ist ja nicht so, als würden wir dir nur das Sticken beibringen«, sagte Josephine schmunzelnd. »Ich sage immer: Man muss niemanden zu etwas zwingen, was ihm zuwider ist, und beim Sticken meine ich, dass es ausreicht, wenn du die Grundzüge beherrschst.«

»Dann darf ich also damit aufhören?«, fragte das Mädchen hoffnungsvoll.

»Es zumindest reduzieren«, sagte Josephine. »Viel wichtiger ist, dass du Sprachen lernst und dein Klavierspiel übst.«

»Na, was habt ihr beide denn zu besprechen?«, fragte Julius und setzte sich zu ihnen auf das Sofa.

Friederike schmiegte sich an ihren großen Bruder, den sie anhimmelte, und erzählte: »Stell dir vor, Mama hat mir gestattet, dass ich Oma künftig ein wenig im Waisenhaus helfen darf.«

»Na«, sagte Julius und zog seine kleine Schwester an sich, »da haben die Waisenkinder aber Glück.«

39. Kapitel

·· Bielefeld, Januar 1906 ··

»Du hast mir das Schreiben an die Vertreter gar nicht mehr vorgelegt«, sagte Carl zu seinem jüngeren Bruder Louis. Sie hatten sich in einen kleineren Nebenraum der Bibliothek zurückgezogen, das sogenannte Raucherzimmer, das durch eine Schiebetür abgetrennt war. Sosehr Carl es genoss, sich dann und wann eine Zigarre zu gönnen, sosehr hasste er Bücher, die nach Rauch stanken. Er hatte das Gefühl, als würde man diese großartigen Bände, in denen das Wissen dieser Welt vereint war, damit entweihen. Auch ziemte es sich nicht, die Damen des Hauses mit Zigarrenrauch zu belästigen. Und obendrein hatte es durchaus etwas für sich, über ein Zimmer zu verfügen, in dem nach Feierabend noch etwas Geschäftliches besprochen werden konnte. Zwar war Josephine als Leiterin der so wichtigen Marketingabteilung nicht mehr wegzudenken, aber Martha hatte, um dem dauernden Arbeitseifer ihres Gatten etwas entgegenzusetzen, eine strikte Regel eingeführt: keine Gespräche über die Firma mehr nach dem Dinner. Nur ging das eben nicht immer. Eigentlich gab es dauernd etwas zu tun, und Carl konnte nicht anders: Die Zeit, in der er nicht arbeitete, empfand er als vergeudet.

Louis grinste und griff in seine Sakkotasche, um ein zusammengefaltetes Stück Papier herauszuziehen. »Ich dachte mir schon, dass du mich darauf ansprechen würdest«, sagte er. »Aber vorhin waren du und Emil derart in die Idee mit der Klebemaschine vertieft, dass ich dachte, ich hebe mir das für später auf.«

Carl nahm das Schreiben entgegen, das Louis verfasst hatte. Wie seinem jüngsten Bruder Emil hatte er auch Louis auf den richtigen Weg geholfen. Louis hatte die Schule frühzeitig verlassen und eine Lehre in einem Bekleidungsgeschäft begonnen. Anschließend war er in die Seidenfabrik seines Onkels Martin gewechselt und hatte Carl während seiner Zeit dort einmal besucht. Und da war es nur so aus dem lebensfrohen jungen Mann herausgebrochen. In der Firma sei es kaum auszuhalten, sein Onkel behandle seine Mitarbeiter schrecklich. Carl, dem das auch schon zu Ohren gekommen war, hatte nicht lange gefackelt und seinen Bruder aus dem Unternehmen herausgenommen. Mit seiner herzlichen und weltoffenen Art, um die der viel stillere und strengere Carl ihn schon immer beneidet hatte, wäre Louis eines Tages genau der Richtige, um fremde Märkte zu erschließen. Carl hatte seinem Bruder ein Versprechen gemacht: »Wenn du perfekt Englisch, Französisch und Spanisch lernst, hast du in meinem Unternehmen eine glänzende Zukunft vor dir.«

Louis hatte ihn nicht enttäuscht. Er beherrschte die drei Sprachen mittlerweile ebenso gut wie seine Muttersprache und hatte obendrein in der Abendschule noch sein Einjährigen-Examen abgelegt. Und Carl hatte Wort gehalten: Er hatte Louis zu einem sehr guten Gehalt angestellt und ihn dann auf Geschäftsreisen ins

Ausland geschickt. Louis' Aufgabe war es, Dr. Meister in ganz Europa bekannt zu machen. Er bewältigte sie mit Bravour. In London, Paris, Barcelona, Mailand, Kopenhagen und Brüssel kam der fröhliche junge Mann bestens an, und Carl war überzeugt, dass ihm die Damenwelt überall zu Füßen lag. Wenn er sich gerade nicht auf einer Geschäftsreise befand, dann kümmerte sich Louis von Bielefeld aus darum, den Vertrieb zu organisieren und zu perfektionieren. Carl hatte ihm die Leitung des Außendienstes übertragen, und Louis hatte die hervorragende Idee gehabt, zwei Handelsreisende fest einzustellen. Inzwischen hatten sie rund siebzig Vertreter, die allerdings überwiegend auf Provisionsbasis tätig waren, und Louis wachte mit Argusaugen darüber, dass sie ihre Arbeit anständig erledigten. Regelmäßig verfasste er Rundschreiben an seine Mitarbeiter, in denen er genaue Instruktionen darüber gab, wie diese sich zu verhalten und was sie zu tun hatten.

Meine Herren,
wir werden für unsere Produkte in Zukunft noch viel mehr Reklame machen, als wir das bereits in der Vergangenheit getan haben. Vor allem unser Pudding und unser Vanillezucker sollen im Mittelpunkt stehen. Die Anzeigen in den Zeitungen werden unser Haus viel kosten. Davor schrecken wir jedoch nicht zurück, denn wir wissen, dass wir den Absatz unserer Produkte noch deutlich steigern können. Es gibt tatsächlich noch Menschen, die noch nie von unseren Produkten gehört haben. Das wollen wir nun mit aller Entschiedenheit ändern. Natürlich hat aber die größte Reklame keinen Sinn, wenn die Leute dann in die Geschäfte stürmen und feststellen müssen, dass

unsere Produkte nicht zu finden sind. Dies zu verhindern ist Ihre Aufgabe. Unser Ziel muss sein, dass es im kommenden Jahr kein Geschäft mehr gibt, in dem unsere Produkte nicht erhältlich sind. Unser Marketing hat wunderbare Kartons entworfen, die leicht an den Mann zu bringen sein müssten. Sie beinhalten eine Auswahl unserer Produkte und sind so gestaltet, dass sie nur auf die Theke gestellt werden müssen. Darüber hinaus sind sie eine Augenweide. Ich erwarte von Ihnen, dass Sie das Ihrige dazu beitragen, unser Unternehmen noch größer und bedeutender zu machen. Einige von Ihnen haben in der Vergangenheit ungenügende Arbeit geleistet. Ich verlange von Ihnen vollen Einsatz für unsere Firma. Ungenügende Absatzzahlen werde ich in Zukunft nicht mehr dulden.

Mit freundlichen Grüßen

Louis Meister

Carl nickte. »Das ist sehr gut«, befand er. »Ich hoffe, du hast daran gedacht, die Plakate auf beiden Seiten zu bedrucken.«

Louis nahm ihm das Schreiben wieder ab. »Dafür hat deine Frau gesorgt, das kannst du mir glauben.«

Carl lachte auf. Josephine hatte einmal mitbekommen, dass Händler die von ihr mitgelieferten und so liebevoll gestalteten Plakate mit der Rückseite nach vorne aufhängten, um die leere weiße Fläche für die Werbung eigener Produkte zu verwenden. *Fangfrische Fische, gut und günstig,* hatte einer der Verkäufer mit schwarzem Stift darauf geschrieben. Josephine, die sonst eigentlich eher ein sanftes und ausgeglichenes Gemüt hatte, hatte einen wahren Tobsuchtsanfall bekommen, aber auch gleich eine

Lösung parat gehabt: Fortan wurden die Plakate auf beiden Seiten bedruckt.

»Louis«, sagte Carl und sah seinen Bruder ernst an, »ich bin wirklich sehr, sehr zufrieden mit deiner Arbeit.«

»Danke«, erwiderte sein Bruder. »Du weißt, wie verbunden ich mich dem Unternehmen fühle.«

»Das weiß ich«, bestätigte Carl. »Und ich weiß auch, dass das Unternehmen nur deshalb so florieren kann, weil wir alle an einem Strang ziehen. Louis«, sagte er dann feierlich. »Ich denke darüber nach, nach Amerika zu expandieren. Und ich würde dich gerne damit betrauen, die Reise anzutreten. Du hast genügend Erfahrung, um mir eine gute Einschätzung geben zu können.«

»Amerika«, stieß Louis hervor. »Das wäre ja phantastisch. Wann soll es losgehen?«

»So bald wie möglich.«

»Ich bin dabei«, sagte Louis noch, da öffnete sich die Tür, und ein verstrubbelter und von oben bis unten mit Maschinenöl beschmierter Emil kam herein.

»Wie siehst du denn aus?«, rief Carl. »Wenn Martha dich so sieht!«

Emil grinste. »Das möge Gott verhindern, ich werde auch gleich ein Bad nehmen. Aber die frohe Botschaft wollte ich euch doch nicht vorenthalten.«

Seine Brüder starrten ihn gespannt an.

»Meine Herren«, sagte Emil theatralisch, »ich freue mich, Ihnen mitteilen zu können, dass die Dr. Carl Meister Werke ihre Tütchen fortan nicht mehr per Hand kleben müssen.«

Anerkennend sag Carl seinen jüngsten Bruder an. »Du hast es geschafft? So schnell?«

Emil nickte, und der Stolz war ihm deutlich anzumerken. »Wenn eine Idee erst einmal in meinem Kopf Gestalt angenommen hat, dann ist der Weg zur Umsetzung nicht mehr lang. Zumal wir ja über eine hervorragend ausgestattete Werkstatt verfügen.«

Er kramte in seiner Tasche und zog dann ein Backpulvertütchen heraus, um es seinen Brüdern zu präsentieren. »Bitte schön. Wir können den Prototyp morgen in der Produktion einsetzen. Und wenn es gut funktioniert, baue ich weitere.«

»Das sieht toll aus«, lobte Carl ihn. Dann kam ihm eine Idee. »Da du in diesen Dingen ja außerordentlich geschickt bist: Traust du dir zu, das Lärmproblem bei der Mischmaschine zu beheben? Das würde mir vielleicht einen unangenehmen Gang ersparen.«

»Bevor du antwortest, Bruderherz«, mischte sich Louis ins Gespräch, »würde ich mich gern empfehlen. Maschinen sind nicht so wirklich meine Welt, und ich habe heute noch eine Verabredung.«

»Sieh an, sieh an«, neckte Emil ihn. »Wie heißt sie denn?«

Doch Louis lächelte nur und verließ den Raum.

Emil sah ihm versonnen nach und wandte sich dann wieder Carl zu. »Eigentlich denke ich, wenn es eine Möglichkeit gibt, dass die Maschine leise läuft, hätte es unser Zulieferer gleich so gebaut. Es sei denn, er wollte uns bewusst ärgern. Aber ich sehe es mir gerne mal an.«

Carl nickte. »Emil«, sagte er dann.

»Ja?«

»Dr. Emil Meister«, erklärte Carl feierlich, ich würde dich gern in die Firmenleitung nehmen und dir Prokura erteilen.«

40. Kapitel

·· Bielefeld, Februar 1906 ··

»Wie schön, dass wir wieder einmal ein wenig Zeit für uns haben«, sagte Josephine. Sie saß in ihrem gemeinsamen Schlafzimmer am Toilettentisch und bürstete ihre Haare. Schon früher hatte ihr Carl gerne dabei zugesehen. Je erfolgreicher das Unternehmen wurde, desto weniger solcher Momente gab es aber: Carl zog sich häufig am Abend noch in sein Arbeitszimmer zurück, und sie selbst ging oft in ihren Salon, um dort neue Ideen zu Papier zu bringen. Denn an die von Martha aufgestellte Regel, nach dem Dinner nicht mehr über Geschäftliches zu sprechen, hielt sich niemand, sie selbst am allerwenigsten. Josephine liebte das Unternehmen, und weil sie aber auch für ihre Kinder da sein wollte, achtete sie streng darauf, an den Nachmittagen nicht zu arbeiten. Was dann wiederum zur Folge hatte, dass sie an den Abenden noch einiges zu erledigen hatte.

Aber, dachte sie, wie gut, dass Carl und sie dieselbe Leidenschaft hatten und damit auch Verständnis füreinander aufbrachten. Da sie ihre Kraft für eine gemeinsame Sache einsetzten, war keiner dem anderen böse, wenn die Arbeit wieder einmal vor ihre Zweisamkeit ging.

»Das finde ich auch«, erwiderte er und strich ihr von hinten über ihre langen, welligen Haare, durch die sich noch keine einzige graue Strähne zog. »Es tut mir leid, dass es gerade so viel ist.«

»Ach, Carl.« Sie legte die Bürste weg, wandte sich zu ihm um und nahm seine Hände. »Du weißt, dass mich das nicht stört. Weil ich es genauso liebe wie du. Und außerdem«, sie machte eine weit ausholende Bewegung, »außerdem hat uns dein Erfolg all das hier ermöglicht. Wir können uns wirklich nicht beklagen.«

»*Unser* Erfolg«, korrigierte er, und sie war wieder einmal gerührt darüber, wie liebevoll und bescheiden er sich ihr gegenüber mittlerweile zeigte. Denn Dr. Carl Meister war von seinen Mitarbeitern hoch geschätzt. Er war ein König, ein König des Backpulvers, ein mächtiger Mann, doch wenn sie allein waren, dann war er einfach nur ein zärtlicher Geliebter.

»Die Arbeiter sind doch unsere Familie«, sagte Josephine. »Die Firma ist unser Leben. Ich finde es wunderbar so, wie es ist, und habe keinen Grund, mich zu beklagen, im Gegenteil.«

»Was habe ich doch für ein Glück mit dir«, sagte Carl und küsste ihre Hände. Erst die rechte, dann die linke.

Sie lächelte. »Ich finde es wunderbar, wie entschieden du wegen der neuen Mischmaschine gehandelt hast. Es gibt genügend Unternehmer im Kaiserreich, denen das Wohlbefinden ihrer Arbeiter herzlich egal ist.«

»O ja«, bestätigte Carl finster. »Eines dieser Beispiele haben wir ja in der eigenen Familie. Ich will niemals so werden wie mein Onkel.«

»Da musst du dir, glaube ich, keine Sorgen machen«, beruhigte sie ihn. Carl achtete nicht nur hinsichtlich des Lärms streng darauf, dass es den Arbeitern gut ging, sondern er sorgte auch dafür, dass alle Plätze hell beleuchtet waren und dass die Leute gut und ausreichend zu essen bekamen. Regelmäßig ließ er frisches Obst anliefern, an dem sich die Belegschaft nach Herzenslust bedienen konnte.

»Übrigens habe ich heute in der Zeitung gelesen, dass Robert Bosch in Stuttgart auch den Acht-Stunden-Tag eingeführt hat.«

Carl nickte. »Ja, davon habe ich gehört. Wie gut, dass wir den schon haben. Ist ja nicht so, als stünde die Forderung danach nicht schon viel länger im Raum.«

»Da hast du recht«, bestätigte sie. In der Tat war der Ruf nach einem Acht-Stunden-Tag schon seit gut fünfzehn Jahren der Kern der internationalen Maidemonstrationen.

»Aber für Feiertage an Weihnachten, Ostern und Pfingsten bekommen Boschs Leute wohl keinen Lohn«, wandte Carl ein.

»Weihnachten ist ein gutes Stichwort«, ließ sich Josephine vernehmen. »Die Arbeiter haben sich sehr darüber gefreut, dass wir jedem von ihnen einen Eimer Marmelade geschenkt haben.«

Carl nickte. »Wenn das so weitergeht, können wir ihnen zum nächsten Fest eine noch größere Freude machen. Unsere Umsätze explodieren, Phinchen, und das haben wir nicht zuletzt unseren Arbeitern zu verdanken. Das müssen wir ihnen zurückgeben.«

»Was hast du im Sinn, Carl Meister?«, fragte sie.

Er lächelte. »Dieses Jahr«, sagte er, »dieses Jahr wird jeder pures Gold zu Weihnachten bekommen. Und mehr als das: Phinchen, ich möchte den Arbeitern ein Weihnachtsgeld ausbezahlen.«

»Das finde ich wunderbar, Carl«, sagte sie und legte die Arme um ihn. »Und ich habe noch einen weiteren Vorschlag.«

»Ich höre? Du weißt, wie sehr ich deine Vorschläge liebe.« Er küsste sie auf die Nase.

»Nun«, sagte sie. »Ich mache mir Gedanken um meine Waisenhaus-Kinder. Um ihre Zukunft.«

Überrascht sah er sie an. »Aber sie besuchen doch alle die Schule, und deine Mutter sorgt dafür, dass sie eine hervorragende Bildung bekommen.«

Sie seufzte und legte die Hände um seinen Nacken. »Das schon«, sagte sie. »Dennoch kommen sie mir teilweise noch so verloren vor. Ich würde ihnen gerne ein wenig mehr Rüstzeug fürs Leben geben. Und da dachte ich: Warum sollen wir die Waisenkinder nicht als Lehrlinge in den Betrieb übernehmen? Wir haben inzwischen so viele Bereiche, da ist für jeden was dabei. Die Mädchen könnten in der Versuchsküche, oder als Abfüllerinnen arbeiten. Die Jungen …«

Weiter kam sie nicht, denn ihr Mann legte seine Lippen auf die ihren und erstickte damit ihre Worte mit einem langen, innigen Kuss.

Als er sie wieder losließ sagte er: »Mit deinen vielen Ideen gibt es nur ein Problem.«

»Welches?«, sie sah ihn skeptisch an.

»Ich ärgere mich jedes Mal darüber, dass ich nicht von selbst darauf gekommen bin.«

Sie lächelte. »Ist das ein Ja?«

»Natürlich ist das ein Ja.«

»Oh Carl! Ich freue mich so! Dann haben wir sie noch ein wenig unter unseren Fittichen.«

»Und ich habe endlich einen Grund, das Gesundheitsprogramm für unsere Mitarbeiter zu etablieren, das mir schon so lange im Kopf herumgeistert.«

»Ein Gesundheitsprogramm?«, fragte Josephine. »Davon weiß ich ja noch gar nichts.«

»Wir haben eben doch zu wenig Zeit, um miteinander zu reden«, sagte er, setzte sich auf die Bettkante und zog sie neben sich. »Ich wollte es schon lange ansprechen und dich fragen, was du davon hältst.«

»Was schwebt dir vor?«

»Nun«, setzte Carl an. »Es ist in der Tat so, dass die Arbeiter ein Stückweit zu unserer Familie gehören. Und für seine Familie hat man Verantwortung.«

»Ja?«, sagte Josephine und es klang wie eine Frage.

»Ich beobachte immer wieder, dass vor allem unseren jungen Arbeitern das Gefühl für einen gesunden Lebenswandel fehlt«, sagte Carl. »Dem versuche ich ja schon beizukommen, indem ich beispielsweise kostenloses Obst bereitstelle. Aber eigentlich müssen unsere Bemühungen noch darüber hinausgehen, vor allem, wenn wir nun die Waisenkinder in die Lehre übernehmen. Ich würde gerne den Lehrbuben und den Lehrmädchen täglich eine große Tasse frische Milch zukommen lassen. Vielleicht sollten wir auch Bücher über gesunde Ernährung herausgeben und verteilen.«

»Das ist gut«, sagte Josephine, »aber ich habe noch eine Idee, die darüber hinausgeht. Ich glaube, dass Martha sich über eine Aufgabe freuen würde. Ihre Mädchen gehen jetzt in den Kindergarten, und sie hat den Tag über nichts zu tun. Was hältst du davon, wenn wir eine Betriebsküche einrichten, in der Martha jeden Tag ein gesundes Mittagessen für unsere Arbeiter kocht? Diese Aufgabe würde ihr, da bin ich mir sicher, riesige Freude bereiten. Sie hat heimlich immer schon davon geträumt, Köchin zu werden wie ihre Tante. Und mehr noch: Wir könnten auch ihr Lehrlinge zur Seite stellen und unser Angebot damit sogar erweitern.«

»Das ist eine hervorragende Idee«, stimmte er zu. »Und wenn Martha auch nur halb so gut kocht wie Frau Rentlein, dann wird die Belegschaft mit noch mehr Freude jeden Tag zur Arbeit kommen. Vielleicht könnte Martha verdienten Mitarbeiterinnen auch Kochkurse anbieten, gerade jungen Frauen, den Mädchen aus dem Waisenhaus. Es ist mir ein Anliegen, dass unsere Mädchen und Jungen gut auf das vorbereitet sind, was sie da draußen erwartet.«

»Ach, wie ich es liebe, mit dir Ideen zu spinnen«, sagte sie. »Martha ist bestimmt sehr gern dazu bereit.«

• • • •

Wie nicht anders zu erwarten, reagierte Martha auf Josephines Vorschlag mit großer Begeisterung.

»Ja, ja, ja!«, rief sie ein ums andere Mal und drückte ihrer Freundin und Schwägerin einen begeisterten Kuss nach dem anderen auf die Wange. »Das ist eine ganz hervorragende Idee! Ich hoffe nur, dass Emil nichts dagegen hat.«

Josephine lachte und löste sich aus ihrer Umarmung. »Das wird er ganz bestimmt nicht. So gut kenne ich meinen Schwager inzwischen. Im Gegenteil, es wird ihn freuen, wenn seine Liebste sich auch für das Familienunternehmen einsetzt.«

»Wo könnte ich meine Küche einrichten?«, fragte Martha begierig. »Und wann?«

»Nun«, sagte Josephine. »Das müssten wir natürlich noch in Ruhe mit unseren Männern besprechen. Aber ich denke, sobald das Kontor fertig gestellt ist, wird sich sicherlich ein Platz finden.«

»Lass uns das doch gleich heute Abend beim Essen besprechen«, schlug Martha mit leuchtenden Augen vor.

»Na, na«, neckte Josephine sie. »Wo ist denn die Frau geblieben, die geschäftliche Gespräche am Abend verbietet?«

»Aber doch erst nach dem Abendessen«, stimmte Martha in ihr Lachen mit ein. »Und außerdem, nun, wo ich ebenfalls in der Firma arbeiten werde, gibt es sicherlich ganz viel zu besprechen …«

»Du bist mir eine«, sagte Josephine und knuffte sie sanft in den Arm.

41. Kapitel

·· Bielefeld, Februar 1906 ··

Was ist denn da draußen los?«, fragte Emil, der seinem Bruder im gemeinsamen Arbeitszimmer gegenübersaß.

Carl, der gerade über seinen Büchern gebrütet hatte, hob lauschend den Kopf. Er war derart vertieft gewesen, dass er die Stimmen, die von draußen hereindrangen, gar nicht wahrgenommen hatte.

»Sehen wir doch mal nach«, brummte er und erhob sich etwas mühsam, um zum Fenster zu gehen.

Und dann schnappte er hörbar nach Luft. »Das gibt es doch nicht!«

»Was ist?« Auch Emil war aufgestanden und neben ihn getreten. Dann lachte er schallend auf. »Unser kleiner Angeber.«

Carl schnaubte. »Das geht ganz und gar nicht!«

Unten auf dem Hof war soeben Louis vorgefahren – in einem Rolls Royce! Und der kostete, wie Carl wusste, ein Vermögen. Erst vor zwei Jahren, im selben Jahr, in dem sich auch die FIFA gegründet hatte, war der erste Rolls Royce auf den Markt gekommen. Carl hatte selbst damit geliebäugelt, ihn sich anzuschaffen, dann aber beschlossen, dass ihm sein Paul-Daimler-Wagen ausreichte, schließlich war die Mehrzahl der Bürger immer noch mit der Kutsche oder zu Fuß unterwegs. Er hätte sich das exklusive Auto durchaus leisten können, sich aber vor seinen Arbeitern auch dafür geschämt. Zwar bezahlte er sie gut, gab ihnen auch anständigen Wohnraum und behandelte sie fair, aber dennoch lebten sie im Gegensatz zu ihm in einfachen Verhältnissen. Er konnte sich noch gut an eine Zeit erinnern, in der er angesichts Josephines Reichtum Schwierigkeiten gehabt hatte, und er wollte dieses Gefühl in der Belegschaft nicht hervorrufen. Er wollte keinen Neid, denn Neid war, so wusste er, die Wurzel vielen Übels.

Dass nun allerdings Louis mit dem Rolls Royce vorfuhr, machte nicht nur all seine Bemühungen zunichte – denn wenn der Bruder des Chefs sich einen solchen Wagen leisten konnte, musste der Chef selbst aus Sicht der Belegschaft natürlich unermesslich reich sein –, sondern er untergrub auch noch seine Autorität.

Doch im nächsten Moment hatte er erneut Grund, entsetzt aufzukeuchen. Louis war nämlich inzwischen ausgestiegen und um den Wagen herumgegangen. Jetzt öffnete er die Beifahrertür und reichte der Dame, die sich anschickte, dem Gefährt zu entsteigen, galant den Arm.

Es war die Frau, von der Carl gehofft hatte, sie nie wieder sehen zu müssen.

• • • •

Josephine saß über den Entwürfen für die neue Werbekampagne, und zum ersten Mal in ihrem Leben mangelte es ihr an Ideen, was sie beinahe verzweifeln ließ. Das war ihr noch nie passiert! Sie war sogar schon so weit gewesen, die Werbeanzeigen in den Zeitungen durchzublättern in der Hoffnung, dass sie etwas davon inspirieren konnte. Zu ihrer Enttäuschung – vielleicht auch zu ihrer Erleichterung – waren die Anzeigen jedoch für ihren Geschmack samt und sonders ziemlich langweilig. Chocolat Sprüngli Zürich warb mit einem schlichten Schriftzug für *die echte Lindt Chocolade*. Und die Milka Suchard-Werbung verstand sie schlichtweg nicht. Ein Hund hockte auf einem schneebedeckten Berg und hatte eine kleine Milka-Tafel vor den Hals geklebt. Darunter stand: *Chocolat au lait pur des alpes*. Sie fand die Anzeige gleich aus mehreren Gründen missglückt. Zum einen mochten Hunde keine Schokolade, wenn sie nicht alles täuschte, war diese sogar gefährlich für die Vierbeiner, zum zweiten gehörten, wenn schon, dann Kühe auf die Alpen und keine Hunde, und was den Schriftzug anging: Was sollten Kunden tun, die kein Französisch verstanden?

Sie seufzte und schlug die Zeitung wieder zu. Nein, Inspiration würde sie hier nicht finden. Aber wenigstens Beispiele dafür, wie sie es nicht machen sollte.

Insofern war sie dankbar für die Ablenkung, als es klopfte, und sie freute sich, als Martha kurz darauf, ein wenig schüchtern, zur Tür hereinkam.

»Entschuldige, wenn ich störe«, sagte sie. »Aber es lässt mir keine Ruhe. Ich kann einfach nicht abwarten.« Bittend sah sie Josephine an. »Ich habe mir gedacht, ob wir vielleicht schon einmal die Küche von Herrn Wohlgemut ansehen könnten?«

Josephine zögerte. Matthias Wohlgemut war inzwischen eine wichtige Stütze in der Firma – er leitete die Versuchsküche, in der eine ganze Reihe von Männern und Frauen stetig neue Rezepte erfanden, ausprobierten und, wenn sie für gut befunden wurden, zu Papier brachten. Das erste Rezepte-Buch von Wohlgemut hatte sich millionenfach verkauft, und inzwischen waren auch viele Nachfolgebände erschienen, für die sie, Josephine, die Optik entwickelt hatte. Ein Besuch in seiner Küche wäre für Martha sicherlich eine Inspiration. Josephine fürchtete aber, dass Wohlgemut vom Grund ihres Besuchs erfahren würde – und ihr war daran gelegen, dies zuerst endgültig im Familienkreise zu besprechen. Denn das hatte sie im Laufe der Zeit gelernt: Nichts war gefährlicher als Gerüchte, und die entstanden schnell in einem Unternehmen wie dem ihren. Josephine legte stets größten Wert darauf, die Kommunikationswege strikt einzuhalten, und damit war sie bisher immer gut gefahren.

Doch dann blickte sie wieder in das Gesicht ihrer Schwägerin, auf dem sich, je länger Josephine zögerte, eine immer größere Enttäuschung abzeichnete.

»Ich komme ungelegen.«

»Nein, nein«, versicherte Josephine und legte ihren Stift beiseite. »Ich habe sowieso nicht die richtige Idee, und eine Pause tut mir ganz gut. Ich habe allerdings eine Bitte: Lass noch nichts über unsere Überlegungen verlauten.«

»Natürlich nicht«, sagte Martha, und es klang beinahe beleidigt. »Mir ist vollkommen klar, dass wir das erst mit unseren Männern besprechen müssen.«

Die Versuchsküche war ein langer, schmaler, gekachelter Raum, in dessen Mitte ein großer Tisch stand. An den Wänden befanden sich mehrere Kochstellen, über denen allerlei Kochgeschirre und Kuchenformen hingen. Wie immer herrschte hier rege Betriebsamkeit. »Guten Tag, Frau Dr. Meister, Frau Dr. Meister«, sagte eine schlanke Frau um die dreißig und eilte ihnen entgegen. Wie ihre Kolleginnen trug sie eine weiße Kittelschürze und hatte ein weißes Tuch um den Kopf gebunden. »Wie schön, dass Sie wieder einmal den Weg zu uns finden.«

Josephine musste schmunzeln, und die Frau sah sie fragend an. »Ach«, erklärte Josephine, »es ist einfach immer sehr amüsant, wenn ich in Gesellschaft meiner Schwägerin bin und wir beide mit demselben Namen begrüßt werden.«

»Nun ja«, sagte die Arbeiterin verlegen. »Sie heißen ja auch beide so.«

In der Tat, dachte Josephine und musste plötzlich an Anna denken. Ihre Freundin war inzwischen nicht nur die alleinige Geschäftsführerin ihres Betriebes, der mittlerweile der größte seiner Art in Berlin war. Sie leitete auch eine Frauenrechtsorganisation und hielt, obwohl ihr inzwischen die Liebe begegnet war und sie geheiratet hatte, ganz und gar nichts davon, Frauen beim Namen oder Titel ihrer Männer zu nennen. Josephine musste ihr da im Stillen recht geben. Sie hatte sich längst aus der Frauenrechtsbewegung zurückgezogen – ihr war wegen der Kinder, der

Firma und des Waisenhauses einfach keine Zeit mehr geblieben. Aber als sie dies Anna gegenüber einmal bedauert hatte, hatte die Freundin ihre Hände genommen und gesagt, sie tue so viel Wichtiges, auch im Sinne des Frauenrechts, indem sie als Unternehmerin Frauen in Lohn und Brot nehme und anständig bezahle und mit dem Waisenhaus dafür sorge, dass junge Mädchen eine gute Zukunft bekamen.

Inzwischen hatte auch Matthias Wohlgemut sie entdeckt und kam ihnen entgegengeeilt. Er hieß sie in seinen »Heiligen Hallen« willkommen.

»Meine Schwägerin hat festgestellt, dass sie Ihre wunderbare Versuchsküche tatsächlich noch nie von innen gesehen hat – und das, wo sie sich doch so für das Kochen und das Backen begeistert«, erklärte Josephine ihren Besuch.

»Ach so?«, fragte Wohlgemut. »Dann freue ich mich aber sehr. Es ist mir eine Ehre, Ihnen alles zu zeigen.«

42. Kapitel

·· Bielefeld, Februar 1906 ··

Carls Herz raste. Louis war inzwischen mit Helene im Haus verschwunden, und es war klar, was das bedeutete: In wenigen Minuten würde sein Bruder mit seiner einstigen Geliebten vor ihm stehen. Er wusste nicht, auf wen er wütender war. Auf Louis und dessen unfassbaren Auftritt mit seinem Luxusgefährt oder auf Helene. Was bildete die sich ein, hier aufzutauchen! In seine Wut mischte sich jedoch eine namenlose Angst. Diese Frau war Zeugin des großen Fehltritts, den er sich geleistet hatte. Er, den sie doch immer alle für unfehlbar hielten. Sie hatte Macht über ihn, die Macht, ihm das Wertvollste zu nehmen, was er hatte: seine Familie. Die drohende Gefahr, dass alles herauskommen würde, hatte lange wie ein Damoklesschwert über ihm geschwebt, doch als dann Jahr um Jahr vergangen war, ohne dass er von Helene gehört oder sie gesehen hätte, hatte er sich nach und nach entspannt. Wahrscheinlich war sie fortgezogen, hatte irgendwann ein anderes Opfer gefunden. Doch nun war sie wieder da. Und das war eine Katastrophe.

Im nächsten Moment wurde die Tür aufgestoßen, und Louis platzte, Helene im Arm, herein, mit stolzgeschwellter Brust und offenbar sehr von sich überzeugt.

»Guten Tag Carl, guten Tag Emil«, sagte er. »Ich möchte euch jemanden vorstellen. Helene Daubner. Ich habe sie soeben eingestellt, als meine Privatsekretärin. Sie wird mich künftig auch auf allen Reisen begleiten.«

Er bedachte sie mit einem strahlenden Lächeln, das sie mit einem charmanten Augenaufschlag erwiderte. Dann sah sie Carl an, und in ihrem Blick lag so viel Kälte, so viel Verschlagenheit und so viel – ja, Hass, dass er schauderte.

Helene gehörte offenbar zu den Frauen, denen die Zeit nichts anhaben konnte und die mit jedem Jahr schöner und interessanter wurden. Ihr Anblick war, das musste Carl sich eingestehen, einfach atemberaubend. Sie war zierlich wie eh und je, die blonden Haare trug sie zu einem eleganten Knoten im Nacken frisiert, eine Strähne hatte sich gelöst und schmiegte sich um ihre rosigen Wangen. Ihre Augen waren von einem derart intensiven Blau, dass man sich kaum von ihrem Blick lösen konnte, wenn sie einen einmal fixiert hatten. Kein Wunder, dachte Carl, dass er ihr damals die Geschichte, bei Friederike handle es sich um ihre und seine Tochter, abgenommen hatte. Die beiden sahen sich ausgesprochen ähnlich. Was jetzt natürlich sehr viel deutlicher war als damals, wo Friederike noch so klein gewesen war.

Während der ahnungslose Emil sich anschickte, der Besucherin die Hand zu küssen, blieb Carl stocksteif hinter seinem Schreibtisch stehen und ignorierte den Handrücken, den sie ihm auffordernd entgegenstreckte.

»Sie sind hier nicht willkommen«, sagte er stattdessen kalt.

»Verlassen Sie sofort mein Haus.«

»Was fällt dir ein!«, sagte Louis empört. »Wie kannst du so mit meiner Sekretärin sprechen?«

»Sie ist nicht deine Sekretärin«, ließ Carl seinen Bruder wissen. »Personalentscheidungen treffe ich.«

»Aber ich konnte mir meine Mitarbeiter schon immer selbst aussuchen«, protestierte Louis fassungslos.

»Ja, weil ich stets mit deiner Wahl einverstanden war«, stellte Carl klar. »Aber das bin ich in diesem Fall nicht. Und das letzte Wort liegt bei mir.«

»Ach«, machte Louis. Es klang trotzig, aber auch ein wenig hilflos. »Und was hast du gegen sie, wenn ich fragen darf?«

»Ich kenne diese Dame«, erklärte Carl und war sich der Gefahr, in die er sich mit diesen Worten begab, vollkommen bewusst. Jeden Moment konnte Helene mit ihrem Geheimnis herausplatzen. Andererseits: Profit konnte sie nur ziehen, solange sie ihn nicht verraten hatte. Denn nur so lange war er erpressbar. Und er war sich fast sicher, dass sie allein aus diesem Grund zurückgekehrt war. Er fuhr fort: »Und ich kann dir versichern, dass sie nicht in guter Absicht gekommen ist.«

»Das musst du mir näher erklären«, brummte Louis, doch Carl schüttelte den Kopf und sah Helene kalt an. »Das ist eine Sache zwischen ihr und mir«, sagte er, »die sonst niemanden etwas angeht. Aber auch mit dir habe ich ein Wörtchen zu reden.«

»Was denn noch?«, fragte Louis.

»Ich würde es bevorzugen, unter vier Augen mit dir zu sprechen«, sagte er kühl. Louis öffnete den Mund, um zu widersprechen, doch Carl blickte ihn nur an und sah in Louis' Gesicht den Widerstand schmelzen. Seine beiden kleinen Brüder hatten seine Autorität schon immer anerkannt und akzeptiert.

»Also gut«, brummte Louis nun unwillig. »Ich begleite Helene nur noch hinaus.«

Die Schöne hatte kein Wort mehr gesagt, Carl allerdings mit ihren Blicken regelrecht erdolcht, und auch wenn er es sich nicht anmerken ließ, so zitterte er innerlich regelrecht vor Angst, Helene könne seinem Bruder alles erzählen.

Er trat ans Fenster und sah hinaus. Louis steuerte mit Helene auf seinen Rolls Royce zu, vermutlich wollte sein Bruder sie noch nach Hause fahren.

Zu seinem Entsetzen trat genau in diesem Moment Josephine an Marthas Seite aus dem Nachbargebäude, um den Hof zu überqueren. Von hier oben konnte er nicht erkennen, welches Gesicht sie machte, als sie Helene erblickte, aber sie steuerte direkt auf sie und das Luxusgefährt zu.

....

Josephine glaubte ihren Augen nicht zu trauen. Die Frau, die da soeben an Louis' Seite den Bürokomplex verlassen hatte, war ohne Zweifel Helene, eine ihrer ersten Verkäuferinnen. Wie lange hatte sie schon nicht mehr an sie gedacht, doch jetzt stiegen all die unangenehmen Gefühle wieder in ihr empor, die sie damals in Helenes Gegenwart verspürt hatte. Sie hatte immer das

Gefühl gehabt, dass Helene Carl schöne Augen machte. Unbehagen klumpte in ihrem Magen, als sie auf Louis und die Frau zuging.

»Scheint seine neue Freundin zu sein«, flüsterte Martha an ihrer Seite. »Sie ist ja eine wahre Schönheit. Und irgendwie kommt sie mir bekannt vor.«

»Sie hat vor langer Zeit einmal für uns gearbeitet. Ich mochte sie nie.«

»Stimmt«, rief Martha. »Helene war ihr Name. Und …«

Inzwischen waren die Frauen bei Louis und seiner Begleitung angekommen.

»Louis«, sagte Josephine. »Wie ich sehe, hast du ein neues Auto. Und eine neue Frau an deiner Seite.«

Sie nickte Helene kühl zu, und die sagte: »Guten Tag, Frau Dr. Meister«, während sie Martha gar nicht beachtete.

Selbst die Art und Weise, wie Helene ihren Namen aussprach und wie sie sie dabei ansah, führte dazu, dass Josephine sich sofort langweilig, unförmig und hässlich fühlte. Sie war immer noch schlank, auch wenn es sie einige Mühe kostete, ihre Linie zu halten. Aber neben Helenes natürlicher, graziler Schönheit fühlte sie sich mit einem Mal drall und plump. War das Gesicht der anderen faltenlos, so hatte sie selbst zu ihrem Bedauern schon einige Lachfältchen um ihre Augen entdeckt. Als sie sich Martha gegenüber darüber beklagte, hatte ihre Schwägerin sie nur liebevoll in die Arme genommen und gesagt, die kleinen Fältchen würden sie nur umso schöner machen, weil es Josephines Güte und Herzlichkeit sei, die sich da in ihrem Gesicht abgezeichnet habe.

»Ihr kennt euch?«, unterbrach Louis Josephines finstere Gedanken.

»Ja«, sagte sie und hoffte, dass sie gelassen klang. »Wir kennen uns. Helene war eine unserer ersten Mitarbeiterinnen.«

An seinem Blick erkannte sie, dass Louis davon offenbar nichts gewusst hatte. Er nickte nur, half Helene in den Wagen und murmelte: »Ich bin gleich wieder da. Ich fahre Helene nur kurz nach Hause.«

Nachdem er die Beifahrertür zugeschlagen hatte, sagte er leise zu Josephine: »Ich wollte Helene als meine Privatsekretärin einstellen, aber dein Mann hat nicht zugestimmt.«

Josephine atmete erleichtert auf. Carl schien Helene also auch nicht in guter Erinnerung zu haben.

Während Louis vom Hof fuhr, hob sie den Blick und sah zum Bürofenster ihres Mannes hinauf. Dann stutzte sie. Stand dort oben Carl und schaute zu ihnen hinunter?

• • • •

Louis war kreidebleich, als er kurz darauf wieder vor seinem Bruder stand. Carl hatte Emil gebeten, sie allein zu lassen, und der Jüngste im Bunde hatte erklärt, ohnehin noch einmal in die Werkstatt zu wollen, um an der nächsten Klebemaschine zu arbeiten.

»Louis«, sagte Carl. »Setz dich.«

»Danke, ich stehe lieber«, erwiderte sein Bruder patzig.

»Wie du willst.« Carl erhob sich ebenfalls von seinem Stuhl.

»Dann führen wir das Gespräch eben im Stehen. Was hast du dir dabei gedacht, hier im Rolls Royce vorzufahren?«, fragte er. »Erstens weckst du damit den Neid der Mitarbeiter, und zweitens untergräbst du meine Stellung als Direktor dieser Firma.«

»Ich wusste, dass es dir darum geht«, schnaubte Louis. »Darum, besser dazustehen als ich. Du bist doch einfach nur neidisch. Darum geht es dir bei dem Auto, und darum geht es dir bei Helene.« Mit vor Wut blitzenden Augen sah er ihn an. »Sie hat mir alles erzählt.«

Der Stich, der Carl in den Magen fuhr, war so enorm, dass er kurz ins Taumeln geriet.

»Was?«, keuchte er und ließ sich auf seinen Stuhl sinken.

»Ganz recht«, sagte Louis, nun im wahrsten Sinne des Wortes von oben herab. »Weiß Josephine es?«

»Nein«, flüsterte Carl. »Bitte verrate es ihr nicht.«

Louis kam um den Schreibtisch herum und schob sein Gesicht ganz dicht vor Carls. »Das ist verabscheuungswürdig«, sagte er. »Und da geht es mir vor allem um meine Schwägerin. Ich mag sie nämlich. Du wirst es ihr sagen. Und zwar noch bevor ich nach Amerika aufbreche.«

»Das kann ich nicht«, widersprach Carl schwach. »Glaube mir, ich habe es damals versucht, aber ich hatte zu große Angst, sie zu verlieren. Und nun ist doch alles so lange her …«

»So lange her?«, fragte Louis. »Sie muss der Lüge doch jeden Tag ins Gesicht sehen! Du hast ihr deine und Helenes Tochter untergeschoben, Carl. Deswegen kam Helene mir auch so bekannt vor, als ich sie das erste Mal gesehen habe. Friederike ist ihr Ebenbild!«

Zornig wandte er sich um und eilte zur Tür. »Du musst mit ihr sprechen. Sonst tue ich es.«

»Das ist nicht …«, setzte Carl an, doch Louis hatte das Büro schon türenknallend verlassen.

43. Kapitel
·· Bielefeld, Februar 1906 ··

Werdet ihr eure diesjährige Reise trotz des Neubaus antreten?«, fragte Martha, als die beiden Frauen Seite an Seite die Villa Meister betraten, wo sie gemeinsam mit ihren Kindern das Mittagessen einnehmen wollten.

»Um ehrlich zu sein, weiß ich es gar nicht so genau«, sagte sie. »Es hängt sicherlich auch davon ab, wie lange Louis in Amerika sein wird. Ich denke aber schon. Die jährlichen Reisen in den Süden sind Carl sehr wichtig, allein schon, damit er seine Händler kontrollieren kann.«

Martha lachte. Sie wusste von Josephine, dass Carl keineswegs zu seinem Urlaubsziel durchfuhr, sondern es liebte, mit seinem Auto von Stadt zu Stadt zu tingeln und zu überprüfen, ob die Händler auch wirklich die Blechwerbeschilder, die er ihnen geliefert hatte, außen an ihren Geschäften angebracht hatten.

»Die Kinder finden diese Art zu reisen großartig. So haben sie inzwischen sehr viele Städte im ganzen Kaiserreich gesehen. Und Carl wollte mit uns nach Pompeji.«

»Wie aufregend«, seufzte Martha. »Darum beneide ich dich

wirklich. Ich finde es so schade, dass Emil gar keine Freude am Reisen findet.«

»Reisen mit so kleinen Kindern ist ohnehin sehr anstrengend«, tröstete Josephine. »Wir haben auch erst damit begonnen, als die beiden etwas größer waren. Aber wenn der neue Kontor im Herbst eröffnet ist, kannst du Emil vielleicht überreden, im Winter zum Skifahren in die Berge zu reisen. Oder im Sommer in eines der Seebäder?«

Doch Martha schüttelte nur den Kopf. »Das wird nichts werden«, prophezeite sie. »Emil hat gestern angedeutet, dass auch das Kontor nicht ausreichen wird. Sie denken wohl drüber nach, gleich noch einen weiteren Bau zu errichten, in dem dann der Pudding hergestellt wird.«

»Oh«, sagte Josephine überrascht. »Davon hat mir Carl ja gar nichts gesagt.«

»Sprich ihn bitte auch nicht darauf an«, bat Martha. »Ich bin mir nicht sicher, wie weit die Sache schon gediehen ist. Vielleicht war es auch nur eine Idee von Emil, die er noch gar nicht mit Carl besprochen hat. Um ehrlich zu sein, habe ich nicht richtig zugehört, ich war in dem Moment so mit den Kindern beschäftigt.«

»Keine Sorge«, lächelte Josephine. »Ich weiß, wie wichtig es ist, Kommunikationswege einzuhalten. Darüber habe ich gerade vorhin erst nachgedacht.«

• • • •

Dr. Carl Meister hatte noch nie in seinem ganzen Leben geweint. Zumindest nicht, seit er erwachsen war. Aber jetzt drängten die Tränen mit aller Macht nach oben, sein Kopf fühlte sich an, als habe jemand mit einem schweren Eisenhammer draufgehauen, und das Gefühl, das sich in seinem Magen ausgebreitet hatte, war einfach unbeschreiblich furchtbar.

Er würde alles verlieren. Josephine würde ihm nie verzeihen. Verzweifelt vergrub er sein Gesicht in den Händen. Ob es sinnvoll wäre, Louis anzuflehen, ihn nicht zu verraten? Vermutlich nicht, denn sein Bruder war zwar ein sehr leichtlebiger und lebensfroher Mensch, aber gleichzeitig ausgesprochen prinzipientreu. Und Carl wusste ja auch, dass Josephine ein Recht darauf hatte, es zu erfahren. Was Louis jedoch außerdem gesagt hatte, dass nämlich Friederike seine und Helenes Tochter sei, war so unfassbar, dass er das Gefühl hatte, sein Kopf sei gar nicht in der Lage, das zu begreifen. Aber das konnte doch nicht sein! Er hatte sich doch damals informiert und herausgefunden, dass Helene ihn angelogen hatte, als sie ihm genau das weis machen wollte. Friederikes Eltern waren bei einem Autounfall ums Leben gekommen. Dennoch: Friederike war Helene in der Tat wie aus dem Gesicht geschnitten. Jetzt musste er sich eingestehen, dass er das immer gewusst, es jedoch stets verdrängt hatte. Das konnte doch kein Zufall sein. Andererseits gab es keinen Zweifel, Friederikes Eltern waren gestorben. Das hatte ihm die damalige Leiterin des Waisenhauses bestätigt. Zwar war die Frau eine eher zwielichtige Gestalt, und es war ihr nicht unbedingt zu trauen, aber warum hätte sie ihn anlügen sollen? Und er hatte es ja auch schwarz auf weiß. In der Geburtsurkunde seiner Tochter standen die Namen ihrer leiblichen Eltern. Paul und Annamaria Herrlein. Da war von keiner Helene Daubner die Rede. Er atmete erleichtert auf. Nicht auszudenken, wenn seine Untreue auch noch Auswirkungen auf die Beziehung zwischen den beiden Frauen in seinem Leben – Josephine und Friederike – gehabt hätte, die er am meisten liebte. Dennoch – er hatte keine andere Wahl. Er musste mit Helene reden. Und – davor hatte er weitaus mehr Angst – mit Josephine. Seiner Frau. Die hoffentlich nach seinem Geständnis noch seine Frau sein würde.

• • • •

»Mama! Ich freue mich so, dass du heute zum Essen kommst«, rief Friederike und flog Josephine, kaum dass diese die Tür geöffnet hatte, um den Hals.

»Ich wollte dich doch unbedingt noch einmal sehen, bevor du nachher zum ersten Mal deine Großmutter ins Waisenhaus begleiten wirst. Bist du sehr aufgeregt?«

Friederike verzog das Gesicht. »O ja, das kann man wohl sagen. Ich kann es gar nicht abwarten.«

»Ich auch nicht«, ließ sich da Charlotte vernehmen, die hinter ihrer Enkelin aus der Tür getreten war. »Ich freue mich auf die Gesichter der Kinder, wenn ich ihnen ihre große neue Spielkameradin vorstelle.«

Martha schnupperte indes. »Das riecht köstlich«, befand sie. »Was meine Tante da wohl wieder gezaubert hat?«

»Hoffentlich nichts allzu Deftiges«, murmelte Josephine. »Der Anblick dieser Helene vorhin hat dazu geführt, dass ich mich ganz schrecklich plump und dick fühle.«

»Du bist doch nicht plump und dick!«, rief Friederike empört und schlang die Arme um ihre Mutter. »Du bist die schönste Mama der Welt.«

»Danke, meine Süße.«

Sie küsste ihre Tochter.

»Wer ist überhaupt diese Helene?«, wollte Friederike wissen.

»Eine ehemalige Mitarbeiterin«, sagte Josephine. »Und sie sieht aus wie du. Oder du wie sie.«

»Na, dann muss sie wirklich schön sein«, erwiderte Friederike selbstbewusst. »Und nun lasst uns endlich essen. Ich habe furchtbaren Hunger.«

Im Speisesaal hatte Friederike nicht gleich Platz genommen, sondern nach dem kunstvoll gearbeiteten Handspiegel gegriffen, der dort auf dem Kamin bereitlag.

Als Josephine ihre Tochter so im Profil stehen sah, jung und schön, den Spiegel in der Hand, wie sie sich vor dem hereinfallenden Licht abhob, atmete sie scharf ein.

»Bitte, Liebes!«, rief sie. »Ich weiß, du hast Hunger, aber bitte, beweg dich nicht. Bleib genau so.«

»Was …?«, setzte Friederike verwundert an, doch ihre Mutter unterbrach sie.

»Ich erkläre dir alles später. Nicht bewegen, hörst du? Es ist sehr wichtig.«

Sie wandte sich an die ebenfalls irritiert dreinblickenden Agathe. »Bringen Sie mir meine Zeichenutensilien, rasch.«

»Natürlich, Gnädige Frau.«

Minuten später stand Agathe etwas atemlos wieder vor ihrer Arbeitgeberin und reichte ihr Skizzenblock und Kohlestift. Schnell begann Josephine zu zeichnen. Fünf Minuten später war sie fertig.

»Du darfst dich jetzt bewegen«, sagte sie zu ihrer Tochter.

»Na endlich«, stöhnte die. »Mir tat schon fast der Arm weh. Und mein Hunger ist inzwischen überwältigend.«

»Bitte, tragen Sie auf«, sagte Josephine zu Agathe und nahm Platz.

»Jetzt möchte ich aber die Zeichnung sehen«, verlangte Friederike.

»Und ich möchte gerne wissen, was in dich gefahren ist«, ließ sich ihre Mutter streng vernehmen.

»Ich auch«, sagte da eine Stimme von der Tür her. Josephine fuhr herum. »Julius! Ich erkläre es gleich allen.« Suchend sah sie sich um. »Wo ist denn Martha? Sonst muss ich alles zweimal erklären.«

»Ich bin schon da«, erwiderte ihre Schwägerin in diesem Moment. »Ich habe nur eben nach den Mädchen gesehen, bevor sie ihren Mittagsschlaf machen.«

Nachdem alle Platz genommen hatten, zeigte Josephine die Skizze herum.

»Die Zeichnung ist ja unglaublich schön«, rief Charlotte begeistert.

»Mein Schwesterlein ist halt eine Schönheit«, ließ sich Julius stolz vernehmen.

Auch bei den anderen fand die Zeichnung großen Anklang.

»Meine Schaffenskrise ist überwunden«, teilte Josephine strahlend mit. »Ich habe eine hervorragende Idee, die ich natürlich noch mit Carl besprechen muss, aber …«

»Was denn für eine Idee?«

»Ich habe in letzter Zeit an einem Logo getüftelt«, erklärte Josephine. »Etwas Einprägsames, das man nie wieder vergisst. Aber mir wollte einfach nichts einfallen.«

Friederike sah sie verständnislos an. »Und was hat das mit mir zu tun?«

»Nun«, Josephine lächelte, »wie du da so standest, im Profil, und in den Spiegel geblickt hast, da dachte ich, dass dieser Schattenriss doch eigentlich das ideale Markenzeichen für uns wäre. Denn es sagt so viel aus. Du als unsere Tochter stehst für die Zukunft und noch für so viel mehr. Du stehst auch dafür, dass wir vermehrt jungen Frauen in unserer Firma Perspektiven bieten wollen. Und die Frau im Spiegel – das hat auch etwas.«

Sie lehnte sich zurück, um Agathe, die die Suppe servierte, Platz zu machen, und fuhr dann fort: »Weißt du, ganz am Anfang unserer Firmengeschichte habe ich ein Plakat gemalt. Zwei Kinder sahen ihrer Mutter dabei zu, wie sie einen herrlichen Kuchen aus dem Ofen zog.«

»Ich weiß«, sagte Julius. »Ich kenne es. Es hängt in deinem Atelier, richtig? Als Kind habe ich es mir oft angesehen, und ich habe immer gedacht, dass du und ich das sind. Aber jemand hat noch gefehlt.« Liebevoll lächelte er seine Schwester an. »*Du* hast noch gefehlt.«

»Nun«, fuhr Josephine gerührt fort, »im Grunde ist dieser Schattenriss von Friederike mit dem Spiegel eine Weiterentwicklung dieses Plakats. So, wie unsere Friederike im Spiegel ihre eigene Schönheit betrachtet und bewundert, betrachtet unser Schattenriss in dem Spiegel die Frau, die dank unserer Produkte ein solches Familienglück geschaffen hat.«

»Das ist gut«, sagte Martha. »Das ist wirklich gut. Wobei du Friederike vielleicht noch ein wenig älter machen müsstest. Schließlich wollen wir eine junge Frau darstellen.«

Josephine blickte wieder auf die Zeichnung. »Das ist kein Problem.«

»Das heißt, ich werde künftig auf all unseren Produkten zu sehen sein?«, fragte Friederike aufgeregt.

»Wenn dein Vater einverstanden ist«, schränkte Josephine ein. »Und natürlich, wenn *du* einverstanden bist.«

»Und ob ich einverstanden bin.«

44. Kapitel

·· Bielefeld, Februar 1906 ··

Carl stand der wohl schwerste Gang seines Lebens bevor. Er hatte sich entschieden, das Gespräch mit seiner Frau nicht weiter aufzuschieben. Und er hatte beschlossen, es in der Firma zu führen und nicht zu Hause, wo sie jederzeit gestört werden konnten. Auf keinen Fall wollte er, dass die Kinder etwas mitbekamen. Je nachdem, welche Konsequenz Josephine aus seinem Fehlverhalten ziehen würde, würden sie ohnehin noch sehr zu leiden haben.

Von seinem Bürofenster aus sah er Josephine ins Nebengebäude gehen, wo sie ihr Atelier hatte. Zwar verfügte auch sie mittlerweile über fünf Mitarbeiter, aber im Gegensatz zu ihm, der sich sein Büro bis zur Fertigstellung des neuen Kontors im kommenden Herbst noch mit seinen Brüdern teilte, besaß Josephine ein zwar kleines, aber dennoch abtrennbares Atelier nur für sich.

Er atmete tief durch, ging die Treppe hinunter, über den Hof, nahm aus dem Augenwinkel wahr, dass seine Arbeiter ebenfalls aus der Pause zurückkehrten, und nickte ihnen zu. Sie sahen ihn so merkwürdig an. Stand ihm seine Schande schon ins Gesicht geschrieben? Hatte Helene noch anderen von ihnen erzählt? Oder sah man ihm einfach nur an, dass es ihm nicht gut ging? Carl hatte das Gefühl, sich kaum noch auf den Beinen halten zu können vor lauter Angst und Elend.

Als er vor ihrer Ateliertür angelangt war, hatte er furchtbare Bauchschmerzen. Er hob die Hand, um die Klinke herunterzudrücken, und ließ sie dann wieder sinken. Minutenlang stand er so, dann sah er am Ende des Flurs zwei Arbeiterinnen kommen. Nun hatte er keine andere Wahl, er musste hineingehen, wenn er nicht wollte, dass die Belegschaft darüber rätselte, warum Dr. Carl Meister vor der Tür seiner Frau stand und sich offenkundig nicht hinein traute.

Josephine saß an dem Tisch an ihrem Fenster und war ganz vertieft in die Zeichnung, an der sie gerade arbeitete. So versunken war sie, dass sie ihn gar nicht bemerkte und er die Gelegenheit hatte, sie zu betrachten. Wie schön sie war! Das Herz wollte ihm brechen vor lauter Liebe und Kummer. Er würde es nicht ertragen, sie zu verlieren. Vorsichtig trat er einen Schritt näher und sah, dass es das Porträt ihrer Tochter war, an dem sie malte. Friederike. Ausgerechnet. Ausgerechnet jetzt.

Da hob sie den Kopf und sah ihn an. Ein Lächeln flog über ihr Gesicht, ihre grünen Augen strahlten ihn an, sie stand auf, um ihn zur Begrüßung zu küssen.

»Liebling«, sagte sie. »Wie gut, dass du kommst. Ich muss nämlich etwas Wichtiges mit dir besprechen.«

• • • •

Es hatte einen Moment gedauert, bis Josephine bemerkte, dass etwas nicht stimmte. Sie war so sehr in ihrer Begeisterung um ihre Idee gefangen, dass ihr Carls Zustand erst nach einer Weile auffiel. Doch als sie sich dessen bewusst wurde, war sie zutiefst beunruhigt. So hatte sie Carl noch nie gesehen! Seine Gesichtsfarbe war weiß, fast grün, seine Miene schmerzverzerrt, auf seiner Stirn standen Schweißperlen.

»Liebling!«, rief sie. »Um Himmels Willen. Was ist mit dir? Soll ich nach einem Arzt rufen?«

Sie nahm ihn beim Arm und half ihm, sich auf einen Stuhl zu setzen.

Er schüttelte den Kopf. »Nein«, keuchte er. »Ein Arzt wird mir jetzt auch nicht mehr helfen können.«

Panik stieg in Josephine auf, und mit einem Mal hatte sie das Gefühl, keine Luft mehr zu bekommen. Hatte sie nicht erst gestern darüber nachgedacht, wie perfekt ihr Leben war und dass es das eigentlich gar nicht geben konnte, so viel Glück? Offenbar hatte sie recht gehabt. Hier, das spürte sie genau, kündigte sich ein Drama unfassbaren Ausmaßes an. Plötzlich fiel ihr wieder ein, dass Carls Onkel, der von ihm so bewunderte Marzipanfabrikant Louis, im Alter von nur neununddreißig Jahren verstorben war. Sie war der festen Überzeugung, dass er sich überarbeitet hatte. Was, wenn Carl nun das gleiche Schicksal drohte?

Josephine sank vor ihm auf die Knie und nahm seine Hände in die ihren, während sie gegen die Tränen ankämpfte.

Doch Carl schüttelte nur schwer den Kopf. »Ich bin nicht

krank«, sagte er. »Aber ich habe etwas sehr Schlimmes getan. Vor langer Zeit schon. Ich hätte es dir längst sagen sollen, aber ich hatte zu große Angst davor.«

Mit großen Augen sah sie ihn stumm an. Sie hielt immer noch seine Hand, als er fortfuhr: »Erinnerst du dich daran, als mir die Bäckersfamilie Müller erzählt hatte, dass du ihnen Geld gegeben hast?«

Sie nickte nur.

»Du warst damals in Berlin.«

Eine Ahnung stieg in ihr auf, eine Ahnung, die schon Gewissheit war, bevor er die nächsten Worte aussprach. Nein, dachte sie. Bitte nicht. Bitte sag es nicht. Es war doch alles gut. Ich will es gar nicht wissen.

Doch er schien ihr stummes Flehen nicht zu hören und fuhr fort: »In jener Nacht war ich bei einer Frau, Josephine. Ich habe dich betrogen.«

Sie schluckte, starrte ihn nur schweigend an. Die Worte lagen zwischen ihnen, gewaltig, schrecklich und groß.

Ihre Hand erschlaffte in der seinen, er hielt sie jedoch fest, als wolle er sich an ihr festklammern, und erklärte: »Ich habe mich so übergangen gefühlt von dir. Und das nicht zum ersten Mal. Es fiel mir schwer, meinen Platz neben dieser jungen, schönen und starken Frau zu behaupten, die du warst, die du *bist*. Und sie, die andere, brachte mir so viel Bewunderung entgegen, sah so sehr zu mir auf.«

»Wer war es?«, fragte Josephine, es war eher ein Krächzen. Und noch bevor er den Namen nannte, wusste sie es.

»Helene«, sagte er. »Und ich will dir die ganze Wahrheit sagen. Das ist noch nicht alles.«

Josephine erhob sich, entzog ihm ihre Hand, taumelte zum Fenster. Dabei fiel ihr Blick auf die Zeichnung ihrer Tochter, die sie beim Mittagessen mit so viel Liebe und Stolz angefertigt hatte. Beim Mittagessen, als ihre Welt noch in Ordnung gewesen war, noch nicht in Scherben lag.

Und auf einmal erkannte sie die ganze, schreckliche Wahrheit.

Friederike war Carls und Helenes Tochter.

Sie wandte sich um und sah ihren Mann voller Entsetzen an. Dann stürzte sie an ihm vorbei nach draußen.

• • • •

Josephine rannte. Sie rannte und rannte und rannte und blieb erst stehen, als sie vollkommen außer Atem war. Da es ein nebeliger Wintertag war, war die Dämmerung schon hereingebrochen. Um Josephine wurde es immer dunkler, nur hier und dort schimmerte ein Licht durch das trübe Grau. Sie drehte sich im Kreis, sah aber ringsumher nur Nebel, und all das schien ihr ein Abbild ihres eigenen Lebens zu sein. Der Nebel, in dem sie all die Jahre über gewandelt war. Dunkelheit, die sie umgab. Nur ferne, fremde Lichter, während ihr eigenes Leben in Dunkelheit lag. Sie drehte sich, immer schneller, bis sie schließlich mit einem lauten Schrei zu Boden sank. Sie konnte gar nicht mehr aufhören zu weinen und schrie ihren riesigen Schmerz in den kalten Winterboden.

Und dann fühlte sie Arme, die sie umschlangen. Starke Arme.

»Schschsch«, machte eine Männerstimme, die ihr bekannt vorkam. »Es wird alles wieder gut.«

Immer noch von Schluchzern geschüttelt, blickte sie auf. »Herr Wohlgemut«, brachte sie hervor. »Was machen Sie denn hier?«

»Ich wohne hier«, erklärte er.

Verwirrt sah sie sich um.

»Sie sind mitten auf dem Hof zusammengebrochen«, erklärte er.

Wahrscheinlich war es ihr Unterbewusstsein, das ihre Schritte ausgerechnet zu ihm gelenkt hatte, der sie schon einmal gesehen hatte, nach einem furchtbaren Streit mit Carl.

»Die Lichter dort hinten gehören zu Ihrem Haus?«, vergewisserte sie sich und deutete in den Nebel.

»Richtig. Und dorthin führe ich Sie jetzt. Kommen Sie.«

Er half ihr hoch und brachte die zitternde Josephine nach drinnen.

»Setzen Sie sich«, sagte er. »Ich mache Ihnen eine Tasse Kakao, und dazu essen Sie ein Stück meiner neuesten Kreation.«

»Ich kriege nichts ...«, setzte sie zu protestieren an, doch er hob mahnend den Zeigefinger.

»Oh doch«, sagte er. »Sie bekommen etwas hinunter. Ich betrachte das sonst als persönliche Beleidigung.«

»Na, dann, das kann ich natürlich nicht riskieren«, sagte Josephine und brachte trotz ihres Elends ein gequältes Lächeln zustande.

»Na also«, brummte Matthias Wohlgemut zufrieden. »So gefällt mir das schon besser.«

Er servierte ihr ein köstlich aussehendes Stück Torte, das mit Sahne gefüllt und mit einer glatten Marzipandecke überzogen war. Darauf thronte, in einem kleinen Sahneberg, eine Praline.

»Ich liebe Marzipan«, sagte Josephine, immer noch mit tränenerstickter Stimme, nahm einen Bissen und schloss die Augen. »Das schmeckt ganz und gar himmlisch.«

»Und mit Kakao schmeckt es gleich noch besser«, prophezeite Matthias Wohlgemut und stellte ihr die dampfende Tasse auf den Tisch.

Dann setzte er sich ihr gegenüber. »Wenn Sie erzählen möchten ... ich will allerdings nicht aufdringlich sein.«

Josephine lächelte traurig. »Sie sind nicht aufdringlich«, versicherte sie. »Immerhin bin ich es, die wie eine Verrückte auf Ihrem Hof herumgeschrien hat. Ganz ähnlich wie vor dreizehn Jahren. Beides hat miteinander zu tun, vielleicht bin ich deshalb, ohne es zu bemerken, hierhergekommen.«

Und dann erzählte sie die ganze Geschichte. Von Carls Betrug und von der grauenhaften Tatsache, dass er ihr ein Kind von einer anderen Frau untergeschoben hatte.

»Ich glaube, den Betrug könnte ich ihm noch verzeihen«, sagte sie. »Zumal es so lange her ist. Aber dass er mir nie gesagt hat, dass Friederike seine Tochter ist, das macht die Lüge jeden Tag aufs Neue lebendig. Es ist so ... perfide. Und so schrecklich, denn ich liebe Friederike doch. Ich weiß nicht, was mehr weh tut. Ihn zu verlieren oder sie zu verlieren.«

Inzwischen rannen die Tränen wieder, und Josephine musste so heftig weinen, dass ihr ganzer Körper bebte. Ihre Tränen tropften auf die Marzipandecke. Josephine bemerkte es gar nicht, hörte nur einen Stuhl, der nach hinten geschoben wurde. Dann spürte sie Wohlgemuts tröstende Hand auf der ihren. Er hatte sich neben sie auf die Bank gesetzt.

»Bitte sehen Sie mich an, Frau Dr. Meister«, sagte er.

»Josephine«, schluchzte sie. »Nennen Sie mich Josephine. In einem Moment wie diesem will ich nicht mit seinem Namen angesprochen werden.«

»Gut«, sagte er. »Josephine. Bitte sehen Sie mich an«, wiederholte er.

Sie hob den Blick und schaute ihm aus rotgeweinten Augen ins Gesicht.

»Sie lieben Friederike doch, oder?«

»Und wie«, schluchzte Josephine und war schon wieder in Tränen aufgelöst. »Ich liebe sie wie meine eigene Tochter.«

»Und das Mädchen kann ja nun wirklich nichts dafür«, sagte er eindringlich. »Sie dürfen sie nicht aus Ihrem Leben verstoßen und sie nicht für etwas bestrafen, für das sie gar nichts kann. Auch für sich selbst dürfen Sie das nicht tun, denn Sie würden es sich nie verzeihen.«

Josephine begann noch heftiger zu weinen. »Das ist es ja«, rief sie. »Natürlich verstoße ich mein kleines Mädchen nicht. Aber der Gedanke daran, wie sie leiden wird, wenn sie von all dem erfährt, ist fast noch schrecklicher als der Gedanke an Carls Betrug.«

Doch Matthias Wohlgemut schüttelte den Kopf. »Ich glaube, da irren Sie sich«, widersprach er. »Was wird sich für Friederike denn verändern? Sie weiß, dass Sie nicht ihre leibliche Mutter sind. Wenn sie nun erfährt, dass Carl ihr leiblicher Vater ist, dann kann sie nur gewinnen.«

»Aber die Kinder, auch mein Julius, werden entsetzlich unter der Scheidung leiden«, ließ Josephine sich nicht beruhigen. »Wie soll es denn nun weitergehen? Wer soll wo wohnen?«

»Ich glaube, das müssen Sie nicht jetzt entscheiden«, redete Wohlgemut ihr gut zu. »Sie haben doch keine Eile. Und vielleicht können Sie Ihrem Carl ja doch irgendwann verzeihen? Es ist schließlich sehr lange her.«

Josephine schüttelte langsam den Kopf. »Momentan weiß ich einfach gar nichts«, sagte sie. »Nicht, was ich denken, und nicht, was ich fühlen soll.«

»Und das ist vollkommen normal«, versuchte er, sie zu trösten. »Das müssen Sie auch noch gar nicht wissen. Was würde Ihnen denn jetzt guttun? Außer meiner Marzipantorte, meine ich.«

Sie wischte sich über das nasse Gesicht und schob sich dann trotz allem schmunzelnd den nächsten Bissen in den Mund. »Danke für die Erinnerung. Es schmeckt wirklich köstlich.«

Dann sagte sie nachdenklich: »Ich glaube, ich würde gern nach Berlin fahren. Meine Freundin Anna besuchen. Das würde mir guttun.«

Wohlgemut nickte. »Dann sollten Sie das machen.«

»Würden Sie mir einen Gefallen tun, Matthias?«

»Natürlich, jeden.«

»Würden Sie mich zum Bahnhof bringen?«

»Das tut mir leid«, sagte Wohlgemut bedauernd. »Es ist zu

spät. Heute fahren keine Züge mehr. Sie werden Ihre Reise auf morgen verschieben müssen.«

Josephine ließ den Kopf sinken. »Es wäre wohl auch zu überstürzt und würde meine ganze Familie in Aufruhr versetzen. Auch wenn es mich viel Kraft kostet und ich furchtbare Angst habe, Carl zu begegnen: Ich werde jetzt nach Hause gehen. Und morgen früh fahre ich nach Berlin.«

»Das ist eine gute Entscheidung.«

45. Kapitel
·· Berlin, März 1906 ··

Nachdenklich sah Josephine zum Fenster hinaus. Eine Woche war sie nun schon in Berlin, und langsam gewann sie wieder Klarheit. Nachdem sie von Wohlgemut zurückgekehrt war, gerade rechtzeitig zum Dinner, hatte sie dieses in dem Versuch, sich nichts anmerken zu lassen, durchgestanden und Carl, der ihr immer wieder flehende Blicke zuwarf, geflissentlich ignoriert. Am Ende des Abendessens hatte sie ihrer Familie mitgeteilt, sie werde für eine Weile nach Berlin reisen, ihre Freundin Anna brauche sie dringend. Besonders Julius und Friederike hatten protestiert, es dann aber akzeptiert, schließlich waren sie im großen Kreise der Familie ja gut versorgt. Charlotte und Martha hatten sie allerdings sehr merkwürdig angesehen – Emil schien nichts zu bemerken, und Louis war dem Abendessen ferngeblieben. Wie Carl reagierte, hatte sie nicht bemerkt, da sie es tunlichst vermied, den Blick in seine Richtung zu wenden. Nach dem Dinner hatte sie sich entschuldigt, sie müsse packen, und die Versuche ihrer Schwägerin und ihrer Mutter, mit ihr zu sprechen, ebenso abgelehnt wie Carls flehende Bitten. Es sei alles in Ordnung, hatte sie den beiden Frauen versichert. Sie sei nur müde und müsse packen. Es war mehr als deutlich, dass sie ihr keinen Glauben geschenkt hatten, aber das ließ sich nun mal nicht ändern.

Josephine hatte Carl am Abend kühl gebeten, im Gästezimmer zu schlafen. Ihr Mann war den Tränen nah gewesen, hatte sie angefleht, ihn nicht zu verlassen. Doch sie hatte nur erwidert, sie brauche Zeit, sich über alles klar zu werden. Und die müsse er ihr geben. Wenn er sie jetzt unter Druck setze, bleibe ihr nur die Flucht.

Schließlich hatte Carl verstanden und war mit hängenden Schultern abgezogen. Sie hatte ihm nachgesehen, und dieser sonst so große und stattliche Mann hatte auf einmal so klein und verloren gewirkt, wie er da zur Tür hinaus ging, dass sie das Gefühl des aufwallenden Mitleids mit aller Macht hatte unterdrücken müssen.

Die Zeit mit Anna, die mit ihrem Gatten in einer wunderschönen Villa in Grunewald lebte, in der sie ihr nur allzu gern ein Gästezimmer zur Verfügung stellte, hatte ihr gut getan. *Berlin* hatte ihr gut getan. Sie war an alten Plätzen gewesen, die sie schon immer geliebt hatte, hatte alte Wegbegleiterinnen besucht und vor allem viel mit Anna geredet. Die Freundin hatte ihr keinen Rat erteilt, sondern sie durch die Gespräche dahin gebracht, dass Josephine sich ihre Fragen selbst beantwortete. Und nach einer Woche wusste sie: Ein Leben ohne Carl konnte sie sich nicht vorstellen. Sie war zutiefst verletzt und verwundet. Aber wenn sie versuchte, sich ein neues Leben vorzustellen, in dem es keinen Carl an ihrer Seite gäbe, dann war da nur Leere. Dann fühlte sie sich so einsam und verlassen und kalt, dass es ihr den Atem raubte. Allerdings galt nach wie vor, was sie schon am ersten Abend zu Herrn Wohlgemut gesagt hatte.

»Ich glaube, wenn da nur der Betrug wäre, das könnte ich ihm verzeihen«, hatte sie auch Anna erklärt. »Aber dass er mich und auch Friederike, ja, die ganze Familie, jeden Tag aufs Neue belogen hat, indem er uns verschwieg, dass dieses wunderbare Mädchen seine Tochter ist, das macht es für mich noch schlimmer.«

»Hättest du sie denn bei dir aufgenommen, wenn du es gewusst hättest?«, hatte Anna gefragt, doch Josephine hatte darauf keine Antwort gehabt.

Ein Klopfen an der Tür riss sie aus ihren Gedanken. Sie hatte vollkommen die Zeit vergessen. Dabei hatte sie Anna doch versprochen, mit ihr in die Stadt zu gehen.

»Ich bin gleich so weit«, rief sie, da schob sich die Freundin auch schon herein. Sie wirkte ungewöhnlich ernst.

»Besuch für dich.«

Josephine sah sie fragend an.

»Es ist dein Mann«, erklärte Anna, und in ihrem Blick las Josephine eine Bitte: Sprich mit ihm.

Sie nickte leicht zum Zeichen, dass Anna ihn hereinlassen sollte, und ihr Herz schlug auf einmal so schnell und so heftig, dass sie glaubte, gleich in Ohnmacht fallen zu müssen.

Und dann stand er vor ihr. »Carl.« Haltsuchend griff sie nach der Lehne des Sofas, das unter dem Fenster stand.

Schmal war er geworden und unfassbar blass. Er sah furchtbar aus, wie ein gebrochener Mann, und sie wäre am liebsten zu ihm gestürzt, um ihn in die Arme zu schließen und ihm zu versichern, dass alles gut war.

»Josephine«, sagte er, während Anna die Tür sanft von außen schloss. »Ich habe es nicht mehr ausgehalten ohne dich. Ich konnte nicht mehr.«

Und dann löste sich zu Josephines Bestürzung eine Träne aus seinem Augenwinkel und rann seine Wange hinab.

»Carl«, sie trat einen Schritt auf ihn zu.

»Friederike ist nicht meine Tochter, Josephine«, stieß er mit bebender Stimme hervor. »Es war schrecklich, was ich getan habe, aber ich hätte dich doch niemals all die Jahre so belogen.«

»Was?«, keuchte sie und spürte, dass ihr die Beine nachgaben.

Mit einem Schritt war er bei ihr, um sie zu stützen. »Wollen wir uns auf das Sofa setzen?«, schlug er zaghaft vor. »Und dann erzähle ich dir alles?«

Carl begann ganz von vorne. Bei dem Moment, als Helene vor ihm gestanden hatte, das kleine Mädchen auf dem Arm, und behauptete, es sei seine Tochter. Er erzählte ihr von seinem Entsetzen aber auch von der Liebe, die er sofort für Friederike empfunden und wie er dann die Wahrheit herausgefunden hatte. Dass Helene die Kleine nur dazu benutzt hatte, um ihn zu erpressen. Und dass er dann von Friederikes tragischem Schicksal erfahren habe. »Und ab dem Moment kamst du ins Spiel«, sagte er und sah sie liebevoll an. »Ich habe sie dir vorgestellt, und dir ging es wie mir. Du hast sie sogleich als unsere Tochter empfunden.«

»Ja«, sagte sie leise. »Ja, das habe ich. Aber Carl, wenn die Geschichte also doch stimmt, dass sie ihre Eltern bei einem Unfall verloren hat, warum sieht sie Helene dann so ähnlich?«

»Das habe ich mich auch ununterbrochen gefragt«, sagte Carl. »Und als Helene neulich – du hast sie mit Louis im Hof gesehen – wieder auftauchte, da blieb mir fast das Herz stehen, das kannst du mir glauben. Nun behauptete sie auch meinem Bruder gegenüber, dass Friederike meine Tochter sei. Er setzte mir die Pistole auf die Brust. Entweder ich würde dir die Wahrheit sagen, oder er würde es tun.«

Enttäuschung klumpte sich in ihrem Magen zusammen. »Das heißt, wenn Louis nicht gewesen wäre, hättest du mich weiter belogen?«

Er schluckte. »Wenn Helene nicht wieder aufgetaucht wäre, ich glaube ehrlicherweise nicht, dass ich dir von meinem Betrug vor so langer Zeit erzählt hätte. Es war ja alles so gut, es hätte keinen Anlass gegeben.«

Aufmerksam sah sie ihn an.

»Helene hatte damit, dass sie Louis von unserer Affäre erzählte einen schweren Fehler gemacht. Nun hatte sie kein Druckmittel mehr gegen mich in der Hand, und ich bin nicht mehr erpressbar.«

»Sie hat dich erpresst?«, fragte Josephine entsetzt.

»Ja. Sie hat sich ihr Schweigen teuer bezahlen lassen. Nun, wo alles auf dem Tisch liegt, geht das nicht mehr. Ich aber habe im Gegenteil die Möglichkeit, sie wegen Erpressung anzuzeigen.«

»Was du natürlich nicht tun wirst, denn dann würde alles in die Öffentlichkeit kommen«, vermutete Josephine.

Carl nickte. »Richtig, aber Helene kennt mich nicht gut genug, um das zu wissen. Ich habe sie gleich nach deiner Abreise aufgesucht und die Wahrheit von ihr eingefordert. Aber sie war stur, wollte nichts sagen.«

»Und dann?«

»Und dann fand ich die Antwort in Friederikes Geburtsurkunde.«

»In ihrer Geburtsurkunde? Aber da steht doch ganz klar, dass ihre Eltern Paul und Annamaria Herrlein sind«, sagte Josephine, die in den letzten Tagen immer mehr davon ausgegangen war, dass die Urkunde gefälscht war.

»Helene ist ebenso wenig Friederikes Mutter, wie ich ihr Vater bin. Aber auf der Geburtsurkunde ist immer auch der Geburtsname der Mutter angegeben. Und nun rate mal.«

Josephine schüttelte hilflos den Kopf. Sie hatte ohnehin das Gefühl, keinen klaren Gedanken mehr fassen zu können. Das war alles zu viel. Viel zu viel.

»Daubner«, rief er triumphierend.

»Der Name kommt mir bekannt vor«, sagte Josephine. »Aber ich kann ihn im Moment nicht zuordnen.«

»Das ist Helenes Nachname«, klärte Carl auf. »Helene und Friederikes Mutter waren Schwestern. Das erklärt auch die Ähnlichkeit. Helene ist Friederikes Tante.«

»Das gibt es doch nicht«, stöhnte Josephine.

»Das habe ich auch gedacht«, bestätigte Carl.

»Woher weißt du, dass sie Schwestern waren?«

»Ich habe natürlich sofort Nachforschungen auf dem Rathaus angestellt«, erklärte er. »Und der Rest war dann ganz leicht.«

»Dann hat Helene ihre eigene Nichte und den Tod ihrer Schwester ausgenutzt, um Geld von dir zu erpressen«, sagte Josephine. »Wie abscheulich. Ich bin froh, dass sie nicht die Mutter dieses wunderbaren Mädchens ist.«

»Ich auch«, erwiderte er. »Und wie.«

Dann sah er sie zaghaft an. »Als ich dir alles gestanden habe, da hast du gesagt, meinen Betrug könntest du mir verzeihen, nicht aber, dass ich dich jeden Tag angelogen habe. Nun, wo du weißt, dass ich das gar nicht getan habe – gibst du mir noch eine Chance?«

Ernst erwiderte sie seinen Blick. »Ja, Carl«, sagte sie dann. »Aber wenn das noch einmal vorkommt, werde ich dich verlassen. Das werde ich nicht akzeptieren.«

Er schloss vor Erleichterung für einen Moment die Augen. »Das wird nie, nie wieder vorkommen. Da kannst du dir sicher sein. Du glaubst gar nicht, wie oft und wie sehr ich meine Tat bereut habe.«

»Gut«, sagte sie versöhnlich und streckte ihm beide Hände entgegen. »Dann lass uns nach Hause fahren. Zu unseren Kindern.«

»Ja, mein Liebling«, sagte er und küsste sie. »Fahren wir nach Hause. Zu unseren Kindern.«

46. Kapitel

·· Neapel, Juli 1906 ··

Das Archäologische Nationalmuseum in Neapel war ein hohes zartrosafarbenes Gebäude, dessen Ecken und Fenster in Sandsteinquadern gefasst waren. Eine breite Treppe führte zum Eingang, der rechts und links von Säulen gesäumt wurde. Hand in Hand schritten Josephine und Carl hinauf. Nach ihrer Versöhnung hatten sie beschlossen, ihre alljährliche Sommerreise vorzuziehen und sie nur zu zweit, ohne ihre Kinder anzutreten, um endlich wieder ein wenig Zeit für sich zu haben. Ihre Wege hatten sie nach Neapel geführt, wo sie die Ausgrabungen von Pompeji besichtigen wollten, außerdem hatten sie lange Spaziergänge am Strand unternommen, morgens lange geschlafen, sich geliebt. Und nun wollten sie das Archäologische Museum besuchen. Viel gab es dort zu entdecken, insbesondere die Farnesische Sammlung begeisterte Josephine: Der 1546 ausgegrabene Farnesische Herkules, der sich auf eine Säule mit Löwenkopf stützt, ebenso der imposante Stier sowie die Tazza Farnese, eine hellenistische Steinschneidearbeit. Sie schlenderten eine Weile durch die Ausstellungsräume, als Josephine plötzlich mehrere Muschelformen entdeckte. Ihr Italienisch war nicht gut genug, um den Text auf der Tafel übersetzen zu können, aber dass es sich bei den Muscheln um Kuchenförmchen handelte, so viel glaubte sie zu verstehen.

»Carl«, rief sie nach ihrem Mann, der in die Betrachtung einiger altertümlicher Küchengeräte versunken war, die bei den Ausgrabungen gefunden worden waren. »Sieh mal, ich glaube, das sind alte Kuchenformen.« Sie deutete auf die muschelförmigen Kupferpfannen.

»Ganz recht, Signora«, sagte ein freundlicher Italiener, bei dem es sich seiner Kleidung nach um einen Mitarbeiter des Museums handelte, in perfektem und nahezu akzentfreiem Deutsch.

»Die alten Römer haben ihre Kuchen anfangs noch in echten Muschelschalen gebacken«, erklärte er dem fasziniert lauschenden Ehepaar. »Später haben sie die Muschelformen dann in Kupfer nachgebildet, und das waren die Vorläufer der Kuchenformen, wie wir sie heute kennen.«

»Faszinierend«, befand Carl. Er wollte dem offenbar sehr kundigen Italiener gerade noch eine weitere Frage stellen, als einer seiner Kollegen in heller Aufregung angelaufen kam und einen Schwall italienischer Worte über ihn ergoss. Der Museumsführer redete beruhigend auf den Mann ein.

»Ist etwas geschehen?«, fragte Josephine besorgt, doch der Italiener winkte ab. »Marco kommt aus Norditalien«, sagte er, und es klang ein wenig herablassend. »Und manche Norditaliener haben Angst vor dem Vesuv. Nun hat Mario gehört, dass Lavamassen austreten, und er fürchtet, dass der Vulkan ausbrechen wird.«

Josephine erschrak. Sie fand den Vesuv zwar außerordentlich beeindruckend, aber auch mindestens genauso angsteinflößend. Carl, der zu ahnen schien, was in seiner Frau vorging, griff nach ihrer Hand und drückte sie beruhigend.

»Und wie schätzen Sie die Lage ein?«, erkundigte er sich bei dem Italiener. Doch der winkte nur ab. »Il scartellato wird schön weiterschlafen, glauben Sie mir.«

»Il scartellato?«, fragte Josephine neugierig.

»Der Bucklige, so nennen wir unseren Vulkan«, erklärte der Museumsführer grinsend.

»Gut, vielen Dank für Ihre Einschätzung«, sagte Carl. »Sie haben uns sehr beruhigt.«

Doch Josephine war alles andere als beruhigt. »Lass uns heute nicht mehr nach Pompeji fahren, ich habe ein ungutes Gefühl.«

»Aber Pompeji ist sogar einen Kilometer weiter vom Buckligen entfernt als Neapel«, versuchte Carl, sie zu beruhigen, hatte aber keinen Erfolg.

»Immerhin ist Pompeji damals begraben worden, Neapel aber nicht«, sagte Josephine leise. »Mir wäre wirklich lieber, wenn wir unseren Ausflug verschieben und zuvor noch ein paar Erkundigungen einholen könnten.«

»Also gut«, gab Carl nach. »Dann machen wir das so.«

• • • •

Mitten in der Nacht fuhr Josephine hoch. »Was war das?«, rief sie und rüttelte ihren schlafenden Gatten an der Schulter.

»Was?«, brummte Carl.

»Da ist so ein Grollen, Carl, hörst du das nicht?«

Josephine sprang auf, eilte zum Fenster und zog die Vorhänge zurück. Und dann schrie sie entsetzt auf. »Carl, komm!«

In Sekundenschnelle war Dr. Carl Meister hellwach und zu seiner Frau geeilt. Schon vom Bett aus hatte er sehen können, dass der Himmel blutrot gefärbt war. Der Vulkan spie eine rote Feuersäule in die Höhe. »Der Norditaliener hatte doch recht«, flüsterte Josephine und starrte fassungslos in die Richtung, in der der Vesuv lag. »Der Vulkan ist ausgebrochen.«

Stumm standen Carl und Josephine nebeneinander am Fenster. Langsam brach der Tag an, doch der Himmel über Neapel blieb dennoch dunkel, draußen ging ein schwarzer Regen hernieder. »Ascheregen«, sagte Carl. »Wir sollten das Haus nicht verlassen.«

»Nein«, bestätigte Josephine, die das, was da vor ihren Augen geschah, gar nicht zu fassen vermochte. »Nein, wir bleiben drin.«

Wie betäubt kleideten sie sich schließlich an und gingen hinunter, um zu frühstücken. Doch als sie den Aufzug verlassen wollten, zuckten sie zurück. Die Halle war voller Menschen, die aufgeregt durcheinanderriefen oder sich weinend in den Armen lagen.

»Flüchtlinge«, vermutete Carl. »Sie haben hier Schutz gesucht.«

Und dann wurde das, was sie schon geahnt hatten, zur schrecklichen Gewissheit. Mehrere der kleinen Ortschaften, die südlich und östlich des Vulkans lagen, waren vollkommen zerstört, Hunderte Menschen hatten ihr Leben lassen müssen. »Durch Torre Annunziata ist der glühende Strom in mehreren Armen geflossen«, berichtete ihnen ein anderer Hotelgast, ebenfalls Deutscher, was er von den Flüchtlingen erfahren hatte. »Und eine Kirche, in der die Menschen Schutz suchten, ist eingestürzt. Der Kirchhof ist schwarz vor erstarrter Lava, die in hohen Bergen dort liegt.«

»Riesige, glühende Lavablöcke sind durch die Luft geschleudert worden«, ergänzte ein anderer. »Es ist eine Katastrophe.«

»Können wir irgendetwas tun, um zu helfen?«, fragte Josephine in die Runde, doch keiner antwortete, zumal die meisten sie ohnehin nicht verstanden.

Entschlossen bahnte sie sich, Carl im Schlepptau, ihren Weg in die Küche. Dort herrschte, wie sie es schon vermutet hatte, rege Betriebsamkeit. Der Küchenchef kam ihr in der Tür entgegen. »Nix Frühstück«, sagte er kopfschüttelnd und deutete hinaus. »Katastrophe. Leute Hunger.«

»Nix Frühstück«, bestätigte Josephine. »Wir sind gekommen, um zu helfen. Was sollen wir tun?«

• • • •

Carl rieb sich die Augen. Die Asche brannte furchtbar und machte ihm das Atmen schwer. Während Josephine in Neapel geblieben war, um bei der Versorgung der Flüchtlinge zu helfen, die in die Stadt drängten, ihnen Suppe auszuschenken, zu trösten, Mut zu-

zusprechen, war er direkt nach Boscotrecase gefahren. Josephine hatte aus ihrer Sorge um ihn zwar keinen Hehl gemacht, aber zugleich keinen Zweifel daran gelassen, dass er keine andere Wahl hatte, als zu helfen. Er hätte sonst nie wieder in den Spiegel sehen können. Und es war ein Wettlauf gegen die Zeit. Durch die starken Regenfälle, die dem Vulkanausbruch folgten, weichte der Boden auf, was in Kombination mit großen Schlammlawinen zu neuen Gefahren führte. Mögliche Überlebende, die noch in den eingestürzten Häusern waren, waren so einer neuen Gefahr ausgesetzt. Wenn er sich umsah, hatte Carl den Eindruck, in einer anderen Welt gelandet zu sein. Die Böden waren bedeckt von schwarzer, erstarrter Lava, auf der hier und da ein Möbelstück aus den zerstörten Häusern thronte. Ein Tisch, ein Stuhl, ein Bett. Und überall waren Menschen, die verzweifelt nach Verschütteten gruben, mitten in dem dunklen, flutartigen Regen. Meistens konnten sie nur noch Tote bergen, die dann mühsam über die Lavaschichten zu einer Sammelstelle getragen wurden. Carl vermutete, dass es später eine Massenbestattung geben würde. Aus einem der Häuser barg er mit einem weinenden Mann, der sich als Nachbar vorstellte, drei Kinderleichen, die der Italiener lauthals beklagte. Auch die beiden Eltern fanden sie. Sie waren ebenfalls tot und Carl dachte, dass es das Schicksal wohl auf irgendeine bizarre Weise gut mit ihnen gemeint hatte. Er konnte nur von sich ausgehen, aber er war sich ganz sicher, dass er lieber tot wäre, als eines seiner Kinder vor sich gehen zu sehen. Der Anblick der leblosen kleinen Körper schnitt ihm derart ins Herz, dass er kaum in der Lage war zu atmen, doch der Mann bedeutete ihm, dass sie weitergraben sollten, und anhand der Zeichensprache glaubte er zu verstehen, dass noch ein weiteres Kind unter den Trümmern lag. In stummer Eintracht buddelten die beiden Männer im strömenden Regen und schließlich fand Carl ein winziges Händchen.

»Oh Gott«, stöhnte er und gab dem Italiener ein Zeichen. »Maria«, rief der Mann. »Piccolina.« Ihm rannen die Tränen über das Gesicht. Schneller gruben die Männer und immer schneller, dann gelang es Carl, den Körper eines kleinen Mädchens aus den Trümmern zu bergen. Sie hatte pechschwarze Locken, war etwa zwei Jahre alt und auch wenn sie nicht bei Bewusstsein war, so glaubte Carl zu erkennen, dass sie lebte.

»Dio mio, Maria!« Der Mann küsste das kleine Gesichtchen.

»Dottore«, rief Carl. »Schnell.«

»Si«, erwiderte der Italiener und stob davon.

Carl zog seine Jacke aus und wickelte das kleine Mädchen hinein. Sein Körper war eisig. Dann suchte er nach ihrem Puls. Er war flach, aber regelmäßig. »Gott sei Dank«, flüsterte er und sah auf das zarte Gesichtchen hinab. »Du bist eine Kämpferin, kleine Maria.«

Doch dann krampfte sich ihm das Herz zusammen. Maria wusste ja noch nicht, was sie erwarten würde, wenn sie erwachte. Die Kleine war nun ein Waisenkind. Wer würde sich um sie kümmern? Wer für sie da sein?

Im nächsten Moment war der Nachbar mit dem erschöpft aussehenden Doktor zurück. Mit ernster Miene untersuchte der Mediziner die Kleine, die dabei aufwachte und zu weinen begann. Der Nachbar und der Arzt redeten beruhigend auf sie ein und der

Arzt nickte zufrieden. Zu Carls Erleichterung sprach der Mann fließend Englisch. Er erklärte, dass die Kleine einen Schutzengel gehabt habe und nur sehr unterkühlt sei. Fürsorglich wickelte er sie in eine Decke, bedeutete Carl, seine Jacke wieder anzuziehen, und legte Maria dann in dessen Arme, wo sie augenblicklich wieder einschlief. »Sie ist erschöpft«, sagte er. »Aber es ist alles in Ordnung.«

Im nächsten Moment stieß der Nachbar der Kleinen einen Schwall italienischer Worte hervor.

»Signore Bagnara macht sich furchtbare Sorgen um die kleine Maria«, übersetzte der Mediziner. »Sie hat nun niemanden mehr auf der Welt. Und er kann sie nicht zu sich nehmen. Er hat selbst vier Kinder und seine Frau lebt nicht mehr.«

Der Arzt blickte einen Moment schweigend auf das Mädchen, dann sah er Carl eindringlich an. »Können Sie sich um die Kleine kümmern?«

»Aber …«, sagte Carl, doch dann nickte er. Er hatte seine Frau zurückgewonnen, er hatte zwei gesunde Kinder, er war reicher, als er es sich jemals hätte ausmalen können – wie konnte er auch nur einen Moment zögern? Diese Menschen hier hatten alles verloren, und wenn er die Kleine hilflos zurückließe, würde er niemals wieder Frieden finden.

»Ich bringe sie erst mal zu meiner Frau«, sagte er dann. »Wenn sie einverstanden ist, könnten wir das Mädchen adoptieren, aber das ist sicher schwierig.«

Der Arzt schüttelte den Kopf. »Ich bin nicht nur der Arzt, sondern auch der Bürgermeister dieses Ortes, und ich kann Ihnen sagen: Ich bin froh um jedes meiner Schäfchen, das ich in guten Händen weiß. Ich stelle Ihnen eine Bescheinigung aus. Außerdem: Wir in Italien sind nicht so bürokratisch wie Sie in Deutschland.«

Carl war noch immer überrumpelt, aber er drückte das schlafende Kind an sich. »Dann schlage ich vor, ich nehme sie nun erst einmal mit und versorge sie.«

Der Arzt nickte. »Ich muss mich jetzt um die anderen Verletzten kümmern. Wo kann ich Sie erreichen?«

»Im Grand Hotel in Neapel.«

Er legte ihm kurz dankbar die Hand auf die Schulter. »Gut. Sie hören von mir«, stieß er hervor, dann stürzte er davon, um sich um das nächste Opfer zu kümmern.

Carl ging mit dem Mädchen im Arm über das Trümmerfeld davon.

47. Kapitel
·· Bielefeld, Juli 1906 ··

Eine Woche war seit ihrer Rückkehr aus Neapel vergangen, und Josephine hatte das Gefühl, als sei ihre Liebe noch stärker geworden. Nachdem Carl und sie sich fast verloren hatten, wussten sie einander nun noch mehr zu schätzen, und manchmal fühlte es sich an, als seien sie frisch verliebt. Vor allem aber hatte das schreckliche Ereignis in Neapel sie einander noch näher gebracht. Lächelnd dachte sie an jenen Nachmittag zurück, an dem ein völlig durchnässter und verfrorener Carl in der Hotelhalle vor ihr gestanden hatte, ein kleines, schlafendes Mädchen auf dem Arm, und ihr gesagt hatte: »Sie hat niemanden mehr auf der Welt. Sie ist ganz allein.«

Dann hatte er ihr die Kleine in die Arme gelegt, und die vollkommen überraschte Josephine hatte ihm angesehen, dass er kurz davor war zusammenzubrechen. Rasch hatte sie ihn in ihr Zimmer gebracht, und während er ihr unter Tränen alles erzählte, hatte sie die Kleine aus ihren nassen Sachen geschält, war dann mit ihr in das warme Bett gekrochen und hatte das Mädchen gewiegt. Irgendwann war die Kleine aufgewacht und hatte nach ihrer Mama geweint. Und Josephine hatte sie in den Armen gehalten, sie getröstet und ihr gesungen. Am nächsten Tag waren sowohl Carl als auch die Kleine schwer erkrankt, und Josephine, die das schon erwartet hatte, hatte sich hingebungsvoll um sie gekümmert, Wadenwickel gemacht und vor allem dafür gesorgt, dass sie es warm hatten. Die meiste Zeit hatte sie mit ihnen im Bett gelegen, um der Kleinen so viel Liebe und Halt wie möglich zu geben. Irgendwann war ein Bote gekommen und hatte ein Schreiben gebracht, von dem Carl gemeint hatte, das sei die Bestätigung des Bürgermeisters, damit würden sie mit Maria bis nach Deutschland kommen. Dort würden sie dann alles Weitere klären.

Eine Woche später waren beide wieder wohlauf, und wenn das Mädchen auch immer noch viel weinte, schien sie doch langsam Zutrauen zu ihnen zu fassen, und hing mit rührender Innigkeit an Carl, den sie als ihren Retter erkannt hatte.

Und nun waren sie wieder zu Hause, und Maria war von allen liebevoll im Kreis der Familie aufgenommen worden. Besonders Friederike war ganz vernarrt in das kleine Mädchen.

Josephine ging zum Schrank, um ein Kleid für den Fünf-Uhr-Tee auszuwählen, auch wenn die Ereignisse in Italien die Sorge um die richtige Garderobe unbedeutend erscheinen ließen. Sie entschied sich für ein Bolero-Kleid aus weißer Spitze, die die Arme bis zu den Ellbogen bedeckten und dann glockenförmig über den Unterarm fielen. Für den Abend würde sie sich erneut umziehen und heute ein Kleid aus Seidenvoile und Spitze tragen. Josephine dachte an ihre Mutter, die beim Abendessen nicht dabei sein würde. Sie war kurzentschlossen mit Louis Meister nach Amerika gereist und hatte Deutschland einen Tag nach Josephines und Carls Rückkehr aus Neapel verlassen. Schon so lange habe Louis Dohme sie in seine Heimat eingeladen, und in der Begleitung eines jungen Mannes, der auch noch so hieß wie ihr Brieffreund, traue sie sich die Reise nun anzutreten, hatte sie argumentiert.

Josephine hatte ihr gut zugeredet, als Charlotte die Reise beinahe wieder abgesagt hätte, weil sie es nicht über das Herz brachte, das Waisenhaus so lange im Stich zu lassen. Aber schließlich war sie doch gefahren, nachdem Josephine ihr erklärt hatte, dort laufe schließlich alles wie am Schnürchen, zumal Friederike wirklich rührend mit den Kleinen spielte. Und sie selbst, hatte sie versprochen, werde ebenfalls regelmäßig nach dem Rechten sehen.

Charlotte hatte ihre Reise also beruhigt angetreten.

In dem Moment wurde die Tür aufgerissen, und Carl stürzte herein. Er war kreidebleich.

Josephine ließ das Kleid fallen und eilte ihm entgegen. »Carl, was …«

»Es geht um deine Mutter und um Louis«, stieß er hervor. »In San Francisco hat es ein schreckliches Erdbeben gegeben. Die ganze Stadt ist verwüstet.«

»Nein!«, schrie Josephine.

Und dann war da nur noch Schwärze.

• • • •

Josephine fühlte eine Hand auf ihrer Stirn, hörte Geräusche und öffnete blinzelnd die Augen.

»Sie wacht auf«, rief eine Stimme, die sie als die ihres Sohnes erkannte.

Und Friederike antwortete mit zitternder Stimme: »Oh Gott sei Dank.«

Bevor sie die Lider hob, traf sie die Erinnerung daran, was geschehen war, mit voller Wucht. Ihre Mutter. Louis. Das Erdbeben.

Entsetzt riss sie die Augen auf und starrte direkt in Carls besorgte Miene. »Carl!«, rief sie, während sie sich aufsetzte. »Was ist mit Mutter und mit Louis?«

Ernst schüttelte er den Kopf. »Wir wissen noch nichts.«

Das Warten und die Unwissenheit waren schrecklich. Die Familie war außer sich vor Sorge im Salon zusammengekommen, um sich gegenseitig Beistand zu leisten. Während Emil und Carl abwechselnd an den Telefonapparaten in der Eingangshalle und im Arbeitszimmer telefonierten, versuchten sich die anderen im Salon gegenseitig zu trösten. Auch Nanette war bei ihnen, sie spielte mit Marthas Mädchen und der kleinen Maria in einer Ecke. Josephine fand es wichtig, Maria gerade am Anfang häufig in ihrer Nähe zu haben.

»Es ist ja gar nicht gesagt, dass sie bereits in San Francisco angekommen sind«, versuchte Julius, die Frauen zu beruhigen. »Vielleicht sind sie noch in New York.«

Doch Josephine, die ihre Mutter vor deren Abreise gebeten hatte, ihr die geplanten Stationen aufzuschreiben, damit sie wusste, wann sie sie wo erreichen konnte, hatte schon längst nachgesehen und schüttelte mutlos den Kopf. »Laut Plan sind sie bereits vor zwei Tagen in San Francisco eingetroffen.«

»Das kann sich ja immer verzögern«, sagte Friederike, doch dem Klang ihrer Stimme war deutlich anzumerken, dass sie selbst nicht daran glaubte.

In diesem Moment kam Emil, gefolgt von Carl, in den Salon.

»Wir haben Onkel Louis in Baltimore erreicht«, rief er aufgeregt. »Er hatte die beiden nächste Woche erwartet und macht sich sofort auf den Weg nach San Francisco, um nach ihnen zu suchen. Es wird aber zwei Tage dauern, bis er dort eintrifft.«

»Wenigstens schaut er nach ihnen«, sagte Josephine. »Aber wie soll er sie in dieser riesigen, zerstörten Stadt finden?«

»Das ist ganz einfach«, erwiderte Carl, trat neben sie und legte ihr beruhigend eine Hand auf die Schulter. »Wir wissen ja, dass sie im Palace Hotel untergebracht waren. Dort wird man ihm sicher weiterhelfen können. Wenn er sie dort nicht sogar antrifft.«

»Wenn es denn überhaupt noch steht«, murmelte Josephine angstvoll.

»Aber natürlich steht es noch, das ist doch gar keine Frage«, sagte Martha resolut und voller Optimismus.

»Ja«, erwiderte Josephine schwach. »Natürlich steht es noch.«

• • • •

Nach zwei bangen Tagen des Wartens brachte der Telegrammbote beim Frühstück, das aus lauter Kummer kaum einer von ihnen angerührt hatte, endlich die frohe Botschaft:

CHARLOTTE UND LOUIS WOHLAUF. BEIDE AUF DEM WEG MIT MIR NACH BALTIMORE. AUSFÜHRLICHER BERICHT FOLGT. LOUIS DOHME.

»Oh, ich bin so unendlich froh«, rief Josephine und fiel ihrem Mann, der das Telegramm vorgelesen hatte, glücklich um den Hals. Friederike und Martha brachen in Tränen der Erleichterung aus, und auch in Carls Augen schimmerte es feucht. Julius strahlte, und Emil wandte sich zu der glücklich dreinblickenden Agathe. »Bitte sagen Sie den anderen Dienstboten Bescheid.«

»Sehr wohl!«, jubelte Agathe und entschwand nach draußen.

»Und jetzt habe ich Hunger«, verkündete Julius und griff ordentlich zu.

»Ich auch«, grinste sein Vater. »Lasst es euch schmecken.«

48. Kapitel
·· Bielefeld, August 1906 ··

Auch, wenn ihnen der Schreck noch in den Knochen steckte: Der Alltag hatte sie schnell wieder eingeholt. Schließlich gab es jede Menge zu tun. Der Neubau war inzwischen so weit fortgeschritten, dass das Erdgeschoss bereits bezogen werden konnte, was zur Folge hatte, dass Martha endlich ihre Betriebsküche einrichten durfte, was sie mit so viel Eifer tat, dass Emil sie gelegentlich liebevoll erinnern musste, dass sie auch noch eine Familie hatte. Gleich in der ersten Woche zeigte sich, dass die Betriebsküche ein voller Erfolg werden würde: Martha hatte von Anfang an drei junge Frauen aus dem Waisenhaus als Lehrmädchen übernommen, und abends beim Essen erzählte sie ihrer Familie strahlend, wie gut diese sich anstellten.

Bei der Belegschaft komme das neue Angebot allerbestens an, wusste Carl zu berichten, alle seien voll des Lobes.

»Nun ja«, wehrte Martha bescheiden ab. »Ich kann mir nicht vorstellen, dass jemand es wagen würde, Kritik ausgerechnet bei dir zu platzieren.«

»Wie meinst du das?«, fragte Carl und ließ den Löffel sinken.

»Die Arbeiter haben schon ziemlichen Respekt vor dir«, erklärte Martha. »Die Lehrmädchen haben mir erzählt, dass die anderen Lehrlinge, die in der Abfüllerei arbeiten, gleich am ersten Tag gelernt haben, dass kein Krümelchen Pulver zu Boden fallen darf. Sonst komme der Herr Dr. Meister und schimpfe, dass das pures Gold sei, das da auf dem Boden liegt.«

Carl musste lachen. »Nun, Respekt ist gut«, sagte er. »Und wenn er dazu führt, dass die Arbeiter sorgsamer mit unserem teuren Pulver umgehen, dann ist es ja nur recht. Ich habe mich einmal tatsächlich sehr geärgert, als eine Arbeiterin mehr Pulver auf den Boden als in die Tüte schüttete.«

Emil sah seinen Bruder beinah liebevoll an. »Ich finde deinen Führungsstil wunderbar«, sagte er. »Du bist wie ein Vater. Du hast Erwartungen an deine Arbeiter, aber du sorgst auch für sie und übernimmst Verantwortung.«

Carl nickte. »Deswegen bin ich auch manchmal sehr streng, vor allem, was die Sauberkeit angeht.«

In diesem Moment klopfte es, und Agathe brachte auf einem Silbertablett einen Brief herein.

»Ein Schreiben von der Gnädigen Frau aus Amerika«, kündigte sie aufgeregt an.

»Geben Sie her«, rief Carl ungeduldig und streckte die Hand aus.

»Lies vor«, drängte seine Frau, während Carl das Kuvert öffnete. Er faltete die eng beschriebenen Bögen auseinander und begann zu lesen.

Baltimore, Juli 1906

Ihr Lieben Alle,
nun folgt endlich unser Bericht über die furchtbaren Ereignisse, deren Zeuge wir werden mussten. Louis und ich haben, wie ihr ja wisst, im Palace Hotel gewohnt. Am Abend vor der Katastrophe hatten wir noch eine wunderbare Überraschung erlebt: Wir haben in der beeindruckenden San Francisco Opera eine fulminante Vorstellung von George Bizets Oper »Carmen« gesehen, mit dem berühmten Enrico Caruso in der Hauptrolle. Er brillierte jedenfalls in seiner Rolle, und als wir am Abend nach dem Dinner in unser Hotel zurückkehrten, durften wir feststellen, dass der berühmte Tenor ebenfalls im Palace Quartier genommen hatte. Als wir ihm berichteten, dass wir ihn in der Oper bewundert haben, ließ er sich auf eine angenehme Plauderei mit uns ein, und Louis hoffte, dass wir ihm am nächsten Morgen beim Frühstück begegnen würden. Doch es sollte alles anders kommen.
Am frühen Morgen, kurz nach fünf Uhr, erwachte ich von einem kurzen Rütteln. Gleich darauf brach die Hölle los. Die Wände um mich herum bebten, die Fenster zerbarsten, Bilder fielen von den Wänden, Tisch und Stühle kippten um. Ich glaube, ich habe schrecklich geschrien, und kroch unter mein Bett. Danach herrschte eine merkwürdige Stille, die keine war. Denn immer wieder ertönte von draußen plötzlich lautes Krachen, wieder und wieder, später wurde mir dann klar, dass das Häuser waren, die sich noch für kurze Zeit aufrecht gehalten hatten, doch in ihren Grundfesten so tief erschüttert waren, dass sie in sich zusammenbrachen. Hätte

ich das in diesem Moment gewusst, ich hätte mich vermutlich noch viel mehr gefürchtet, als ich es ohnehin schon tat und mich unter meinem Bett noch unsicherer gefühlt. Nun ja, jedenfalls habe ich dann irgendwann Louis' Stimme gehört, der nach mir rief. Er hat mich unter dem Bett hervorgezogen, und dann haben wir uns einfach nur ganz fest in den Armen gehalten. Gegen acht Uhr morgens sind Soldaten in die Stadt gekommen, um die Plünderer im Zaum zu halten, die in die zerstörten Lebensmittelgeschäfte stürmten. Und auf einmal fühlte es sich an wie im Krieg. Kurz darauf sahen wir einzelne Rauchsäulen aufsteigen und dann auch Flammen, immer mehr Brände breiteten sich aus. Wie wir später erfahren sollten, hatte es an den Stromleitungen Kurzschlüsse gegeben, und in Kombination mit den zerborstenen Gasleitungen hat das für Brände gesorgt. Das Beben hat auch das Wasserleitungsnetz vollkommen lahmgelegt. Es gab kein Wasser mehr, und so musste die Feuerwehr hilflos zusehen, wie die Stadt in Flammen aufging. Einer der Feuerwehrmänner erzählte uns erbittert, dass ihr Chef schon seit Jahren gefordert hatte, Notreservoirs und Notpumpstationen zu errichten, den Stadtvätern war das aber wohl zu teuer. Wegen dieses schrecklichen Versäumnisses entwickelte sich ein regelrechter Feuersturm. Tausende sind auf den Russian Hill geflohen, doch wir sind aus der brennenden Stadt zu den Docks geeilt und haben dort eine Nacht in den Notunterkünften verbracht. Dort hat Louis Dohme uns gefunden, inmitten all der Feldbetten stand er plötzlich vor uns. Aber das wisst ihr ja schon, schließlich hat er ein Telegramm an euch aufgegeben, das euch längst erreicht haben dürfte. Wir werden unsere Reise nun wie geplant fortführen und dann zurückkehren. Wir können es gar nicht erwarten, Euch alle wiederzusehen!

In Liebe

Eure Charlotte

P. S. Die beiden Louisse lassen natürlich auch schön grüßen.

Als Carl geendet hatte, sahen sie sich stumm an.

»Was ist nur mit dieser Welt los?«, murmelte Martha schließlich.

»Eine Katastrophe jagt die andere, und ich kann sehr genau nachempfinden, wie sie sich jetzt fühlen müssen«, seufzte Josephine. In Gedanken fügte sie hinzu, dass sich die Dinge ohnehin ständig auf seltsame und beunruhigende Weise zu wiederholen schienen. Denn schließlich erinnerte das Verwechslungsspiel zwischen Helene und ihrer verstorbenen Schwester auch ein wenig an ihre Anfangszeit hier in Bielefeld und ihre Begegnungen mit Matthias Wohlgemut und dessen Zwillingsbruder, die für einige Verwirrung gesorgt hatten.

»Ja,« erwiderte Friederike nun und legte die Hand auf die ihrer Mutter. Julius tat es seiner Schwester gleich.

»Da wird einem erst mal bewusst wie gut wir es haben«, murmelte Carl.

Plötzlich musste Friederike lachen.

»Was?«, fragte Josephine. »Was ist?«

»Nun«, erwiderte ihre Tochter schmunzelnd, »der Vulkanausbruch hat uns eine kleine Schwester gebracht. Sind wir mal gespannt, welche Überraschung Oma uns aus den USA mitbringen wird.«

• • • •

Wieder einmal saß Josephine an ihrem Zeichentisch, um an ihrem Markenzeichen zu arbeiten. So sehr sie das Bild ihrer Tochter mit dem Spiegel anfangs auch fasziniert hatte – sie hatte es wieder verworfen. Das war das Ergebnis ihrer ausführlichen Betrachtung der Werbeanzeigen in der Zeitung gewesen. Hatte sie sich nicht furchtbar über den Hund geärgert, der auf einem schneebedeckten Berg saß und für Milka werben sollte? Genau so würde sie doch auch ihre Kunden mit einem Mädchen, das sich in einem Handspiegel betrachtete, in die Irre führen. Denn damit würde sich jede Frau zunächst an Kosmetika erinnert fühlen. Das junge Frauenbild im Profil aber fand sie nach wie vor passend, zumal ihre Käuferschaft ja vornehmlich weiblich war. Und diese Zeichnung hatte einfach so viel Ausdruckskraft, dass man von ihr regelrecht in den Bann gezogen wurde.

Sie war so sehr in ihr Werk vertieft, dass sie zusammenzuckte, als es an der Tür klopfte und Carl hereinkam. Er hatte Maria auf dem Arm.

»Hallo ihr beiden«, sagte Josephine, stand auf und ging ihrem Mann und der Kleinen lächelnd entgegen. »Was macht ihr denn hier?«

»Wir wollten dich bitten, uns aufs Rathaus zu begleiten, nicht wahr, Maria?«, fragte Carl. Die Kleine nickte so eifrig, dass ihre schwarzen Locken wippten, obwohl sie natürlich nicht verstand, was man von ihr wollte. Aber wenn Carl, ihr Held, etwas sagte, dann war das so.

»Sind die Adoptionsunterlagen da?«, fragte Josephine hoffnungsfroh.

»Genau«, bestätigte Carl. »Es hat eine Weile gedauert, bis sich die deutschen und die italienischen Behörden geeinigt haben, aber nun ist alles beisammen. Wir brauchen nur noch unterschreiben.«

Josephine hakte sich bei Carl unter. »Na dann sollten wir keine Zeit verlieren.«

Sie gab der kleinen Maria einen Kuss.

»Worauf wartest du, Carl Meister? Beeil dich! Wir werden gleich zum dritten Mal Eltern.«

Epilog

·· Bielefeld, 1911 ··

Die siebenjährige Maria hüpfte in ihrem weißen, wadenlangen Rüschenkleidchen auf und ab. Sie hatte einen Blumenkranz aus Margeriten in ihrem hüftlangen, lockigen Haar und strahlte so viel Lebensfreude aus, dass Josephine es manchmal gar nicht glauben konnte. Maria wirkte derart unbeschwert, als habe es in ihrem Leben nie ein traumatisches Ereignis gegeben. Ihre beiden Cousinen Magdalena und Caroline standen ihr in Fröhlichkeit in nichts nach: Sie trugen zartblaue Kleidchen im gleichen Schnitt und in den blondgewellten Haaren Kränze aus Vergissmeinnicht.

»Wunderschön seht ihr aus«, sagte Josephine. »Ich bin die stolzeste Mutter und Tante, die ihr euch vorstellen könnt.«

»Und ich die stolzeste große Schwester und Cousine«, sagte eine Stimme hinter ihr.

Caroline drehte sich um und sah sich ihrer großen Tochter gegenüber. »Friederike«, sagte sie. »Du bist und bleibst eine Schönheit.«

Ihre Tochter lachte. »Danke, Mutter, aber das sagst du mir jeden Tag.«

»Weil es wahr ist«, beharrte sie. »Das Kleid steht dir hervorragend.« Es war von einem zarten Rosa, das Friederikes Gesichtsfarbe sehr schmeichelte. Im Gegensatz zu den Kindern trug das inzwischen sechzehnjährige Mädchen sein Haar nicht offen, sondern zu einer kunstvollen Frisur aufgesteckt. Aber auch sie hatte einen Blütenkranz im Haar.

»Nun, wenn ich schon die Ehre habe, die Brautjungfer meiner eigenen Großmutter zu sein, dann muss ich mich doch entsprechend anstrengen«, sagte sie lächelnd. »Ich kann es gar nicht glauben, dass Oma heute heiratet.«

»Ich auch nicht«, erwiderte Josephine.

Charlotte hatte, wie von ihrer Enkelin prophezeit, tatsächlich eine Überraschung aus Amerika mitgebracht. Sie hatte sich auf ihrer Reise verliebt – sofern das nicht lange vorher schon geschehen war. Endlich bekannten sie und Louis Dohme sich zu ihrer Liebe. Josephine freute sich sehr für ihre Mutter, zumal Louis sich zur Ruhe zu setzen gedachte und die inzwischen sechzig Jahre alte Charlotte sich nun auf ein Leben voller Konzerte, Opern und Reisen freuen konnte. Zu Josephines Erleichterung wollte sich das Paar allerdings nicht in Amerika, sondern in Bielefeld niederlassen, da Charlotte nach wie vor ein Auge auf das Waisenhaus haben und auch in der Nähe ihrer Familie sein wollte. Doch zunächst würde das Paar sich nach der Hochzeit Louis' alten Traum erfüllen und endlich, endlich nach Russland reisen. Lächelnd musste Josephine daran denken, wie Louis und ihre Mutter Seite an Seite den Besuch des russischen Zars verfolgt und Louis seinen Traum gestanden hatte, einmal nach Russland zu fahren. Wie lange das nun her war. Ein halbes Leben! Und am Ende schloss sich der Kreis.

»Was feiern wir denn heute eigentlich?«, fragte in diesem Moment eine tiefe Männerstimme an ihrer Seite. Lächelnd wandte Josephine sich um. Ihr kleiner Julius war inzwischen zu einem gutaussehenden jungen Mann gereift. Er hatte sein Abitur abgeschlossen und sollte im kommenden Jahr sein Studium beginnen, um anschließend in die Firma einzutreten. »Feiern wir Omas Hochzeit oder den hundertsten Neubau?«

Josephine musste lachen. In der Tat war die Zahl der Meister'schen Bauwerke inzwischen regelrecht explodiert. Nach jedem fertiggestellten Bau pflegte Carl zu sagen, dies sei nun aber wirklich der letzte, um zwei Jahre später dann wieder einen weiteren Grundstein zu legen. Inzwischen verfügten die Meister-Werke über zwei Fabrikhallen und das Kontor und über ein Gebäude, in dem ausschließlich das Puddingpulver hergestellt wurde.

»Ich kann dir sagen, wir feiern noch etwas Weiteres, aber das darf ich euch nicht verraten, euer Vater würde sonst sehr böse mit mir werden«, sagte sie. »Diese Überraschung gibt es erst nach der Hochzeit.«

»Dann bin ich ja mal gespannt«, sagte Julius und gab seiner Mutter einen Kuss auf die Wange.

»Und jetzt sollten wir uns beeilen«, mahnte Friederike zur Eile. »Sonst kommen wir noch zu spät.«

• • • •

Josephine musste Tränen der Rührung fortblinzeln, als Charlotte Behn am Arm ihres Schwiegersohnes den langen Gang der Altstädter Nicolaikirche in Bielefeld entlangschritt. Ihre Mutter trug ein weißes Seidenkleid mit zarter Stickerei und einem goldenen Gürtel um die Taille und hatte das Haar, das trotz ihrer inzwischen sechzig Lebensjahre noch von keiner einzigen grauen Strähne durchzogen wurde, elegant aufgesteckt. Charlotte war und blieb eine Schönheit, dachte Josephine. Vor ihr gingen die drei Blumenmädchen, Maria in der Mitte, und streuten Blüten, hinter der Braut schritt Friederike als einzige Brautjungfer.

Nachdem Carl seine Schwiegermutter vor dem Traualtar ihrem künftigen Ehegatten übergeben hatte, der, wie Josephine fand, mit seinem grauen Haar und den markanten Gesichtszügen ebenfalls ausgesprochen attraktiv war, trat Carl neben sie, während Friederike mit den Blumenmädchen neben ihrem Bruder Platz nahm.

Ergriffen nahm Josephine die Hand ihres Mannes.

»Weißt du noch?«, fragte sie leise. »Damals standen wir auch Seite an Seite vor dem Traualtar. Hättest du dir träumen lassen, was uns alles erwarten würde?«

»Nein«, erwiderte Carl lächelnd. »Nein, das hätte ich mir wirklich nicht träumen lassen.«

····

Martha, ihre Tante Frau Braunwarth, Herr Wohlgemut und ihre Mitarbeiter hatten darauf bestanden, die Bewirtung der Gäste höchstpersönlich vorzunehmen – und sie übertrafen sich selbst.

Im Garten der Meister'schen Villa hatte das Küchenteam ein gigantisches Buffet aufgebaut, und unzählige Arbeiter aus den Werken hatten mitgeholfen, den Park in ein regelrechtes Paradies zu verwandeln. Überall standen runde Tische mit weißen Tischdecken, funkelndem Kristall und blitzendem Silber, es gab ein wahres Meer an Blumen, und der Chor des Waisenhauses sang bezaubernde Lieder zu Ehren des gerührten Brautpaars. Sie feierten bis in die Abendstunden. Und dann trat Dr. Carl Meister ans Mikrofon. Erwartungsvolles Schweigen breitete sich aus.

»Meine Damen und Herren, liebe Festgäste«, sagte er. »Und vor allem: liebes Brautpaar. Vorhin hat unser Sohn meine Frau gefragt, was wir heute eigentlich feiern. Eure Hochzeit oder den Bau einer weiteren Fabrikhalle. Die Antwort darauf dürfte klar sein: Fabrikhallen haben wir inzwischen eine Menge, aber die Hochzeit von euch beiden, die ist einzigartig.« Carl wartete einen kleinen Moment, bevor er fortfuhr: »Es gibt aber tatsächlich eine wundervolle Neuigkeit für unser Unternehmen, die ich euch heute nicht vorenthalten will, und es gibt keinen besseren Moment als diese Hochzeit, um sie euch allen zu präsentieren. Zumal du, liebe Schwiegermama, von Anfang an an uns geglaubt und uns auf all unseren Wegen unterstützt hast. Und du, lieber Onkel Louis, hast seinerzeit mit deinem Mitbringsel aus Amerika die Initialzündung für unsere Firma gegeben. Wir haben euch beiden so viel zu verdanken. Ich darf die Anwesenden nun in den Salon bitten. Für das Brautpaar sind die beiden Stühle ganz vorne in der Mitte reserviert.«

Unruhe entstand, die Gäste drängten nach drinnen, und es

dauerte einen Moment, bis sie vor der großen Leinwand, die die Diener im Salon aufgebaut hatten, Platz genommen hatten.

Als alle saßen, trat Carl wieder vor die Leinwand. »Josephine und ich haben in den letzten Monaten gemeinsam mit dem wunderbaren Filmproduzenten Julius Pinschewer an einer Überraschung gearbeitet. Herr Pinschewer, bitte erheben Sie sich.«

Ein schmaler junger Mann stand auf und verbeugte sich nach allen Seiten. Dabei wirkte er etwas verlegen. »Nun wollen wir Sie nicht länger auf die Folter spannen«, sagte Carl und nickte dem Bediener des Vorführgeräts zu, das er eigens für diesen Anlass ausgeborgt hatte. Das Licht im Saal verdunkelte sich, Carl trat neben seine Frau und drückte ihre Hand.

»Ich bin ein wenig aufgeregt«, flüsterte er.

»Ja«, wisperte sie. »Ich auch. Das ist ein neues Kapitel.«

Und dann wurden die erstaunten Hochzeitsgäste Zeugen, wie ein köstlicher Gugelhupf auf der Leinwand erschien. Er war noch ein wenig klein, aber dank des Zaubermittels, das man in seinen Teig gegeben hatte, wurde er vor den Augen der Zuschauer, die gerade einen der ersten Werbefilme des Kaiserreiches zu sehen bekamen, größer und immer größer.

»So, wie dank dieses Zaubermittels auch unser Unternehmen immer größer geworden ist. Wer hätte das gedacht«, murmelte Carl.

»Ja«, flüsterte Josephine. »Wer hätte das gedacht. Unser Traum ist Wirklichkeit geworden. Nur dass die Wirklichkeit viel schöner ist.«

Danksagung und Nachwort

Wie jeder meiner Romane war auch dieser eine spannende Reise in die Vergangenheit. Dieses Mal führte sie mich ins ausgehende 20. und beginnende 21. Jahrhundert, und die Figuren, denen ich dort begegnete, haben mich alle in ihren Bann gezogen. Was für eine Entschlossenheit, was für ein Erfindergeist und was für eine Kreativität! Die meisten Figuren in diesem Roman haben lebende Vorbilder, Urväter und Urmütter eines großen deutschen Lebensmittelherstellers, der heute noch existiert. Ich habe mich sehr an den tatsächlichen Umständen orientiert, vieles, wie die beiden Adoptionen und die damit verbundenen Umstände, ist aber erfunden.

Es ist schwer, nun von diesen Figuren Abschied zu nehmen – doch es wird nur ein kurzer Abschied, denn bald schon beginnt die Arbeit am zweiten Band, auf die ich mich sehr freue. Ganz herzlich bedanken möchte ich mich beim Aufbau Verlag, der meiner Idee gleich offen und begeistert gegenüberstand, insbesondere meine liebe Lektorin Constanze Bichlmaier. Ohne die beste Agentin der Welt – Anna Mechler, wer sonst – hätte ich Constanze aber nie kennengelernt. Danke, liebe Anna, dass du immer an mich und meine Ideen glaubst. Dieser Satz gilt auch und ganz besonders für meine liebe Freundin und Kollegin Melanie Kunze, die wie ein Fels an meiner Seite steht und der ich immer nur wieder das Gleiche sagen kann: Was würde ich nur ohne dich machen!

Ein besonders großer Dank gilt aber meiner wunderbaren Familie. Dafür, dass es bei uns so schön, so bunt, so turbulent und so harmonisch ist. Dafür, dass wir immer füreinander da sind. Ich liebe euch!

Eure
Eva-Maria Bast

LESEPROBE

ULRIKE RENK
Ursula und die Farben der Hoffnung
Eine Familie in Berlin
Roman
atb

Kapitel 1

Potsdam 1911

»Viermal, heute hat er sich nur viermal umgezogen.« Margarete von Calenberg wedelte mit den Händen und verzog das Gesicht.

»Aber jedes Mal waren die Fotografen zur Stelle, als er wieder in neuer Aufmachung hereinkam«, sagte Emma von Berghofen, wie die anderen eine der Damen am kaiserlichen Hof, die sich einmal die Woche im Salon von Anna Vorkastner, der Frau des Bürgermeisters, trafen.

»Natürlich waren sie das, schließlich wurden sie von ihm bestellt«, erklärte Anna mit ruhiger Stimme und lächelte. »Ihr wisst doch, dass er sich für sie umzieht, er posiert. Das macht er doch schon seit Beginn seiner Regentschaft.«

»Es wird aber immer schlimmer«, sagte Adelheid von Singen empört. »Alles scheint nur noch für die Öffentlichkeit veranstaltet zu werden. Er reitet ja noch nicht mal aus, ohne dass Kameras dabei sind.«

Ein Klopfen unterbrach sie. Greta, das Mädchen, betrat den Salon, um den Kaffee zu servieren. Vorsichtig stellte es das Tablett mit der Kanne auf den Tisch und schenkte ein. Ihr Blick fiel auf ein überzähliges Gedeck. »Soll ich die Tasse wieder mitnehmen?«, fragte sie leise.

Anna seufzte. »Ursula?«, fragte sie, ohne sich umzudrehenden. »Bist du hier?«

Ursula holte Luft und schob den schweren Brokatvorhang zur Seite, hinter dem sie auf der breiten Fensterbank des Erkers saß. Sie strich sich die dunkelblonden Locken aus dem Gesicht und lächelte ihre Großmutter an. »Ich komme gleich. Ich muss nur schnell etwas fertig machen.« Damit senkte sie ihren Kopf wieder über das Zeichenbuch, das auf ihren Knien lag. Im Raum war es so still, dass man das leise Kratzen des Stifts hören konnte, der über das Papier huschte.

»Deine Enkelin ist hier?«, fragte Emma schrill. »Das wusste ich gar nicht.«

»Aber ja, sie und ihre Schwester sind doch schon seit zwei Wochen bei uns in Potsdam.« Anna lächelte, Ursula sah, dass es sie Mühe kostete.

»Hier – im Raum!«, zischte Emma. »Das meinte ich. Wir sprechen doch über SM-chen …«, sie räusperte sich, senkte ihre Stimme abermals, »… über Seine Majestät nur im allerintimsten Kreis. Man weiß nie, was so ein Kind nach außen trägt.« Ihre Augen weiteten sich.

»Ursula interessiert sich nicht für Hoftratsch.« Anna tätschelte den Arm ihrer Freundin. »Das hat sie noch nie.«

Regine von Hohenstahl lachte auf. »Richtig. Deine Enkelin hatte immer nur Stifte, Pinsel und Farben im Kopf. Vom wem sie das wohl hat?«

»Nicht von ihrem Vater. Er ist kein Schöngeist, aber ein begnadeter Arzt«, sagte Margarete und seufzte. »Ich habe nie verstanden, warum deine Tochter ihn verlassen hat.«

»Das musst du auch nicht.« Wieder lächelte Anna. »Sie hat einen schweren Weg genommen, aber nun ist sie glücklich, das ist alles, was zählt im Leben, nicht wahr?«

»Sie ist doch wieder verheiratet?«, fragte Emma mit ihrer dünnen Stimme.

»Ja. Sie hat ein zweites Mal geheiratet, und es geht ihr sehr gut.« Anna räusperte sich. »Wollt ihr nicht den köstlichen Apfelkuchen probieren? Meine Köchin hat sich sicher wieder einmal selbst übertroffen.«

Ursula horchte auf. Sie liebte Lises Apfelkuchen. Sollte sie aufstehen und sich an den Tisch setzen? Aber dazu hatte sie keine Lust. Am Tisch hatte sie zu lächeln und sich nett zu benehmen, sollte aber nicht zuhören. Die Gespräche drehten sich meist um die neuste Mode oder um irgendwelche Skandale oder Liebschaften am Hof. Sie würde bestimmt später in der Küche noch ein Stück Kuchen bekommen. Erst einmal wollte sie fertig werden. Unauffällig spähte sie zum Tisch und verglich den Anblick der Damen mit der Skizze, die sie gezeichnet hatte. Hier und dort gab es noch etwas zu verbessern. Vor allem aber stimmte die Perspektive mal wieder nicht – wie so oft. Verzweifelt kaute sie an ihrem Stift. Wieso nur waren die Köpfe immer zu klein? Und der Tisch zu groß? Irgendwann würde sie es hinbekommen.

»Übermorgen hält Paula Dehmel einen Vortrag im Lyzeum-Klub in Berlin«, hörte sie Martha mit ihrer hohen Stimme sagen. »Da möchte ich hin. Ich finde die Frau immer so erfrischend mit ihren lustigen Kinderreimen.«

»Sie hatte es auch nicht leicht im Leben«, sagte Regine. »Ich habe sie einmal bei einem Vortrag erlebt. Ihre Gedanken fand ich gut, ich konnte sie zu einem gewissen Grad nachvollziehen, auch wenn sie doch sehr modern sind.«

»Nicht so modern wie die ihres Mannes«, Emma kicherte verlegen.

»Er ist schon ein großer Poet, doch seine Anschauungen sind tatsächlich manchmal ziemlich gewagt«, meinte Anna nachdenklich. »Habt ihr schon mal Ida Dehmel gesehen?«

»Ja, im Theater in Berlin«, sagte Martha. »Was für ein Anblick.« Die Frauen steckten die Köpfe zusammen, senkten die Stimmen.

Ursula bekam das nur am Rande mit. Sie wollte die Damen nur studieren – wie sie saßen, wie sie die Köpfe hielten.

Der Erker hinter den dicken Vorhängen war einer ihrer Lieblingsplätze. Es roch nach Staub und Pfeifentabak und ein wenig nach getrockneten Äpfeln. Unten auf der Karlsstraße fuhren die Droschken vorbei, Spaziergänger flanierten auf dem Trottoir. Es war ein milder Tag, doch der Himmel hatte die Farbe von geronnener Milch. Ursula lehnte die Stirn an die kalte Glasscheibe und sah nach draußen, sie liebte es, die Leute zu beobachten.

»Betreibst du wieder Studien?«, riss Großmutter sie aus ihren Gedanken. Erschrocken fuhr Ursula hoch. Anna lachte leise. »Ist schon gut, Kind. Ich weiß ja, dass du in deiner ganz eigenen Welt lebst. Aber es wäre schön, wenn du wenigstens ein paar Minuten am Tisch Platz nehmen würdest, sonst denken meine Freundinnen noch, du würdest allmählich seltsam.« Sie zwinkerte ihrer Enkelin zu und reichte ihr die Hand.

Zögerlich schloss Ursula ihr Skizzenbuch, legte die Stifte in die Blechdose, nahm die Hand der Großmutter und sprang von der Fensterbank. Mechanisch schüttelte sie ihr Kleid zurecht und setzte sich an die Tafel. Sie gab einen großen Löffel der geschlagenen, süßen Sahne auf ihr Kuchenstück und aß, ohne aufzublicken. Am Kaffee nippte sie nur, sie fand ihn immer zu bitter, selbst wenn sie drei Stücke Zucker hineintat, obwohl höchstens zwei erlaubt waren.

»Hast du wieder gemalt?«, wandte Adelheid sich an sie. »Du scheinst immer nur zu malen.«

»Ich zeichne meist«, antwortete Ursula bemüht höflich. »Ich male nur selten.«

»Ach so, da gibt es einen Unterschied?«

»Natürlich. Ich male nicht mit Pinsel oder Palette, male keine Flächen, sondern benutze Feder oder Bleistift für feinere Zeichnungen.«

Adelheid schwieg einen Moment. Hatte sie etwa etwas Falsches gesagt?

»Magst du mir deine Werke zeigen?«, fragte Adelheit dann und schaute zu der Mappe, die Ursula auf ein Tischchen gelegt hatte.

Ursula senkte den Kopf. Nein, dachte sie, das mag ich nicht. Aber hatte sie eine Wahl? Großmutter war großzügig, was das Verhalten ihrer drei Enkelinnen anging. Auch hatte sie moderne

Ansichten über die Erziehung, fand Belehrungen besser als Bestrafungen und versuchte immer zu erklären, wenn sie etwas verbot, und dafür liebte Ursula sie sehr. Dennoch wusste sie, wann es besser war, sich den Gepflogenheiten zu beugen. Also unterdrückte sie ein widerwilliges Seufzen, holte ihre Mappe und reichte sie Frau von Singen. Schweigend blätterte diese durch die Skizzen.

»Nimmst du Unterricht?«, fragte sie.

Ursula schüttelte den Kopf.

Adelheid kniff die Augen nachdenklich zusammen. »Wie lange wirst du noch in Potsdam sein? Deine Mutter wohnt jetzt bei Barmen?«

»Ja, in Vohwinkel, ich werde wohl nächste Woche zurückfahren.«

»Wie schade«, murmelte Adelheit und schaute zu Anna, doch die war ins Gespräch vertieft. »Und deine Schwester Hilde? Ist sie nicht auch hier?«

»Ja, ist sie. Nur ist sie heute mit unserem Vater unterwegs.«

In diesem Moment öffnete sich die Tür, und ihr Großvater trat ein und begrüßte mit charmanten Worten die Runde.

Anna stand auf und ging ihm entgegen. »Schön, dass du schon zu Hause bist, mein Lieber. Aber um Kaffee und Kuchen zu bekommen, musst du die Köchin bezirzen, nicht uns.«

Karl Vorkastner seufzte gespielt auf. »Darf ich mich denn zu der Damenrunde gesellen, oder soll ich meinen Kaffee lieber im Herrenzimmer einnehmen? Ich will nicht stören.«

»Setz dich nur zu uns, Karl«, rief Emma. »Hast du noch mit dem Kaiser gesprochen? Er reist ja morgen wieder nach Berlin.«

Greta, das Mädchen, kam und brachte bald darauf frischen Kaffee und weiteren Kuchen. Ursula nutzte die Gelegenheit, verabschiedete sich hastig von den Damen und schlüpfte aus dem Salon. Im Flur lehnte sie sich für einen Moment an die Wand, schloss die Augen und atmete tief durch.

»Na?«, sagte Greta, die gerade aus dem Zimmer trat, »magst du mitkommen? Lise bereitet schon das Abendessen vor.«

Schnuppernd zog Ursula den Duft ein, der von unten aus der Küche zu ihnen drang. »Gleich vielleicht«, sagte sie. »Ich muss erst noch etwas erledigen.«

Oben in ihrem Zimmer angekommen, das sie mit Anni und Hilde teilte, ließ sie ihre Mappe und die Blechdose mit den Stiften auf den Schreibtisch fallen, dann warf sie sich aufs Bett. Die Großeltern hatten ihnen ein großzügiges Zimmer eingerichtet. Jede der drei hatte ihren eigenen Bereich.

Sosehr Ursula es auch liebte, bei den Großeltern zu sein, so anstrengend fand sie es, wenn ihre Großmutter Besuch hatte. Immer diese Blicke, immer dieses Getuschel um ihre Eltern. Hatten die Leute nichts Besseres zu tun, als sich über andere aufzuregen?

Wütend knüllte sie ihr Kissen zusammen, als die Tür aufging und Hilde summend das Zimmer betrat, sorgfältig ihren Mantel weghängte, die Straßenschuhe auszog, in die Hausschuhe schlüpfte und sich dann Gesicht und Hände wusch, während sie sich im Spiegel betrachtete.

Ursula folgte jeder ihrer Bewegungen amüsiert. »Bist du fertig?«, fragte sie dann.

Hilde fuhr so heftig herum, dass sie fast den Wasserkrug vom Waschtisch gestoßen hätte. »Hast du mich vielleicht erschreckt«, keuchte sie.

Kichernd setzte Ursula sich auf. »Hattest du einen schönen Tag mit Vater?«

Hilde seufzte, dann nickte sie. »Er war wie immer so … bemüht. Aber ich glaube, dass er uns wirklich vermisst.«

»Er hat uns nicht vermisst, als Mutter ihn verlassen hat. Da hat er sich einen Dreck um uns geschert«, sagte Ursula leise.

»Das ist jetzt anders. Er hat sich verändert. Und wir fehlen ihm.« Mit gerümpfter Nase trat Hilde an Ursulas Bett und hob mit spitzen Fingern eine Bluse hoch, die zerknüllt auf dem Boden lag. »Warum kannst du nicht achtsamer mit deinen Sachen umgehen?«, fragte sie.

»Warum? Es sind doch nur Sachen«, entgegnete Ursula, stand aber auf und griff nach der Bluse. Nachdem sie sie kurz ausgeschüttelt hatte, hängte sie sie in den Schrank. Mit gerunzelter Stirn reichte Hilde ihr eine Schürze, eine Strickjacke und drei Paar Socken, die alle um das Bett herum verstreut auf dem Boden gelegen hatten.

»Wenn du alles sofort wegräumst …«

»… ist es ordentlich«, stöhnte Ursula. »Weiß ich doch. Weiß ich ja.«

»Du machst es trotzdem nie. Das Einzige, was du in Ordnung hältst, sind deine Stifte und Farben.«

»Die sind mir eben wichtig«, antwortete Ursula schnippisch. »Aber das kannst du ja nicht verstehen.«

»Stimmt.« Hilde grinste. »Aber ich bin ja auch nicht du, Ullalein.«

»In der Küche gibt es Apfelkuchen«, sagte Ursula, um den Vorwürfen ein Ende zu machen. »Und Lise bereitet schon das Abendessen zu.«

»Kommen Gäste?«

»Kommen irgendwann mal keine Gäste?«, fragte Ursula zurück und verdrehte die Augen.

»Na dann, auf in die Küche!« Hilde ging zur Tür. »Dort ist es einfach am schönsten.«

Ja, dachte Ursula. Dort und im Erker und in ihrem Zimmer. Mit Mutter waren sie in den letzten Jahren mehrmals umgezogen. Von Potsdam nach Berlin und von dort aus nach Vohwinkel. Hilde, Anni und sie waren eine Weile in einem Internat gewesen, nach der Hochzeit hatte ihre Mutter sie dann wieder zu sich genommen. Onkel Fritz war nett und sehr, sehr bemüht um die drei, aber wirklich zu Hause fühlte sich Ursula nur hier, bei den Großeltern.

In der Küche duftete es herrlich. Der große Herd in der Mitte des Raumes zischte, und in einem Topf brodelte wütend das Wasser, in das die Köchin nun geschickt eine Handvoll Flusskrebse gleiten ließ. Schnell sah Ursula weg. War es das kochende Wasser oder zappelten sie noch?

»Da vorn ist noch Kuchen. Hab zwei Bleche gebacken«, sagte die Köchin lächelnd. »Die Äpfel müssen weg. Sind noch ordentlich viel im Eiskeller, die kommen jetzt inne Vorratskammer. Morgen helft ihr mir, ihr Görn.« Im hinteren Teil des großen Raumes stand ein riesiger, alter Holztisch, der jeden Tag mit Sand geschrubbt wurde und dessen Platte schon ganz abgenutzt war. Auf ihm lagen die Lebensmittel, die noch nicht verarbeitet waren, das Haushaltsbuch der Mamsell und das Küchenbuch der Köchin. Die beiden Mädchen setzten sich an eine freie Ecke, und Ursula fuhr nachdenklich mit den Fingerspitzen über die schrundige Holzplatte, die sicher viel zu erzählen hatte.

»Man sollte davon einen Abdruck machen«, murmelte sie. »Das Astloch sieht aus wie ein Kopf. Und dort drüben haben sich zwei Hasen in das Holz geprägt …«

»Was du immer in den Dingen erkennst«, sagte Hilde lachend und nahm dankbar den Teller mit dem Kuchen entgegen, den ihr eines der Mädchen reichte. »Bist ein bisschen spinnert, muss man meinen.«

»Ist mir egal. Dann bin ich halt spinnert.« Ursula mopste sich aus einer großen Steingutschüssel einen eingelegten Hering.

»Hab ich gesehen, Fröllein«, sagte die Köchin. »Mein nur nich, dass ich nix sehe, nur weil ich zu tun habe. Hast Glück, sind genügend da – aber frag lieber vorher, kommen ja Gäste.«

»Wie immer.«

»Türlich. Euer Großvater ist ein wichtiger Mann.« Lise klang stolz. Plötzlich klingelte die Glocke, und alle schauten zur Wand, an der die Glocke hing. »Musst hoch, Greta«, sagte die Köchin. »Ich hoffe, die Damen gehen endlich, wird langsam Zeit.«

Kurze Zeit später kam Greta mit dem Kaffeegeschirr wieder nach unten, stellte es klirrend auf der Spüle ab und wischte sich über die Stirn. »Die Gnädigste kommt gleich, um das Essen zu besprechen«, sagte sie außer Atem.

»Soll sie mal kommen«, sagte Lise und schob eine Kasserole in den Ofen und legte Holz nach, dann streckte sie sich, sah in die Runde und gab gezielte Anweisungen. Ursula ärgerte sich, dass sie ihren Skizzenblock vergessen hatte, um das geschäftige Treiben, das nun ausbrach, festzuhalten.

Anna betrat den Raum und ging auf Lise zu. »Meine Liebe, Ihr Kuchen war wieder einmal köstlich. Ein großes Lob, auch von meinen Freundinnen.«

»Danke.« Lise nahm das Kompliment mit erhobenem Kopf entgegen.

Sie weiß, was sie tut und was ihre Arbeit wert ist, wurde Ursula auf einmal klar. Was wäre dieser große Haushalt auch ohne alle seine fleißigen Helfer und Mitarbeiter? Ursula lehnte sich zurück. Sie genoss das Leben bei den Großeltern, das schöne weitläufige Haus, die volle Speisekammer, die großen gemütlichen Zimmer. Hier musste keiner darben. Das hatten sie und ihre Schwestern auch schon anders erlebt.